악어의 윙크

1판 2쇄 찍음 2016년 7월 21일
1판 2쇄 펴냄 2016년 7월 28일

지은이 | 김지운
펴낸이 | 고운숙
펴낸곳 | 봄 미디어

기획·편집 | 정수경 김민지

출판등록 | 2014년 08월 25일 (제387-2014-000040호)
주소 | 경기도 부천시 원미구 소향로17, 304(두성프라자)
영업부 | 070-5015-0818   편집부 | 070-5015-0817   팩스 | 032-712-2815
E-mail | bommedia@naver.com
소식창 | http://blog.naver.com/bommedia

값 9,000원

ISBN 979-11-5810-231-9 03810

악어의 윙크

김지운 장편 소설

contents

Part 1

1

"반달곰."

귓가에서 울리는 건 명지 목소리다.

명지가 지어 준 별명, 반달곰. 10년 넘게 들어와서 이름만큼이나 익숙하지만, 솔직히 100% 맘에 드는 건 아니다. 명지는 곰돌이 푸가 떠오르고 어감도 귀엽다 주장하지만 반달곰도 어쨌든 곰. 굼뜨고 퉁퉁한 이미지를 떠올리게 되니까.

별명만 들으면 사람들은 대개 고개를 갸웃거리곤 한다. 외모랑 연결이 잘 안 되어서 그럴 거다. 잠이 많아서요, 라고 덧붙여도 흔쾌히 끄덕이지 못하다가 반다을이란 이름을 듣고서야 웃으며 수긍을 했다. 처음 반달곰이라 불리던 중학교 땐 살짝, 아주 살짝 퉁퉁했다는 사실은 비밀.

"모닝커피 왔어요."

명지가 다정하게 재촉했다. 다을은 창 쪽으로 돌아누웠다. 달콤한 잠을 떨쳐야 하는 아침이 제일 싫다. 11월 중순, 겨울로 접어드는 이 계절엔 더더욱. 그렇지만 고소한 커피 향은 외면하기 힘들다.

"오늘의 날씨는?"

다을은 눈 감은 채 잠꼬대하듯 중얼거렸다. 명지 손길에 차르르 커튼이 걷히며 눈두덩 위로 햇살이 환하게 쏟아져 내렸다. 눈이 부셔 뜨지 않고는 도무지 버틸 재간이 없다.

"보시다시피 끝내주게 맑음."

재잘대듯 다가드는 햇볕을 피해 다을은 되돌아 누웠다. 미소를 담뿍 머금고 내려다보는 명지 얼굴이 보였다. 명지는 그새 연하게 화장도 했다.

"부지런한 명지 씨."

"다을이 너한테 끝내주게 멋있는 오빠가 있는 것도 아닌데 말이지."

"애석하도다. 나한테 오빠가 있었음 너랑 맺어 주려고 열심히 노력했을 거야."

"그렇게 되면 나한테 올케 언니라고 불러야 되는데도?"

"그게 뭐 어때서. 너 원래 언니 캐릭터잖아."

"후후, 내가 좀 그렇긴 하지?"

"많이 그럴 때도 있지."

"그래서 귀찮다는 거야?"

"아니, 명지 넌 절대로 안 귀찮아. 넌 언제나 예외야."

"황송하옵니다."

과장되게 사극 말투를 쓰는 명지를 보며 다을은 웃었다. 몸을 일으켜 침대 헤드에 기대어 앉아서 헝클어진 긴 머리칼을 대충 쓸어 올려 묶자 기다렸다는 듯 명지가 쟁반을 들어 올렸다. 머그잔엔 방금 내렸을 커피가, 접시에는 동그란 모닝롤빵 여러 개가 아기자기 앉아 있었다.

토요일 아침인 게 실감난다. 명지가 주말에만 오지 말고 매일 여기 살았으면 좋겠다. 진심.

"없는 오빠 대신 나랑 결혼하자, 명지야."

"싫어."

"쳇."

다을은 눈을 쓱쓱 비비고 머그잔을 집었다.

"쌍꺼풀 생겼다!"

새삼스럽게 명지가 감탄했다. 보나마나 왼쪽 눈에만 살그머니 잡히는 속쌍꺼풀일 터. 다을은 두어 번 눈을 깜박였다.

"이제 없지?"

"응, 감쪽같이 사라졌어. 다을이 너 쌍꺼풀 수술하면 끝내주게 예쁠 텐데."

아쉬워하며 은근히 수술을 권하는 명지에게 다을은 담백하게 대꾸했다.

"귀찮아."

"하긴, 요즘은 너처럼 매끈한 눈이 대세라더라."

잠이 완전히 달아난 두 눈에 책들로 가득 찬 책장이 들어왔다. 앞에도 양옆에도 뒤에도 창을 제외한 벽이란 벽은 책들로 빽빽했다. 천장이 낮은 이 다락방도 사면을 아늑하게 둘러싼 책들도 늘 다을을 포근하게 만들어 주었다.

도서관 사서 일을 그만둔 지 6개월 남짓. 새벽부터 일어나 헐레벌떡 출근하지 않아도 되는 아침의 여유가 참 행복하다. 주변에서는 요즘 같이 취직하기 힘든 세상에 그 좋은 직장을 왜 박차고 나오느냐며 걱정과 핀잔을 뭉텅이로 주었지만 그것도 다 지난 일이 되었다.

"다을이 너 요즘 딱 좋아 보여. 살도 적당히 붙었고. 올봄까지만 해도 해골 수준이었잖아."

"그 정도였어?"

"차마 눈 뜨고 못 봐 줄 지경이었지. 너 고3 때도 그 정돈 아니었다."

"우리 엄마 아빠한테 고마울 따름이야. 그리고 너한테도."

"나? 나는 왜?"

너는 언제나 닥치고 내 편이 되어 주는 친구니까. 우리 엄마 아빠만큼이나.

속에 담긴 마음을 그대로 말하기가 오글거려 다을은 그저 생긋 웃어 주었다. 명지가 눈가에 새콤한 웃음을 지으며 물었다.

"이렇게 침대까지 커피 대령해 줘서?"

"응. 도명지가 매일 아침 이렇게 커피랑 갓 구운 빵이랑 들고 와서 가만가만 깨워 줬으면 좋겠어."

"야. 그런 건 나 말고 남자여야지."

"남자는 좀."

"귀찮아?"

"응. 남자는 항상 여자에게 뭔가를 원하는 종족이라면서?"

"내가 그랬던가?"

다을은 웃으며 끄덕였다.

명지의 찬란한 연애 역사를 돌이켜 보건대 매번 베푸는 쪽은 명지였다. 뭐든 제 손으로 만들어 먹이기 좋아하고 시시콜콜 챙겨 주는 걸 즐기기는 했다. 하지만 몇 번의 연애가 계속 그런 패턴으로 흘러가자 명지도 슬며시 지친 모양이었다. 다을에게 간단한 말로 남자라는 족속을 결론짓고 연애를 끊은 지도 1년이 다 되어 간다.

머쓱한지 헤헤 웃으며 명지가 말했다.

"남자 나름이지, 뭐. 어른 같은 남자를 만나면 되잖아. 너희 아빠처럼."

"우리 아빠? 언제는 수도사 같다더니?"

"너랑 소을이랑, 딸을 둘이나 만들었는데 수도사 같다는 건 모욕이지."

명지가 크크, 짓궂은 웃음을 보탰다.

대체로 명지 의견에 동감이다. 아빠는 자기 관리에 엄격한 학자로 보이지, 엄마를 열렬히 사랑한 남자로는 느껴지지 않는다. 엄마보다 열일곱 살이나 많은 나이 탓인지도 모른다.

기본적으로 엄마는 지금도 아빠를 존경하는 교수님으로 대하는 것 같다. 평소엔 '여보'라고 부르다가도 심기가 불편해지면 깍듯이 '교수님'이라 칭하는 이유도 엄마 마음 저 밑바닥에 결혼 전 예전의 관계가 남아 있기 때문일 거다.

그나저나 최강 동안인 엄마 덕분에 아빠가 낯선 여행지에서 또 괜한 오해나 안 받아야 할 텐데.

"두 분 지금 완전 행복하시겠다."

"여행이야 뭐 워낙 자주 다니시니까."

"이번엔 며칠짜리야? 사흘? 닷새? 일주일?"

"일주일. 여차하면 더 길어질 수도 있고."

"나도 남자랑 여행 떠나고 싶다!"

명지한테 슬슬 연애 본능이 살아나려는가 보다. 그래, 1년이면 많이 참았다.

"다을아, 너는 어떤 남자가 좋아?"

"이상형 그런 거?"

"그래, 이상형 그런 거."

"나는 목소리가 좋은 남자."

"그게 다야? 목소리만 좋은 고자면 어쩌려고?"

"크크, 설마."

"그래도 선택해야 한다면?"

"음, 그래도 난 목소리를 선택하겠어."

"아무래도 다을이 넌 무성욕자가 분명해."

다을은 큭큭 웃었다. '무' 까지는 아니지만 '약' 수준일 것 같기는 하다. 성적인 교감은 없어도 별 불만 없을 것 같은데 정서적 교감 없이는 하루도 같이 못 살 것 같으니까. 오래된 친구처럼 도란도란 이야기를 나누며 함께 걸어가는 모습이 떠오르는 사람. 편안한 잠을 지켜 주는 사람. 그리고…….

"좋은 목소리로 아침마다 나를 감미롭게 깨워 주는 사람. 그런 남자라면 내 기꺼이 결혼해 주겠어."

"반달곰, 일단 연애부터 하셔."

끙. 물론 당연한 말씀. 그렇지만 연애란 거 무지 귀찮다.

"명지 너는? 너는 어떤 남자가 좋아?"

"내 이상형으로 말할 것 같으면, 나를 마구 휘어잡는 남자."

"으. 난 그런 남자 질색인데."

"다울이 너야 타고난 귀차니스트니까 그렇지. 휘어잡히는 것도 휘둘리는 것도 피곤해서 절대 못 견딜걸?"

"맞아. 난 그냥 나를 가만 놔두는 사람이 좋아."

"가만 놔두는 연애가 가능이나 해? 목소리만 좋은 고…… 아니, 게으름뱅이를 만나야겠네."

"게으름뱅이는 싫은데."

"그래, 티 안 나게 너 아껴 주려면 게을러선 곤란하긴 하겠다."

티 안 나게 아껴 주는 사람.

명지가 제대로 짚은 것 같다.

내가 너를 좋아합네, 주변이 다 알도록 떠들썩하게 티 내는 남자는 싫다. 내가 좋아해 준 꼭 그만큼 너도 나한테 돌려주어야 한다고 감정을 강요당하는 것만 같아서. 서로 동률의 감정을 나누면 당연히 바람직하겠지만 그건 불가능한 일이니까. 준 만큼 받아 내야만 직성이 풀리는 사람, 왜 똑같이 안 주느냐고 화내는 사람, 진짜 피곤하다.

한 가지를 더하자면, 가치관이 같은 사람.

정치적 성향, 삶에 대한 태도와 방향, 세계관, 인생에서 중요한 가치를 두는 것들, 그리고 그다지 중요하게 여기지 않는 것들이 일치하거나 최소한 서로 엇비슷하게 맞춰 갈 수 있는 사람. 그런 남자가 있다면 귀찮아도 연애라는 거 해 보고 싶다. 스물여섯 해가 다 지나가도록 만나 본 적이 없다는 게 함정이지만. 어디까지나 이상형은 이상형일 뿐이니까.

머그잔을 든 명지가 햇볕이 곰실대는 창턱에 걸터앉더니 눈빛을 반짝이며 말했다.

"다을아. 우리 작은 책방 2호점 내자."

"작은 책방 2호점?"

"응. 너랑 나랑 둘이서. 근데 여기처럼 북 스테이(Book stay)까지는 아니고, 순수하게 책방만. 물론 커피도 곁들여 팔아야겠지. 너는 책 담당, 나는 커피 담당. 어때? 끝내주게 환상적이지?"

아휴, 하는 한숨으로 끼어든 건 소을이다. 계단참에 선 소을이 허리에 손을 딱 얹고서 고개를 설설 저어 댔다. 소을을 돌아본 명지가 명랑하게 말을 건넸다.

"굿모닝, 소을. 네 생각은 어때?"

"굿모닝, 명지 언니. 나는 끝내주게 반댈세."

다을은 키득키득 웃어 버렸다. 명지의 입버릇인 '끝내주게'를 절묘하게 사용한 소을이 덕분이다.

"생각도 안 해 보고 단숨에? 어째서?"

"명지 언니, 여기도 적잔데 2호점이 가당키나 해?"

정말이냐고 확인하듯 쳐다보는 명지를 향해 다을은 짐짓 심각하게 끄덕여 보였다. 명지가 고개를 갸우뚱거리며 물었다.

"날마다 예약이 꽉꽉 차는데?"

1층에 셋, 2층에 셋, 그리고 다락방까지 방이 모두 일곱. 그중에서 1층 방 두 개는 다을이네 가족이 쓰고 있으니 실제로는 다섯인 셈이다. 주말이야 두 달 뒤까지 숙박 예약이 차 있지만 평일에는 책 속에서 평화롭게 몇 시간 머물다 가는 사람들이 대부분이라 엄밀히 말하면 '날마다' 라고는 할 수 없다. 그래도 적자를 걱정해야 할 정도까진 아니다.

"명지 언니. 괜한 얘기로 우리 언니 꼬드기지 말고 아래층에 나 좀 내려와 보삼."

"왜? 아래층에 뭔 일 생겼어?"

다을을 앞선 명지의 물음에 소을이 초롱초롱한 눈으로 힘껏 끄덕였다. 소을을 따라 후다닥 뛰어 내려가는 것도 호기심 충만한 명지 몫이었다.

"낚였다, 도명지."

다을은 웃으며 중얼거렸다. 정말 무슨 급한 일이 생긴 거라면 엄마랑 아빠한테 먼저 전화를 하지, 명지를 부르지는 않았을 거다.

주방에서 치우기 힘든 뭔가를 왕창 쏟았거나, 숙박 손님들에게 낼 토스트를 새까맣게 태웠거나, 그도 아니면 곁들여 나갈 샐러드를 망쳤거나. 최악의 경우 엄마를 잘 따르는 이웃집 냥이 사과가 보은한답시고 자랑스레 쥐를 잡아다 놓았을 수도 있다. 어쨌든 모두 다 명지의 손길로 처리가 가능한 분야들.

그러므로 다을은 느긋하게 커피를 마저 마셨다. 창 너머 햇빛은 더없이 투명하고, 이불 속은 좋은 사람의 품처럼 따뜻하고. 여느 때와 다를 것 없이 한가로운 주말 아침이었다.

✿　　　✿　　　✿

샤워를 마치고 1층으로 내려가니 명지와 소을 둘이서 낯선 핸드폰 하나를 탁자 위에 두고 궁리 중이었다.

무슨 일인가 하고 말끄러미 쳐다보는 다을에게 소을이 상황을 요약해 주었다. 어제 오후에 들어와 2층에서 밤을 보낸 손님이 방값도 내지 않고 새벽에 몰래 나가 버렸다는 것. 급히 도망치는 와중에 이 핸드폰을 떨어뜨렸을 거라는 것.

스무 살인 소을보다 두어 살쯤 더 많아 보이던 그 여자 손님을 다을은 똑똑히 기억했다. 혼자 왔으면서도 전혀 혼자임을 의식하지 않던, 책을 본다기보다는 주로 얼굴에 덮어 두고 고양이처럼 소파에 조그맣게 웅크려 자던. 오목조목 예쁘장한 이목구비며 군살 하나 없이 미끈한 몸매며 미모가 남달라서 더 선명했다.

"근처에 잠깐 나간 거 아냐?"

다을의 물음에 명지가 대답했다.

"가방도 없고 차도 없대."

"가방 들고 차 갖고 외출했을 수도 있잖아."

"그럼 미리 말이라도 해 두었어야지."

"새벽이라 깨우기 난감해서 그랬겠지."

"메모는 할 줄 모른대? 내가 봤을 때 이건 명백히 계획적인 도주야."

명지가 단언했다. 도주라는 극단적 표현을 쓰고는 있지만 흥미진진한 일을 발견한 표정이었다.

작은 책방 홈페이지에서 주말 예약을 받을 때는 선불이지만 어제 같은 경우, 그러니까 예정에 없이 하룻밤을 지내게 될 때는 굳이 도중에 요금 정산을 요구하지 않았다.

시간 가는 것도 잊고서 밤이 되도록 책 속에 폭 파묻혀 있는 사람에게 방값부터 계산해 주시죠, 그러지는 못한다. 아니, 안 한다. 하루를 머물게 되면 다음 날 나가면서 책들을 사 가는 사람이 대부분이다 보니 한꺼번에 정산을 하는 게 편하기도 하니까.

어쨌거나 겨우 하루치 숙박비 몇만 원 때문에 핸드폰으로 추적에 들어간다는 게 어쩐지 야박하게 느껴져 썩 내키지 않았다. 과정이 번거롭기도 하거니와 엄마랑 아빠가 있었어도 없던 일로 치고 넘어가려 했을 것이다.

"차도 되게 좋은 거던데."

소을의 말을 명지가 잡아챘다.

"뭐였는데?"

"차종은 정확히 모르겠지만 외제 차 같았어. 생긴 게 되게 독특했걸랑. 그리고 옷이랑 가방도 다 명품이었어. 그치, 언니?"

다을은 어깨만 으쓱했다. 차도 옷도 백도 그게 외젠지 국산인지 명품인지 보센지, 봐도 전혀 모를뿐더러 애초에 그런 쪽엔 무신경했다. 좋고 나쁨, 또는 옳고 그름이라는 가치판단의 측면에서가 아니라 완벽하게 순수한 무관심. 그러니 다을에겐 물어보나 마나 한 질문이었다.

"이 핸드폰도 최신형이고. 이거 점점 재미있어지는걸? 금수저 아가씨가 대체 어떤 사연이 있기에 새벽 도주를 했는지 슬슬 궁금해지기도 하고."

도명지표 오지랖 제대로 발동 걸렸다.

다을은 탁자 위에 놓인 문제의 핸드폰을 집어 들었다. 무심히 화면을 터치했는데 그냥 열렸다. 매번 눌러야 하는 게 귀찮아서 비밀번호 설정을 해 두지 않는 다을과 마찬가지인가 보다.

"이리 줘 봐."

명지가 다을의 손에서 냉큼 핸드폰을 가져갔다. 곧장 단축 번호를 찾아 들어가더니 풋 웃음을 터뜨렸다. 다을에게도 화면 속 목록이 빤히 보였다.

1번 — 악어

2번 — 늑대

3번 — 들개

"이건 뭐 거의 야생동물 집합소네."

명지가 낄낄대며 말했다.

"엄마, 아빠, 오빠 순서일까?"

소을의 추측에 명지가 고개를 저었다.

"아니, 내 촉으론 셋 다 남자야."

"늑대 아빠 들개 오빠는 몰라도 악어 엄마는 좀 그렇긴 하다, 언니."

"난 들개. 다을아, 너는?"

난데없이 날아든 물음에 다을은 말똥말똥한 눈을 하고 되물었다.

"나? 나 뭐?"

"하나 고르라고."

"골라? 왜?"

"셋 중에 하나 골라서 전화를 걸어야 할 거 아냐. 적자라면서?"

명지는 제법 진지했다. 아까 적자를 들먹였던 소을이 웃을까 어쩔까 애매한 표정으로 다을을 보았다.

"근데 핸드폰 없는 걸 알면 전화가 오지 않을까?"

다을의 물음에 명지가 고개를 힘껏 저었다.

"몇 시간 동안 잠잠하잖아. 도망친 거라니까? 핸드폰 여기다 떨어뜨린 거야 벌써 알았겠지. 그런데 창피해서 전화 못 하는 거야."

명지의 논리가 나름 그럴듯했다. 방값은 둘째고, 최신형이라는 이 핸드폰을 돌려주기 위해서라도 연락은 해 봐야겠다.

"흠."

다을은 두 손에 턱을 괴고 잠시 생각했다. 이 위험한 동물들이 그 여자의 가족이건 남자 친구이건 또는 다른 누구이건 간에 셋 중에서 제일 중요하고 가까운 사람은 역시 1번일 것 같았다.

"그럼 난 악어."

"소을이 너는?"

명지가 묻자 소을이 손사래를 치며 대답했다.

"난 기권할래, 언니. 강아지, 고양이, 토끼도 아니고 악어, 늑대, 들개? 나는 셋 다 싫어."

가위바위보로 전화 걸 사람을 정하자는 제안도 명지가 냈다. 셋이서 엎치락덮치락 네 번의 접전 끝에 다을이 이겼다. 명지가 다을에게 핸드폰을 쓱 밀었다. 다을은 눈을 동그랗게 떴다.

"나 이겼거든?"

"이긴 사람이 거는 거야."

천연덕스런 명지 편을 들며 소을이 콩콩 고개를 끄덕였다.

"귀찮은데."

투덜거려 봐도 소용없었다. 결국 다을은 1번 악어에게 전화를 걸었다.

2

통유리 너머 보이는 앙상한 나무들만 아니라면 봄이라고 해
도 알맞게 볕이 따스한 토요일 오전.

오 팀장과 나란히 앉아 신입 편집자 면접을 지켜보던 중 진동
이 울렸다. 석주는 탁자 위에 뒤집어 두었던 핸드폰을 집어 발
신자를 확인했다. 난주다.

이 녀석이 어쩐 일로 나한테?

의문이 들었다. 첫 번째는 철주, 다음은 기주. 난주의 용건은
매번 그 두 단계를 거치기에 그랬다. 그리고 기주까지 올라가기
도 전에 철주 선에서 대체로 해결이 되는 편이었다. 해결 못 하
는 일은 철주가 석주와 기주에게 대신 말해 주곤 했다.

철주와 난주는 어려서부터 죽이 잘 맞았다. 둘 다 개성이 강
한 편인데도 서로 부딪치지 않는 걸 보면 그나마 적은 세 살 터
울 덕일 게다.

오빠가 아니라 삼촌 같아.

석주를 두고 그러더란 소리를 철주에게서 들은 적이 있었다. 누가 할 소릴, 하고 생각했지만 입 밖에 내어 말하진 않았다.

진동음은 오래 끌지 않고 금세 조용해졌다.

"도서 정가제에 대해서 어떻게 생각해요?"

오 팀장의 질문이 이어지고 있었다. 대학 졸업을 앞두고 있다는 앳된 지원자가 예상했다는 듯 바로 대답했다.

"뜨거운 감자라고 생각합니다."

"뜨거운 감자요?"

오 팀장이 되짚자 지원자가 방글방글 웃으며 대답했다.

"네. 한마디로 말해서 이러지도 저러지도 못하게 골치 아픈 문제다, 이거죠."

"그런 뭉뚱그린 대답 말고 개인적인 견해를 물은 건데요?"

"그게 제 견핸데요?"

천진난만하게 되묻는 말투며 태도가 해맑기 그지없다. 역시 기주 스타일은 아닌데. 누굴까.

오 팀장이 석주를 돌아보았다. 맘에 안 차는지 그만하고 내보낼까요? 묻는 눈빛이었다. 석주는 질문을 살짝 바꾸었다.

"뜨거운 감자를 처리하는 방법이 있다면?"

"음……"

잠시 생각에 잠기는가 싶더니 지원자가 입을 열었다.

"버릴 수는 없으니까 식을 때까지 기다렸다 먹습니다."

이번에도 방글거리는 웃음을 빼놓지 않았다. 하하, 오 팀장이 억지웃음을 지었다. 석주는 웃지 않았다. 어이없어서가 아니었다. 오히려 그 반대였다.

도서 정가제가 시행된 지 이제 만 1년. 짐작과는 다른 방향으로 흘러간다고 뜨겁다 소리만 내지르기엔 이른 것이 아닌가. 조바심을 치며 지금 당장 뾰족한 대책을 찾아 발을 동동 구르기보다는 좀 더 긴 안목으로 기다려 봐야 하는 것이 아닌가. 해답은 언제나 저런 단순함 가운데 숨어 있는 게 아닌가. 그러한 생각들이 스쳐 간 것이다.

"대표님?"

오 팀장이 석주를 짧은 상념에서 끌어냈다. 석주는 기다리듯 자신을 바라보고 앉은 지원자에게 물었다.

"언제부터 출근할 수 있어요?"

지원자가 입을 커다랗게 벌렸다. 진심이세요? 하는 표정으로 쳐다보는 오 팀장을 향해 석주는 턱으로 한 번 끄덕였다.

이렇다 할 결격사유가 없는 한 어지간하면 들일 예정이었다. 기주의 부탁 때문이었다. 그런 부탁을 하는 녀석이 아니라 석주는 내심 놀랐다. 누구인가 물었지만 기주는 지인의 조카라고만 했다. 지인도 아니고 지인 조카의 취직을 청탁하다니. 믿기지 않았으나 캐묻지도 않았다. 캐물어 봐야 기주가 답을 내놓지도 않았을 터였다.

"저 된 거예요? 정말요?"

"그런 것 같네요."

오 팀장의 대답이 떨어지기 무섭게 지원자가 의자에서 벌떡 일어났다. 그러고는 두 손을 머리 위로 올려 커다란 하트를 그려 보이며 발랄하게 외쳤다.

"애정합니다, 대표님!"

하하. 다시금 오 팀장이 헛웃음 소리를 냈다.

"애정하는 건 또 뭡니까. 편집자 지망생이 문법 파괴를 일삼기나 하고."

작게 툴툴대는 오 팀장에게도 지원자의 하트 공세가 날아들었다.

"애정합니다, 팀장님!"

석주는 묵묵히 일어섰다. 난주에게 전화하려고 회의실을 나서는데 손안에 든 핸드폰이 드르르 떨렸다. 다시 난주. 이번엔 문자다. 복도 끝 햇빛 드는 창가로 걸어가 문자 내용을 확인했다.

〈작은 책방 잠, 입니다. 핸드폰 주인이 핸드폰을 두고 가셨어요. 연락 주세요.〉

작은 책방 잠?

일단 상황은 알겠다. 난주가 또 핸드폰을 아무 데나 흘렸다는 거. 하지만 잃어버린 곳에서 이렇게 연락이 오는 건 처음이다. 장소가 책방이라는 것도 뜻밖이고.

"대표님."

돌아보니 오 팀장이 빙글빙글 웃고 있다.

"왜요?"

오 팀장이 회의실 쪽을 넘겨다보곤 다시 석주를 보며 놀리듯 물었다.

"맘에 드셨나 봐요?"

어떤 맥락인지 알아챈 석주는 피식 웃었다. 기주와의 관계도 잘 모르거니와 스물셋이면 열 살이나 아래다. 막내인 난주와 동갑. 게다가 '나 여자예요, 그러니까 예쁘게 봐 주세요'를 은연중에 어필하려는 여자들은 눈에 안 담겼다. 과하게 상냥하거나 애교가 넘치면 거슬리고 불편했다.

"웃으시네? 정말 그런 거예요?"

"기주가 보낸 학생입니다."

"기주 씨가요? 어쩐지 이상하다 했어요. 대표님 타입은 전혀 아닌데 싶어서. 대표님 끼 부리는 여자 싫어하시잖아요. 가만, 기주 씨 타입도 아닌 것 같은데? 기주 씬 다크다크 취향이니까."

다크다크? 다크(Dark)가 하나도 아니고 둘이나? 영 틀린 소린 아니라 웃음이 나려 했다.

"유능하신 편집장님께서 다크다크가 뭡니까? 아름다운 우리말을 두고."

오 팀장이 겸연쩍게 웃었다.

"맹하진 않은 것 같으니 데리고 잘 가르쳐 보세요."

"넵!"

신입과 관련한 소소한 일들을 오 팀장에게 맡기고 석주는 출판사를 나왔다. 어깨에 내리는 볕이 따뜻했다. 차에 올라 집으로 전화부터 했다. 아주머니가 받았다.

"접니다, 이모님."

─석주구나. 잘 지내지?

"네. 아버지는요?"

─잘 계셔. 아침도 든든히 드셨고. 친구분들 만나신다고 지금 나갈 준비하셔. 점심 약속. 바꿀까?

"아뇨, 두세요. 난주는요?"

─난주? 난주 지금 없는데.

"나갔어요?"

─어제 낮에 나가서 아직 안 들어왔어.

넓디넓은 집에서 굳이 소곤대듯 말하는 걸로 봐서 아버지는 모르고 있는 모양이다.

"저한테 전화하지 그러셨어요."

─한두 번이야, 어디. 친구네서 잔다더라. 너무 걱정하지 마.

"철주는 자요?"

─자. 어제도 새벽 다 돼서 들어왔거든. 자라고 뒀어. 억지로 깨워 봐야 밥도 안 먹어. 잠이 보약이지, 뭐.

변함없는 철주 편애 모드. 난주가 다섯 살 때 입주 도우미로 들어온 아주머니는 처음부터 철주를 유난히 예뻐했다. 친화력 좋은 철주 성격도 한몫했을 것이다. 이모라고 부르기 시작한 것도 어린 철주였다.

─요즘 얼굴이 까칠한 게 안쓰러워서 못 보겠어. 푹 재우고, 이따 일어나면 잘 챙겨 먹여야…….

철주 얘기가 주렁주렁 더 길어질까 봐 석주는 중간에 끊고 들어갔다.

"저녁에 갈게요."

─기주는? 같이 안 와?

"전화해 볼게요."

—뭐 해 놓을까? 뭐 먹고 싶은 거 있음 얘기해.

"네. 난주 들어오면 저한테 전화하라고 하…… 아니, 이모님이 전화 주세요."

—알았어. 근데 주말인데 일찍 들어오려나 몰라.

아마도 아주머니 예상이 적중할 것이다. 석주는 기주에게도 전화를 걸었다. 받자마자 기주가 대뜸 한마디를 했다.

—고마워.

신입에게서 그새 연락이 간 건가. 그렇다면 생각했던 것보다 더 가까운 사이라는 의미인데. 궁금증이 일었지만 내색하지 않았다.

"고맙긴. 서류 심사도 거쳤고 정식 면접까지 치렀는데."

—그래도.

"저녁에 집에 갈 건데. 올 거지?"

—일이 좀 있어서.

기주에게 워커홀릭 증세가 약간 있긴 하지만 오늘 집에 못 오는 이유가 '일'은 아니라는 직감이 왔다.

"알았어. 아버지께 전화는 드려."

—음.

통화를 마치고 시동을 켜는데 막 현관을 나선 신입이 석주의 차로 조르르 뛰어왔다. 꼭 해야 할 말이라도 있는 표정으로 지켜 선 신입을 보고 석주는 차창을 반쯤 내렸다.

"대표님, 대표님이 기주 아저씨 형님이시라던데 정말이에요?"

"기주, 아저씨?"

절로 되새겨졌다. 서른한 살인 기주에게 아저씨라는 호칭을 붙일 정도로 어린애는 아니지 않나 싶어서였다.

"아니에요? 좀 전에 기주 아저씨가 그랬는데요."

"맞아요."

"그렇구나. 정말이구나."

그렇잖아도 웃음이 남실대던 신입 얼굴이 더욱 환해졌다.

"앞으로 잘 부탁드립니다!"

구령 붙이듯 외친 신입이 꾸벅 90도로 몸을 숙여 인사를 했다. 딱히 대꾸할 말이 없어 석주는 턱만 희미하게 까딱이고 차창을 올렸다.

뭐라고 해야 좋을까. 좀 낯설다고 해야 할까. 정말 기주와 특별한 사이라면 형이라는 걸 알고서 어렵거나 불편하게 여겨야 자연스럽지 않을까. 그렇다면, 정말 저 신입을 조카로 둔 지인이 존재하고 그 지인이란 사람이 기주에게 특별한 건가.

뒤돌아선 신입이 총총 뛰어 다시 출판사 건물 안으로 들어갔다.

석주는 핸드폰을 꺼내 '작은 책방 잠'을 검색했다. 위치는 마침 파주. 홈페이지가 있어 대충 훑어보니 요즘 하나씩 둘씩 생기고 있는 작은 책방에다 괴산의 '숲속 작은 책방'처럼 북 스테이를 겸한 곳인가 보았다.

화요일에 파주에 들를 예정이긴 한데 사흘이나 미뤄 두기도 애매했다. 그렇다고 그전에 난주가 직접 찾으러 갈 리도 없고. 친구 집에서 잔다고 했다더니 핸드폰이 없어진 것도 모르고 여태 뭘 하고 있는 걸까.

석주는 난주의 핸드폰으로 전화를 걸었다.

—여보세요?

여자 목소리다.

"문자 받고 전화드렸습니다."

—악어님? 아니, 그게 아니고.

웃음소리가 살짝 스치더니 여자가 말을 이었다.

—저, 여기는 작은 책방 잠이라고 하는데요. 어제 저희 집에 오셨던 손님이 핸드폰을 두고 가셨어요. 그것 말고도 드릴 말씀이 있긴 한데요. 아 참, 이 핸드폰 주인하고는 어떻게 되세요?

불쾌하게 높지도, 무겁게 가라앉지도 않은. 낯을 가리듯 잔뜩 조심스럽지도, 수선스럽도록 활달하지도 않은. 바로 옆에 앉아서 가만가만 책을 읽어 주듯이 단정하고 편안한 목소리.

석주는 저도 모르게 상체를 느릿이 뒤로 기댔다.

—그게, 이런 말씀을 드려도 되는지 모르겠어요. 우선 가족분이신지부터 여쭤 봐야 할 것 같…….

"혹시."

—네?

"악어라고 되어 있던가요?"

—아.

목소리 괜찮은 작은 책방 여자가 나지막이 감탄을 했다. 아마도 긍정.

난주 이 녀석, 악어라고?

석주는 어이없는 웃음을 머금었다.

—그렇게 불러 죄송합니다.

정중하다기보다 웃음기가 깨소금처럼 뿌려진 말투였다. 그렇게 부른 걸 채근하려던 게 아니었으므로 상관없었다. 지나치게 공손하거나 친절하려고 애쓰지 않는 점이 좋았다. 꾸밈없는 웃음의 빛깔도.

—목소리가 너무 좋으, 아니 젊으셔서 놀랐어요. 단축 번호 1번이라서 가족이라면 아버지나 어머니쯤 되실 줄 알았거든요.

목소리 좋다는 말은 자주 듣는 편이어서 새삼 감흥이랄 것까지야 없지만 1번으로 저장되어 있다는 말은 좀 놀랍다. 난주에게 1번은 철주여야 당연할 테니까.

—여보세요?

"듣고 있어요."

—아. 그래서요. 그러니까 그, 어디까지 했더라?

고개를 갸웃 기울이고 있을 여자의 얼굴을 상상하며 석주는 대답해 주었다.

"가족입니다."

—아, 그러시구나. 그럼 말씀드려도 괜찮을 것 같네요. 그러니까 그게 어떻게 된 거냐 하면요.

말을 하다 말고 여자가 '응?' 하고 누군가에게 묻는 소리가 나더니, '잠깐만요' 했다. 석주는 기다렸다. 곧 여자 목소리가 다시 나타났다.

—저, 혹시 핸드폰 찾으러 오실 건가요?

"네. 지금 출발합니다."

—아, 지금. 그럼 여기 오시면 말씀드리는 게 좋겠어요.

"그럽시다."

—네, 그럼. 이따 봬요.

듣기에 썩 괜찮은 목소리가 사라졌다. 억누르지 않은 채 틈틈이 곁들이던 웃음소리도. 미묘한 아쉬움에 석주는 잠시 빈 핸드폰을 들여다보다가 이내 고개를 젓고는 차를 출발시켰다.

❂　　　❂　　　❂

삭막한 출판 단지를 완전히 벗어나서야 목적지에 도착했다. 전원주택가인 듯 먼 산을 배경으로 예쁘장한 주택들이 드문드문 앉아 있었는데, 그중 하나였다.

'작은 책방 잠'이라는 나무 팻말이 주차장 입구에 세워져 있었다. 장황한 장식을 배제한, 깔끔한 느낌의 2층 주택. 크기로 가늠하자면 현재 석주가 살고 있는 출판사 건물과 엇비슷한 정도였다. 삼각의 지붕 형태와 그 사이에 자리 잡은 창의 위치가 그곳이 다락방임을 짐작게 했다.

석주는 아담한 주차장에 차를 댔다. 차에서 내려 건물로 걸어가는 짧은 시간 동안 발에 밟히는 흙의 질감이 나쁘지 않았다. 현관으로 향하는 너덧 개의 계단을 올라갔다. 현관문 위에도 '작은 책방 잠'이라 쓰여 있는 팻말이 붙어 있었다. 문을 열고 안으로 들어서자 사방이 온통 책들이었다.

중앙에 기다란 직사각형의 원목 탁자. 맞은편 양쪽으로 긴 의자에 툭툭 놓인 색색의 쿠션들. 테이블 위에 펼쳐진 몇 권의 책들. 실내를 은은히 비추는 조명, 그리고 배경음악 같은 커피 향.

아무도 없는데도 텅 비어 있다는 느낌이 들지 않는다는 것만 제외하면 일반 가정의 거실과 크게 다르지 않은 분위기다.

오른쪽 구석에 2층으로 오르는 계단이 있었다. 왼쪽으로는 1m 길이의 발이 드리워진 통로가 있었는데 얼핏 봐서는 그 너머가 주방인 듯싶었다. 주방 저 안쪽에 밖을 향해 비스듬히 열려 있는 문이 보였다. 2층도 주방 쪽도 사람 기척 없이 조용했다.

석주는 난주의 핸드폰으로 전화를 했다. 벨 소리가 지척에서 들렸다. 현관 옆 조그만 정사각형 책상 위였다. 난주의 핸드폰을 그대로 둔 채 석주는 문 밖으로 나섰다. 현관 위 팻말에서 전화번호를 본 것 같아서였다. 하지만 팻말에 작은 글씨로 적힌 번호는 핸드폰이 아니라 유선전화였다.

안으로 다시 들어가려던 석주는 등 뒤에서 나는 어떤 소리에 문고리에서 손을 놓고 뒤돌아섰다.

"사과야."

또 한 번 들리는 나른한 부름. 전화 속 여자, 그 목소리였다. 목소리 쪽으로 석주는 천천히 걸음을 옮겼다.

여자는 땅바닥에 무릎과 두 손을 대고 거의 엎드리다시피 쪼그린 채 석주의 차 밑을 들여다보고 있었다. 목덜미쯤에서 아무렇게나 질끈 동여 묶은 긴 머리칼이 베이지색 니트 위로 어지러웠다.

"사과야, 얼른 나와. 거기 있음 위험하다고."

여자가 아이를 달래듯 얼렀다.

"고양입니까?"

석주의 물음에 여자가 어깨를 움찔하고는 고개를 들었다. 화장기가 전혀 없이 말간 얼굴. 20대 초중반. 쌍꺼풀이 없는 도톰한 두 눈이 그리 크지는 않은데 말끄러미 올려다보는 눈망울이 깨끗했다.

"그쪽 말고, 사과 말입니다."

"아."

여자가 낮게 읊조리고선 몸을 일으켰다. 비로소 마주 선 여자를 석주는 찬찬히 내려다보았다.

160cm를 조금 넘어서는 키. 마르지도 찌지도 않은 몸집. 구김이 간 하얀 셔츠. 그 위엔 허벅지를 다 덮도록 길게 늘어뜨린 톡톡한 니트 카디건. 두서없이 찢어진 청바지. 그리고 줄무늬 수면 양말과 넉넉한 슬리퍼.

딱 봐도 외모에 공들이는 스타일은 아니다. 그렇다고 해서 자신감은 더더욱 아니고. 솔깃한 궁금증 같은 것이 돋았다.

"혹시……."

여자가 입을 뗐다. 석주는 곧장 신분을 밝혔다.

"악업니다."

"아."

나지막한 탄성 직후 여자가 후후, 소리 내어 웃었다. 전화 속에서보다 조금 더 듣기 괜찮았다.

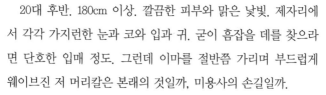

3

20대 후반. 180cm 이상. 깔끔한 피부와 맑은 낯빛. 제자리에서 각각 가지런한 눈과 코와 입과 귀. 굳이 흠잡을 데를 찾으라면 단호한 입매 정도. 그런데 이마를 절반쯤 가리며 부드럽게 웨이브진 저 머리칼은 본래의 것일까, 미용사의 손길일까.

순간의 탐색을 마친 다을은 웃음을 아주 거두어들이지 않은 채로 남자에게 말을 건넸다.

"악어. 별명인가 봐요."

"아닙니다."

이 남자의 목소리는 정말 최상급이다. 아까 전화를 받았을 때에도 예상하지 못했던 목소리에 여러 번 숨을 멈추곤 했는데. 실제로 들으니 전화 너머에서 들릴 때보다 훨씬 더 듣기 좋다.

"난주가…… 아, 동생입니다. 핸드폰 주인."

더구나 목소리와 너무도 잘 어우러지는 저 말투. 넘치지도 모자라지도 않는 유연함. 긴장하거나 주눅 들거나 해야 할 말을 못 해 망설이거나, 그런 건 어울리지 않는, 그래 본 적이 없을 것만 같은. 그렇지만 톤이 강하거나 수다스럽지 않아 속에는 품은 말들이 가득할 것만 같은.

"그 녀석이 멋대로 붙여 놓은 이름일 겁니다. 왜냐하면."

숨을 고르듯 잠시 멈춤. 남자의 눈길은 다을의 눈에 정확히 꽂혀 있었다. 이럴 때 괜한 착각 따위는 하지 않는다. 왜냐하면, 남자가 한눈에 반할 만큼 초절정 미인이 아니라는 걸 잘 알고 있으니까. 그래서 다을은 심상하게 물었다.

"왜냐하면요?"

"나도 처음 듣거든요."

나, 라고 한다. 저, 가 아니라. 표정이나 말투를 감안할 때 자기 앞의 사람을 함부로 내려잡아 보는 태도는 분명 아니고. 그렇다면 30대 초반쯤으로 상향 조정해야 할까 보다. 20대 후반이건 30대 초반이건 상관할 바 아니지만, 아무튼.

"여동생이군요."

"네. 길고양이 같은 녀석이죠."

남자가 차 밑으로 시선을 내렸다가 다시 다을에게 올렸다. 길고양이 같은 여동생이라. 무슨 소린지 알 것 같아 다시금 웃음이 났다.

"근데요, 사과는 길고양이 아니에요."

"그럼 고집 센 집고양이?"

다을은 웃으며 설명했다.

"저희 집에서 키우는 건 아니고요. 이웃집 할머니네 고양이예요. 저래 봬도 개냥이여서, 아, 개냥이 아시죠? 강아지처럼 구는 애교 많은 고양이요. 무튼 사과가 저희 가족들을 잘 따르는 편이거든요. 특히 저희 엄마를요. 근데 차만 들어오면 저렇게 차 밑으로 들어가 숨어요. 따뜻해서 그런지 좋은가 봐요. 위험한 데 들어가니 자꾸만 신경이 쓰여서요. 이웃집 할머니 연세가 많으시거든요. 여든일곱이세요. 주제 할아버지가 돌아가신 나이. 그래서 사과가 오래 살아 줘야 하는데, 안 그럼 할머니가 상심이 크실 테니……."

남자의 입가에 떠오르는 엷은 미소를 보고 다을은 말을 멈췄다. 처음 보는 남자 앞에서 웬 쓸데없는 수다를 늘어놓고 있니? 속으로 자책하면서 멋쩍은 웃음을 곁들여 말했다.

"제가 말이 너무 많았죠."

"사라마구 좋아합니까?"

남자가 물었다. 다을은 놀라움 반 반가움 반으로 남자를 바라보았다. 이 남자, 책을 읽는 사람이다. 최소한 주제 사라마구의 작품은 읽은 남자다.

"네, 좋아해요. 그런데 주제 할아버지가 사라마구를 말하는 건지는 어떻게 아셨어요?"

"여든일곱. 그 결정적인 단서가 없었다면 아마 이웃집 할머니의 남편인 줄 알았을 겁니다."

다을은 푸훗, 웃음을 터뜨렸다. 남자는 웃지 않았지만 입가의 희미한 미소는 그대로였다. 다을은 남자 몰래 두 번째 탐색에 들어갔다.

타이를 매지 않은 세미 정장 차림. 말끔히 닦인 구두. 찌든 담배 냄새, 없음. 남자들 특유의 **뻔뻔하게** 짙은 스킨 향이나 향수 냄새, 안 남. 일에 치여 피로한 분위기, 아님. 전체적으로 은은하고 산뜻함. 웃음이 헤프진 않지만 이따금 짓는 미소가 몹시 매력적임. 그리고 모든 것을 압도하는 저 목소리!

"들어갑시다."

집으로 성큼성큼 걸어가는 남자를 다을은 물끄러미 바라보았다. 현관 앞에서 남자가 다을을 돌아보며 어서 오지 않고 무얼 하고 있느냐는 듯 가볍게 턱짓을 했다. 허튼 동작이라고는 하나 없이 절제된, 그러면서도 지극히 자연스러운 남자의 행동을 보며 다을은 조그맣게 꿍얼거렸다.

"내가 손님 같네."

다을은 커피를 새로 내려 넉 잔을 만들었다. 거실 중앙의 탁자 앞에 앉아 있는 남자에게 먼저 커피를 냈다. 명지가 구워 놓은 빵과 쿠키도 함께. 머그잔 두 개를 마주 보게 놓고도 앉지 않는 다을을 남자가 올려다보았다.

"드세요. 2층에도 커피 좀 올려다 주고 올게요."

남자가 턱만 살짝 움직여 끄덕였다. 얼핏 부하 직원의 보고를 받는 상사의 포즈 같기도 한데, 불쾌하지는 않고 묘하게 세련된 느낌을 주었다.

방금 들어온 2층 손님들에게 커피를 올려다 주고 계단을 내려오는데 책을 펼쳐 든 남자의 등이 보였다. 넓은 어깨가 반듯하다.

다을은 길고양이 아가씨의 핸드폰을 챙겨 들고 남자의 맞은
편으로 가 앉았다. 남자가 책에 내려 두고 있던 눈을 들었다. 크
고 깊은 눈이 다을을 차분히 쳐다보았다. 집요한 눈빛과는 거리
가 있는데도 어쩐지 몸 둘 바를 모르겠다. 다을은 남자가 들고
있는 책으로 눈길을 옮겼다.

'문득'. 얼마 전 '다름'에서 나온 에세이 소설이다.

"그 책, 괜찮죠?"

다을이 건넨 말에 남자가 책을 덮고는 앞표지를 지그시 보았
다. 남자의 입술 끝자락에 미소가 슬쩍 내걸렸다.

"아닌가? 그 출판사 책들 괜찮던데."

남자가 고개를 들고 다을을 똑바로 보며 물었다.

"어떤 면이 괜찮던가요?"

"일단 문장이 편안해요. 실생활을 다루어서 공감 가는 이야기
들도 많고. 가끔 웃음 터뜨리게 하는 위트도 있……."

"아니, 이 출판사 말입니다."

"출판사요? 다름?"

남자가 눈으로만 끄덕였다. 마치 아주 가까운 사람에게 그러
듯이.

"출판사는 왜……."

"이 출판사 책들이 어떤 면에서 괜찮다는 건지 궁금해졌어요.
문득."

"아."

이놈의 아. 전화받을 때부터 왜 자꾸 아, 아, 그러게 되는지.

저 목소리 때문이다. 그야말로 '끝내주게' 좋은 저 목소리.

"그냥 한번 해 본 소리였습니까?"

저 멀끔한 얼굴과 근사한 목소리의 조합만 아니라면 타박처럼 들렸을지도.

"그건 아니고요. 다름 출판사 책들에선 딱 꼬집어 말하기 힘든, 뭐랄까, 자부심 같은 게 느껴져요."

"자부심이라."

"네. 다름 책들은 하나같이 이렇게 말하고 있는 것 같거든요. 나는 좀 달라."

남자 입가의 미소가 좀 더 또렷해졌다.

"그래서 다름인가."

나직이 읊조리는 남자에게 다을은 끄덕이듯 덧붙였다.

"자부심을 결코 숨기지 않는 책이랄까요?"

"결코, 라는 건. 과하다는 의미?"

남자의 예리함에 다을은 조금 놀랐지만 말을 이어 나갔다.

"나는 시장성과 상관없이 만들고 싶은 책을 만든다. 그리고 내가 만든 책들은 전부 다 책 자체로서의 특별한 의미와 가치가 있다. 팔기 위해 만드는 책들과는 다르다. 뭐 이런 느낌인 거죠."

"왜 그럴까."

"다름 출판사, 책나라 출판사 임프린트(imprint)잖아요. 말하자면 계열사 같은 거. 그래서 그런 거 아닐까요?"

"임프린트는 계열사 개념과 좀 다르다고 봅니다만."

"일반적으론 그렇지만 다름은 책나라의 다른 임프린트 출판사들하고는 구별돼야죠. 다름은 책나라 권영표 회장 아들 거니까."

"흠. 그런 것까지 다 아시고."

"저만 아는 거 아닐걸요? 책나라야 뭐 워낙 출판 재벌로 유명하잖아요. 다름이 돈 걱정 없이 자기가 만들고 싶은 책만 만들수 있는 것도 다 그런 배경 때문이겠죠. 말아먹어도 돌아갈 수있는 친정이 뒤에 든든히 버티고 있는 셈이니까."

남자가 빙긋이 웃으며 말했다.

"일리 있네."

뭐냐, 저 웃음은.

속에서 불쑥 솟는 말은 감추고서 다을도 빙긋 웃었다.

남자가 책을 탁자에다 내려놓고 머그잔을 들었다. 길지 않은침묵이 지나는 동안 낯선 곳에 처음 온 남자는 편안히 커피를음미하고 있는데 정작 다을은 어색해졌다. 공연히 책장들만 둘레둘레 둘러보다가 길고양이 핸드폰이 생각났다.

"참, 이거요."

다을은 그 핸드폰을 남자 쪽으로 밀어 놓았다. 핸드폰을 받아든 남자가 화면을 열고 몇 번 터치를 하더니 피식 웃음을 흘렸다.

"단축 번호 보신 거죠?"

"네."

"악어는 여기 있고. 늑대랑 들개는 누구예요?"

"동생들입니다. 아, 난주한테는 오빠들."

"오빠가 셋이나? 좋겠다."

"오빠 없습니까?"

"없어요. 여동생만 하나. 아까 저희도 그거 보고 막 웃었잖아요. 제 친구가 그거 보더니 야생동물 집합소라고. 후후."

"친구요?"

"네, 주말마다 여기 와서 지내는 친구예요."

"예쁩니까?"

"네?"

뜬금없는 질문을 저토록 태연히 하고서도 남자는 평온한 표정으로 다을을 보며 말을 이었다.

"주말마다 온다는 그쪽 친구."

"네, 무지무지 예쁜데요. 근데 그건 왜 물으시……."

"됐습니다."

됐습니다? 대체 뭐가?

어이가 없어 말끄러미 쳐다보고 있으려니 남자가 역시 담담한 어조로 말했다.

"아까 핸드폰 말고도 다른 용건이 있다고 했었죠."

"아. 네, 있긴 한데요……."

돈 얘기를 하려니까 어쩐지 망설여졌다.

"난주가 어제 여기서 잤습니까?"

"네. 새벽에 나간 것 같아요. 아무도 모르게요."

"아무도 모르게?"

다을은 크게 한 번 끄덕였다. 남자도 다을을 따라 끄덕였다. 커피를 한 모금 마시고 난 뒤 가만히 다을을 보고 있던 남자가 입을 열었다.

"출판 재벌은 씩씩하게 성토하더니 하룻밤 숙박비 얘기는 주저주저. 캐릭터에 일관성이 없어."

다을은 풋, 터지려는 웃음을 간신히 누르며 대꾸했다.

"성토까진 아니었을걸요?"

남자가 재킷 안주머니에서 지갑을 꺼냈다. 검지와 중지 사이에 신용카드를 끼워 건네는 손이 얼굴 피부만큼이나 깔끔했다. 카드를 받아 든 다을은 잠깐 생각하다 남자에게 도로 건넸다. 남자의 눈빛에 물음이 담겼다.

"제가 지금 이걸 받으면 동생분이 진짜 황당한 사람 되는 거잖아요. 얼마 안 되는 돈 떼먹고 도망이나 친 그런 사람이요. 아마도 뭔가 그럴 만한 이유가 있었을 것 같아요. 동생분이 나중에 사정을 설명하고 직접 계산하시는 게 좋을 것 같다는 생각이 들었어요."

남자의 입술이 미소를 띠며 부드러워졌다. 활짝 이가 드러나도록 웃는 모습은 어떨까, 다을은 잠깐 상상했다. 그리고 웃음소리도.

"동생이라서 무작정 편들자는 건 아닌데 난주 그 녀석, 돈을 안 내려고 도망친 건 아닐 겁니다. 그런데 사정 설명을 하려고 다시 오려고 하지도 않을 겁니다. 계좌로 입금하는 수고쯤이야 하겠지만."

"아."

다을은 현관 옆 책상으로 가 책방 리플릿을 들고 와서는 남자에게 건넸다.

"거기 저희 계좌 번호가 있으니까 그리로 입금하라고 전해 주세요."

리플릿을 들여다보며 남자가 물었다.

"왜 잠입니까?"

"책 속에서 하룻밤, 편안한 잠. 요런 의미예요."

남자가 턱을 끄덕이고선 지갑에서 명함을 꺼내 다을에게 내밀며 말했다.

"난주가 무소식이거든 이리로 연락해요."

남자의 명함을 받아 들고 무심히 들여다보던 다을은 입을 동그랗게 벌리고 말았다. 명함 한가운데 박힌 두 글자는, 다름.

"설마, 이게 그 다름?"

"공교롭게도 그럴 겁니다."

"아, 공교롭게도. 아하하."

부러 소리 내어 웃어 보였지만 다을은 난감하기 짝이 없었다. 이름 앞에 붙은 대표라는 직함이 유난히 도드라져 보였다. 대표면 책나라 회장의 아들일 터. 당사자를 앞에다 두고 출판 재벌이니 뭐니 비판해 버린 꼴이다. 할 말을 찾지 못해 머뭇거리는데 밖에서 구원병처럼 명지의 목소리가 들려왔다.

"반달곰~!"

다을은 얼른 일어나 창가로 뛰어갔다. 주차장 입구에 선 명지의 차가 보였다. 조수석에 앉은 명지가 차창을 내리고서 다을을 향해 손을 흔들어 댔다. 운전석에서 소을도 같이 손을 흔들었다. 다을은 창을 열고 마주 손을 흔들어 주었다.

"반달곰! 얘 완전 잘해! 우리 한 바퀴 더 돌고 올게!"

"그래! 조심해!"

명지의 차는 곧 앞으로 나아갔고 시야에서 멀어졌다. 곁에서 인기척이 느껴졌다. 슬며시 돌아보니 남자가 창턱에 손을 짚은 채 창 너머를 내다보고 있었다. 기다란 손가락에서부터 곧게 뻗은 팔을 지나 목덜미와 옆얼굴에 이르기까지, 선이 그린 듯이 우아하고 날카로웠다. 다을은 황급히 시선을 앞으로 돌렸다.

"그 친굽니까?"

"네, 제 동생이랑요. 동생이 얼마 전에 운전면허 기능 합격했거든요. 그래서 제 친구가 운전 가르쳐 주는 중이에요."

"언니 대신 언니 친구가?"

"아, 제가 운전을 못해서요."

"차 알레르기라도 있습니까?"

"차 알레르기요?"

큭, 웃음이 났다. 이 남자는 농담을 진담처럼 들리게 하는 특기가 있는 게 틀림없다. 목소리에 비해 건조한 편인 말투 탓인지도 모르겠지만.

"그런 건 없고요. 그냥 뭐, 귀찮아서 안 배웠어요."

"귀찮아서."

"네."

"별명입니까?"

불쑥 건너뛴 물음에 다을은 남자를 돌아보았다. 눈길은 창밖으로 둔 그대로 남자가 말을 보탰다.

"반달곰."

"아. 네, 별명인데요."

"그럼 이름은?"

내 이름? 그건 왜 묻는 거야?

책방에 온 손님들과 이런저런 이야기들, 주로 책 이야기들을 나눌 때가 있긴 하지만 지금처럼 이름을 물어 오는 경우는 없었다. 의아해하며 쳐다보자 남자도 다을 쪽으로 고개를 돌렸다. 눈빛이 부딪쳤다. 남자는 차 옆에서의 첫인상처럼 단호한 입매를 하고 있었다.

출판사 관련 얘기로 역시 기분이 좀 상했던 걸까? 그래서 이름을 알아 두겠다는 건가? 기억해 뒀다가 나중에 직거래라도 하게 되면 공급률 절대 안 낮춰 주려고? 흠, 그렇게까지 치밀하게 뒤끝 있어 보이진 않는데. 게다가 여기가 대형 서점도 아니고 고작 몇 권에 그런 쪼잔한 짓을 계획할 리가. 나라면 귀찮아서라도 안 그러겠다.

책나라가 출판 재벌이라는 건 엄연한 사실이지만 다름에 대한 생각은 섣부른 판단이었을 수도 있으니 그 점은 짚고 넘어가는 게 좋을 것 같다.

"저, 아까는 제가 공연한 소릴 했나 봐요. 잘 알지도 못하면서 남의 집안 얘길 함부로 막 하고. 그래서 언짢으셨……."

"이름 없어요?"

도중에 말을 자르고 들어온 물음에 물색없이 웃음이 나려고 했다. 어설픈 사과는 됐고, 이름이나 어서 말해 보시지. 꼭 이런 느낌인데 정색을 한다기보다는 은근히 불량스러운 뉘앙스여서 그랬다. 다을은 나오려는 웃음을 꾹 누르며 대답해 주었다.

"이름이 왜 없어요. 다을이에요, 반다을."

"반, 다을."

남자가 나직하게 되짚었다. 맑게 번지는 목소리 덕분에 귓가에다 대고 속삭이는 것처럼 들렸다. 남자가 창턱에서 손을 떼고 몸을 바로 세웠다. 이제 가려나 보다 싶어 인사를 하려는 순간 남자가 말했다.

"또 봅시다."

"⋯⋯네?"

입술 끝을 올리며 씩 미소 짓고는 남자가 돌아섰다. 현관문을 열고 나가 차로 걸어가는 남자의 뒷모습을 창 너머로 바라보면서 다을의 머릿속에 퐁퐁 물음표들이 떴다.

또 보자고? 뭘? 나를? 왜?

다을은 문득 손에 쥔 명함을 다시금 들여다보았다. '대표' 옆 남자의 이름 석 자가 비로소 눈에 들어왔다.

권석주.

다을은 고개를 들었다. 한쪽 무릎을 굽히고 앉아 차 아래로 손을 내밀고 있는 남자가 보였다. 잠시 후 차 밑에서 어슬렁어슬렁 기어 나온 사과가 남자의 손길에 등을 맡기는가 싶더니 주차장을 가로질러 이웃집 울타리 쪽으로 갔다. 남자가 차에 올랐다. 차는 천천히 주차장을 빠져나갔다.

4

밤이 꽤 깊어서야 난주가 집에 들어왔다. 종일 연락이 닿지 않은 난주를 용케 찾아내 집으로 데려온 것은 철주였다.

"솜씨 좋다."

석주의 말에 철주가 흐흐 악동처럼 웃었다.

"어디서 찾았어?"

"몰라도 돼."

난주의 친구들과도 스스럼없이 연락하며 친하게 지내는 철주인지라 석주도 더 묻지는 않았다.

샤워를 마친 난주가 발로 바닥을 툭툭 차듯 걸어와서는 석주 맞은편 소파에 털썩 앉았다. 젖은 머리에서 물방울이 떨어졌다.

"감기 든다. 머리부터 말리고 와."

걱정에도 아랑곳없이 난주가 잔뜩 부은 얼굴로 석주를 쳐다보았다.

"오늘만 날이야?"

"뭐."

"더 못 놀고 끌려 들어왔다고 입 내밀고 앉았지."

"그런 거 아냐."

철주가 수건을 가져와 난주 머리를 감쌌다. 석주는 책방에서 받아 온 핸드폰을 난주 앞으로 밀었다. 제 핸드폰을 보고도 난주는 아무런 반응이 없었다. 철주가 핸드폰을 집어 들자 난주가 잽싸게 빼앗아 비어 있는 소파 위로 던져 버렸다.

"뭐하는 거야?"

목소리를 조금 깔았더니 난주가 눈길을 내렸다. 철주가 석주에게 눈짓을 보냈다. 무슨 의미인지 석주도 안다. 모든 마음 끝에 남는 하나는 결국 안쓰러움. 석주뿐만 아니라 가족들 모두가 난주에게는 그랬다.

6년 전 어머니가 돌아가셨을 때 난주는 갓 입학한 여고생이었다. 꽃들이 망울을 터뜨리기 시작하던 화사한 봄날, 난주 혼자만 갑작스런 상실 앞에 내동댕이쳐졌다. 가족 모두 알고 있었지만 난주에게만 비밀이었던 사실.

어머니의 죽음은 그보다 몇 개월 전, 난주가 중3이던 늦가을에 이미 예정된 상태였다. 철없이 어리기만 했던 난주를 배려하느라 어머니가 내린 결정이었고 아무것도 모르던 난주만 제외하고 가족 모두 차곡차곡 마음의 준비를 해 나갔다. 겉으로는 평상시와 다름없이, 그러나 각자 혼자서 다가올 상실과 슬픔을 견뎠다.

그땐 그것이 최선이라고 생각했다. 어머니의 뜻을 따른다는 의미도 컸다. 무의미하고 고통스러운 항암 치료 대신 집에서 가족들과 생의 마지막을 보내고 싶었던 어머니. 그러나 난주만은 하루라도 더 행복 속에 살게 해 주려는 그 마음.

아들만 내리 셋을 두어 딸을 간절히 바랐던 어머니였다. 난주가 태어났을 때 어머니가 얼마나 기뻐했는지 석주는 지금도 또렷이 기억하고 있었다.

난주는 자라는 내내 부모님으로부터 극진한 사랑을 받았다. 석주와 기주도 어린 난주를 예뻐하며 아꼈다. 철주는 난주에게 오빠이자 가장 친한 친구였다. 눈을 감을 때까지 어머니는 난주 걱정을 했고 더 오래 곁에 있어 주지 못함을 미안해했다.

그토록 절대적인 사랑이 예고도 없이 그야말로 한순간에 사라지자 난주는 패닉에 빠졌다. 믿지 않았고, 부정했고, 거짓말이라며 가족들을 몰아붙였고, 엄마를 내놓으라고 소리를 질렀고, 마침내는 방에 틀어박혀 내내 울었다. 저러다 무슨 일이 생기는 건 아닐까, 난주를 향한 온 가족의 근심은 깊어지기만 했었다.

먹지도 않고 방에서 울기만 하던 그때보다 지금처럼 생생히 밖으로 도는 편이 나았다. 물론 지금이라고 해서 난주가 상실의 슬픔을 온전히 극복했다고 여겨지지는 않는다.

시간이 흐르면 슬픔도 멀리 있는 산이 되어 버린다. 흐르는 시간 속에서 무심히 살아가다 이따금 눈을 들어 바라다보면 먼 저곳에 여전히 그대로 존재하는 산. 점점 더 멀리, 그러나 아주 사라지지는 않는. 자주 바라다보지 않게 된 그 산이 난주에게도 그러하기를 바랄 뿐이다.

"한잔들 합시다."

철주가 캔 맥주 세 개를 가져와서 꼭지를 따 석주와 난주에게 건넸다. 캔을 받아 얌전히 손에 쥐고 있는 난주를 보곤 다시금 석주에게 눈짓을 했다.

석주는 맥주 캔을 난주의 캔에다 건배하듯 갖다 댔다. 난주가 그제야 새침하게 눈을 흘겼다.

책방에서 숙박비도 안 내고 새벽에 나간 이유를 묻자 난주가 어안이 벙벙해진 얼굴로 되물었다.

"숙박비라니? 거기 북 카펜데 무슨 숙박비?"

"북 스테이 하는 곳이야. 그냥 작은 책방이 아니고."

"북 스테이? 그게 뭐야? 홈 스테이 같은 거야? 헤이리 갔다가 나오는 길에 예쁘장한 북 카페가 있기에 들어가 봤지. 커피 마시고 책 보다가 잠이 들었……."

"책 보다가? 권난주가?"

"권난주도 책 보거든?"

당당하게 주장하는 난주를 보며 석주는 푸시시 웃었다. 난주 옆에서 철주도 참아 가며 웃고 있었다.

"그래서?"

"그래서는 뭐. 자다 눈떠 보니 3시가 넘었잖아. 거긴 손님이 잠들었는데 깨워 주지도 않고 뭐 그래? 푹 자라고 담요까지 덮어 놨더라."

"핸드폰 두고 온 건 여태 몰랐어?"

"알았지."

"그런데 왜 전화도 안 했어?"

"버릴 거니까."

"버려? 핸드폰을?"

난주가 입을 앙다물고 있다가 철주 쪽으로 돌아앉아 고자질하듯 말했다.

"오빠. 그 새끼가 양다리였어. 그것도 내 친구랑."

"핸드폰 사 준 그 새끼?"

철주가 발끈해서 되묻자 난주가 울먹이며 대답했다.

"응. 내 친구 인스타그램에 그 새끼랑 내 친구랑 뺨 맞대고 찍은 사진이 딱. 술김에 신나서들 올렸겠지. 내가 새벽에 그 사진 다 봤거든. 근데 둘 다 싹 감추고선 절대 그런 거 아니라며 시치미를 떼는 거야. 미치고 폴짝 뛰겠더라고."

"죽여 버릴까?"

정색을 하고 묻는 철주에게 난주가 퉁 내던지듯 대꾸했다.

"참아 줘."

"죽이는 건 참고. 그럼 밤길 조심하라는 경고 정도는 괜찮겠지?"

"그러지 마. 오빠들 등에 업고 치사해지기 싫어."

"오빠들? 그런 짓 해 줄 오빠 나밖에 없을 텐데?"

"그건 오빠 생각이고."

철주와의 대화 끝에 난주가 가리키듯 석주를 쳐다보았다. 난주의 시선을 따라온 철주가 클클 코웃음을 치며 말했다.

"설마, 권석주가?"

"오빠는 자기가 손봐 주겠다고 미리부터 큰소리치고 다니겠지만 큰오빠는 조용히 가서 콱 죽여 놓겠지. 자랑 따위도 안 하고."

석주는 피식 웃었다. 굳이 아니라고 말하지 않았다. 그럴 수 있을 것이다. 겨우 한 달 사귄 남자애가 아니고 심각한 사이였다면.

"그럼 권기주는?"

장난스런 철주 물음에 난주가 술술 대답을 했다.

"작은오빠는 뭐, 세상에 남자는 많으니까 그런 개새끼한테는 신경 끄라 그러겠지. 자기 손 더럽히는 거 질색하잖아."

철주가 짝짝짝 박수를 치며 외쳤다.

"퍼펙트!"

난주와 철주는 의기투합한 남매답게 맥주 캔을 맞부딪치곤 꼴깍꼴깍 맛있게도 마셨다. 석주도 맥주를 한 모금 마시고 궁금하던 것을 물었다.

"그래서 악어야?"

"응?"

"조용히 다가가서 한 방에 콱. 그래서 악어냐고."

난주가 석주를 째려보며 내쏘았다.

"남의 폰은 왜 봐?"

"버린 거라면서."

"어쨌든."

"큰형이 악어면, 난 뭐야?"

철주가 눈을 빛내며 끼어들었다. 난주가 말하지 말라는 듯 콧날을 찡그리며 고개를 저어 보였으나 석주는 웃으며 말해 주었다.

"넌 들개."

"들개? 오호, 나쁘지 않은데? 그럼 작은형은?"

"맞춰 봐."

철주가 엄지와 검지로 턱을 받치고서 생각하는 척하다가 이내 정답을 던졌다.

"늑대."

"작은오빠한테는 말하지 마."

난주가 당부했다. 석주는 철주와 함께 눈웃음을 교환하며 끄덕여 주었다. 기주에게 잘 어울리는 별명이라는 것에 철주도 동의하는 게 분명했다. 기주 본인이야 인정하지 않을 테지만.

"권난주, 폰 정말 버릴 거면 나한테 버려."

난주가 철주에게 물었다.

"뭐하게?"

"팔아서 극단 살림에 보태야지."

철주 대답에 난주가 부러 울상을 지었다.

"아빠가 돈 안 줘?"

"응, 안 줘."

"오구오구, 불쌍해라. 내가 받아 내 줄게, 오빠."

"기왕이면 최대한 많이 부탁해."

"오케이."

철주와 난주는 다시금 캔을 서로 부딪쳤다. 생기발랄해진 난주를 보니 한결 마음이 놓였다. 지금 속이야 어떨지 모르지만 얼마 안 가서 새로운 남자 친구를 만들 것이다. 그래도 한 번 더 난주 마음을 확인해 보기로 한다.

"단축에 그 새끼 번호는 없던데?"

난주가 답답하다는 듯 설명했다.

"단축 번호는 원래 비상시를 대비하는 거지. 나한테 뭔 일이 생기면 즉각 연락이 가야 할 사람을 지정해 놓는 거. 그 새끼가 뭐라고 단축에다 저장해 놔?"

됐다. 역시 그 찌질한 놈은 난주에게 한 달짜리에 불과했던 게 분명하니 더 신경 안 써도 되겠다. 그럼 궁금했던 것 하나 더.

"어째서 내가 1번이야?"

"무슨 소리야?"

난주가 되물었다.

"내가 1번인 이유."

"이유는 무슨 이유. 권석주, 권기주, 권철주. 위에서부터 차례 대로 1번, 2번, 3번. 이해 안 돼?"

철주가 낄낄거리며 웃었다. 난주도 철주처럼 웃었다. 철주랑 제일 친해도 마음속 첫 번째는 큰오빠니까, 같은 대답을 기다렸던 걸까. 석주는 쓴웃음을 지었다.

"그래서, 핸드폰 찾아오면서 숙박비도 내고 온 거야?"

난주의 물음에 석주는 묵묵히 끄덕였다. 책방 계좌로 입금은 아직 안 했다. 책방 여자가 연락해 오게 만들 자연스러운 계기가 되어 줄 테니까.

"큰오빠 어떤 여자가 좋아?"

하필이면 책방 여자 생각을 하고 있을 때 저런 물음이 날아들다니. 덕분에 석주는 곧장 대답을 꺼냈다.

"목소리가 듣기 괜찮은 여자."

"어떤 게 듣기 괜찮은 건데?"

난주가 또 물었다.

"음, 옆에 앉아서 책을 읽어 주는 느낌?"

자기 생각을 조리 있게 말할 때에도 '또박또박'이라는 느낌이 들지 않았다. 그 여자에게서는.

이웃집 할머니와 고양이와 사라마구를 연결 지어 이야기할 때도 그랬듯이 도란도란 재미있는 책이라도 읽어 주는 느낌이었다. 사라마구더러 주제 할아버지라니. 지금 생각해도 웃음이 난다.

"난 닥치고 베이글녀."

철주다. 아무렴. 석주는 웃었다. 철주 때문인 것처럼 보이는 이 웃음은 책방 여자에게서 기인한 것이다. 난주와 철주는 모르겠지만.

"오빠한테는 안 물어봤거든?"

"왜 나한텐 안 물어봐?"

"오빤 연애가 취미이자 특기인 사람이잖아. 딱히 이상형 같은 게 있을 리 없지."

"나도 있다니까, 이상형?"

"알았어, 알았어. 닥치고 베이글녀. 내 눈에 띄는 즉시 오빠한테 콜할 테니까 걱정 마셔."

"난주 너는?"

"나? 나는, 우리 집 남자들을 몽땅 다 합쳐 놓은 남자."

"권영표, 권석주, 권기주, 권철주를 몽땅 다?"

"젤 앞에 건 빼고. 넘 늙었잖아. 크크."

"동감. 근데 그런 남자 세상 다 뒤져 봐도 없을 거다."

"동감."

탁구 치듯 가볍게 주고받으며 웃어 대던 철주와 난주는 이제 연예인들을 하나하나 호출해 이상형 배틀을 시작했다.

석주는 일어나 방으로 들어왔다. 독립하기 전까지 30년 동안 써 오던 방이고 가구들도 변함이 없건만 가끔 와 머물게 되면 미묘하게 낯설었다. 출판사와 살림집을 겸하고 있는 2층 건물에 그새 정이 들었나 보다.

침대에 앉아 책방 리플릿을 펼쳐 든 석주는 난감한 기분이 되었다. 당연히 있을 거라 생각했던 전화번호가 없었다. 현관에 걸린 팻말에서처럼 유선전화만 있고 핸드폰 번호가 없는 거다. 반달곰, 그 여자의 번호가.

낮에 잠깐 보았던 홈페이지를 다시 검색해 들어가 보았다. 아무리 둘러봐도 유선전화뿐, 역시 핸드폰 번호는 안 보였다. 무슨 배짱이야 싶었다. 설마 핸드폰을 안 쓰는 건 아니겠지? 어쨌거나 연락이 오지 않으면 직접 찾아가는 수밖에.

무소식이면 연락하라고 일러두었으니 반달곰, 아니 반다을이란 이름의 책방 여자에게서 전화가 오겠지. 아마도 곧.

❀　　　❀　　　❀

화요일.

무소식인 지 오늘로 사흘째다. 명함까지 건넸는데 왜 지금껏 연락이 없을까.

이 단순한 의문이 은근한 초조함과도 닮았다는 데에 생각이 미치자, 석주는 좀 당황스러웠다.

이봐요. 통장 확인 안 합니까? 아직 입금을 안 했는데 왜 연락 안 합니까?

전화 걸어 이렇게 따지듯 물어보고 싶단 생각마저 들었다. 정말 그랬다간 그 여자, 적반하장이 따로 없다며 이상한 놈 취급하는 게 아닐지.

아니. 그럴 리가.

스스로 단정해 놓고 보니 수줍음이나 설렘의 기색이라곤 전혀 없던 그 여자 표정이 새삼 떠올랐다. 무심한 듯도 보였더랬다. 웃음을 아끼는 편은 아닌데도 그저 편안히 웃었지, 남자 앞에서 예쁘게 보이려는 태도는 아예 없었다. 친구 얘기를 하기에 혹여 남자 친구인가 하고 엉뚱한 질문까지 들이댔었다.

반달곰.

단지 귀찮아서, 운전을 안 배웠다고 말하던 여자. 보통 운전 못하는 걸 무슨 잘못이라도 되듯 주뼛거리며 말하기 일쑤인데, 그 여자처럼 대수롭지 않게 말하는 건 처음 본다. 떠오를 때마다 웃음이 나는 '주제 할아버지'도 그렇고. 사차원까지야 아니지만 살짝 특이하다고나 할까.

면도를 마친 석주는 거울 속 제 얼굴을 가만히 건너다보았다. 언젠가 철주가 농담 삼아 했던 말들이 생각났다.

큰형은 결혼하기 힘들걸? 여자 짓 하는 여잔 금방 싫증 내잖아. 아무리 도도한 여자도 한 남자의 여자가 되면 다 여자 짓 하기 마련이거든. 근데 권석주 씨는 그걸 못 견디니 이를 어째?

맞다. 20대를 지나오는 동안 몇 번의 연애가 그렇게 스쳐 갔다. 돌아서면 끝. 언제나 상처도 미련도 없이, 냉정할 만큼 쓱. 그런데 반다을 그 여자, 여자 짓 하는 모습이 어떤 빛깔일지 궁금해진다. 겪어 보고 싶다.

출판사 사무실이 있는 1층으로 내려오던 석주는 복도에서 오 팀장과 마주쳤다.

"대표님 지금 책나라 들어가실 거죠?"

"네."

"언제 오세요?"

석주는 손목시계를 보았다. 오후 3시. 퇴근 시간까지 돌아오기는 빠듯하겠다. 그 여자네 책방에 들르게 될 테니 더더욱.

"시간 맞춰 퇴근들 하세요."

"그럼 이건 내일 보여 드려야겠다."

오 팀장이 들고 있던 파일을 살랑 흔들었다.

"뭡니까?"

"신입이 작성한 출간 기획서예요. 숙제를 내봤더니 제법 그럴 듯하게 해 왔더라고요. 대표님도 한번 보시라고요."

기주가 보낸 신입. 정식 출근은 12월 중순으로 미루고, 지금은 하루에 두어 시간씩 편집 실무를 배우게 하는 중이었다.

"책상 위에 두세요."

"그럴까요? 이건 같이 봐야 재미있는데. 참, 대표님. 우리 정말 팟캐스트 안 해요? 책나라도 그렇고 요즘은 웬만한 출판사들 팟캐스트는 기본으로 있다니까요. 팟캐스트 자체로도 인기지만 그거 듣고 책 구매로 이어지는 비율도 높다고 하잖아요. 아, 이

건 신입 얘긴데요. 출판사에서 진행하는 팟캐스트나 책 읽어 주는 팟캐스트 같은 거 듣고, 거기서 언급된 책들을 사서 읽은 적이 많대요."

팟캐스트는 몇 달 전에도 편집 회의에서 거론된 적이 있는 사안이었다.

석주는 어쩐지 내키지 않아 고려조차 하지 않았다. 비본질적인 일에 시간과 노력을 빼앗기기가 싫었던 것이다. 그렇게라도 해서 책을 더 팔아야겠다는 절실함이 없어서일까.

이 지점에서 갑자기 책방 여자의 목소리가 귓가에 되살아났다. 책나라라는 든든한 친정이 뒤에 버티고 있으니 아무 걱정 없이 만들고 싶은 책만 만들 수 있는 거라고 했던가. 일리 있는 정도가 아니라 정확한 지적일지도 모르겠다.

"요즘 20대들은 책과 관련해서 주로 어떤 팟캐스트를 즐겨 듣는지 신입한테 목록 작성해서 특징과 장단점들 분석해 보라고 하세요."

오 팀장이 와락 반색을 했다.

"긍정적 검토이신 거죠? 그럼 저는 30대 쪽을 조사해 보겠습니다."

"일단 생각은 해 봅시다. 그런데 그거 시작해 봐야 귀찮은 일거리만 하나 더 생기는 걸 텐데 뭐가 그리 반갑습니까?"

"제가 귀찮아지나요, 뭐?"

"그럼 누가?"

"대표님!"

"나요?"

"대표님 목소리 죽이잖아요."

웃음이 몽글몽글한 오 팀장의 얼굴에 대고 석주는 단호하게
대꾸했다.

"나 그런 거 안 합니다."

5

해가 질 무렵 명지에게서 전화가 왔다. 명지는 소을의 안부부터 물었다. 명확하게는 소을이 제작 중인 미드 '워킹데드' 시즌 6의 자막 진척 상황을.

"지금 열심히 작업 중."

—주말까지 다 되려나?

학교에서 돌아오자마자 노트북을 끼고 앉아 있는 소을에게 다을은 명지의 물음을 전했다. 소을이 엄지와 검지로 동그라미를 만들어 보였다.

"문제없대. 근데 저거 지난달엔가 케이블에서 방영해 주지 않았어?"

—보고 싶은 걸 참았지. 소을이가 자막을 감칠맛 나게 만들잖아.

"그건 그래."

명지와 소을은 미드 열성 팬이다. 소을이 영상에다 한글 자막을 입혀 놓으면 명지가 함께 보며 감탄과 환호를 날려 주는 식이다.

센스 넘치는 자막 덕분에 다을은 소을의 어깨를 두드리며 칭찬해 주곤 했다. 넌 그 길로 나가는 게 좋겠어, 격려도 아끼지 않았다. 정작 소을은 영상 번역은 취미일 뿐이라며 나중에 번역가가 되는 게 꿈이라고 했다.

"도명지의 오늘 하루는 어땠어?"

─다짜고짜 깎아 달라고 떼쓰는 손님도 없었고, 아름다운 나의 작품을 눈여겨보며 찬탄하는 사람도 없었고. 그러니까 대체로 맑음이야.

명지 엄마의 가구 매장 한쪽에 명지가 디자인한 소품들을 들여놓았는데 아직은 이렇다 할 반응이 없나 보다. 1인용 앉은뱅이책상과 좌식 의자, 3단 서랍장과 벽걸이용 선반 등등 다을의 눈에는 하나같이 아기자기했다.

"내가 찬탄해 줄게. 도명지표 가구는 지구상에서 제일 아름다워."

─반달곰. 너의 찬탄은 이미 넘치게 받아서 식상해. 나만의 가치를 알아봐 줄 심미안을 가진 진짜 숭배자가 필요하다고.

"너 연애가 고파졌구나?"

─그렇게 들렸어?

"응, 완전히 그렇게 들렸어."

─인정. 슬슬 고플 때도 됐지, 뭐. 그나저나 악어 씨는 오늘도 잠잠?

다을은 풋 웃음을 터뜨렸다. 명지에게 어느새 '악어 씨'로 명명이 되어 버린 그 남자, 권석주. 또 보자더니 명지 말마따나 오늘도 잠잠하다.

"응, 잠잠."

—명함 받았잖아. 전화해 봐.

"귀찮아."

—야. 목소리 깡패라며!

목소리만 깡패라면, 그 멋진 목소리나 더 듣자는 마음으로 전화를 걸었을지 모른다. 무소식인 난주를 핑계로 말이다. 하지만 그 남자는 목소리만 깡패가 아니다. 두루두루 다 깡패다.

그 남자의 면모를 명지에게 시시콜콜 묘사하지는 않았다. 산뜻하고 담백한 첫인상부터 여운을 남기던 '또 봅시다'까지 세심하게 그려 주었더라면 명지는 아마 연애에 빠져들기 직전의 여자처럼 자기가 더 설레어 했을 거다.

"도명지, 확대 해석은 금물이야."

어쨌거나 여기는 책방이고, 그 사람은 출판사 대표. 그러니까 그 '또 봅시다'는 책으로 연결될지 모를 나중을 위한 의례적 인사말이라 여기는 게 타당하다. 그러니 공연히 혼자서 의미를 부여하지 말 것!

—확대 해석이야? 그럼 명함은 왜 준 거래?

"그야 그 사람은 출판사 대표고 여긴 책방이니까. 나한테 준 게 아니라 우리 책방에 준 거겠지."

—다을아, 너 악어 씨 손 봤어?

"손? 손은 왜?"

―악어 씨 손에 결혼반지나 커플링 같은 게 있었냐고.

"글쎄. 잘 모르겠는데?"

창가에 나란히 서 있을 때 오른손은 봤다. 우아하다 느껴질 만큼 긴 손가락과 깔끔한 손이 눈에 쏙 들어왔다.

―도명지의 파란만장한 26년 인생 경험으로 보건대, 멀쩡하게 괜찮은 남자는 애인이 있거나 이미 결혼했거나. 아니면…….

"아니면?"

―목소리만 좋은 고자거나.

명지 말끝에 쿡쿡 웃음소리가 딸려 왔다.

"야!"

웃으며 소리쳤지만 혹시 명지의 예측이 맞는 걸까, 괜스레 마음이 쓰였다. 애인이 있거나 결혼했거나. 어림짐작으로 가늠해 본 나이라든가 외모라든가 여러 측면을 감안할 때 그럴 가능성도 높겠다. 그 정도 품질의 남자가 여태 싱글일 확률은 10% 이하.

아빠만 봐도 알 수 있다. 엄마 손길을 거치지 않으면 어딘지 모르게 후줄근해 보이는 경향이 있다는 거. 그 남자의 정돈된 분위기와 세련된 느낌도 여자의(아내의?) 손길을 탔기 때문일지도.

―반달곰, 다음에 만나면 손을 꼭 봐.

명지 말이 떨어지기 무섭게 주차장으로 낯익은 차 한 대가 들어섰다. 다을은 웃음을 깨물었다.

"지금이 다음이야."

―뭐?

"악어 씨, 지금 왔다고."

—진짜? 반달곰! 이따 꼭 브리핑해야 돼. 알았지? 꼭?

"알았어."

다을은 현관문을 열고 나섰다. 명지의 당부대로 일단은 손부터 확인하겠어, 마음먹었다. 석주가 차에서 내려섰다. 다을은 총총걸음으로 석주에게 걸어갔다.

"또 오셨네요?"

미소 지으며 인사를 건네자 네, 담담하게 대답하더니 이내 물어 왔다.

"왜 전화 안 했습니까?"

듣기에 따라서는 살짝 공격적인 어조다.

"화내시는 겁니까?"

짐짓 어미를 흉내 냈더니 석주가 미간에 가는 주름을 그렸다. 못마땅하다는 뜻인가? 악어랍시고 저러다 갑자기 콱 물어 버리진 않겠지. 후후. 이 남자는 화를 내면 어떤 모습이 될까, 궁금해진다.

"아직 입금을 안 했을 텐데. 매일 체크 안 해요?"

"입금하면 연락 오겠거니 했죠. 수억도 아닌데 귀찮게 독촉 전화를 할 순 없잖아요."

"귀찮게."

"귀차니즘과 게으르니즘은 엄연히 다르다는 사실. 혼동하심 안 됩니다."

석주가 푸식 웃었다. 미간의 주름이 사라졌다. 다을은 석주의 왼손으로 시선을 내렸다. 다을의 시야에서는 반지 유무가 잘 안 보였다. 그렇다고 얼굴을 확 숙여 손을 들여다볼 수도 없고. 흠, 그렇다면 방법이 있지.

"저, 지금 몇 시쯤 됐어요? 제가 시계가 없어서."

다을은 멋쩍은 웃음을 곁들였다. 예상대로 석주가 왼손을 올려 들었다.

부드러운 각도를 이루며 아래로 내려뜨려진 손가락들에는 어떤 불길한 부착물도 없었다. 손목에 자리한 손목시계뿐. 현재 싱글, 확인 완료.

"5시 15분입니다."

"아, 그렇구나."

이 남자 악어 씨, 목소리는 역시 예술이다. 그저 현재 시간을 말하고 있을 뿐인데도 울림이 그윽하다. 석주가 품에서 아이보리색 봉투 하나를 꺼내 다을에게 내밀었다.

"뭐예요?"

"정산합시다."

"아."

다름 출판사 로고가 찍힌 봉투를 두 손으로 받아 들고서 다을은 꾸벅 묵례를 했다.

"고맙습니다."

"별말씀을. 난주는 여기가 북 카페인 줄 알았던 모양입니다."

"아아~"

이해가 되어 끄덕였다. 동생의 사소한 실수들을 불평 없이 나서서 해결해 주는 남자.

그런 오빠를 둔 난주가 살짝 부럽다. 남매간에 지지고 볶으며 싸우거나 소 닭 보듯 지낸다는 이야기를 워낙 많이 들어서 더 그런지도 몰랐다.

"오늘은 사과가 안 보이네."

'까'와 '다'로 끝맺으며 단정할 때. 반말인 듯 아닌 듯 편안할 때. 이 남자는 두 가지 어투를 어색하지 않게 잘도 섞어 쓴다. 지난번 그 고양이가 아니라 사과라고 콕 집어 지칭하는 섬세한 기억력도 맘에 든다.

"오늘은 이웃집 할머니가 문을 꽁꽁 닫아 두셨나 봐요. 참, 그날 사과가 금세 나오던데. 어떻게 하신 거예요?"

대답하기에 앞서 석주가 미소부터 머금었다.

"혹시 고양이 기르세요?"

"기르는 건 아니고. 출판사 테라스에 길고양이들이 자주 찾아듭니다. 사료도 주고 물도 주고, 그러다 보니 어느 틈엔가 익숙해졌다고 할까."

끄덕이며 다을은 상상해 보았다. 햇볕이 따스하게 내려앉은 테라스. 당연한 듯 찾아드는 길고양이 두어 마리. 따로 마련해 둔 그릇에 먹이와 물을 내어 주는 손길. 그럴 때 이 남자의 표정은 어떤 빛을 띨까.

"사실은."

잠시 말을 멈추고 석주가 고개를 차 쪽으로 돌렸다가 다시 다을에게 돌아왔다.

"사실은요?"

"차에 간식 캔이 있습니다."

"고양이 거요?"

"네. 불러서 안 나오면 그걸 쓰려고 했죠."

"최후의 방법으로요? 다행히 그걸 쓰기 전에 사과가 쪼르르 나온 거고요?"

웃으며 연거푸 묻는 말에 석주가 턱을 끄덕였다. 미소가 머물러 있는 얼굴을 보며 다을은 생각했다. 이런 솔직함, 괜찮단 말이지. 그럼 내친김에 또 하나 확인에 들어가 볼까?

"그런데요. 이것 때문에 일부러 오신 거예요?"

봉투를 들어 보이며 묻자 석주가 대답했다.

"책나라에 일이 있어 왔다가, 겸사겸사."

"아아, 그러셨구나."

끄덕이며 대꾸했지만 살며시 스쳐 가는 건 약간의 아쉬움. 그럼 이제 용건도 제대로 끝났으니 인사를 나눌 차례인가. 오늘도 이 남자는 지난번처럼 '또 봅시다', 그러며 미소를 남기려나. 그런다 해도 오늘은 그 순간처럼 멍해지지는 않을 테다.

저 멀리 산봉우리로 그새 해가 완전히 기울었다. 곧 어둠이 아늑하게 주변을 물들여 갈 시간.

"그럼……."

아쉬움을 떠안은 채 인사말을 건네려는데 석주 눈길은 다을의 어깨 너머로 날아가 있었다. 다을은 석주의 시선을 향해 고개를 틀었다. 석주가 바라보고 있는 곳은 불 켜진 다락방 쪽이었다. 다을이 함께 바라다보기를 기다렸다는 듯 석주가 물었다.

"다락방입니까?"

다을은 반갑게 대답했다.

"네, 다락방이에요. 제가 제일 좋아하는 공간."

희미한 끄덕임. 그러고도 선뜻 움직이지 않고 그대로 선 석주에게 다을은 사탕 한 알 건네듯 권유했다.

"구경하실래요? 다락방."

❖　　　❖　　　❖

둘이 함께 다락방으로 들어섰다. 석주의 머리가 낮은 천장에 거의 닿을 듯했다. 다을은 웃으며 미리 경고해 두었다.

"여기서 기지개는 금지예요."

석주가 웃었다. 소리는 없이, 그러나 지금 방 안을 가득 채우고 있는 불빛처럼 은은하게. 보기 좋았다.

"여기가 반달곰의 방?"

"손님에게 뺏기지 않았을 때는요. 저랑 동생이랑 같이 쓰는 방은 아래층에 있고요. 여긴 반달곰의 주요 서식지랄까요? 후후."

"그래서 침대가."

"반달곰에게 잠은 무지무지 소중하니까요."

웃었다, 악어가. 나지막하나마 소리를 내어. 듣기에 좋았다.

책장에 빼곡한 책들을 둘러보던 석주가 천천히 걸음을 옮겼다. 석주가 다가선 곳으로 다을도 따라가 곁에 섰다.

"이건 뭡니까?"

웃음 어우러진 석주의 물음이 가리킨 것은 1권부터 18권까지 촘촘히 꽂혀 있는 만화책 '오르페우스의 창'이었다.

"저희 엄마의 애장 작품이에요."

"만화책 같은데."

"맞아요. 엄마가 소녀 시절에 설레며 봤던 거래요. 그땐 제목이 '올훼스의 창'이었다는데 세월이 흘러 새로 나오면서 이렇게 바뀌었대요. 주인공 이름도 그 시절엔 크라우스랑 유리우스였는데 이 책에선 클라우스랑 율리우스로 바뀌어서 엄마는 그게 영 불만인가 봐요. 나에겐 영원히 크라우스야, 막 그래요. 테리우스와 쌍벽을 이루는 매력남이라고 엄마가 강추하기에 저희도 봤거든요. 멋있긴 하더라고요. 저에게는 테리우스보다 조금 더. 테리우스는 눈물의 백허그만 남기고 스잔나한테 가 버리니까 감점. 아, 테리우스는 아시죠? 캔디의 테리우스요. 예전에 안정환한테 테리우스라고들 그랬잖아요. 가만, 그런데 지금 무슨 얘길 하다가 안정환까지 나온 거지?"

"크라우스."

"맞다, 크라우스. 아무튼 저도 엄마처럼 크라우스 팬이에요. 오르페우스의 창도요. 온갖 종류의 인간 군상들이 다 등장하니까 보는 재미도 쏠쏠하고요. 솔직히 말해서, 저한테는 '토지'보다 더 감동적이었어요. 토지는 뭐 1부까지만 끝내주게 재미있고, 그 뒤로는 어마어마한 인내심을 발휘해서 읽어 내야만 했거든요. 근데 1부까지만 읽고 그만두면 어디 가서 나 토지 읽었노라, 말할 수도 없는 거잖아요."

아, 너무 솔직해졌나?

웃고 있는 석주를 의식한 다을은 약간 후회가 되었다. 이 사람을 언제 봤다고 속에 든 생각들을 다 끄집어 내놓은 거람. 토지 얘기는 하지 말 걸 그랬다. 그래도 비웃음으로는 보이지 않는다. 비웃음은커녕 오히려 흐뭇함이나 즐거움 쪽에 가깝다. 이것도 그저 느낌일 뿐이지만. 확인해 볼까?

"자꾸 웃으시니까 부끄러워지려고 하네요. 흉보나 싶어서."

"그럴 리가."

"그럼 왜 그렇게 웃으시는 건데요?"

"그렇게? 어떻게?"

"왜인지는 모르겠지만, 은근 즐겁게?"

아니라고 하지 않는다, 이 남자. 다락방에 들어온 이후로 지금껏 입매가 한 번도 단호해지지 않았다. 입가에 내내 머물러 있는 저 웃음 때문에. 진짜 그런가? 정말 즐거워서 그러는 건가? 나한테 사람 웃기는 재능은 없는데, 웬일이야.

"'태백산맥' 바로 옆에 만화책들이 나란히. 뭔가 구도가 특이해서."

"아."

이유가 그거였나? 내가 한 말들 때문이 아니고?

"둘 다 엄마가 아끼는 작품들이니까요. 그리고 뭐, 태백산맥 옆에 만화책 꽂아 두면 안 된다는 법 같은 건 없잖아요? 엄마가 그러는데요. 오르페우스의 창은 그냥 만화책이 아니라 레전드래요."

"그러니까 레전드끼리?"

"네! 근데 태백산맥 같은 레전드에다 출판사가 뻘짓을 해 놨더라고요."

"어떤 뻘짓을?"

"책 박스에다가 '서울대 학생들이 선정한 가장 감명 깊게 읽은 문학 작품 1위' 요런 광고 문구를 딱 박아 놨잖아요. 그런 거 안 붙여 놔도 레전드인데, 굳이 서울대 딱지 갖다 붙여 놓고 사람들의 지적 허영을 건드리려는 게 영 맘에 안 든단 말이죠. 문학 작품과 서울대 타이틀이 도대체 무슨 상관이라고? 그리고 이건 순전히 개인적인 의구심인데요. 서울대 다니는 학생들이면 공부만 하기도 바쁠 텐데 열 권짜리 대하 소설 읽을 시간이나 있을지 모르겠다니까요?"

"어디 가서 나 태백산맥 읽었노라, 말하고 싶어서 읽은 사람도 있겠죠."

풉, 웃음을 터뜨린 것도 잠시 지난번에 출판사 얘기를 하던 상황과 비슷한 측이 와락 덮쳤다.

"혹시……?"

"공부하느라 바빠서는 아니지만. 어쨌든 학부 땐 아니고, 입대 앞두고 휴학 중에."

그러니까 이 남자가 지금, 자신이 서울대를 다녔으며 태백산맥도 완독했다는 두 가지 사실을 동시에 말해 주고 있는 셈인데. 서울대 출신인 것에는 별 감흥 없고 학벌부터 내세우는 사람들도 재미없어 하는 편이지만 태백산맥을 읽었다는 점에서 호감도가 올라간다.

"아하하. 그러셨구나. 그렇담 서울대 학생들 독서력에 대한 저의 소견은 철회할까 봐요. 그런데요, 절대로 서울대 성토는 아니었어요. 아시죠?"

대답 대신 악어 입가의 미소가 짙어졌다.

"그렇지만 뭐, 서울대 타이틀을 끌어다 붙인 그 광고 문구가 뺄짓이라는 견해는 철회 안 할래요."

"그건 동감."

석주가 옆으로 조금 이동했다. 다을 또한 석주의 보폭만큼 움직였다. 이번에 석주 눈길이 이른 곳은 '아리랑'과 '한강' 세트를 비롯한 조정래의 책들 앞이었다.

"정래 할아버지 컬렉션인가."

태연스레 말하는 석주 탓에 다을은 쿡쿡 웃었다.

"시도는 좋았지만, 저요, 아무한테나 할아버지라고 붙이진 않는답니다."

"오직 사라마구한테만?"

"요즘 제가 사라마구에 흠뻑 빠져 있거든요. 그래서 나의 주제 할아버지로 등극. 후후."

"대단한 분이죠. '눈먼 자들의 도시'를 일흔 줄에 썼으니."

"그죠? 그런 걸작을 그 나이에 써 내다니. 단연코 사랑하지 않을 수 없는!"

고요해져서 고개를 돌렸더니 석주가 자신을 보고 있었다. 언제부터였을까? 문득 돋아나는 궁금증은 누를 수밖에 없었다. 왜냐하면 얼굴로 쏟아져 내리는 석주의 눈빛이 너무도 직설적이어서.

그런데 눈빛 테러를 당하는 와중에도 이 남자의 쌍꺼풀이 탐난다. 느끼할 정도로 진하지 않고 지나치게 얄팍하지도 않은, 아주 적절한 두께로 자리 잡은 선. 다을은 저도 모르게 중얼거리고 말았다.

"불공평도 해라."

"뭐가?"

스며들듯 친근한 물음에 다을은 그만 할 말을 잊을 뻔했다. 이런 음색만 아니었어도 전혀 다른 느낌이었을 텐데. 이봐요, 목소리 깡패 악어 씨. 이 방에서는 고렇게 달콤한 반말 습격도 금지라고요!

"나한테는 없는 그 쌍꺼풀이요. 없어도 될 사람 눈에다 예쁘게도 사르르."

허둥지둥 주워섬기자 석주가 말했다.

"없는 게 더 괜찮은데."

응? 남자라 이렇게 예쁜 쌍꺼풀이 있는 게 오히려 싫다는 뜻인가?

"없었으면 좋겠단 뜻이에요?"

대답 없이 미소만 짓고서 석주가 눈빛을 거두어 갔다. 책장으로 되돌아간 시선이 아쉽다. 창밖은 어둠이 완연했다. 다락방 구경도 이제 끝나 간다. 그렇지만 이대로 그냥 보내기가 싫다. 어쩐지 이 사람도 서둘러 가고 싶은 것 같아 보이진 않는다. 그렇다면 이 시간을 조금 더.

"저녁 먹고 가실래요?"

짧은 여백 뒤에 석주가 되물었다.

"라면입니까?"

"라면, 이요? 라면 좋아하세요? 그럼 라면 끓여 드릴까요?"

석주가 웃었다. 웃고 있는 악어의 옆얼굴을 말끄러미 쳐다보며 다을은 의아해졌다. 웃긴 얘기도 아닌데 왜 웃지? 배고팠나? 라면 끓여 준다니까 좋아서? 그렇게나 1차원적인 인간 같지는

76

않은데 뜻밖이네.

미소 띤 채 느긋한 걸음걸이로 책장을 쭉 훑어가던 석주가 멈춰 서서 책 한 권을 뽑아 냈다. 표지를 잠시 응시하다 무심한 듯 책갈피를 스륵 넘기며 석주가 말했다.

"참 재미난 사람이야."

책 이야기인가 하고 다을은 바짝 다가서서 석주가 펼쳐 든 책을 넘겨다보며 물었다.

"누가요?"

"반달곰."

"저요? 그런 소린 처음 듣는데요?"

"내 눈에만 그런가. 다행이네."

다행이라고? 뭐가? 왜?

어리둥절해져 있는 다을을 돌아보며 석주가 씩 웃었다. 토요일, 그 순간처럼. 그야말로 심쿵. 또 봅시다, 끝인사하지 마요, 악어 씨. 마음으로 주문할 때 석주가 말했다.

"저녁 먹으러 갑시다."

깍듯한 정중함과는 결이 다른, 악어 특유의 담담한 존댓말. 적응되려고 한다. 점점.

들고 있던 책을 다을에게 건네고는 석주가 문 쪽으로 걸어갔다. 다을은 제 손에 넘겨진 책을 내려다보았다.

스웨덴 작가 욘 아이비데 린드크비스트의 소설, '렛미인' 1권.

명지에게도 일러 두었듯이 확대 해석은 금물인데, 무심코 받아 든 책 제목에서 의미를 더듬고 있는 이 오묘한 마음이라니.

똑똑 또도독, 노크 소리가 들렸다. 문가에 선 석주가 열려 있는 문을 손가락으로 리드미컬하게 두드리고 있었다. 다을과 눈이 마주치자 두드림을 멈추고 어서 오라는 듯 턱짓을 했다. 다을은 천천히 악어에게로 걸어갔다.

6

　1층으로 내려오니 거실은 비어 있었다. 아까 들어올 때는 노트북 앞에 앉아 무언가에 몰두하던 여자가 있었는데 '동생이에요' 하고 다을이 귀띔을 해 주었더랬다.

　"여기 잠깐만 앉아 계세요. 금방 돼요."

　탁자 앞 긴 의자를 가리키며 다을이 말했다.

　석주는 눈으로 끄덕였다. 저녁 식사를 하러 가자 했으니 당연히 옷을 갈아입고 나오려는 줄 알았다. 바쁘게 화장은 안 해도 된다고 말하려다 두었다. 화장을 해라 마라, 하는 섣부른 간섭처럼 느껴질까 봐.

　외출 준비에 조금 시간이 걸리더라도 기다릴 참이었다. 외모에 공들이지 않을 것 같던 첫인상이야 그렇다 치고, 어쨌거나 여자니까.

　그런데 다을이 방과는 정반대인 주방 쪽으로 향했다. 나붓나

붓 드리워진 발 저편으로 불빛이 환했다.

"반달곰."

발 앞에서 다을이 석주를 돌아보았다. 말똥말똥한 두 눈이 석주의 말을 기다리고 있었다. 후…… 웃음이 났다.

반다을 씨, 라고 불러야 하는데 왜 자꾸만 이름보다 별명이 먼저 튀어나올까. 그것도 아주 자연스럽게. 매일매일 그렇게 불러 왔던 것처럼. 그리고 저 여자는 어쩌자고 저토록 태연히 뒤를 돌아다볼까.

"왜요?"

석주는 다을에게 다가갔다. 바로 앞에 서자 다을이 고개를 반짝 치켜들고 석주를 올려다보았다.

"옷 안 갈아입습니까?"

"옷이요? 무슨 옷……."

말하다 말고 다을이 제 몸 여기저기를 훑어보았다. 다림질 흔적이 없는 흰 셔츠와 자유분방하게 찢어진 청바지, 무릎까지 내려오는 진초록 카디건. 카디건 색깔만 바뀌었을 뿐 지난 토요일과 별다를 것 없는 옷차림이다.

"아무것도 안 묻었는데?"

중얼거리고는 다을이 다시 석주에게 시선을 올렸다.

"왜요? 제 옷이 이상해요?"

"그게 아니라 우리 지금 나갈 거니까. 뭐, 그대로 나가도 나야 상관은 없지만. 밤인데 코트라도 걸치……."

"나가요? 우리가요? 어디를요?"

어안이 벙벙하다는 표정으로 다을이 연이어 물어 왔다. 다락방에서 내려온 지 한 시간이 지났나, 하루가 지났나. 설마 그새 까맣게 잊어버린 건 아닐 테고. 어이가 없는데도 웃음이 나와 석주는 곧장 대꾸를 하지 못했다.

"아까부터 왜 자꾸 웃으세요."

타박은 아닌, 동글동글 웃음이 실린 말이었다.

"자꾸 웃게 한 사람이 누군데."

"나이 물어봐도 돼요?"

"나이는 왜?"

"틈만 나면 슬쩍슬쩍 반말하시니까요. 나이를 들어 보고 계속하게 둘지 어쩔지 결정하려고요."

"기분 나빴어요?"

"뭐, 딱히 그렇진 않은데요. 어차피 궁금하기도 하고요."

"궁금한 게 있긴 하네?"

"……네?"

"서른셋입니다."

"아. 서른셋."

"반달곰은?"

"저는 스물여섯이에요. 이제 곧 일곱 돼요."

"혼자만 한 살 더 먹나."

"아하하. 그죠."

다을이 고소한 웃음을 버무렸다.

굳이 한 살을 더 얹으려 하는 까닭은 나이 차가 꽤 난다 여겨서인가. 아니면 어린 여자 취급받을까 우려해서인가. 스물여섯이면 일곱 살 아래. 철주와 동갑이다. 그런데 나이 차 나는 걸

의식하는 거라면 그저 편안한 손님 정도가 아니라 남자로 느끼고 있다는 얘긴가.

"에헴."

과장된 헛기침 소리가 옆에서 울렸다. 다을의 동생이 발을 반쯤 들추고 서서 석주와 다을을 바라보고 있었다.

"다정다감 열매가 마구 돋아날 것만 같은 분위기라 끼어들고 싶은 생각은 없었는데요. 지금 육수가 열렬히 끓고 있어서요."

다을에 비해 앳되지만 또록또록하니 자기주장이 강할 것 같은 목소리다. 다을이 쿡쿡 웃으며 받았다.

"우리 다정다감 열매 그런 거 아니거든?"

"우리~?"

동생이 말꼬리를 잡아 길게 늘이자 다을이 난처한 얼굴로 석주를 보았다. 죄송해요, 말하는 표정이다.

"나이까지 교환하는 사인데 나는 소개 안 시켜 줘?"

종알대는 동생의 손을 끌어다 제 옆에 세우고는 다을이 정식으로 인사를 시켰다.

"여긴 제 동생 소을이에요. 대학교 1학년. 그리고 이분은 악어, 아니 다름 출판사 대표님."

"아하! 그러니까 이분이 그 악어 씨?"

"야."

다을이 나지막한 으름장을 놓았다. 다정다감 열매부터 시작해서 악어 씨까지. 이 모든 표현과 흐름이 재미있기만 해서 석주는 웃음을 머금고 있는 중이었다.

"이러다 육수 다 졸아들겠어. 오늘의 메뉴는 샤브샤브. 얼른 들어와, 언니. 악어 아저씨도 얼른 들어오세요."

그러고는 소을이 발 너머 주방으로 쏙 들어갔다. 아닌 게 아니라 주방 안에서는 구수한 냄새가 흘러나오고 있었다.

"들어가세요."

다을이 상냥하게 권했다. 다락방에서 다을의 '저녁 먹고 가실래요?'는 그러니까 말 그대로 이곳에서의 저녁 식사를 의미했던 것. 다을과 함께 저녁 먹으러 나갈 계획이었던 석주는 뜻하지 않은 상황에 다시금 웃음이 나왔다.

둘이서 저녁 시간을 같이 보내자는 뜻으로 받아들였고 친밀한 사이에서 나누는 농담처럼 그 '라면'도 들먹였는데. 혼자 앞질러간 셈이었다니. 하하. 다을이 라면 얘기를 못 알아들어 다행이라 해야 할까. 알아챘다면 불쾌하게 생각했을지도 모르니까.

"지금 저랑 소을이랑 둘뿐이니까 불편하진 않으실 거예요. 엄마 아빠는 여행 가셨거든요. 오늘은 평일이라 다른 손님도 없고요."

"다른 손님들한테도 저녁 식사를 권합니까?"

"원래는 토스트랑 샐러드랑 커피로 아침 식사만 제공하는데요. 손님들이 싫다고만 안 하면 밥을 같이 먹기도 해요. 음식 냄새 풍기면서 저희 가족들만 먹기가 좀 그래서요. 식당처럼 대단하게 한 상 가득 차리거나 뭐 그런 건 아니고요. 그냥 평범한 집밥. 오늘 저녁도 그럴 거예요. 반찬은 많이 없을 거니까 각오하시고요. 아 참! 라면 먹고 싶다고 그러셨죠. 그럼 라면 하나 따로 끓여야겠다."

"라면은 됐고. 손 좀 씻고 싶은데."

"아, 그러세요. 욕실은 저쪽이에요."

석주는 다을이 일러 준 대로 계단 뒤편의 욕실로 들어왔다. 손을 씻고 나서 거울을 보았다. 거울 속 남자가 기분 좋게 웃고 있었다.

✿　　　✿　　　✿

주방 안쪽의 식탁에 저녁 식사가 준비되어 있었다. 식탁 한가운데의 전골냄비를 중심으로 얇게 저민 고기와 버섯류, 각종 채소들이 샤브샤브용으로 마련되어 있고 밥과 김치뿐만 아니라 밑반찬 몇 가지가 구색을 맞추었다.

나란히 앉은 다을과 소을 맞은편이 석주 자리였다.

"차린 건 많지만 맛은 장담 못 해요."

웃음 어린 소을의 말이다.

"엄마도 없는데 이 정도면 진수성찬이니까 아무쪼록 많이 드세요."

역시 웃으며 말을 보탠 다을이 젓가락을 들고 채소 접시를 기웃거리다가 입을 딱 벌렸다.

"없네?"

안타까운 표정의 다을을 쳐다도 안 보고 소을이 태평스레 대꾸했다.

"없어. 그냥 먹어."

"하나도 없어?"

"없다니까. 한 봉지 남은 거 어제 언니가 다 먹었잖아."

"한 줌밖에 안 됐는데?"

"데치니까 그렇지. 그러게 나물 해 먹지 말랬지, 내가."

한 사람은 제법 심각하게, 또 한 사람은 하루 이틀 겪은 게 아니라는 듯 심드렁하게. 둘 사이에 오고 가는 대화를 듣고 있자니 스멀스멀 웃음이 기어 나왔다. 뭐가 없어서 저러는 건지 궁금하던 차에 소을이 이르듯 석주에게 말해 주었다.

"청경채요."

"청경채?"

"네, 언니가 청경채 홀릭이걸랑요."

품, 웃음이 터졌다. 별 희한한 홀릭도 다 있다. 정말이지 볼수록 독특한 여자다.

석주야 웃거나 말거나 아랑곳없이 다을은 두 손에 턱을 괴고 고민에 빠진 얼굴을 하고 있었다. 청경채 없이 밥을 먹을까 어쩔까, 저건 뭐 거의 고뇌 수준이다.

"보시다시피 중증이랍니다."

소을이 빙글거리며 놀렸다. 말인즉슨 지금 이 저녁 식사에서 반다을에게 가장 중요한 문제는 청경채란 소린데. 없는 청경채에 신경 쓰느라 앞에 앉아 있는 남자한테는 무심하다? 다락방에서도 쌍꺼풀 따위를 들먹이며 옆길로 새더니만. 진심 탐구 대상이다.

"나갑시다, 그럼."

다을이 그제야 석주를 쳐다보았다.

"그놈의 청경채 잔뜩 있는 데로 가서 밥 먹자고."

일순 다을의 두 눈이 반짝 빛났다. 청경채 때문이건 어쨌건 잘됐다. 원래 계획대로 나가서 둘만의 저녁 시간을 보낼 수 있게 되었으니. 일어서려는 석주에게 다을이 손사래를 치며 도로 앉혔다.

"먼저 먹고 계세요. 저는 이웃집 사과네 가서 청경채 좀 얻어 올게요."

주방 뒷문으로 쪼르르 뛰어나가는 다을을 보며 소을이 고개를 설설 저어 댔다.

"심각하네."

석주의 말에 소을이 끄덕이며 말했다.

"라면에도 청경채를 넣어 먹는다니까요."

"라면."

쿡, 웃음이 터졌다. 또.

"그래도 뭐, 나름 귀여워요. 우리 언니요."

동의한다는 뜻으로 석주는 미소 지었다.

"관심 있죠?"

훅 치고 들어오는 물음. 소을의 눈가에는 장난기가 맴돌고 있었다.

"우리 언니한테요."

소을이 콕 집어 덧붙였다. 석주는 느긋하게 되물었다.

"그런 것 같아요?"

"네. 명백히 그런 것 같은데요."

석주는 미소만 지었다. 물론, 이번에도 동의의 의미다.

"아세요? 우리 언니가 악어 아저씨를 찜한 거."

"반달곰 취향이 악어였던가."

짐짓 진지하게 대꾸했더니 소을이 깔깔 웃었다. 난주가 이름 붙인 세 마리 동물을 놓고 선택을 앞둔 다을의 모습이 궁금했다.

"선택 기준은 뭐였어요?"

"악어, 늑대, 들개. 요렇게 셋 중에서 명지 언니가 들개를 먼저 찜했거든요. 우리 언니 친구요. 그리고 우리 언니가 악어를. 물어보나마나 선택 기준은 아마 1번이어서였을걸요?"

"단순하네."

"귀찮은 거 딱 질색인 사람이걸랑요. 언니요. 이것저것 따질 것 없이 1번이 제일 중요한 사람이겠거니, 생각했을 거예요."

특별한 의미 없이 위에서부터 차례대로 번호를 매겨 놓았다던 난주한테 고마워해야 하나. 흠.

"악어 아저씨 보니까 늑대랑 들개는 어떤 사람들인지 궁금해요."

악어 아저씨라는 호칭이 퍽이나 자연스럽다. 그다지 거슬리진 않는다. 기주 아저씨라 칭하던 신입도 이런 느낌이었을까. 조카라고 했으니 이모나 고모일 텐데. 그렇다면 그 이모나 고모가 기주의 지대한 관심 하에 있는 여자? 그래서 기주도 거슬림 없이 그렇게 부르도록 용인한 걸까.

"늑대를 선택했다면 오늘 이 자리는 비어 있었을 테고. 들개는 아마 악어한테 도움을 청했을 테고. 그러니 결국 여기 와 앉아 있을 사람은 악어라는 결론이."

"아하하. 결국 그렇게 되는 거예요? 근데 늑대는 왜 오지도 않고 들개는 왜 악어한테 SOS를 칠까요?"

"우선 늑대의 예상 경로부터. 숙박비는 폰뱅킹으로 즉시 입금. 그리고 핸드폰은 퀵으로 보내 줄 것을 요청. 끝."

"심플하네요. 그럼 들개는요?"

"들개는 요즘 한창 바쁘기도 하지만 해결해 줄 돈이 넉넉지 않은 관계로, 시간과 돈 그 두 가지 면에서 가장 여유 있는 악어에게 콜."

"오올!"

"왜?"

"시간과 돈 그 두 가지 면에서 가장 여유 있는. 요 부분에서 자부심이 팍팍 느껴지는데요?"

"재수 없었나?"

웃으며 건네는 석주의 말에 소을 또한 웃으면서 고개를 살래살래 저었다.

"아니요. 그 반대요. 그런데 명지 언니의 들개 아저씨는 소득도 없이 왜 그리 바쁜 건데요?"

명지 언니의 들개? 철주가 들었다면 능청스럽게 이런 질문부터 들이밀었을지 모른다. 명지라는 여자, 베이글녀겠지?

철주가 요즘 바쁜 이유를 설명해 주려는 찰나 뒷문이 열리며 다을이 들어섰다. 두 손에 올려든 소쿠리에는 필시 청경채란 녀석들이 들어 있을 터. 방싯 웃고 있는 얼굴만 봐도 알겠다.

"언니! 언니의 선택은 베스트였어."

어리둥절한 표정으로 소을과 석주를 차례로 쳐다보는 다을을 보며 소을이 키득키득 웃어 댔다. 석주도 웃음을 감추지 않았다. 스무 살 꼬꼬마한테 베스트로 인정받는 느낌. 나쁘지 않다. 악어, 늑대, 들개. 고작 그 셋 중에서겠지만 유치하게도 그렇다. 아마도 반달곰의 동생이라서.

"나 없는 새 무슨 이야기들을 나눈 거예요?"

다을의 물음에 소을이 대답을 가로챘다.

"야생동물 3형제 이야기."

"나도 궁금한데."

"이따 악어 아저씨한테 직접 들으셔."

"그래! 배고프니까 일단 밥부터 먹고."

다을이 자기 자리로 돌아와 앉았다. 청경채와 더불어 비로소 저녁 식사가 시작되었다. 소소한 웃음이 자주 터지는 즐거운 저녁이었다.

밤이 왔다.

반달곰을 두고 돌아서야 할 시간. 떠나기 위해 나란히 차 앞에 서니 좀 아쉽다. 뭔가 해야 할 말들이 아직 많이 남아 있는 것만 같은 기분. 그중에서도 구체적으로 떠오르는 것 한 가지.

"출판사에서 팟캐스트를 시작할까 생각 중입니다."

"오, 저는 찬성이에요."

"팟캐스트 자주 듣습니까?"

"자주까진 아니고 가끔요. '김영하의 책 읽는 시간' 같은 거요. 김영하 작가가 워낙 책 읽기에 최적화된 목소리잖아요."

"반달곰 목소리도 괜찮은 편이라고 생각하는데."

"저요? 후후. 목소리로 말하자면 악어를 따라올 사람이 없을 걸요?"

"내 목소리가 마음에 든다?"

"그런 말은 안 했는데요?"

"그럼 뭐야."

"그냥 뭐, 악어 씨 목소리가 좋다는 거죠."

"멀쩡한 이름 두고 악어 씨라니."

"악어 씨도 반달곰, 반달곰 그랬잖아요."

"반다을 씨."

뚝 말이 멈췄다. 마치 숨을 멈추듯 아주 잠깐. 이내 다을이 대답했다.

"왜요?"

"반다을 씨는 핸드폰 없습니까?"

"있는데요?"

"리플릿에는 없던데."

"아, 거긴 일부러 안 넣었어요."

"왜?"

"홈페이지에서 예약을 받잖아요. 묻고 답하기 게시판도 있고. 웬만한 건 거기서 다 처리되니까요."

"전화받기 귀찮아서는 아니고?"

다을이 웃으며 인정했다.

"솔직히 그렇기도 하고요."

"귀찮게 안 하겠다면?"

"지금 제 핸드폰 번호 묻고 있는 거예요?"

"그러면 안 됩니까?"

"뭐, 안 될 거야 없지만. 그런데 왜요?"

"관심 있으니까."

다을이 고개를 돌려 석주를 말끄러미 쳐다보았다. 불빛을 받아 반짝이는 그 눈동자를 석주는 마주 내려다보았다.

어제까지는 예상하지 못했던 길로 오늘 갑자기 방향을 틀기도 하는 게 인생이다. 관계도 그렇다. 혼자 걸어가던 길에 동행하나 생겨도 괜찮을 것 같다. 이 여자 반다을이 그 동행이면 좋을 것 같다. 어떤 종류의 동행인가를 설정해 두고 시작할 필요는 없겠지.

누구든 함께 걷다 보면 손길이 스치기도 하고, 때로 마주 잡기도 하고, 그러다 손깍지를 깊이 낄 수도 있겠지. 그러니 어디까지 어떻게 걸어갈지를 미리 결정해 둘 필요는 없겠지. 중요한건 언제나 지금. 뜻밖의 방향으로 틀게 된 마음의 상태, 관심.

"팟캐스트 합시다."

"……네?"

"나하고."

멍하니 쳐다보고 선 다을에게 석주는 오른손을 펴 내밀었다. 어쩌라고요? 하는 얼굴이 되어 다을이 손과 석주를 번갈아 보았다. 그냥 두었다간 손을 사뿐 얹을지도. 싫을 리야 없지만 지금 목적은 그게 아니니까. 석주는 웃음을 누르며 말했다.

"핸드폰."

"아."

다을이 카디건 주머니에서 핸드폰을 꺼내 석주 손에 얹었다. 석주는 받아 든 핸드폰을 열고 자신의 폰으로 전화를 건 다음, 다을에게 돌려주었다. 여전히 멍해 있는 다을을 보며 석주 입가에 스르륵 미소가 번졌다.

7

수요일.

아침부터 내린 비로 창밖 풍경이 나른하게 젖었다. 비는 오후가 되도록 시끄럽지 않을 만큼만 재잘재잘 꾸준히도 내렸다.

다을은 현관 옆 책상에 앉아 비에 젖은 창 너머를 내다보며 갓 내린 커피를 마시고 있었다. 책을 펼쳐 두었지만 머릿속으로 짧은 문장 하나가 불쑥불쑥 뛰어들곤 했다. 권석주라는 남자가 툭 던져 놓고 간 그 말.

관심 있으니까.

머리를 흔들어 떨쳐 내도, 책 위에 나열된 글자들이 제멋대로 재배열되어서는 그 문장을 만들어 놓는 거였다.

관심 있으니까, 관심 있으니까, 관심 있으니까…….

글자들에 석주의 목소리가 스며들어 귓가에서 아련히 재생되기도 했다.

이런 악어!

통통한 외침이 입안에서 터졌다. 어수선한 마음으로 핸드폰을 만지작거리던 다을은 명지에게 전화를 걸었다.

—반달곰!

"거기도 비 와?"

—응, 여기도 비 와. 주룩주룩.

이건 명지랑 주고받는 먼 도시 놀이다.

올 초에 작은 책방을 시작하며 서울 집은 전세를 놓고 다을이네 가족 모두 이리로 옮겨 왔다. 명지의 주말 나들이도 그때부터다.

파주와 서울. 거리상 막막하게 멀지는 않지만 시도 때도 없이 보던 서울에서와는 아무래도 달라질 수밖에 없었다. 엄마의 가구 매장에 묶여 있어야 하는 명지가 주말만은 해방을 선언하며 다을이네로 쉬러 오는 이유이기도 했다.

"여긴 지금 분위기 끝내주게 나른해."

—비 때문이라는 거짓말은 하기 없기.

다을은 헤헤 웃었다.

도명지, 사람 감정 읽어 내는 데 선수다. 그냥 놔뒀으면 좋겠는데도 지나치다 싶도록 섬세하게 파고들어서 살짝 성가실 때도 있지만 오늘은 아니다. 뭐든 말하고 싶다. 말하다 보면 선명해질 것 같아서.

—뭐야. 어서 말해. 나 지금 끝내주게 한가해.

"가게 아냐?"

—손님도 없고 해서 잠깐 나왔어. 커피 맛 죽이는 데가 있대

서 탐색 차.

몇 달 전에 바리스타 과정을 마스터한 뒤로 맛있다는 커피 소식만 들으면 직접 찾아가 보곤 하더니, 오늘도 그런 모양이었다.

"너 진짜 커피로 방향을 틀 생각인 거야?"

―진지하게 궁서체로, 응.

지난번 작은 책방 2호점 이야기도 심심풀이 땅콩 삼아 해 본 게 아니었나 보다.

"너희 아빠 실망하시겠다. 외동딸인 네가 가문의 가업을 이어 받아야 한다고 그러신다면서."

명지가 큭큭 웃었다.

―쬐끄만 가구 공장 사장님께서 걸핏하면 가문의 가업 운운하시니 그저 한숨만 나올 뿐이고. 그나저나 다을이 너, 악어 씨 땜에 그러지?

"응. 어젯밤에 너한테 말하지 못한 게 있어."

―뭔데? 팟캐스트 얘기 말고 또 다른 게 있었어?

"응, 있었어."

―악어 씨가 고백이라도 했어?

"뭐? 고백?"

다을은 까르륵 웃었다. 말도 안 돼, 싶었다. 그렇지만 명지가 훌쩍 뛰어넘으니까 오히려 말하기가 쉬웠다.

"고백 그런 건 아니고 관심 있대."

―너한테? 너한테 관심 있대? 악어 씨가? 진짜? 진짜 그렇게 말했어? 반달곰, 악어 씨 워딩을 그대로 좀 옮겨 봐.

잔뜩 흥분한 명지에게 다을은 어젯밤 차 앞에서의 그림을 그려 보였다.

—그래서? 왜요, 그랬더니? 악어 씨가 뭐랬는데?

"관심 있으니까."

—으아. 심쿵!

명지 말처럼 다을도 어제 그랬다. 그 말을 듣는 순간, 그야말로 심쿵. 잘못 들었나 하고 석주를 빤히 쳐다보았더랬다. 홀린 것처럼 멍해져서는 달라는 대로 핸드폰도 손에다 얹어 주고 말았다.

—그래서 너 내내 악어 씨 생각 중이야?

"그런 것 같아. 어떡하지?"

—어떡하긴 뭘 어떡해? 만나!

만난다는 것은, 그러니까…… 연애?

대학 3학년 때 이후로 다을은 연애랑은 담을 쌓다시피 하고 살아왔다. 남자 사람과 썸을 타게 될 조짐이 보이기만 하면 적당한 곳에서 선을 그었다.

감정을 밀고 당기고, 전화를 걸고 받고 기다리고, 문자나 카톡에 부지런히 답을 하고, 데이트에 주말을 고스란히 헌납하고. 그 외에도 피곤해지는 디테일은 많다. 왜 화장을 안 하느냐, 옷은 또 왜 그렇게 입느냐, 남자보다 책이 더 좋은 책벌레냐, 책그만 보고 나랑 놀자 등등.

배타적이고 독점적인 관계에서 오는 모든 일들이 평화로운 삶을 깨뜨리는 침입자로 느껴져 마침내 그 사람 자체가 싫고 귀찮아지는 결과에 이르는 것이다. 연애란 그 어떤 일보다도 더 에너지를 소모해 기가 빨리고 지쳐 버리는 과정. 다을에게는 그랬다.

그런데…… 그 남자 권석주는 어떨까? 어떤 방식으로 연애를 할까? 연애 경험은 많을까? 나이가 나이니만큼, 그리고 풍기는 분위기를 봐도 영 없어 보이지는 않지만 여자들에게 헤프게 손을 내미는 스타일은 아닌 것 같다.

소란하게 자기를 내세우진 않지만 중심이 잘 잡혀 내면이 단단한 사람. 상대의 기질적 특성을 이해하고 배려할 줄 아는 사람. 건강한 신념과 자긍심으로 세상의 유행에 휩쓸리지 않는 사람. 악어가 그런 사람이면 좋겠다. 만약에, 진짜로 연애를 하게 된다면.

―다을아. 오늘 악어 씨 전화 왔어?

"아니, 아직."

―아직? 그럼 기다리고 있다는 거네? 크크크.

그런가? 기다리고 있었던 걸까? 전화를? 아니면…… 여기 나타나기를? 그래서 수시로 창밖을 내다보곤 했던 걸까?

주차장으로 차가 들어서면 자리에서 발딱 일어나 창가로 다가서고, 다른 손님의 차라는 걸 확인하면 뭔가 모를 아쉬움에 푸시시 어깨가 내려앉고. 아, 이런 거 진짜 피곤한데.

―악어 씨 전화 오면 주말에 거기로 오라고 해. 어떤 남잔지 이 언니가 좀 봐야겠어.

보는 순간 명지가 악어 씨를 향해서 엄지를 척 올려 들 거란 예감! 뿐일까, 자기가 찜한 들개도 꼭 만나 봐야겠다고 졸라 댈지도 모를 일. 생각만 해도 우스워서 쿡쿡 웃는데 주차장 입구로 오토바이 한 대가 들어섰다.

"명지야, 잠깐만. 누가 왔나 봐."

―악어 씨?

"후후, 아니. 퀵 서비스 같은데?"

다을은 현관문 밖으로 나섰다. 오토바이가 현관 바로 앞까지 와 섰다. 비옷을 입은 남자가 내려서더니 뒤에 실린 박스에서 무언가를 꺼내 계단을 올라왔다. 다을은 풋 웃음을 터뜨리고 말았다.

마치 꽃바구니처럼 투명하게 감싸인 비닐 포장 속에 그득그득 담긴 건 싱싱한 청경채였다. 청경채 위에 살포시 얹힌 메모에는 다른 내용 없이 '반달곰에게'라는 다섯 글자만 쓰여 있었다.

"도명지. 이거 너 아니지?"

―나? 나 뭐?

"너 나한테 청경채 바구니 같은 거 안 보냈지?"

―뭐? 청경채 바구니?

깔깔거리는 명지 웃음소리 때문만은 아니다. 지금 이 순간에 얼굴 가득 웃음이 번지는 까닭은.

―반달곰, 나 아냐. 너 좋아하는 청경채를 한 아름 싸 들고 가면 갔지, 이 비 오는 날에 내가 너한테 퀵 불러 청경채를 보내겠냐? 게다가 뭐? 바구니? 으하하하하하.

이미 안다. 직감으로 알고 있으면서도 물어봤다. 유머 센스 넘치는 청경채 바구니가 악어의 솜씨라는 걸 확인하려고. 맘에 든다. 간결한 메모와 남자에겐 보기 드물게 단정한 필체까지도.

―악어 씨다. 100%야.

"전화해 볼까?"

―당근!

명지와 통화를 마친 다을은 잠시 생각하다 석주에게 문자메시지를 보냈다.

〈고맙습니다. 덕분에 웃었어요. ^―^ 이렇게요.〉

✿　　✿　　　✿

"비 오는 수요일에 장미도 아니고 청경채라니."

늦은 오후, 아빠와 떠났던 일주일간의 여행에서 돌아온 엄마가 청경채 바구니를 보고 심드렁하게 말했다.

"비 오는 수요일이랑 장미랑 무슨 관곈데?"

소을의 물음에 엄마가 혀를 끌끌 찼다.

"'다섯 손가락'을 모르고 자란 우리 딸이 불쌍해."

엄마의 애장 목록에 들어 있는 다섯 손가락과 그 노래들을 알고 있는 다을이 설명해 주었다.

"수요일엔 빨간 장미를. 요런 노래가 있거든. 가사가 이래. 비오는 수요일엔 빨간 장미를~ 그 노랠 부른 사람들이 다섯 손가락이란 그룹이고."

"그룹 이름이 뭐 그래? 촌스럽게."

소을의 거침없는 핀잔에 엄마가 발끈해서 대꾸했다.

"국적 불명의 요상한 아이돌 이름보다 5만 배는 낫거든?"

이때다 하고 다을도 한마디 거들었다.

"먹지도 못하는 장미보다는 나도 청경채가 5만 배는 좋거든?"

엄마가 입을 헤 벌렸다. 어이없다는 얼굴이다. 소을이 키들키들 웃었다.

5만 배는 좀 심할지 모르지만 꽃보다 훨씬 좋은 건 사실이다. 원래 다을은 꽃다발을 좋아하지 않았다. 꽃 자체가 싫어서는 아니다. 정원이라든지 산과 들에 피어 있는 꽃들은 예쁘고 보는 것만으로도 좋다. 단지 꽃다발이나 꽃바구니가 싫을 뿐이다.

인형을 비롯한 자잘한 장식품류를 싫어하니 꽃다발을 말려서 두고두고 보관하는 것도 좋을 리 없고, 결국 시들어 버려야 할 때가 오면 어쩐지 기분이 나빠진다. 그러니 악어가 장미라든지 꽃을 보냈으면 오히려 마이너스였을 것이다.

"그런데 언니. 저 청경채 바구니, 오래오래 간직하고 뭐 그러는 건 아니겠지?"

"무슨 말씀? 파릇파릇할 때 얼른 먹어 치워야지."

"나름 선물인데 금세 다 먹어 치우면 악어 아저씨가 서운해하지 않을까?"

"악어 아저씨? 그게 누구야?"

엄마다.

"있어, 그런 사람."

대충 둘러대려는데 소을이 톡 끼어들어 엄마의 호기심을 충족시켜 주었다.

"그냥 그런 사람이 아니고, 언니한테 관심 있는 사람."

엄마 시선이 다을에게 날아들었다. 다을은 오히려 소을이 그걸 어떻게 알고 있는지가 더 궁금했다. 다을의 눈길을 직선으로 받은 소을이 태연스레 대답했다.

"내가 물어봤어. 아니라고 안 하던걸?"

흠. 소을이한테도 내색을 했단 말이지?

"도대체 누군데 그래? 다을아, 너 남자 친구 생겼어?"

본격적으로 캐내기 시작하려는 엄마를 피해 다을은 냉큼 화제를 바꾸었다.

"아빠는 많이 늦으시려나?"

엄마가 한숨을 폭 내쉬더니 푸념조로 내뱉었다.

"교수님이야 늦든지 말든지 알 게 뭐야."

다을은 소을과 눈을 마주쳤다. 뭐 알아? 라고 묻는 눈빛에 소을이 자기도 모른다는 듯 어깨만 으쓱했다. 조금 전에 집으로 들어설 때만 해도 아빠가 급하게 약속이 잡혀서 엄마만 혼자 들어왔다고 그랬다. 그런데 엄마 반응을 보니 그게 아닌가 보다.

"엄마, 왜 또 교수님이야? 아빠랑 다퉜어?"

"다을아."

"응?"

"소을아."

"응, 엄마."

"아빠가 글쎄, 혼자서 여행을 하고 싶단다. 그것도 한 달씩이나. 혼자만의 시간이 필요하다나? 너흰 어떻게 생각해? 그게 도대체 말이 된다고 생각해? 사춘기 소년도 아니고, 낼 모레 일흔을 바라보는 나이에 갑자기 왜 혼자만의 시간이 필요하다는 건지 난 도무지 모르겠다."

다을은 좀 놀랐다. 터무니없는 생각이라 여겨서가 아니라 아빠가 그런 말을 엄마에게 꺼냈다는 것에서. 엄마의 동의 유무와 상관없이 실행하겠다는 뜻이다.

"난 말 된다고 생각해, 엄마."

엄마가 소을을 쳐다보았다. 소을이 대수롭지 않다는 어조로 말을 이었다.

"1년도 아니고 한 달인데 어때? 혼자 떠나는 여행, 멋지잖아."

도움을 청하듯 엄마가 다을 쪽을 돌아보았다.

혼자만의 시공간을 갖고 싶어 하는 아빠 마음을 다을은 누구보다도 잘 이해했다.

학자 타입의 아빠에게 자기만의 방은 필수적이다. 그 방이라는 게 물리적인 공간만을 말하는 건 아니다. 혼자 있고 싶을 때 혼자 있음을 누릴 수 있는 자유, 그 완벽한 편안함. 다을에게도 그건 행복의 기본이자 필수 요소니까.

하지만 지금, 엄마에게 아빠의 마음을 온전히 이해한다고 말하기는 곤란하다. 소을이까지 저렇게 나오는 마당에 아빠 편을 들면 그렇잖아도 외로움을 심하게 타는 엄마가 더더욱 외로워할 테니 말이다.

생각하며 할 말을 고르는 사이 엄마가 넘겨짚어 버렸다.

"너도 소을이랑 같구나?"

"그게 아니라, 엄마. 아빠가 그러는 거 처음이잖아. 그러니까 이번엔 엄마가 아빠를 조금만 이해해 주면 되지 않을까 싶……."

"무정한 것들."

삐친 듯 새치름하게 딱 끊고서 엄마가 일어섰다. 다을은 주방 뒷문 쪽으로 훌훌 나가려는 엄마를 따라잡았다.

"사과네 안 가 봐도 돼. 내가 매일 가 봤어. 어제 저녁에도 들렀고. 사과도 잘 있고 할머니도 별일 없이 잘 계셔."

"어제 다르고 오늘 다른 게 노인네들이야."

엄마가 걱정하는 게 어쩌면 아빠의 나이와 건강인 걸까. 문득 그런 생각이 들어 엄마가 와락 안쓰러워졌다.

지난해 말에 퇴임한 아빠가 올해로 예순여섯. 아직도 소녀 같기만 한 엄마는 마흔아홉. 혼자 떠난 여행길에서 혹시라도 아빠에게 무슨 일이 생기면 어쩌나, 그래서 영영 혼자 남겨지면 어쩌나. 엄마는 그게 제일 두려운 건지도 모른다.

다을은 기대듯 엄마를 뒤에서 꼭 끌어안았다. 그리고 엄마 등에다 대고 속삭였다.

"걱정 마, 엄마. 아빠 괜찮으실 거야. 우리 아빠 아직 꽃청춘이잖아."

"꽃청춘이니까 걱정이지. 혼자 다니다 예쁜 여자들이라도 꼬이면 어떡해?"

"에이, 우리 아빠가? 그런 걱정은 꿈에도 하지 마, 엄마. 다른 건 몰라도 그것만은 내가 장담해."

"네가 남자를 알아? 불꽃같은 사랑 한 번 안 해 본 주제에."

아니, 엄마가 되어 가지고 딸내미 약점 저격을! 흠흠. 그래도 엄마 목소리에 생기가 도니 참아 주기로 한다.

"불꽃같은 사랑이라니. 그런 거 난 생각만 해도 피곤해서 싫거든?"

"해 보고나 말씀하시지."

엄마가 씩씩하게 다을의 팔을 풀어 냈다. 엄마가 나가자마자 소을이가 다가와서 킥킥대며 놀렸다.

"방금 둘이서 뭐한 거야? 드라마 찍어? 오글거려 죽는 줄 알았네."

"반소을, 넌 가끔 너무나 쿨해서 탈이야."

"엄마가 우리 의견을 물었잖아. 그래서 나는 내 의견을 말해 준 거고. 엄마도 그래. 왜 그렇게 아빠한테 얽매여? 아빠 없으면 전전긍긍. 아주 아빠 껌 딱지야, 껌 딱지. 아빠가 갑갑해서 어떻게 살겠냐고."

"엄마가 아빠 껌 딱지였던 덕분에 너랑 내가 세상에 나왔거든?"

"뭐, 그건 그렇지."

"쿨하게 인정?"

"인정!"

크크 웃던 소을이 한쪽 귀에 손을 가져다 대고 중얼거렸다.

"이게 무슨 소리지?"

다을에게도 아스라하게 들리는 그 소리는 다을의 핸드폰이 울리는 소리였다. 핸드폰은 아까 다락방에다 벗어 둔 카디건 주머니에 들어 있었다. 다을은 다락방으로 뛰어올라 갔다. 핸드폰을 꺼내 들자 눈앞에 발신자가 떴다.

〈악어.〉

다을은 빙긋 웃었다.

"반달곰입니다."

반갑게 받았더니 전화 저편에서 낮은 웃음소리가 먼저 건너왔다. 그리고 비가 와서 더 듣기 좋은 그의 목소리도.

—회의 중이어서 곧장 전화 못 했습니다. 기다렸어요?

기억을 더듬어 보니 문자메시지를 보낸 지 한 시간가량 지났다. 그러고 나서는 엄마랑 소을이가 연달아 들어와서 셋이 이야기를 나누느라 까맣게 잊고 있었다.

"아니요. 문자 보내 놓고 깜박하고 있었어요. 엄마가 여행에서 돌아오셨거든요. 소을이랑 셋이서 이야기하느라. 아 참, 청경채 고마워요. 잘 먹을게요. 무지 재미있는 선물이었어요. 엄마는 비 오는 수요일에 장미도 아니고 청경채냐고 그러셨지만요. 후후."

—장미는 그다지 반가워 안 할 것 같아서.

"와. 어떻게 아셨어요? 저 꽃다발 같은 거 싫어하거든요."

—먹지도 못하는 걸 뭐하러 비싼 돈 들여 사 보낸대? 차라리 청경채나 한 상자 보내지, 그러는 게 막 그려졌어.

웃음기 스민 반말 투가 미묘하게 마음을 사로잡는다. 무척 친밀한 느낌. 힘주어 끌어당기지 않으면서도 바짝 다가앉게 하는, 그런. 그리고 살짝 섹시한 느낌. 함께 누운 베갯머리에서 이마에다 후 입김을 불며 건네는 말처럼.

아…… 이런.

다을은 위기감을 느꼈다.

권석주.

이 남자는 어설프지 않다. 성급하지도 않다. 빙빙 돌지 않으면서 자기 방식으로 차분히 겹을 채우고 쌓아 나가는 스타일이랄까. 이따금 보여 주는 솔직한 틈마저 소탈해 보이는 사람. 이 남자가 차근차근 보여 주는 매력을 외면하기 힘들어질 것 같다. 함께 하는 시간이 흐르면 흐를수록.

그래서 조금 두려워지려고도 한다. 같이 걷다가 서로 어긋나는 시간이 온다면 몹시 힘들어질 것만 같아서. 어떤 관계에서든 어긋남의 순간이 평온할 수야 없겠지만 그 이후를 견뎌 내기에 조금 더 힘든 사람과 덜한 사람은 분명히 있다. 이 사람은 전자. 그럴 것만 같다.

그냥, 여기에서 더는 얽히지 말까? 팟캐스트 그거 안 하면 이쯤에서 멈추지 않을까? 아직은 조그만 씨앗에 불과할 그 관심도.

—반다을 씨.

"네?"

—팟캐스트 관련해서 의논을 해야겠는데. 내일 시간 어때요?

"저, 팟캐스트 그거 어떻게 할지 아직 결정 안 했는데요."

—세부 사항은 내일 만나서 결정합시다.

"아니, 그런 게 아니라요. 저는 그런 거 해 본 적도 없고, 또 해 볼 생각도 한 적 없⋯⋯."

—5시.

"네?"

—내일 5시까지 데리러 갈 테니까, 나갈 준비하고 기다려요.

데리러 갈 테니까. 기다려요. 관심 있으니까.

다을은 고개를 휘저어 마지막에 제멋대로 따라붙은 여섯 음절의 말을 떨어냈다.

"맘대로 악어네요."

—싫습니까?

담백한 물음에 말문이 막혔다. 강요나 추궁도 아닌데. 내일 5시가 싫으냐는 건지, 본인이 싫으냐는 건지, 팟캐스트 하는 게 싫으냐는 건지, 정확히 무엇에 대해 묻고 있는 것인지조차 모호한데. 그런데도 대답을 못 하겠다. 아무래도 목소리 탓이다.

—반달곰.

이렇게 여운이 가득 실린 채 스며드는 이 남자의 목소리.

—아까부터 무슨 생각을 하고 있지?

이름 없어요? 그러던 때처럼 불량스러움이 설핏 드러난 말투다. 그래서 웃음이 난다. 그래서 마음도 조금 가벼워졌다.

"싫습니다, 할까 어쩔까. 생각하고 있었는데요."

—이미 안 했어.

깔끔하게 단정해 버린다. 맞다. 이미 안 했다. 생각하고 있었다는 건 싫다 안 하려는 쪽으로 이미 기울고 있었다는 뜻.

"근데 꼭 나가야 하나요? 여기서 의논해도 될 텐데?"

—귀찮아요?

"아니, 뭐, 나갈 준비를 하라니까 뭘 얼마나 거창하게 준비를 해야 하는 건가 하고요."

—거창하게?

귓가에 악어의 나지막한 웃음소리가 번졌다. 웃고 있는 얼굴이 환히 떠올랐다. 우아한 곡선을 그리는 입술도.

―거창한 건 필요 없고 편안하고 따뜻하게. 됐습니까?

다을은 웃으면서 대답했다.

"네, 됐습니다."

―그럼, 내일 봅시다.

막연한 '또 봅시다'에서 특정한 '내일 봅시다'로 진화했다. 내일은 악어가 끝인사를 어떻게 맺을까 궁금해진다.

어쨌거나 내일 일은 내일 생각하자. 관심, 나도 있으니까. 오늘은 그것에만 집중하자. 생각도 걱정도 너무 많으면 낭비. 귀차니스트답게 단순해질 것.

"그럽시다."

대답은 악어의 말투로 했다. 악어가 웃었다.

8

파주 출판 단지로 접어드니 4시 10분을 지나고 있었다. 서둘러 달려온 건 아닌데 조금 일찍 도착했다. 아마 서울에서의 출발이 일렀던 탓일 게다. 석주는 책나라 출판사 주차장에 차를 세웠다. 4시 20분. 다을에게 전화를 걸었다.

—반달곰입니다.

어제처럼 산뜻한 응답. 입매가 절로 허물어졌다.

"준비 중입니까?"

—나갈 준비요? 네, 다 됐어요. 엇. 그런데 지금 어디예요? 오는 중 아니에요? 운전 중 통화는 위험한데.

"잠깐 세웠어요. 친정에."

—친정이요?

까르륵 웃음소리가 들렸다. 이어 웃음을 채 지우지 못한 목소리가 건너왔다.

—와. 뒤끝 작렬. 꼼꼼하신데요?

대답은 웃음으로 했다.

—책나라에 볼일 있으세요?

"볼일은 없고. 좀 일찍 도착해서."

—아하, 그럼 오세요. 저도 좀 일찍 나갈 준비를 마쳤거든요. 후후.

예정보다 이르게 가면 서두르며 바빠할까 봐 여기서 기다렸다가 시간 맞춰 들어갈 셈이었다. 그런데 저쪽도 이미 준비를 마쳤다니 슬며시 흐뭇해진다. 귀찮음을 무릅쓰고 있는 게 아니라는 반증으로 느껴져서.

"10분 후에 나와요."

—알았어요.

작은 책방 잠에 도착하자 현관 앞에 나와 있는 다을이 보였다. 석주는 차에서 내려섰다. 다을이 계단을 내려와 석주에게 걸어왔다. 눈앞으로 가까워진 다을의 모습에 석주는 하, 낮은 숨을 터뜨렸다. 뒤이어 나오려는 웃음을 가두며 물었다.

"뭡니까?"

다을이 깜찍하게 되물었다.

"뭐가요?"

석주는 다을의 머리끝에서부터 발끝까지를 찬찬히 들여다보았다.

목둘레와 소맷부리에 잔잔한 프릴이 접힌 하얀 블라우스. 연한 그레이의 라운드 니트 베스트. 엉덩이와 허벅지 라인을 그대로 살리는 까만 스커트. 다행히도 힐 아닌 깔끔한 디자인의 단화. 어깨에 멘 건 아기자기한 체인 백. 코트는 왼쪽 팔에 가지런히 접어들었다.

석주를 놀라게 한 모습은 그게 다가 아니었다. 대충 묶인 채 길게 늘어뜨려져 있던 머리칼은 뺨을 어루만지듯 부드러운 웨이브를 이루고 있고, 깨끗한 민낯이던 얼굴에는 연하지만 화장도 해 놓았다.

석주의 눈길이 다시 아래로 내려갔다. 불투명한 까만 스타킹에 매끈하게 감싸인 두 다리로. 찢어진 청바지 속에 감추어 두었을 때는 몰랐던 다리 선이 특히 예쁘다. 누구라도 눈길이 머물게 생긴 맵시다.

기분이 묘해졌다. 내가 발견한 보석이 다른 사람들 눈에도 띄게 될까 봐 조바심이 생기려는, 그런 기분.

아니, 보석이라는 표현은 적당하지 않다. 희귀한 돌멩이 정도면 어떨까. 냇가에 차고 넘치는 무수한 돌멩이들 가운데 내 눈에만 들어온 단 하나.

내 손으로만 만지고 싶은 그것을 타인의 시선 앞에는 결코 놓아두고 싶지 않은, 그런 마음.

"선보러 갑니까?"

묘한 마음이 덧대어져 물음이 시비라도 걸 듯 살짝 삐딱해졌다. 그러나 석주의 그런 심기를 알아채지 못했는지, 다을은 여느 때처럼 웃음까지 섞어 도란도란 잘도 늘어놓았다.

"아하하하. 좀 그렇죠? 소을이 작품이에요. 저도 이렇게까지 거창하고 싶진 않았는데요. 소을이가 하도 우겨서. 첫 데이트라나 뭐라나?"

첫 데이트? 석주의 입꼬리가 슬쩍 올라갔다가 이내 제자리를 찾았다.

"똑똑하네."

"네?"

"언니보다 똑똑하다고."

"소을이요? 소을이가 왜요?"

천연스레 묻는 걸로 봐서 지금을 데이트로 인식 안 한다는 뜻인가. 굳이 강조하진 말자. 팟캐스트라는 아주 그럴듯한 고리가 있으니까. 데이트이건 아니건 자주 만날 수밖에 없을 테니까.

"안 추워요? 코트는 왜 들고 있어."

"추워요. 그런데 소을이가 이러고 있으래서요. 코트 입고 있으면 말짱 헛일이라나? 아휴. 시시콜콜 어찌나 간섭을 해 대는지. 아주 들들 볶였다니까요?"

새삼 추운지 다을이 어깨를 옹송그렸다. 석주는 다을에게 손을 내밀었다. 그제 밤처럼 손과 얼굴을 번갈아 보는 다을에게 웃으며 말했다.

"코트."

다을이 쿡 웃음을 터뜨리고선 투덜대듯 말을 했다.

"손 달라는 줄 알았잖아요. 이제부턴 그렇게 손부터 딱 내밀지 말고 뭘 원하는지 종목을 미리 말해 주세요. 헷갈리지 않게."

"종목을?"

되짚으며 석주 입에서도 웃음이 터졌다.

"미리 말만 해 주면 다 건네주나?"

"그야 뭐, 종목에 따라서 다르겠죠?"

"명심하겠어."

다을이 팔에 걸치고 있던 코트를 건넸다. 코트를 받아 든 석주는 다을의 등 뒤로 돌아가 서서 입는 걸 도와주었다. 코트를 입은 다을이 석주 쪽으로 돌아섰다. 코트 속에 몸의 선을 감추니 맘이 놓인다. 코트 자락 아래로 여전히 드러나 있는 다리는 아직도 신경 쓰이지만.

"머리도 이상하죠. 이것도 소을이 작품이에요. 으, 완전 어색해."

"괜찮은데, 뭘. 가발 같고."

말끝에 미소도 곁들였다. 다을의 콧잔등에 잔금이 잡혔다. 석주는 미소 띤 그대로 차 문을 열어 주었다.

"갑시다."

다을이 차에 올랐다. 석주는 차 문을 닫아 주고 운전석에 올라 차를 출발시켰다.

출판 단지를 지나갈 무렵 석주는 다을이 두 손으로 제 무릎 위를 쓸어 대고 있는 걸 보았다. 히터를 틀어 두어 차 안은 따뜻했다.

"추워요?"

"아니요. 뭔가 좀 허전해서요. 치마를 안 입다 입어 그런가 봐요."

즐겨 입던 톡톡한 카디건도 없이 블라우스 차림으로 기다리느라 한기가 들었을까. 아니면 남자의 시선이 닿을까 신경을 쓰고 있는 건가.

석주는 방향을 틀어 근처의 어느 출판사 옆에 차를 세우고 뒷좌석에 걸어 두었던 재킷을 가져다 다을의 다리 위를 덮어 주었다.

"다음부턴 말 들어요."

말끄러미 쳐다보는 다을에게 석주는 차분히 덧붙였다.

"편안하고 따뜻하게."

"아."

"그리고⋯⋯."

"그리고 뭐요?"

"선 같은 건 안 돼."

"안 돼? 안 돼, 라고 했어요, 지금?"

믿을 수 없다는 듯 반짝 놀란 얼굴로 쳐다보며 묻는다. 담담히 말했으니 강압적으로 들리지는 않았을 것이다. 어쨌거나 굳이 취소하고 싶지는 않다. 이렇게 차려입고 낯선 남자 앞에 앉아서 방긋방긋 웃고 있는 건 상상하기 싫으니까.

"그렇게 거창하게 꾸미고 선보러 나가고 싶어요?"

"그런 건 아니지만."

"아니면 아니지, 아니지만은 뭐야."

"좀 얼떨떨해서요."

"뭐가?"

"지금 나한테 펼쳐지고 있는 이 상황이요."

웃음기가 엿보이는 말투여서 석주도 조용히 웃었다. 차가 다시 달리기 시작한 지 얼마 되지 않았을 때 다을이 말했다.

"운전을 참 아늑하게 하시네요."

"아늑하게."

"네, 아주 편안하게. 저는 운전 거칠게 하는 남, 사람 싫더라고요."

남자를 사람으로 바꿔 말하는 것은 선을 그어 두겠다는 뜻인가. 말이 나온 김에 취향 조사나 들어가 볼까.

"그리고 또 어떤 사람이 싫은데?"

"음…… 길에서 침 뱉는 사람. 아무 데다 쓰레기 버리는 사람. 불붙인 담배 조심성 없이 휘두르고 다니는 사람. 횡단보도를 코앞에 두고 무단 횡단하는 사람. 욕설이 입에 붙은 사람. 서비스업 종사자들에게 고압적으로 구는 사람. 더 할까요?"

석주는 웃었다.

"됐어요. 그 정도면 충분히 알겠어. 반다을 씨 마음에 들려면 바른생활 어른이 되어야겠네."

해당 사항이 하나도 없음을 말하고 싶지만 자랑 삼아 말하기엔 당연한 것들뿐이라 입 밖에 내지는 않았다.

"뭐 하나 물어봐도 돼요?"

진지한 어조다.

"안 돼."

짐짓 고집스레 대꾸했더니 다을이 푸훗 웃었다.

"궁금한 게 뭡니까?"

"저한테 왜 관심이 있는 건데요?"

관심이 생기는 데에 논리적인 근거를 들 수 있을까. 예쁘니까, 라고 흔한 말로 둘러대기엔 입에 발린 소릴 한다며 도로 화를 낼 것 같고. 약간 사차원스럽게 독특한 여자가 여자 짓 제대로 하는 모습을 겪어 보고 싶어서라고 말하면 뺨이 성하지 않을 테지. 솔직한 마음이긴 하지만 그것이 전부는 아니니까 접어 두기로 하자.

"왜인지는 차차 탐구해 보기로 하고. 뭐 좋아합니까? 청경채 말고."

"지금 저녁 메뉴 고르시는 거예요?"

"밥부터 먹여야지. 배고픈 거 못 참는 사람이잖아."

"배고픈 거 잘 참는 사람이 이상한 거죠."

웃음 섞인 다을의 말에 석주도 웃으며 대꾸했다.

"그러니까 말해 봐요."

"뭐 딱히 가리는 건 없고요. 보신탕, 추어탕, 장어, 이런 건 안 먹어요. 왠지 살아 있을 때의 모습이 절실하게 떠올라서 못 먹겠더라고요."

"절실하게?"

웃으며 짚었더니 다을에게서도 고소한 웃음소리가 들려왔다. 듣기 좋다. 바로 곁에서 나는 이 웃음소리.

"보신탕은 나도 안 먹습니다."

다을의 관점에서 시험해 보는 일종의 관문일 것 같아 말해 두었다.

"맘에 드네요."

관심에 대해서 똑 떨어지는 이유를 대긴 어려워도 지금 미소 짓게 되는 이유는 정확하다. 무심한 듯 툭 던지는 저 한마디 때문이라는 거.

"어. 비 오네?"

다을이 중얼거렸다. 어제 내린 비에 이어 오늘도 하루 내내 흐려 있더니 기어이 비가 오려는 모양이다. 어두워지는 차창 너머 세상으로 비가 여리게 흐르기 시작했다.

문득 곁을 돌아보니 다을이 차창 밖에 매달린 빗방울들을 손끝으로 더듬고 있었다. 투명한 유리 위로 이리저리 흩어져 구르는 빗방울들을 따라가며 손가락 끝으로 만지작만지작. 앞을 봐야 하는데 자꾸만 눈길이 갔다.

흐트러진다는 것.

관심이란 어쩌면 그런 것인지도 모르겠다. 앞만 보고 운전에 집중해야 하는데 그걸 뻔히 알면서도 자꾸만 곁을 돌아보게 되는 것. 별것도 아닌 사소한 손짓에 눈길이 흐르는 것. 마음이 나를 벗어나 함부로 허물어지는 것.

차츰 굵어지는 빗줄기를 바라보며 다을이 다시금 중얼거렸다.

"이런 날엔 닭볶음탕에 소주가 딱인데."

석주는 웃어 버렸다. 감성에 젖어 비를 느끼고 있나 했더니만 금세 먹는 얘기로 결론을 내 버린다. 게다가 술까지. 기꺼이 환영이다.

"그럼 저녁은 그걸로 합시다."

"소주도요?"

"물론. 가는 동안 좀 자요."

"앗, 안 그래도 그러려고 했는데. 새벽까지 엄마한테 여행 다녀온 이야기 듣느라 잠을 거의 못 잤거든요. 근데 멍석 깔아 주니까 미안해서 못 자겠어요."

"괜찮아. 편하게 자요."

"배려심이 풍부한 악어로군요."

"잡아먹기 전까지는."

"잡아먹……? 흠흠. 미리 말해 두지만 반달곰은 맛없어요."

"하하."

오가는 말마다 유쾌한 웃음이 스쳤다. 다을은 그러고도 얼마 동안 차창 밖의 빗방울들을 손끝으로 만지작거리더니 가만히 잠이 들었다. 덕분에 석주는 서울까지 흐트러짐 없이 다을의 말처럼 '아늑하게' 운전할 수 있었다.

✿   ✿   ✿

출판사 건물 앞에 차를 대자 다을이 차창 밖을 내다보며 반갑게 말했다.

"여기가 다름이구나."

"앉아 있어요."

먼저 내린 석주는 트렁크에서 우산을 꺼내 펴 들고 다을이 내리도록 차 문을 열었다. 차에서 내려선 다을이 우산 안으로 들어왔다. 긴 우산이어서 반경이 넓었지만 가까이에 마주 서니 느낌이 특별했다. 한 우산 속에 둘이. 비 오는 날 여자와 이런 구도는 처음인 것 같다.

"좀 걸을까?"

오래 사귄 사이처럼 친밀하게 건넸다. 다을이 냉큼 맞장구를 쳐 주었다.

"빗속을 둘이서?"

함께 웃었다.

"저녁부터 먹인다더니 왜 여기로 왔어요?"

"배고파요?"

"네. 점심을 부실하게 먹었거든요. 간만에 치마 입는데 배 나오면 보기 싫다고 굶기다시피. 흑흑."

부러 내는 울음소리가 귀엽다. 더구나 남자 앞에서 그런 소릴 아무렇지도 않게 꿍얼거리다니. 남자가 아니라 사람이라 그런가. 하긴, 내숭 떨며 예쁜 척해 댔으면 애초에 눈길이 흐르지도 않았을 터. 석주는 웃으며 물었다.

"누가?"

"엄마랑 소을이가요."

원래는 집에 들어가서 닭볶음탕을 직접 만들어 줄 생각이었다. 본인이야 인식하건 않건 첫 데이트 때문에 점심까지 부실하게 먹고 나왔다니 다음으로 미루자.

"그럼 진짜 좀 걸어야겠다."

무슨 말이냐는 듯 다을이 빤히 쳐다보았다.

"근처에 괜찮은 데가 있어. 갑시다. 아, 그전에 제안 하나."

"제안? 무슨 제안인데요?"

"그렇게 입고는 앉기도 불편하고 춥기도 하고. 그러니까 잠깐 들어가서 옷을 갈아입는다."

"저요? 제가 입을 만한 옷이 있어요?"

"난주 옷이 있는데. 트레이닝복이라도 괜찮다면."

"완전 좋아요!"

다을이 흔쾌히 수락했다. 그러곤 이내 장난스레 덧붙였다.

"엄마랑 소을이한테는 비밀."

"비밀."

약속처럼 대답해 주었다.

현관문을 열고 들어가 실내에 불을 밝히자 다을이 와, 하고
담담히 감탄했다.

"구경해도 돼요?"

"마음껏."

1층도 그렇지만 2층도 볕이 잘 드는 낮에 보면 더 아름다운
공간이라 비 오는 저녁이라는 게 좀 아쉬웠다. 여기저기를 둘러
보며 다을이 말했다.

"소을이가 출판사 어떻게 생겼나 보고 싶다고 그랬는데."

"다음에 데려와요."

"진짜요? 소을이가 좋아하겠다."

방싯 웃고서 다을이 문득 생각난 듯 물어 왔다.

"책나라도 파주에 있는데 다름은 왜 여기 따로 있어요?"

"파주 출판 단지는, 뭐랄까…… 공장 지대 같아서."

"무슨 말인지 알겠어요. 파주에도 나름 예쁜 출판사들이 있긴
하지만 떼거지로 우르르 몰려 있으니까 오히려 각각의 맛이 안
살아요. 이렇게 일반 주택처럼 지어진 출판사 건물이 정감 있고
좋더라고요. 책 속의 이야기들이 살아 숨 쉬는 것도 같고."

복도를 지나 2층으로 오르는 계단 앞에서 다을이 물었다.

"2층은 뭐예요?"

"악어의 주요 서식지."

크크 웃으며 끄덕이더니 다을이 계단을 등지고 뒤돌아섰다.

올라가 볼 생각이 없음을 태도로 말해 주는 듯했다. 본능적으로 몸을 사리는 건가. 그렇다면 미끼를 던져 볼까.

"2층이 더 예쁜데. 다락방처럼."

"다락방처럼 예쁜 악어의 집. 무지 궁금하지만 다음에 볼래요."

더 권하진 않았다. 다음은 무궁무진할 테니까. 석주는 혼자 2층에 올라가 난주의 트레이닝복과 패딩 점퍼, 양말과 운동화를 챙겨 내려왔다. 주로 저자와의 미팅룸으로 쓰는 창가 쪽 조그만 방으로 다을을 데려갔다.

"양말에 운동화까지? 옷이랑 다 새것 같은데요?"

"올 초에 한 번 입고 두고 간 거라. 갈아입고 나와요."

"넵."

밖을 신경 쓰지 않고 편히 갈아입도록 석주는 현관 쪽으로 물러 나왔다. 식당으로 주문 전화도 해 두었다.

잠시 후 날씬한 트레이닝복 차림의 다을이 석주 앞에 나타났다. 블라우스에 정장 스커트보다 열 배는 잘 어울린다. 목이 휑해 보여 다가서서 지퍼를 목까지 올려 주었다. 순간이었지만 긴장하는 게 느껴져서 웃음이 나려 했다.

다을이 제 두 팔을 들어 보고 다리도 내려다보며 말했다.

"난주 씨 키 되게 커 보이던데 나한테도 얼추 맞네요."

"163?"

"눈썰미 좋은데요? 악어 씨는요? 180 넘죠?"

"83."

"난주 씨는요?"

"67."

"다들 키가 큰가 봐요. 그럼 늑대랑 들개는요?"

"늑대는 85. 들개가 제일 커. 88."

"악어가 제일 작네? 동생들 클 때 뭐했어요. 우유 좀 많이 마시지 그랬어요. 크크."

"그러게. 후회 막심이야. 거기 앉아 봐요."

현관 옆 스툴을 가리키자 다을이 착하게 앉았다. 석주는 한쪽 무릎을 굽히고 앉아 다을이 신고 있는 운동화 끈을 조절해 새로 매 주었다. 발 크기를 대략 가늠해 보니 난주보다 약간 작다.

"난주 씨한테도 곧잘 이렇게 해 주나 봐요?"

"이렇게?"

"지퍼도 올려 주고 신발 끈도 매 주고."

"안 해 주는데."

해 준다. 그렇지만 난주에게 그러는 것과는 의미가 전혀 다르다는 얘기였다. 여동생처럼 여겨서 그러는 게 아니라는 말을 하고 싶은 거다. 석주는 갸우뚱해진 다을을 일으켜 세워 패딩 점퍼를 입혀 주었다.

"코트도 입혀 줘, 패딩도 입혀 줘, 운동화 끈도 매 줘. 반달곰 오늘 제대로 호강하네요."

"옷도 다 입혔고, 이제 밥 먹일 차례."

"밥은 스스로 먹을게요. 후후."

둘이 함께 다시금 우산 속으로 들어왔다. 비가 알맞게 내려 걷기에 좋았다. 천천히 걸어 출판사 건물 옆 골목으로 접어들었다. 골목 안 젖은 돌바닥에 가로등 불빛이 비와 더불어 흘러내렸다. 빗물에 스미며 더욱 촘촘히 빛나는 불빛이 아름다웠다.

"예쁘다."

다을의 나직한 중얼거림을 석주가 받았다.

"빗소리도 좋고."

"빗속을 걷는 거 진짜 오랜만이네."

"또 언제?"

은근슬쩍 이 여자의 연애사를 캐고 싶은 거야? 나잇값도 못 하고. 침착해라, 권석주. 자신에게 일렀다.

"파주로 옮겨가기 전에는 명지랑 틈만 나면 같이 놀았거든요. 맑은 날엔 햇살이 좋아서, 흐린 날엔 그런대로 분위기가 있어서, 비 오면 비가 오니까, 눈 오면 눈이 오니까. 비 오는 날 우산 하나만 받쳐 들고는 둘이서 밤거리를 걷기도 하고요. 명지가 한창 연애 중일 때는 찬밥 취급을 받기도 했지만요."

말 끝자락에 뒤따르는 웃음이 편안했다. 이 골목이 미로여도 좋겠다. 주인장의 손맛도 손맛이지만 멀지 않아서 편히 들르던 식당인데 오늘은 조금 아쉽다. 찰박찰박, 다을이 바로 곁에서 내는 발소리가 듣기 좋아서. 마음이 기분 좋게 흐트러져서.

곧 골목 안 식당 앞에 이르렀다.

"어, 여기예요?"

문 옆에 조그맣게 매달린 네모난 간판을 보곤 다을이 반색을 했다. 그 이유를 안다. 반가움의 의미를 공유할 수 있어서 좋다.

"문득!"

다을이 간판에 적힌 글귀를 오랜만에 만난 친구 이름 부르듯 읽었다. 석주는 미소 지었다.

"설마, '문득' 그 책 쓰신 분?"

"맞아요. 들어갑시다."

"와!"

우산을 벗어난 다을이 깡충깡충 뛰어 대문 안으로 들어갔다. 그리고 좁은 마당 안 처마 아래 서서 빨리 오라는 듯 손짓을 했다. 석주는 우산을 접고 반달곰에게로 걸어갔다.

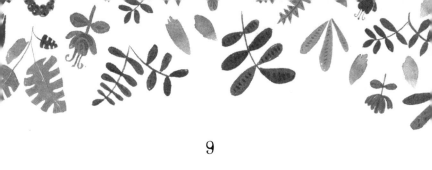

9

식당 안의 소담스런 방에 악어와 마주 앉았다. 바닥은 알맞게 따듯하고 머리 위에 걸린 삿갓 모양 등에서는 다정한 빛살이 퍼졌다. 조그만 창 너머로 토닥거리는 빗소리도 정겨웠다.

들어설 때는 주방 안에서 무심히 목례만 하던 식당 주인 남자가 주전자를 기울여 물을 따라 주며 누구에게랄 것도 없이 말했다.

"올 때마다 딴 여자야."

서글서글한 인상에다 농담처럼 툭 던진 소리라 심각하게 다가오진 않았다. 석주도 과잉 반응 없이 그저 씩 웃기만 했다. 책 날개의 작가 프로필에는 출생 연도가 나와 있지 않았지만 글에서 풍기는 느낌으로 30대려니 했는데 짐작대로다.

"안 넘어가네. 이번엔 고수를 데려오셨나."

주인장의 두 번째 공격에 석주 대신 다을이 나섰다.

"책 속 이미지랑 똑같으시네요."

"나 알아요?"

"서교훈 작가님이시잖아요."

"교훈적인 이름이라 외우기가 쉽긴 하지."

다을은 웃으며 말을 더했다.

"'문득', 무지 즐겁게 읽었어요."

"그런 소리 듣는다고 밥값 깎아 주고 뭐 그러는 사람 아니니까 칭찬은 넣어 둬요."

웃지도 않으면서 지극히 태연하게 받아치는 모습에 다을은 쿡쿡 웃어 버렸다. 서교훈이 물었다.

"술은 뭘로?"

"소주요."

석주와 다을, 둘의 대답이 동시에 나왔다. 정확히 겹친 말이 우스워서 다을은 또 웃음을 터뜨렸다.

"소주가 그리도 고팠나. 합창들을 하시네."

서교훈의 말에 석주도 웃음 지었다. 교훈이 방에서 나가자마자 다을은 석주를 곱게 다그쳤다.

"여기 온다고 진작 말 좀 해 주셨음 좋았잖아요. 그럼 책을 챙겨 왔을 텐데."

"사인이라도 받으려고?"

거슬리지 않을 만큼만 삐딱해지는 저 말투. 한 번씩 나올 때마다 마음에 가로질러 있었을지 모를 빗장이 스르르 해제되는 것 같다. 권석주, 이 남자는 참 특이하다. 다른 사람들과는 정반대의 방법으로 경계를 허무니까.

"당연히 받아야죠. 이런 기회가 흔치 않으니까."

"흔해질 겁니다."

"어째서요?"

"팟캐스트."

"아하."

석주 말을 듣고 나니 흥미가 확 돈다. 하겠다는 결심 쪽으로 완전히 기우뚱.

"그럼 작가들도 막 게스트로 초대하고 그러는 거예요?"

"그거야 반다을 씨 재량이니까 원한다면 얼마든지."

"제 맘대로요? 같이하는 거잖아요, 우리 둘이. 나하고, 악어 씨가 그랬잖아요."

"아. 그 나하고, 라는 얘기는 팟캐스트와 관련해서 매 녹음마다 전반적인 의논은 같이하는데 진행은 반다을 씨가 맡아 한다는 그런 의미였어요."

"진행을 저 혼자서만 한다고요?"

"혼자서만 하게 내버려 두겠다는 게 아니라 나는 녹음실 밖에서 지켜보고 있을 테니까……."

"그게 그거죠. 싫어요. 같이해요. 그 좋은 목소리를 왜 썩혀요? 같이 안 하면 안 할래요, 나."

다을은 부러 어깃장을 부려 보았다. 악어가 어쩌는지 보고 싶은 마음에서다. 여자 혼자 진행하는 팟캐스트보다는 멋진 목소리의 남자가 함께하는 편이 청취자 호응도나 인기도 면에서 훨씬 나을 것임은 말할 것도 없을 터. 어깃장이라기보다는 합리적인 주장에 가깝다는 생각도 들었다.

석주가 조용히 웃었다. 웃음이 고인 눈빛이 다을에게로 쏟아졌다.

피할 데가 없다. 관심 가는 여자 눈을 자기가 원하는 만큼 쳐다보며 앉아 있을 수 있는 남자. 또한 음흉한 속셈 따위 들키지 않은 채 담백함을 유지할 수 있는 남자. 싫지 않다. 아니, 충분히 매력적이다.

"그만 보죠?"

"왜?"

웃음 띤 그대로 석주가 물어 왔다.

"관심이 폭주하면 그 대상은 좀 버겁거든요."

"피하지도 않으면서."

"잘못한 것도 없는데 내가 왜 피해요?"

"같이합시다."

"네?"

"팟캐스트 진행, 같이하자고. 간절히 원하니까."

아니, 뭐 이런 논리가! 말리던 거야, 나?

"가, 간절히 원…… 도대체 누가요?"

"반달곰이."

처음부터 간절히 원한 건 그쪽, 악어죠! 그렇게 되받아쳐 주고 싶었지만 닭볶음탕이 딱 들어왔다. 석주가 미리 일러두었던지 청경채가 듬뿍 들어간 채소 볶음도 곁들여 나왔다. 이래서야 따지는 시늉조차 못 하겠다.

석주가 다을의 잔에 소주를 채워 주었다. 소주병을 받으려는데 석주가 일말의 여지도 주지 않고 자기 잔을 스스로 채웠다.

깔끔한 동작에 마음이 일렁였다. 그래서 다을은 말해 버렸다.

"전 이런 거 좋아요."

"이런 거? 어떤 거?"

"여자한테 당연한 듯이 술 따르기를 강권하지 않는 거."

석주 눈빛이 다음 말을 기다리듯 다을에게로 와 머물렀다.

"술은 여자가 따라 줘야 제 맛이라던 사람이 있었거든요."

"어떤 놈이야."

손봐 줄 테니 데려와 봐, 그러는 것처럼 들려 다을은 웃고 말았다. 큰오빠 같은 느낌이라 좋았다.

"예전에 사서로 일했던 도서관 관장님이요. 국공립 도서관이 아니고 사립 도서관이었는데요. 관장님이 호호 할아버지예요."

"나쁜 호호 할아버지네."

다을은 웃으며 말을 이었다.

"좀, 아니, 많이 꼰대 기질이 있어서. 사서로 일하던 2년 동안 그분 때문에 무척 힘들었어요. 날마다 여직원들 화장 검사, 복장 검사, 머리 검사, 구두 검사."

"날마다 걸렸겠네?"

고자질하는 심정으로 힘껏 끄덕였다. 왠지 시원해지는 기분. 그냥 들어만 주는데도 내 편이 생긴 것 같은. 명지나 소을이에게 그 이야기를 토로하던 때와는 뭔가 다른 확연히 푸근하고 전적으로 든든한 느낌. 석주가 가치판단을 하지 않으니 더욱 그런 것 같다.

"어쩌다 회식이 있는 날이면 꼭 여자 사서들에게 술을 따르게 해요. 아까 그 대사를 읊어 주면서요."

"그 이상의 추태는 없었고?"

"네, 다행히도요. 그랬음 더 빨리 그만뒀을지도 모르지만."

석주가 술잔을 들었다. 다을도 술잔을 들었다. 석주의 잔이 다가왔고 술잔이 가볍게 부딪쳤다. 다을은 소주를 한 모금 마셨다. 맑고 독한 술이 목을 쩡하니 울리고 넘어갔다. 석주가 수저를 놓아주며 물었다.

"그래서 힘들어 그만뒀어요?"

"꼭 그것 때문만은 아니었고요. 제가 원래 에너지가 심하게 딸리는 사람이걸랑요. 육체적 정신적으로요. 그래서 출퇴근도 남들보다 배는 힘들고 조직 사회도 힘들고. 무엇보다도 사서 일이라는 게 제가 어린 마음에 상상했던 그런 그림이 아니더라고요. 생각과는 다를 거란 얘기를 아빠한테서 듣긴 했지만 그땐 한 귀로 듣고 다른 귀로 흘렸을 거예요. 책 속에 파묻혀 지낼 수 있을 거라는 낭만적인 상상만 그려 왔던 거죠. 그런데 사서가 돼서 정말 어렵게 도서관에 들어가고 보니까 제가 상상했던 것처럼 책 한 권 펴 들고 우아하게 앉아 있는 모습이 결코 아니었더라는 거. 하하."

석주는 끄덕이기도 하고 틈틈이 닭고기의 살을 발라 다을의 접시에 올려 주기도 했다. 덕분에 다을은 밥을 먹으면서 편안히 지난 이야기들을 들려줄 수 있었다.

"명지 말을 빌리자면 해골 수준이 되어서 근근이 다니고 있던 어느 날, 아빠가 그래요. 힘든데 이제 그만두라고. 잠을 열고 6개월쯤 되었을 때였죠. 이제 자리도 웬만큼 잡혔으니 네가 맡아서 해라, 너를 위해서 시작한 거다, 그러시는 거예요. 깜짝 놀랐어요. 저랑 소을이는 아빠 노후의 소일거리 정도인 줄만 알고 있었거든요. 아빠가 작년 말에 정년 퇴임 하셨으니까요. 오래 몸 담으셨던 대학이고 퇴임 후에도 석좌교수로 계셔 달라는 청이 있었지만 아빠가 이제부턴 쉬시겠다고 사양하셨어요. 그래서 올해는 엄마랑 두 분이서 여행도 자주 다니셨고요."

그새 빈 소주잔을 석주가 다시 채워 주었다. 한 모금 또 한 모금, 매콤한 닭볶음탕을 안주 삼아 나누는 이야기들도 무르익어 갔다.

"사서라면, 문정과?"

"네. 근데 문정과를 아시네요? 문정과라고 하면 잘 모르는 사람들도 많던데. 문창과? 되묻기도 하고. 대개는 문헌정보학과라고 풀어 말해 줘야 알아듣는데."

"예전에 책나라에 있을 때 문정과 출신 편집자가 있었어요."

"아아~ 악어 씨는 전공이 뭐였어요? 지금 하는 일을 봐선 아마도 인문학 쪽? 아니면 전혀 상관없는 이공계 쪽?"

"불문학."

아이코! 다을은 황급히 두 손을 올려 막으며 말했다.

"하지 마요."

"뭘?"

"불어 시전."

"시전?"

웃으며 되묻는 석주에게 다을 역시 웃으며 설명했다.

"그 좋은 목소리로 불어 몇 마디 말해 주시면 폭탄주 들이켠 것처럼 몽롱해질지도 모르니까요."

석주가 두 눈과 입가에 가득 부드러운 웃음을 지으며 읊조렸다.

"폭탄주라."

"마셔 본 적은 없어요. 술 섞어 마시는 건 취향 아니라서요. 기분 좋게 몽롱해진다는 소린 명지한테 들었어요."

"반달곰의 한계 주량은?"

"소주는 네 잔, 맥주는 그날 기분에 따라. 악어 씨는요?"

"몸 가눌 수 있는 정도까지만. 비틀거리는 건 싫어서."

"그런 것 같았어요."

"그런 것 같다니?"

"그냥 뭐, 느낌에요. 질척거리는 거나 치대는 거 취향 아닐 것 같고. 술 취해 비틀대는 여자도 싫어하죠?"

"성별 구분 없이."

"저랑 같네요. 저도 술은 기분 좋을 정도까지만 마시자는 주의거든요. 술 자체보다는 맛있는 안주가 더 중요하고, 함께 마시는 사람들이랑 그날의 분위기에 더 영향을 받으니까요."

고개를 끄덕이며 석주가 물었다.

"주사도 없겠네?"

"없어요. 주사 부릴 만큼 취한 적도 없고. 말했잖아요. 기분 좋을 정도로만 마신다고. 악어 씨는요? 특별한 술버릇 같은 거 있어요?"

"없어요, 나도."

"깔끔하네요."

"다만."

"다만?"

"나도 모르게 웃음이 헤퍼진다고 할까."

"아하. 그건 뭐, 나쁘지 않은데요? 비주얼 면에서도 흐뭇하고."

크크 웃는 다을에게 석주가 다시금 잔을 올려 들었다. 다을은 술잔을 석주에게 가져가 짠, 부딪쳤다. 잔을 비우자 석주 손길로 다시 채워졌다. 세 잔째. 아직 한계는 한 잔 남았다. 그러니 이제부턴 천천히 마셔야겠다.

지금 이 저녁이 너무도 좋으니까. 안주도 맛있고 배려의 상징 청경채도 고맙고 자장가 같은 빗소리에 함께 있는 사람까지. 오늘의 분위기는 최상. 최상의 분위기는 조금씩 아껴 가며 맛보아야 한다. 좋은 술처럼. 좋은 사람처럼.

"술 더 시킬까 하는데."

석주의 말에 병을 들여다보니 비었다. 더 마시고 싶다는 얘기를 하려는 것 같아 다을은 흔연히 끄덕여 주었다. 맘대로 시켜도 되련만 상대의 허락을 구하는 태도가 맘에 들었다.

"제가 얘기할게요. 화장실도 가야 하고요."

"나가서 오른쪽으로 돌아가요. 대문 밖으론 나가지 말고."

"알았어요."

다을은 웃으며 대답하고선 방에서 나왔다. 맞은편 방에도 손님이 들었는지 방 앞 좁다란 마루 아래 신발들이 가지런했다. 두런두런 낮은 음성과 웃음이 먼 데서 들려오는 소리들 같았다. 단골손님들도 주인장을 닮나 보다.

마당으로 나서니 처마 끝에서 빗물이 모여 도르르 똑똑 흘러 떨어지고 있었다. 우산을 접고 대문 안으로 성큼 걸어 들어오던 석주의 모습이 생각났다. 곁으로 와 섰을 때, 그 잠깐 사이 어깨에 매달린 빗방울들이 옷깃으로 서서히 스며들던 모습도.

사람의 마음도 그러하지 않을까. 아주 짧은 순간에, 미처 깨닫지도 못하는 그 잠깐 사이에 마음의 결로 스며들어서 젖어 버리는 것. 그럼에도 눅눅하거나 불쾌해지지 않는다면 더 흠뻑 머금게 되는 것.

오늘까지 권석주라는 남자가 그랬다. 앞으로도 그럴 것 같다. 아니, 그랬으면 좋겠다.

명지한테 전화하려 핸드폰을 꺼내는데 마침 명지에게서 문자가 들어왔다.

〈오늘 우리 집에서 자.〉

이심전심이다. 다을은 곧장 명지에게 전화를 걸었다.

―반달곰!

명지 목소리가 반갑게 뛰어나왔다. 괜히 좋아서 이름부터 불렀다.

"도명지."

―너 술 마셨구나?

"응."

―문자 봤지? 데이트 즐겁게 하고 이따 악어 씨한테 우리 집으로 데려다 달라고 해.

"알았어. 근데 우리 아직 데이트 그런 거 아니거든?"

—알았어, 알았어. 어디까지나 팟캐스트를 위한 공식 회담이지. 근데 너 악어 씨 앞에서 그렇게 말하고 있는 거 아니지?

"아니. 화장실 가려고 잠깐 나왔어."

—그럼 얼른 화장실 가. 그리고 밤늦게 와도 좋아. 아니, 제발 밤늦게 와 줘. 알았징?

허락에 이어 애교 어린 권유까지. 그저 웃음만 났다. 다을은 명지네서 자겠다고 집에도 전화를 했다. 전화를 받은 소을이도 제가 더 신이 나서 즉시 엄마한테 전했다. 그런 다음 다을에게 선언했다.

—반다을과 악어 아저씨의 첫 데이트, 로맨틱, 성공적!

야! 소리 지를 새도 없이 소을이 전화를 끊어 버렸다. 자기가 꾸며 준 조신한 스타일을 내던지고 지금 트레이닝복 차림인 걸 알면 기겁을 할 텐데. 생각할수록 고소한 웃음이 터져 나왔다.

석주가 일러 준 대로 오른쪽으로 돌아 들어가던 다을은 걸음을 멈추었다. 통로 중간쯤에서 쪼그리고 앉아 담배를 피워 물고 있는 사람. 서교훈이었다. 다을의 기척을 느꼈는지 교훈이 고개를 돌렸다.

다을이 가까이로 다가가자 교훈이 담배를 바닥에 비벼 껐다. 처마와 담장 사이로 내린 비가 돌바닥에 작고 얕은 물웅덩이를 여러 개 만들어 내고 있었다. 담장 너머 가로등 불빛 속에 가는 빗물이 눈발처럼 어지럽게 흩어져 날렸다.

"비바라기 하세요?"

다을의 물음에 교훈이 흐릿한 소리로 웃었다.

"섬세하신 독자네."

달관한 듯 초연한 어투가 아까와 다르지 않다. '비바라기'는 교훈의 책 '문득'에서 해바라기를 빗대어 표현한 말이다.

"그렇다고 몇 권 더 살 거 아니니까, 칭찬은 넣어 두세요."

웃으며 건넨 말에 교훈이 또 흐린 웃음을 굴렸다. 그러고는 이내 말했다.

"아까 한 말은 신경 안 써도 돼요."

"올 때마다 딴 여자야, 그거요? 후후. 그런 거 신경 쓸 사이도 아닌걸요, 뭘."

"그런 거 신경 쓸 사이 되겠던데, 뭘."

"그렇게 보였어요?"

"권 대표, 동생들 말고는 여기 데려온 사람 없어요."

"아."

퉁, 가슴이 내려앉는다. 진짜요? 묻고 싶어 입이 간질거린다. 특별해진 느낌, 싫지 않다.

서교훈이 몸을 일으켰다. 무언가가 팔랑, 나비처럼 날아 내려와 교훈이 앉아 있던 자리에 떨어졌다. 반사적으로 눈길이 내려갔다. 손바닥 반만 한 직사각형의 종이다. 다을은 몸을 굽혀 손을 뻗었다. 교훈의 손도 함께 뻗어 내려왔다.

나의 고양이, 라고 적힌 글자들을 보았다고 생각한 순간 사진임이 분명한 그 종이는 교훈의 손길 안에 거두어졌다. 챙, 소리라도 날 듯 날카롭고 재빠른 움직임이었다. 사진이 든 손을 교훈이 바지 주머니에 쑤셔 넣었다. 다을과 눈길이 부딪쳤지만 어떤 말도 하지 않았다.

"고양이, 좋아하시나 봐요."

갑자기 뭔가 모르게 어색해져서 다을은 애매한 웃음과 함께 물었다.

"아뇨."

짧게 끊어 낸 교훈이 목례만 남기고 휘적휘적 마당 쪽으로 걸어 나갔다.

❀   ❀   ❀

자정을 훌쩍 넘긴 한밤, 다을은 석주와 함께 택시에서 내렸다. 명지네 아파트 단지 입구였다.

마치 이곳에 여러 번 바래다 주었던 것처럼 석주가 위치를 묻지도 않고 자연스럽게 걸음을 뗐다. 그 곁에서 다을은 천천히 걸었다.

가족과 친구, 학교와 전공, 일, 정치적 성향, 종교, 그리고 책들. 밤이 깊기까지 '문득'에서 서로에 대해 많은 이야기들을 나누어 그런지 오래 알고 지내 온 사람같이 느껴졌다.

비는 그쳤지만 대기에 비 냄새가 여전히 떠돌고 있었다. 오는 도중에 명지에게 문자를 띄워 놓았으니 명지가 1층으로 내려와 기다리고 있을 것이었다. 석주를 본다는 기대로 부풀어 있을 명지를 생각하니 웃음이 났다.

"명지랑 인사하셔야겠어요."

"드디어."

다을은 하하 웃었다.

"참, 저희 책방에 처음 온 그날 저한테 물어보셨잖아요. 친구 얘기 하는데 난데없이 예쁩니까? 하고. 그거 무슨 맥락이었어요?"

"딸이면 예쁘다, 아들이면 씩씩하다. 산부인과에서 아들인지 딸인지 물어볼 때 그런 식으로 돌려서 대답해 준다는 얘길 들었어요. 그걸 응용해 본 것."

"그러니까, 제 친구가 여자인지 남자인지 궁금해서요?"

"주말마다 온다기에 심각한 관계인가 하고."

"심각한 관계인 건 사실이죠. 근데 그 시점에서 그게 그렇게나 궁금했을까?"

"논리적인 이유를 대라?"

"강요는 아니에요. 후후."

"반달곰도 웃음이 헤퍼지네."

"저 원래 잘 웃거든요?"

"원래보다 조금 더."

그러고 보니 꺼내는 말마다 헤실헤실 웃음이 섞여 들긴 했다. 소주 세 잔하고도 반. 한계치를 넘지도 않았는데 그런다. 아마도 그건 함께한 사람과의 시간이 좋았기 때문이겠지. 오늘뿐만 아니라 다음, 또 다음을 갖고 싶은 마음 때문이기도 하겠지.

"악어 씨는 아직 안 헤퍼졌으니까 하나도 안 취한 거죠?"

"소주 한 병에 취하는 남자 못 써요."

"은근 세구나."

"그 발언 좀 위험한데."

"어째서요?"

석주가 웃었다. 이따금 대답으로 보여 주는 저 고요한 웃음도 좋다. 말보다 더 함축적인 의미를 뿜는 것만 같아서. 웃음의 색깔에서 섹시함이 묻어나기도 하고. 이 남자에게서 때때로 섹시한 느낌을 잡아채고 있으니, 아무래도 나 무성욕자는 아닌가 보다고 명지에게 똑똑히 말해 줘야겠다.

"다 왔어요. 저기예요."

벌써 내려와 로비에서 기다리고 있었던 듯 명지가 출입구로 나서는 게 보였다.

"신났어요, 도명지."

날아갈 듯 뛰어오는 명지를 보며 다을은 웃음으로 중얼거렸다. 순식간에 바로 앞으로 온 명지가 석주에게 꾸벅 고개를 숙여 인사했다.

"안녕하세요. 다을이 친구 명지예요. 뵙게 되어 끝내주게 반갑습니다."

"반가워요. 권석줍니다."

"우와. 듣던 대로 목소리 깡패시네요."

"목소리, 깡패?"

찬찬히 되짚고서 석주가 낮은 웃음을 터뜨렸다. 다을은 명지에게 고운 눈 흘김을 날려 주었다.

"커피라도 한잔하면서 대화의 시간을 더 갖고 싶지만 밤이 깊어 이만 반달곰 양을 데려가겠나이다."

명지 말이 끝나는 순간 다을의 어깨가 와락 따뜻해졌다. 석주의 손길이 어깨를 꽉 감싸 쥔 거였다. 놀라 눈을 홉뜬 채 어쩔 줄 모르고 섰는데 석주가 말했다.

"우리 달곰이, 앞으로도 잘 부탁합니다."

명지가 깨드득 웃음을 터뜨렸다.

"앞으로도, 라는 것은, 종종 밤늦은 데이트로, 우리, 달곰이를 저희 집에서 재우겠다는 뜻이겠죠?"

"총명하십니다."

"악어 씨를, 우리 달곰 양의 귀차니즘을 통쾌하게 부서뜨려 줄 마성의 남자로 임명합니다! 땅땅땅!"

도명지, 한 건 제대로 해 주셨다. 누구 맘대로! 반박하는 대신 다을은 푸푸 웃었다. 곁에서 나는 석주의 웃음소리가 듣기 좋았다. 따뜻이 무거워진 어깨도 싫지 않다. 그러나 석주는 금세 어깨를 풀어 주었다. 명지가 다을을 제 쪽으로 끌어당겨 팔짱을 꼈다.

"우리, 달곰이 인수인계 완료."

또 한 번 '우리'를 강조하며 명지가 말했다. 이제 마주 서게 된 석주가 다을을 향해 미소 띤 입술을 열었다.

"Bonne nuit. Pense à moi."

이 남자 악어 씨, 기어이 불어 시전을 해 주신다. 예상대로 목소리와 불어의 조합이 예술적으로 환상이다. 다을은 웃음을 깨물고서 물었다.

"방금 뭐라고 한 거예요?"

"잘 자."

"잘 자? 딱 두 글자가 뭐 그렇게 길어요?"

의구심을 감추지 않는 물음에도 석주는 대답을 떼먹고 특유의 미소만 지었다.

"내 머리에 다 입력됐어. 무슨 뜻인지 내가 필히 알아내 줄게."

명지가 자신 있게 말했다. 그렇지만 내용은 그다지 궁금하지 않다. 불어 발음으로 몇 마디 더 들었다간 진짜로 몽롱해질 것 같았고 정말 그러기 전에 보내 버려야겠다는 생각이 들었다.

"가세요."

"먼저 들어가요."

"저흰 둘이잖아요. 가세요, 먼저."

"들어가는 걸 봐야 가지."

단단한 어조로 보아 들어갈 때까지 지키고 서 있을 태세다. 아침에 출근해야 할 사람을 언제까지 세워 둘 수는 없으니 돌아서기로 한다. 다을은 손을 올려 반짝 흔들고는 석주에게서 돌아섰다.

"우리 달곰. 너 옷이 그게 뭐야? 소을이가 끝내주는 솜씨를 발휘해서 선녀처럼 예쁘게 단장해 내보냈다던데 왜 이렇게 엉뚱한 변신이야? 12시 넘긴 신데렐라도 아니고, 도대체 이게 어떻게 된 노릇이야?"

명지 잔소리가 엿가락처럼 늘어지는데도 걸음걸음이 기분 좋게 흔들리는 것 같았다. 취한 것도 아닌데. 분명 그런데.

뒤를 돌아보고 싶다. 악어 권석주 씨, 아직도 그 자리에 서 있는지. 나무처럼 서서 지켜보고 있는지. 입가에 서린 미소는 그대로인지. 취한 건 아니지만 이건 역시 술 때문이다. 그런 것 같다.

엘리베이터에서 내리자 문자가 도착했다. 석주다.

〈푹 자고, 일어나면 전화해요. 이유는 해장, 그리고 날개옷.〉

"날개옷?"

다을은 푸훗, 웃어 버렸다. 여전히 잔소리를 멈추지 않는 명지에게 석주의 출판사에 옷을 벗어 두고 오게 된 이야기부터 해 줘야겠다. 오늘 밤은 아마도 잠이 아주 멀겠다.

10

금요일, 오전 11시.

사무실 책상에 앉아 신입이 작성한 출간 기획서를 보고 있을 때 다을에게서 문자가 들어왔다.

〈늦잠 잤어요. 명지가 콩나물국 끓였대요. 그리고 날개옷은 다음에 가지러 갈게요. ㅋㅋ〉

갓 깨어나 문자를 쓰며 웃음 짓는 다을의 얼굴이 눈앞에 보이는 듯했다. 오늘도 만나야 되는 이유들에 대해 만나지 않아도 되는 이유들로 답을 보내다니. 애달프게 만들려고 작정을 했나.

석주는 다을에게 전화를 걸었다. 신호가 한참 가고도 받지 않아 끊으려던 찰나 연결이 되었다.

—안녕하세요, 악어 씨. 저는 달곰이 친구예요.

어젯밤과 마찬가지로 명랑하게 건너오는 명지 목소리다.

"잘 잤어요?"

—어머나. 그건 달곰이한테 달콤하게 건네야 할 인사 같은데
요? 달곰이는 잘 잤어요. 과연 밤새 악어 씨 꿈을 꿨는지 어떤지
는 모르겠지만요.

웃음 섞인 명지의 말에 석주도 웃었다. 어젯밤 다을에게 불어
로 건넨 인사말의 뜻을 명지가 기어코 알아낸 모양이다. '잘 자'
에 이어지는 그 말. '내 꿈꿔'보다는 직역으로 '내 생각해'에 무
게를 실은 인사였지만 어쨌거나 상관은 없다.

—달곰이 지금 샤워 중인데요. 나오는 대로 꼭! 전화드리라고
할게요.

"전화는 안 해도 되고. 지금 데리러 갈 거니까 어디 못 가게
꼭 잡아만 두시면 됩니다."

—엄휘! 끝내주게 바람직하셔라! 임무 적극 완수할 테니 걱정
말고 오세요. 참! 달곰이 이상형이 목소리 좋은 남자라는 거 아
세요?

흠, 그렇단 말이지. 참으로 바람직한 친구로세.

"그런 중요한 정보를 공짜로 듣기는 미안한데."

—으하하하. 그럼 들개와의 소개팅을 마련해 주심이 어떠하
올지.

농담 반 진담 반인 듯 건너오는 말에 석주는 미소 지었다. 현
재 사귀는 여자도 없는 상태인 데다 오는 여자 마다 않는 철주
녀석이니 소개팅쯤 어려울 것도 없다.

"적극 추진해 보겠습니다."

—우와! 진짜로요? 그럼 기대하며 기다릴게요.

까르르, 기쁨 넘치는 웃음까지. 내숭 없기로는 다을보다 한 수 위다. 철주와 동갑이기도 하지만 성격상으로도 잘 어울릴 것 같다.

자세히 뜯어보지 않아서 철주가 그토록 원하는 베이글녀인지는 잘 모르겠지만.

통화를 마치고 사무실을 나서는데 복도 저 끝에서 신입이 조르르 뛰어와 꾸벅 인사를 했다. 턱을 까딱여 보였는데도 편집팀으로 들어가지 않고 서 있는 걸 보니 출간 기획서에 대한 총평을 기다리는 눈치다.

"골목 문화 탐방이라는 기획 자체는 괜찮았어요. 소소한 재미도 있었고. 내용은 좀 더 보완을 해야겠지만. 포인트를 골목에 둘 것인지 문화에 둘 것인지 모호하다는 점도 생각해 봐야 할 문제고."

신입이 방긋 웃으며 다시금 꾸벅 인사했다.

"말씀 감사합니다. 더 연구해 볼게요. 그리고 팟캐스트 조사 보고서도 오늘 중으로 제출할게요."

또 한 번 턱을 까딱여 주고 지나쳐 가려는데 등 뒤에서 신입이 저어, 하고 말을 붙였다. 돌아보자 신입이 한 걸음 다가왔다.

"대표님, 혹시 다음 주 토요일에 시간 괜찮으세요?"

조심스런 물음에 석주는 다음 말을 기다렸다.

"그날 저희 동아리에서 뮤지컬 공연이 있거든요."

신입의 자기소개서에서 뮤지컬 동아리 활동에 관해 읽은 기억이 났다.

"그런데?"

나한테 지금 그걸 보러 오란 소릴 하는 건 아니겠지? 라는 물음이 내포된 한마디였다. 그런 초대에 선뜻 응해 줄 만한 관계인가 하는 것부터 점검해 보라는 말도 포함되어 있었다.

"그날 특별한 일 없으시면 보러 와 주셨으면 해서요."

철주네 극단에서 공연이 있을 때마다 석주는 철주가 떠안기는 티켓을 수십 장씩 사서 주변에 뿌리다시피 하곤 했었다. 하지만 동아리에서의 공연이라면 발표회 성격일 테고 티켓 판매가 필요해서는 아닐 것인데.

"기주 아저씨랑 같이……."

아슬아슬 매달려 온 말이 차갑게 끊어 치려던 석주의 입을 막았다. 신입이 미리 준비해 온 듯 주섬주섬 초대권을 꺼내 석주 앞으로 내밀었다. 티켓을 쥔 손끝이 조금 떨리고 있어 받아 들었다. 두 장이다.

"시간 안 되시면 어쩔 수 없고요. 그럼 기주 아저씨한테만이라도 전해 주시면……."

"기주한테 직접 주는 게 좋을 것 같은데."

"그게, 그러려고 했는데요. 그러니까 그, 이모가 그날은 다른 일 때문에 못 올 거라고 해서요."

이건 또 무슨 소린가.

"말 좀 알아듣게 하지?"

"……죄송해요."

해맑다 싶게 발랄하던 아이가 잔뜩 풀이 죽어 어깨를 늘어뜨린 모습을 보니 맘이 편치 않았다. 사연을 묻고 이참에 기주와의 관계도 명확히 알아보고 싶지만 지금은 다을에게 가야 했다.

"생각해 보죠."

신입이 고개를 들었다. 입가에 웃음을 끌어 올리고 있는 게 보였다. 긍정으로 받아들인 모양이다.

"그런데 기주가 어린애도 아니고 내가 가잔다고 어디든 두말 없이 따라나설 녀석은 아니라서."

괜한 희망은 심어 주지 않는 편이 좋겠다 싶어 말해 두었는데 신입이 한결 밝아진 표정으로 말했다.

"아니에요. 기주 아저씨가 형님을 얼마나 존경하는데요."

"존경……."

어이가 없어 더 말을 맺지 못했다. 아버지도 아니고. 난주는 물론 철주도 존경씩이나 하진 않을 텐데 고작 두 살 아래 동생이 무슨. 설사 그렇다고 해도 입 밖에 내어 표현하지 않을 녀석이 기준데 말이다. 쓴웃음이 났지만 그냥 돌아섰다.

2층에서 트레이닝복으로 갈아입고 내려오다 이번엔 오 팀장과 마주쳤다.

"대표님! 이제 운동 가세요? 오늘 아침 운동 안 하셨나 봐요?"

출판사를 열며 이곳에서 살기 시작한 이후로 아침마다 강변을 뛰고 들어오는 게 습관이 되어 있었다. 아침 운동이란 그걸 말하는 것일 터였다. 오 팀장을 비롯해서 직원들에게 숨긴 적도 없고 그러므로 딱히 비밀이랄 것도 없다.

오늘 아침엔 다을의 전화를 기다리며 대기하느라 조깅을 거르긴 했다. 이 시간에 트레이닝복을 입은 이유는 다을과 옷을 맞추려는 것인데 그 마음까지 들킨 것 같아 약간 멋쩍었다.

"오 팀장은 남의 사생활을 그리도 꿰고 계십니까?"

"하하하. 대표님이 남인가요, 어디. 우리 다름의 기둥이신데."

풀썩 웃음이 났다. 우리 다름, 이란 표현 때문이었다. 어젯밤 다을을 두고 '우리 달곰이'라 지칭했던 기억이 새삼 되살아났다. 지금 생각하면 좀 오글거리는, 어쩌면 술의 힘.

명지가 여러 번 '우리'를 또록또록 발음했지만 정작 다을 본인은 개의치 않는 듯했는데, 그 또한 다을에게 스며든 몇 잔의 술 덕분이리라.

"늦을지도 모르니까 나 기다리지 말고 점심들 드세요."

"알겠습니다!"

오 팀장이 거수경례하듯 손을 이마 옆에다 척 갖다 붙였다. 석주는 미소를 머금고서 차에 올랐다.

❁   ❁   ❁

다을과 함께 석주는 산책하듯 한강변을 천천히 걸었다. 연이틀 비가 내린 다음이라 하늘도 햇살도 청명하기 그지없었다. 어제 못다 한 이야기들이 자연스레 이어지던 중 다을에게 전화가 걸려 왔다.

"엄마예요."

알려 주고선 다을이 전화를 받았다. 편하게 통화하도록 석주는 서너 걸음 물러나 강물 쪽으로 시선을 던졌다. 굳이 소곤거리지 않았으므로 다을의 목소리가 석주에게도 고스란히 들렸다.

"응, 좀 전에. 명지가 콩나물국 끓여 줘서 한술 먹었어. 응.

지금은 명지네 집 근처 강변 산책 중. 응? 아니, 명지는 가게 나 갔지. 악어 씨랑. 응, 방금 왔어. 오늘 금요일이잖아. 이따 저녁에 명지 차로 같이 들어가려고. 응, 알았어. 알았다니까? 뾰로롱."

다을이 석주 곁으로 왔다.

"뾰로롱은 또 뭐야."

석주 물음에 다을이 생긋 웃으며 대답해 주었다.

"우리 가족 끝인사예요. 그만 끊어요, 안녕, 하는 거요."

"재밌네."

"항상 그러는 건 아니고요. 상대방의 말이 한없이 길어질 것 같을 때 여기까지만, 요런 의미로 쓰는 거예요."

"집에 안 데려다주고 친구네서 자게 했다고 걱정 안 하세요?"

"아니요. 명지네서 자는 건 일상인 걸요, 뭘. 명지가 우리 집에서 주말을 보내는 것처럼요. 그리고 소을이가 악어 씨 찬양을 얼마나 해 놨는지 엄마는 악어 씨가 아주 완전체인 줄 알고 있다니까요?"

"완전체?"

하하, 웃음이 저절로 터졌다.

"절더러 책만 읽는 바보라고. 엄마가요. 그래서 책만 좋아하는 이상한 남자랑 만나게 되면 어쩌나 걱정도 하고요. 책 얘기로 말만 통했다 싶으면 다른 건 하나도 안 보고 빠져들지도 모른다나요? 참 내. 딸을 뭘로 보고! 첫째, 책만 읽는다고 해서 결코 바보일 순 없음. 둘째, 소을이나 나나 아무 생각 없이 남자한테 빠져드는 타입이 절대 아님. 특히 저는요, 혼자 살면 살았지,

물불 안 가리고 남자한테 목매지는 않아요. 가만 보면 부모가 자식을 제일 모르는 경향이 있다니까요."

혼자 살면 살았지, 라는 말이 허튼소리로만 들리지 않는다. 빳빳한 독신주의자의 모습이 아니라 책 속에서 유유자적 행복한 여자가 그려지니까. 어쨌거나 묘하게 승부욕을 자극하는 말이긴 하다. 라이벌이 다른 남자가 아니고 책 속의 평화라는 게 웃기지만.

"아무튼 악어 씨는 일단 신분도 확실하고. 다름이 책나라의 특별한 임프린트라는 거 엄마도 아시니까요."

"친정 덕을 제대로 보네."

다을이 크크 웃었다.

"엄마도 그렇고 소을이도 그렇고, 팟캐스트 일로 만나는 거라고 몇 번을 말해도 자꾸만 딴 데로 새요."

"팟캐스트 아니었음 거들떠도 안 봤다? 완전첸데?"

푸후후, 고소하게 터뜨려지는 이 여자의 웃음소리가 좋다. 바로 곁이어서 더욱. 멀리 두고 싶지 않다. 이렇게 가까이서 매일매일. 흠, 이건 관심 수준을 능가하는데. 그대로 두자. 무럭무럭 자라도록. 관심이 다른 무엇으로 깊어진들 지금으로썬 즐겁게 환영한다.

문제는 이 여자의 마음일 텐데. 현재 상태, 명백히 호감. 게다가 목소리 좋은 남자가 이상형이라던 명지의 귀띔도 들어 두었으니 충분히 희망적이다.

"늑대 씨도 독립해서 따로 살고. 악어 씨네 집은 좀 특이한 것 같아요. 보통은 아들들이 결혼을 해야 따로 내보내지 않나?"

"자기 밥벌이가 확실하면 그때 내보내. 원하는 만큼 교육도 시켰고 집까지 사 줬으니 부모로서 할 도리는 다 했다, 그다음부턴 각자 알아서 살아라, 그런 마인드. 더는 바라지 마라, 선도 그어 두시고."

다을이 엄지를 척 치켜들었다.

"멋있으세요."

"출판 재벌치고는?"

웃으며 건넨 말에 다을 역시 새콤한 웃음으로 끄덕였다.

"철주는 자기도 얼른 독립하게 해 달라고 애원을 하는데 아버지 눈엔 어림도 없는 얘기라."

"하긴, 연극배우들 힘든 건 사실이니까."

"연극하는 걸 못마땅해하셔서 용돈도 최소한으로 주시기는 하지만 집에 있으니 아직은 크게 힘들진 않은 셈이지. 그러니 나가라고 할까 봐 겁내야 되는 건데 걸핏하면 독립 타령이니."

"낙천적인 들개인가 봐요."

"그런 면이 있긴 해. 어디 갖다 놔도 자기 방식으로 살아남을 녀석이니까. 삶의 질이 문제이긴 하겠지만, 어쨌든."

"자기 삶을 자기 방식대로 이끌어 가는 거 저는 좋아요. 타인의 기준이랑 상관없이 자기가 하고 싶은 일을 하면서 행복하게. 자기 삶의 질을 판단하는 사람도 자기 자신. 세상이나 다른 사람이 아니라. 악어 씨도 그렇게 살고 싶은 거잖아요. 그래서 든든한 책나라에서 독립해 나온 거고요. 맞죠?"

정확한 분석이다. 석주도 다을을 향해 엄지를 올려 보였다. 다을이 활짝 웃었다. 웃음이 섞이자 보이지 않는 실이 있어 둘 사이에 아련히 이어져 닿는 느낌이 들었다. 인연이라는 말, 이럴 때 떠올리는지도 모르겠다.

얼마간 편안히 걷다가 다을이 물어 왔다.

"난주 씨 전공이 서양화라고 그랬죠?"

"지금은 휴학 중이고."

"우리 책방에도 그날 처음 온 거고요?"

"그렇게 들었는데, 왜?"

"아무리 생각해 봐도 난주 씨랑 나랑은 접점이 없어서요."

"난주랑 접점이 왜 필요하지?"

"악어 씨하고 나, 이야기를 하면 할수록 서로 어긋나는 부분이 너무 없는 것 같아서. 우리 두 사람 취향이나 가치관이나 그런 것들을 누가 미리 알아보고 맞춰 본 다음에 중간에서 다리를 놓아 준 것만 같은, 그런 기분마저 들거든요. 그래서 혹시 난주 씨가 나를 알고 오빠한테 소개시켜 주려는 마음에 일부러 핸드폰을 떨어뜨리고 간 건 아닌가, 막 그런 생각까지."

크크 장난스럽게 웃는 다을을 따라 석주도 웃었다. 그런 생각이 드는 것도 무리는 아니다. 어젯밤 시간 가는 줄 모르고 이야기를 나누면서 석주 자신도 비슷한 생각을 하긴 했다. 사소한 부분들도 그렇지만 되도록이면 피하게 되는 정치와 종교관에 이르기까지 노선이 같은 사람은 드무니까.

"그럴듯한 생각이긴 한데 난주가 그렇게까지 치밀하게 뭘 계획하고 그러는 녀석은 아니어서. 오히려 직관적인 편이지. 오래 생각하기보다는 즉흥적으로 행동할 때도 많고. 하고 싶은 건 꼭 해야 되는 고집이며, 그런 면에선 철주랑도 닮았어."

다을이 고개를 끄덕였다. 석주는 소을에 대해 물었다.

"소을이는 번역가를 꿈꾸는 영문학도예요. 아, 우리 가족은 넷 다 대학 동문이에요. 재밌죠."

"부모님까지?"

"네. 아빠랑 엄마는 국문과 교수님과 풋풋한 신입생으로 처음 만났고요. 아빠 덕분에 교직원 자녀 장학금 혜택을 받을 수 있어서 저랑 소을이랑은 굳이 다른 대학을 선택할 이유가 없었고요."

"교수님과 신입생이라. 그럼 나이 차가 제법 나겠는데?"

"부모님이요? 네, 제법. 아니, 엄청 나요. 열일곱 살."

말끝에 다을이 조용한 웃음을 곁들였다. 웃음을 담고 둥글어진 뺨이 예쁘다.

살이 좀 더 오르면 귀여울 것도 같다. 통통한 아기 곰처럼. 중학교 땐 살짝 토실했다더니 예전 모습은 어땠는지도 궁금해진다.

"쉽지 않았겠네."

"네. 그 당시엔 진짜 대단했대요. 외가에서는 반대도 심했고요. 친가에서도 쌍수 들어 환영하는 분위기는 아니었대요. 엄마 때문에 아빠 평판에 흠이 생겼다고 걱정들을 많이 하셨다고 해요."

"양가의 반대를 딛고 결혼에 성공하게 만든 추진력은 어느 쪽? 아버님? 아니면 어머님?"

"엄마는 결국 아빠라고 주장하시지만 우리가 보기엔 역시 엄마인 것 같아요. 엄마가 아빠 껌 딱지거든요. 아빠는 묵묵하고 신중하신 분인데 어지간하면 엄마 마음을 따라 주시는 편이세요."

"유익한 정보였어."

다을이 걸음을 멈추고 석주를 돌아보았다. 눈가에 웃음은 어려 있지만 '뭐라고요?' 하는 표정이다. 앞으로 다을과 관련한 어떤 상황에서건 어머니 쪽을 먼저 공략하면 되겠다는 의미였으나 지나치게 앞서가는 느낌을 주었을 터. 석주는 웃음으로 눙쳤다.

"그렇게 웃으면 다예요?"

"아직 배 안 고파요?"

"콩나물국 먹었다니까요."

"밥은 안 먹었잖아. 이제 밥 먹으러 갑시다."

"날개옷은 언제 주실 거예요?"

"생각 좀 해 보고."

"생각을 왜 해요? 내 옷인데?"

"오늘 얼굴이 더 예쁘네. 어제보다."

"웬 동문서답?"

통 내뱉으면서도 다을의 표정은 부드러웠다. 다을에게는 화장하지 않은 얼굴이 더 어울리는 건 사실이다. 깨끗한 피부 결을 화장이 오히려 감춰 버리니까.

"안 예쁜 여자한테 예쁘다는 말해 봐야 안 먹히는 거 알죠?"

"그걸 글자 그대로 받으면 곤란하지. 화장으로 감춘 어제보다 낫다는 정도로만 이해하기. 됐어요?"

"솔직해서 좋네요."

"화장 같은 거 안 해도 돼. 불편한 날개옷 차려입지 않아도 되고. 싫은 거 억지로 해 가면서 이어지는 관계, 오래 못 가요."

다을의 눈빛이 문득 깊어진다. 석주는 그 눈빛을 들여다보며 물었다.

"동감?"

끄덕인 후 다을이 대답했다.

"동감."

감, 이라는 발음을 여운처럼 품고 미소 짓는 입술이 눈에 들어왔다. 머금으면 어떤 감촉일지 궁금해진다. 남자의 입술에 어떻게 반응하는지, 속에 숨겨 둔 혀는 얼마나 따뜻한지. 도망칠지, 마중 나올지. 궁금하다. 키스할 때 이 여자, 손은 어디다 두는지도.

석주는 앞으로 돌아서서 걸음을 뗐다. 눈에다 계속 담고 있다가는 궁금함만으로 그치지 않을 것 같아서. 곁을 따르는 다을의 걸음이 느긋했다. 느긋함은 편안함과도 일맥상통. 지금은 이 여자가 느끼는 편안함에 만족하자.

"꼭 일주일이야."

"뭐가요?"

"우리."

"아하하하."

부담 없는 웃음이 다행스러웠다. 손을 잡고 싶다. 내 것으로, 깊이.

"그런데 저 때문에 일부러 그렇게 입고 나오신 거예요?"

"오늘의 드레스 코드."

후훗 웃으며 다을이 말했다.

"실은, 아까 명지네 집 앞에서 봤을 때요. 나랑 어디 뛰러 가자고 하는 거 아닌가 은근 걱정했다니까요."

석주도 하하, 소리 내어 웃었다.

"뛰는 거 싫어하잖아."

"네, 싫어해요."

"그럼 뛰자고 해도 안 뛰면 되지, 뭐가 걱정이야."

"싫은 거 억지로 안 시킬 거니까?"

"당연히."

"맘에 들어요."

맘에 든다는 말, 맘에 든다. 담백한 말투인데도 그렇다. 아니, 담백해서 더 그럴 것이다. 꾸밈없이 진솔한 느낌이니까. 이 여자는 대체로 그렇다. 말도 웃음도 행동도 눈빛도 다.

"선본 적 있어요?"

다을이 담담히 물어 왔다. 그게 무엇이건 궁금해한다는 건 좋은 징조다. 석주는 있는 그대로 대답해 주었다.

"있어요, 두 번."

"어땠어요?"

"한 번은 그야말로 맞선. 한 번은 소개팅 성격. 둘 다 끔찍했어."

"어떤 면이 끔찍했는데요?"

"나한테 잘 보이려고 방긋방긋 웃으며 앉아 있는 여자를 보는 거."

"그런 거 싫어하시는구나."

"아주."

"그래서 나예요?"

"이유 찾기 그만하지?"

"어제 제 물음에 대답 안 해 주셨잖아요. 그래서 아직도 이유를 탐구 중이신가 하고요."

"탐구 중인 건 그쪽이지."

"아휴, 궁금해 죽겠네. 진짜 내가 왜 좋아요?"

"좋아한다고 한 적 없는데?"

"앗, 그렇구나."

헤헤, 머쓱한 듯 구르는 웃음이 귀엽다. 그리고 혼잣말처럼 뒤따르는 중얼거림도.

"근데 왜 좋아하는 것 같지?"

"반달곰이라 둔한 줄 알았더니 영 곰은 아니네."

다을이 걸음을 뚝 멈췄다. 석주도 걸음을 멈추었다. 그리고 다을의 눈을 똑바로 보며 말을 이었다.

"좋아하게 될 가능성 99%라면?"

"1%를 남겨 놓는 이유는요?"

"100%로 시작하는 건 재미없으니까."

"1%의 불확실성이 결과를 좌우하긴 하죠."

"달곰이 감히 악어를 협박하고 있어."

"크크. 협박까진 아닐걸요?"

"협박이어도 상관없어."

"그런데요. 달곰 그거, 맘에 들어요. 달콤처럼 들리기도 하고."

맘에 들어요. 이런 거 좋아요. 저는 좋아요. 이런 말들을 제때제때 숨김없이 해 주는 여자도 맘에 든다고 말해 주고 싶다. 부담스러워할까 봐 1%를 남겨 두는 척한 거라는 말도.

석주는 다을에게로 손을 펴 내밀었다. 내민 손을 말끄러미 바라보는 다을에게 웃으며 말해 주었다.

"종목은, 손."

다을이 맑은 소리로 웃었다. 그리고 머뭇거림 없이 제 손을 올려놓았다. 석주는 손안에 든 다을의 손을 꽉 쥐었다. 손이 얽힌 채 눈빛도 얽혔다. 한낮의 햇빛이 다을의 머리 위에서 반짝거렸다. 이제부터 본격적으로 시작한다, 라고 석주는 생각했다.

Part 2

1

저 멀리서 또각또각 구두 소리가 들린 것 같았다. 향수 냄새
도 코끝에 감겼다. 다을은 고개를 들었다. 잠이 덜 깬 눈에 낯익
은 여자의 얼굴이 들어왔다. 손등으로 눈을 비비고는 눈앞의 여
자를 쳐다보았다. 난주다.

"짝눈이 됐네."

난주가 비식 웃으며 말했다. 무슨 소린지 알아들었으므로 다
을은 배시시 웃었다. 왼쪽 눈에만 진 쌍꺼풀 탓일 게다.

"웃으니까 없어졌어."

"자고 나서 눈 비비면 딱 3초만 생겼다 사라지는 거라서요."

"근데, 누구예요?"

난주가 도전적으로 물었다. 다을은 그제야 주변을 둘러보았
다. 여기는 다름의 저자 미팅룸 안. 목요일인 모레 첫 녹음할 팟
캐스트를 준비하던 중 책상 위에 엎드려 잠깐 잠이 들었나 보

다. 오후 내내 같이 있던 석주가 안 보였다.

다을은 의자에서 일어나 난주에게 인사를 건넸다.

"난주 씨죠? 저는 반다을이에요. 파주의 작은 책방 잠, 기억하세요?"

"아, 거기. 그런데 여기서 뭐하고 있었어요? 큰오빠는요?"

"출판사 팟캐스트 녹음 앞두고 의논 중이었어요. 악어 씨가 그새 어디로 가 버렸는지는 저도 궁금하네요."

"악어 씨?"

되새기며 난주 입가에 생글생글 웃음이 떴다. 뭔가 흥미진진하다는 표정이다. 다을도 빙그레 웃었다.

"악어 씨가 팟캐스트 한대요?"

"네, 그렇게 됐어요."

"팟캐스트를 빙자해서 연애질하려는 건 아니고?"

다을은 푸훗 웃었다. 어쩌면 그럴지도요, 라고 대답하려다 참았다. 이미 절반쯤은 짐작하고 물어 오는 것 같아서였다.

"박소담 닮았어. 그런 말 자주 듣죠?"

"저요? 처음 듣는데요?"

고개를 갸웃하는 다을을 난주가 뚫어져라 쳐다보았다. 난주의 두 눈에는 호기심이 가득했다.

"근데 박소담이 누구더라?"

"영화도 안 봐요? 강동원이랑 '검은 사제들'에 나왔잖아요. 귀신 들린 소녀 역으로."

"귀, 귀신 들린 소녀요?"

하필이면 그런 역할의 배우를 닮았다니. 도대체 어떻게 생겼

162

기에? 내가 그렇게 이상하게 생겼나? 다을은 힝, 투정 부리고 싶은 심정으로 미간을 접었다.

"그렇게 멍 때리는 표정 하고 있으니까 완전 똑같네. 악어 씨 취향이 이런 쪽이었나?"

타닥타닥 내던지는 말투인데도 날카롭거나 공격적으로 들리지는 않았다. 티 하나 없이 예쁘장한 얼굴에 고생이라고는 모르고 자랐을 전형적인 막내딸 느낌에다 설핏 스치곤 하는 그늘이 묘한 부조화를 이루고 있었다.

"권난주."

악어 씨 등장이다. 안으로 들어선 석주가 난주에게 물었다.

"연락도 없이 어쩐 일이야?"

"그냥 뭐, 근처 지나다가."

"근처? 근처 어디?"

"뭘 그렇게 시시콜콜 캐물어? 친구랑 놀다가 배고파서 문득에 밥 먹으러 갔어. 근데 문이 닫혔더라? 불도 다 꺼졌고. 아직 초저녁인데 왜지? 문 닫아 걸어 놓고 뜩이 오빠 도대체 어디 간 거야?"

대답은 없이 난주를 보는 석주 눈빛에 탐색의 기운이 어렸다. 석주의 눈길을 받고 있던 난주가 인상을 구기며 툴툴거렸다.

"갈 거야. 두 사람 방해 안 하고 갈 거라고. 그러니까 그런 눈으로 그만 봐. 나가서 택시나 잡아 줘."

"차는? 또 견인됐어?"

"또는 무슨? 딱 두 번 그런 걸 가지고. 밥 먹으면서 술도 한잔하려고 친구한테 갖고 가랬단 말이야. 맑은 아귀탕 먹고 싶었는

데 문득은 깜깜하지, 친구는 벌써 보냈지. 똑이 오빠 땜에 스케
줄 다 망가졌어."

"올라가서 저녁 먹고 가."

"지금 간다고."

"배고프다면서. 먹고 가."

괜히 미안해져서 다을도 난주에게 권했다.

"같이 먹어요. 저녁 메뉴가 뭔지는 저도 모르겠지만."

"해물 파스타."

석주가 다을과 눈을 맞추며 대답해 주었다. 다을은 끄덕이며
웃어 보였다. 자신이 책상에 엎드려 잠든 사이 혼자 2층에 올라
가 저녁 식사를 준비했을 석주가 신기했다.

"2인분만 준비한 거 아냐?"

난주의 물음에 석주가 대답했다.

"넉넉해. 올라가."

"그래도 돼요?"

난주가 다을에게도 물었다. 제멋대로인 것 같았는데 허락을
구하듯 묻기까지 하는 걸 보면 큰오빠를 어려워하나 보다.

"당연하죠! 나도 배고파요. 얼른 올라가서 먹어요, 우리."

다을은 짐짓 2층을 향해 앞장을 섰다. 석주의 요리 솜씨도 물
론 궁금하지만 악어의 주요 서식지를 구경할 수 있는 기회이기
도 했다.

2층 거실로 들어서자 석주가 말했다.

"여기에서 기지개는 자유입니다."

다을은 풋 웃어 버렸다. 다락방에 석주를 들인 날, 낮은 천장

164

을 조심하라는 의미로 기지개는 금지라고 했던 자신의 말을 슬쩍 바꾼 게 분명했다.

"뭐야, 그게."

난주가 톡 내쏘았다. 석주가 주방으로 들어가 식탁을 차리는 동안 다을은 난주에게 그날 다락방에서의 이야기를 해 주었다.

"근데 악어 씨, 라면 좋아해요? 저녁 먹고 가실래요, 그러니까 난데없이 라면이냐고 묻는 거예요."

다을의 말에 난주가 입을 딱 벌렸다. 어처구니를 찾는 얼굴이다.

"진짜 영화하고는 담을 쌓았나 봐. 라면 먹고 갈래요? 그거 '봄날은 간다'에서 이영애 대사잖아요. 유지태랑 자고 싶어서 던진 말."

헉! 뿅망치로 한 대 맞은 기분이었다. 영화도 봤고 그 유명한 대사도 알고 있다. 단지 그 상황에서 그 대사로 연결 짓지 못했을 뿐이다. 맙소사. 그래서 악어가 그렇게도 의미심장하게 웃었던 거였어!

"큰오빠도 그래. 저녁 먹고 가란다고 대뜸 라면으로 점프를 해? 생긴 건 세상 깔끔해 가지고 음흉하기는."

짓궂은 표정으로 오빠 흉을 보는 난주를 보며 다을은 쿡쿡 웃었다. 명지한테 그 얘기 안 해 주길 참말 다행이다. 해 줬다가는 2박 3일간 둔탱이 어쩌고 하며 잔소리 세례에 시달렸을 테니까.

"권난주, 집에 갈래?"

주방에서 날아든 석주 말에 난주가 앙칼지게 되받았다.

"자꾸 그럼 밤새 안 가고 버티는 수가 있어!"

난주가 눈웃음을 지으며 다을에게 속삭였다.

"걱정 마세요. 진짜로 그러진 않을 테니까."

이럴 땐 딱 장난기로 똘똘 뭉친 꼬마다. 난주에게 오빠의 연인 대우를 받고 있는 것 같아 다을은 기분이 이상했다. 싫은 건 아니지만 아직은 좀 어색한. 오빠로부터 어떤 언질도 없었던 듯싶은데 이토록 무람없이 대하니 아무래도 타고난 성격인가 보다.

"식사들 합시다."

석주가 식탁으로 불러들였다. 다을은 석주 맞은편에 난주와 나란히 앉았다. 악어의 해물 파스타는 훌륭했다. 접시에 담긴 모양새부터 먹음직스런 색감과 입에 착 붙는 맛까지, 엄지를 쌍으로 올려주고 싶을 정도다.

"완전 맛있어요. 최고!"

다을은 쌍 엄지 대신 찬사를 날려 주었다.

"해물 파스타야, 청경채 파스타야?"

양념처럼 끼어드는 난주의 불만도 웃기기만 했다. 해물만큼이나 청경채가 풍성하기는 했으니까.

"청경채 싫어하면 저한테 덜어 주세요."

다을이 접시를 밀자 난주가 도로 밀어 놓았다.

"싫어하진 않아요. 해물 파스타에 청경채가 잔뜩인 게 뜻밖이어서 그렇지. 언니가 청경채 좋아하나 봐요?"

"네, 청경채 킬러예요."

웃으며 대답하는 다을에게 난주가 말했다.

"나한테 존대 안 해도 돼요. 그냥 편하게 말하세요."

"초면에 어떻게 그래요."

"엄밀히 말해서 초면은 아니잖아요. 그리고 초면이면 또 어때요? 큰오빠 여자면 나이고 뭐고 다 떠나서 언니인 거지."

가만있던 석주가 넌지시 말을 보냈다.

"나이로도 언니야."

난주가 입을 삐죽였다.

"알아, 안다고. 딱 봐도 나보다 언니네, 뭐."

여자 친구나 애인도 아니고 '큰오빠 여자'라는 난주의 표현이 다을에게는 날것으로 강렬하게 다가왔다. 이를테면 언제라도 끝낼 수 있는 한시적인 만남이 아니라 누구도 쉽사리 떼어 내지 못하도록 깊숙이 못 박힌 관계.

어쩐지 뺨이 뜨거워지는 것 같아 다을은 못 들은 척 면발만 돌돌 감아올렸다. 당연하게 듣고 다른 말로 바로잡지 않는 석주나 기정사실화해 버리는 난주나 막상막하다.

"큰오빠 팟캐스트 한다면서? 언제 녹음하는데?"

난주의 물음에 석주가 대답했다.

"모레."

"타이틀은 뭐야?"

"생각 중이야."

"모레 시작인데 여태?"

출판사 이름을 딸까, 진행자 이름을 넣을까, '책'이 들어가게 할까, 석주와 둘이서 여러 방안을 생각 중인데 이거다 싶게 마땅한 게 없어 고민 중이었다.

"내가 하나 지어 줄까?"

난주에게로 다을과 석주의 눈길이 모였다. 난주가 석주와 다을에게 차례로 미소 띤 눈을 맞추었다. 그런 다음 포크를 마이크처럼 들고서 시상식 무대에 올라선 여배우처럼 우아한 포즈로 입을 열었다.

"악어의, 윙크."

✿   ✿   ✿

석주가 난주를 데려다주러 본가에 다녀오는 동안 다을은 한가로이 악어의 서식지를 둘러보았다. 아까는 올라오자마자 난주와 이야기를 나누느라 꼼꼼히 살펴보지 못했던지라 혼자 남으니 마음껏 볼 수 있어 좋았다.

우선 탁 트인 거실은 통유리창 바깥으로 테라스를 안고 있었고 주방은 거실에서 한눈에 보이지 않도록 기역자로 돌아들어 간 곳에 자리 잡았다.

거실과 주방이 나뉘는 부분부터 복도가 시작되었는데 복도 안쪽으로 비스듬히 마주 보는 문 두 개와 복도 저 끝에 또 하나의 문이 보였다.

방 안 풍경이 궁금하긴 했지만 주인도 없는데 방문까지 열어 보긴 그래서 다을은 다시 거실로 나왔다. 낮은 장식장 위 벽면에 기대어 둔 액자 몇 개가 시선을 끌었다.

다가가 들여다보니 가족사진이다. 부모님과 함께, 그리고 난주를 포함하여 4남매만 따로 모여 찍은 사진도 있었다.

부모님과의 가족사진은 7, 8년 전인 듯 난주가 중학생쯤의 앳

된 소녀였다. 석주도 지금과는 느낌이 조금 달랐다. 지금이 성인 남자의 여유 있고 세련된 분위기라면 사진 속 그 무렵엔 싱그러운 청년의 얼굴이랄까.

4남매끼리의 사진은 찍은 지 얼마 안 됐는지 최근 모습 그대로다. 다을은 그중에서 늑대와 들개를 가늠해 보았다. 석주에게서 대략 이야기를 전해 들어 그런지 구분은 어렵지 않았다.

둘째 늑대는 3형제 가운데 인상이 제일 강했다. 사진 속임에도 눈빛이 깊고 어둡고 외로워 보였다. 넷이 모여 있는데도 혼자인 듯한.

그와는 반대로 셋째 들개는 입가와 눈가에 미소가 머물러 있어 즐거운 사람의 이미지였다. 난주도 그렇지만 형제들 셋 다인물로는 어딜 가도 빠지지 않겠다.

"키도 쭉쭉 커 주시고. 다들 우월한 유전자를 타고 나셨네."

중얼거리며 부모님 사진을 다시금 들여다보니 어머니가 꽤미인이다. 책나라 회장인 아버지는 출판계 관련 기사에 가끔 나와서 본 적이 있긴 했는데 가족사진에선 석주 얼굴이 엿보였다.

넷이서 악기 하나씩을 맡은 채 모여 앉은 사진도 흥미로웠다. 난주는 바이올린, 들개는 비올라, 늑대는 피아노, 그리고 석주는 첼로. 난주와 석주 얼굴을 보니 이것도 몇 년 전 사진인 모양이다.

"4남매의 4중주……."

소파에 앉아 눈을 감으니 네 가지 음색이 어우러진 연주 소리가 들려오는 듯했다. 더불어 잠도 솔솔 밀려왔다. 나가면서 석주가 한 시간 정도 걸릴 거라며 좀 자 두라고 그랬었지만 막상 잠들어 있기는 부끄럽다.

저녁 식사를 마치자 곧장 가겠다며 일어선 난주를 배웅하느라 아직 치우지 못한 식탁이 생각났다. 다을은 주방으로 들어가 식탁 위의 접시들을 모아 설거지를 시작했다. 남자의 집에서 내 집인 듯 편안히 저녁 설거지라니. 2주 전까지만 해도 상상조차 못 한 일이라 자꾸만 웃음이 났다.

설거지를 마친 후 주방 정리까지 말끔히 끝내고 나자 석주가 들어왔다. 시키지도 않은 일을 하느냐며 미안해하는 석주에게 잠이 와서요, 대꾸하니 푸시시 웃었다.

"자라니까 말 안 듣고."

좀 전에도 그렇고 지금도 걱정과 안쓰러움이 살짝 스민 타박. 정말 큰오빠 같은 말투다. 이런 오빠가 있었으면 좋겠다는 생각이 들며 난주가 새삼 부러워진다.

"솔직히 요리는 자신 없지만 제가 설거지나 정리 정돈은 좀 하거든요. 저녁도 가만 앉아서 받아먹었는데 치우지도 않고 어떻게 그냥 둬요? 그리고요. 악어의 서식지를 몰래몰래 구경하느라 잠들기에는 시간이 아깝기도 했어요."

석주가 미소 지으며 말했다.

"혼자 바빴겠네? 가 앉아요. 커피 만들어 줄게."

둘이서 소파에 나란히 앉아 석주가 만들어 온 커피를 마셨다. 시간은 잘도 흘러 어느새 9시를 넘어섰다. 집에는 오늘도 명지네서 자겠다고 말해 둔 상태였다.

처음부터 난주랑 셋이서 같이 올라왔고 저녁도 함께 먹어서인지 악어의 집에, 그것도 밤에 단둘만 있다는 생각이 위험스레 다가들진 않았다. 어쩌면 위험스럽게 느끼지 않는다는 것 자체가 위험스러운 부분인지도 모르겠다.

권석주. 이 남자는 여자가 원하지 않는 일을 자기 욕심으로 다그치거나 완력을 앞세우지 않을 거라는 막연한 믿음도 있었다.

애초에 첫 만남부터가 여동생을 위해 너그러운 큰오빠로서의 모습으로 만나 그럴 수도 있지만.

"몰래몰래 구경한 소감은?"

"재미있었어요. 방을 못 봐서 아쉽긴 하지만요."

"방은 왜 안 봤는데?"

"예의상."

"몰래몰래 구경인데 뭐 어때."

"방에다 악어 알이라도 숨겨 놨으면 어떡해요. 크크."

"악어 알?"

석주가 웃었다. 다을도 따라 웃었다.

"악기 하나씩 들고 있는 저 사진이요. 연출이에요, 진짜예요?"

"방에 들어가 봤으면 알았을 텐데."

무슨 말인가 하고 말끄러미 쳐다보는 다을에게 석주가 말했다.

"악어 알은 없고 첼로는 있거든."

"아하."

"따지고 보자면 어머니의 연출이긴 하지. 악기 하나씩은 연주할 줄 알아야 한다고 어릴 때부터 다잡아 가르치셨으니까. 피아노는 기본으로 그 외에 현악기를 각각. 우리 다 별다른 저항 없

171

이 잘 따랐는데, 기주만 끝내 거부해서 기본인 피아노에서 그쳤어."

"그렇구나. 악어 씨와 첼로, 잘 어울리는 것 같아요. 언제 첼로 연주 한번 들어 봐야겠다."

"손 놓은 지 오래돼서."

쑥스러운 듯 석주가 이마를 쓱 문지르며 말을 이었다.

"어머니 돌아가시고는 넷이 맞춰 본 적도 없고. 철주는 연극 공연 오프닝 때 무대에서 활용도 하나 보던데. 나머지 셋은 거의 손에서 놓아 버린 셈이라."

어머니의 영원한 부재가 4남매의 아름다웠을 4중주를 먼 과거 속으로 잠겨 버리게 했나 보다. 맘이 아련해졌다. 석주도 그럴 것 같으니 화제를 돌려야겠다.

"아까 난주 씨가 뜩이 오빠라고 그랬잖아요. 그거 서교훈 작가님 말하는 거죠?"

석주가 끄덕였다.

"문득의 '득'을 강하게 발음해서, 문뜩. 그래서 뜩이 오빠."

"악어 늑대 들개도 그렇고, 악어의 윙크도 그렇고. 난주 씨 네이밍 센스는 진짜 끝내주네요."

"그럼 악어의 윙크로 결정?"

"마음에 들어요, 전. 악어 씨는요?"

"나쁘진 않은데 하필 윙크라니."

"윙크가 왜요? 악어랑 윙크의 조합, 왠지 귀엽잖아요."

"태어나 윙크는 한 번도 해 본 적 없어."

"아하하하. 진짜요? 악어 씨가 그러니까 팟캐스트에 쓸 괜찮은 멘트가 생각났어요."

"어떤?"

"지금은 비밀. 낼 모레 녹음할 때 들어 보세요."

"뭔가 불안한데."

말은 그러면서도 석주 얼굴엔 웃음이 맴돌고 있었다. 이보다 더 자주 웃을, 웃음이 헤퍼진 모습을 보고 싶어진다. 이 남자에게 술을 얼마나 먹여야 그런 모습을 보여 줄까? 보기 좋게 흐트러진 악어 모습이 궁금하다.

"아, 1층에서 난주하고 무슨 얘기 했어요? 난주 녀석이 괜한 소리 한 거나 아닌지 모르겠네."

"괜한 소리는 안 했고요. 나한테 박소담 닮았다고 하던데요? 영화배우라는데 어떻게 생겼나 나중에 찾아봐야겠어요."

"나중 말고 지금."

그러며 석주가 핸드폰을 열었다. 다을은 석주의 폰으로 머리를 기울였다. 둘이 이마를 맞대다시피 하고서 박소담을 검색하자 화면에 사진들이 떴다. 그중에서 긴 머리칼을 늘어뜨린 사진 하나를 석주가 클릭했다.

"예쁘네."

석주가 말했다. 담담한 어조에다 화면 속 배우에게 향한 말인데도 싫지가 않다. 사진 촬영을 위해 화장도 하고 곱게 꾸민 얼굴이라 비교도 안 되게 예쁘지만 전체적인 느낌이 닮은 것도 같다.

"정말. 귀신 들린 소녀 역할이라더니 예쁘기만 하네, 뭐."

"귀신이라."

웃으며 중얼거리더니 석주가 다른 사진을 클릭했다. 빡빡머리에 가까운 얼굴이 나타났다.

"헐."

다을의 외침에 석주가 소리 내어 웃었다. 다을은 얼른 다른 사진을 터치했다. 이번엔 웨이브가 들어간 긴 머리다. 석주가 진지하게 말했다.

"가발 쓴 달곰인데?"

다을은 주먹을 움켜쥐고 석주의 팔을 꽁 때려 주었다. 손만 아프지, 석주는 끄떡도 안 했다. 즐거운 듯 웃기만 하는 모습이 보기 좋았다.

"옛날에 명지가 나한테 100m 김연아란 소리를 했다가 김연아 열혈 팬인 소을이한테 마구 혼났잖아요. 어디다 감히 김연아를 갖다 붙이냐고, 김연아의 이름을 더럽히지 말라고 아주 난리 난리. 그 뒤로 그 얘긴 입에도 안 올려요."

웃으며 석주가 받았다.

"너무하네. 10m도 아니고 100m라는데."

"그죠. 소을이는 아마 1000m여도 절대 안 된다고 난리쳤을걸요? 온 국민의 사랑 김연아는 성역이니까 미련 없이 패스. 이제부턴 영화배우씩이나 되는 박소담으로 밀어붙여야 할까 봐요. 크크."

"영화 보러 갑시다."

난데없는 제안에 다을은 눈을 동그랗게 떴다.

"지금? 이 야밤에요?"

"데이트의 정석은 심야 영화."

"흠. 데이트깨나 해 보셨나 봅니다?"

"그것은 질투?"

"웬 질투? 그거 먹는 거예요?"

보송보송한 대꾸에 석주가 웃었다. 대답을 대신하는 저 웃음도 보기 좋다. 웃는 얼굴이 보기 좋은 남자도 이상형에 추가해야 할까 보다. 웃는 얼굴이 보기 싫은 사람도 있을까마는 웃음 어린 입술을 손 뻗어 만지고 싶어지는 남자는 악어가 처음.

위험해!

스스로에게 경고하며 다을은 서둘러 일어섰다.

❁   ❁   ❁

새벽 3시, 도심의 거리에는 하얀 눈발이 흩날리고 있었다. 거짓말처럼 첫눈이.

"신난다!"

다을은 보도 위를 총총 뛸 듯이 걸었다. 두 손을 양옆으로 펼쳐 들고 시린 눈송이들을 느껴도 보았다. 조금 떨어진 곳에서 그런 다을을 지켜보고 선 석주 얼굴에 웃음이 가득했다.

오늘, 악어와의 심야 영화는 '크림슨 피크'. 아름다운 영상, 상상을 불러일으키는 고전적 배경, 뒷덜미를 스륵 잡아당기는 공포, 그리고 광기의 핏빛 로맨스. 둘이서 함께 보는 첫 영화로는 더할 나위 없이 멋진 선택이었다.

유령이 나타나 흠칫 놀라면 석주의 손이 다가왔다. 남자의 커다란 손은 긴장으로 굳은 다을의 손 위를 솜이불처럼 폭 덮어 감쌌다가 다을이 웬만큼 진정되었다 싶으면 차분히 제자리로 물러갔다.

주인공 남녀의 첫 밤이 펼쳐질 때도 곁의 석주는 불필요한 접촉 없이 단정하고 깔끔했다.

러브신이 나오자 기회는 이때라는 듯이 꼼지락대며 다가와 손이며 팔을 조몰락거리던 남자애. 꼴깍 침을 삼키는 소리며 탁한 숨소리까지.

대학 3학년 때의 그 불쾌하고 싫었던 기억과는 너무도 대조적이어서 오늘의 석주가 더욱 산뜻해 보였다.

영화도 좋았지만 영화를 보는 동안 곁에 있는 사람도 참 좋았다고, 극장에서의 찝찝했던 옛 기억을 싹 지우고 새롭게 만들어 주어서 다행이고 또 고맙다고, 다을은 석주에게 말해 주고 싶었다.

눈밭에서 즐겁게 뛰노는 강아지를 보듯 웃음 띤 얼굴로 얼마간 바라만 보던 석주가 천천히 걸어 다을에게 왔다. 다을은 석주를 마주 보고 섰다.

"첫눈이에요."

"거짓말처럼."

"그러니까요!"

똑같이 겹쳐진 생각이 기뻐서 다을은 환하게 웃었다. 석주도 그렇게 웃었다.

"보기 좋아요. 악어 씨 그렇게 웃는 얼굴."

"언제까지 악어 씨야."

"입에 붙어 버린 걸요. 듣기 싫어요?"

석주가 웃음 지닌 그대로 고개 저었다.

"아니."

"그럼 계속 악어 씨?"

"원하는 만큼."

원하는 만큼, 이라는 말. 한계도 선택도 언제나 너의 것이라고 말해 주는 것 같다. 그리하여 그 뒤에는 한없이 너른 품이 기다리고 있을 것만 같다. 다시금 마음이 깊숙이 일렁였다. 다을은 숨을 가다듬고 영화 얘기로 넘어갔다.

"오늘 영화 예상외로 좋았어요. 악어 씨의 탁월한 선택! 제일 인상적이었던 장면은……."

"촛불의 왈츠."

"그죠! 와, 두근두근. 춤추는데 촛불이 왜 안 꺼지죠? CG였을까? 아, 남자 주인공도 멋있었어요. 영국식 영어는 역시 매력적이야. 악어 씨만큼은 아니지만 목소리도 괜찮았고요. 배우 이름이 뭐였더라?"

"톰 히들스턴."

"톰 머시기, 아무튼."

웃음이 어른대는 석주 얼굴을 쳐다보며 다을은 마침내 말해 주었다.

"끈적거리지 않아서 더 더 좋았어요."

"톰 머시기?"

"권석주."

짧은 여백이 스쳐간 후 석주 입술이 열렸다.

"아, 심쿵했어."

담백한 말투와 달리 석주의 입술에 그윽한 미소가 번지는 중이었다.

눈에도 같은 빛깔의 미소를 담은 채 잠시 다을의 눈을 들여다보던 석주가 두 손을 올렸다. 다을의 머리 위에 앉은 눈을 떨어내 주고는 그녀가 입고 있던 패딩 점퍼 후드를 씌워 주었다. 머리가 포근해졌다.

"첫눈 맞고 달곰이 감기 들면 안 되니까."

세상의 소리들을 모두 지우듯 은은히 파고드는 목소리. 다을은 그만 눈을 감아 버릴 뻔했다. 석주의 두 손은 돌아가지 않고 후드 자락에 남았다. 그중 하나가 다을의 얼굴로 다가와 손끝으로 왼쪽 눈썹을 가만히 쓸었다.

"눈썹에…… 눈송이가."

목소리도 다가들었다. 언젠가 통화 중에도 연상했던 것처럼 마치 둘이 누운 베갯머리에서 듣는 것만 같은 나른한 음색. 결국 눈이 감겼다. 그리고 이마에 다정한 낙인이, 그야말로 거짓말처럼 꾹.

눈을 떴을 때 깊어진 석주의 눈빛이 바로 앞에 있었다.

"칭찬받고 금세 끈적거릴 순 없으니까, 오늘은 이마에만."

다을은 웃음을 머금고서 물었다.

"예고해 두는 거예요?"

"아마도?"

"칭찬 도로 가져올까 보다."

석주가 씩 웃었다. 소용없어, 그러듯이. 맞다. 소용없다, 이젠. 첫눈 내리는 새벽, 이마에 찍힌 입술을 결코 지울 수 없을 테니까.

폴폴 날리는 눈송이들 틈으로 다을은 다시금 총총걸음을 내디뎠다. 뒤돌아보면 몇 발자국 뒤에서 느긋한 걸음으로 따라오는 석주가 보였다. 다을을 지켜보는 남자의 얼굴이 온통 환했다.

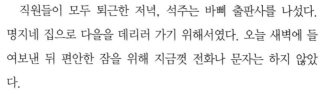

2

직원들이 모두 퇴근한 저녁, 석주는 바삐 출판사를 나섰다. 명지네 집으로 다을을 데리러 가기 위해서였다. 오늘 새벽에 들여보낸 뒤 편안한 잠을 위해 지금껏 전화나 문자는 하지 않았다.

차에 올라 시동을 켜는데 저만치 앞에 불쑥 난주가 나타났다. 옆 골목에서 막 나온 듯한데 이쪽으로 오지 않고 등을 보인 채 길을 따라 걸어갔다. 경적을 울릴까 하다 난주에게 전화를 걸었다.

—큰오빠.

"지금 어디야?"

—왜?

"어디냐고."

—친구랑 저녁 먹는 중이······.

"거짓말 말고."

난주가 주위를 두리번거렸다. 차에 앉은 석주를 보더니 핸드폰을 손에 쥐고 툭툭 땅을 발로 차듯 걸어왔다. 석주는 차창을 내렸다. 볼을 잔뜩 부풀린 난주가 석주를 쏘아보았다.

"타."

"왜 사람을 감시하고 그래?"

"누가 감시를 해? 눈앞에 빤히 보이는데 거짓말을 하니까 그렇지. 추워, 얼른 타."

차에 오르고서도 난주는 부은 볼 그대로다.

"골목에서 나오던데."

"다 봤다면서 뭘 자꾸 캐물어? 그래, 문득 갔어. 뭐 잘못됐어?"

"어제도 가고 오늘도? 밥 먹을 데가 거기밖에 없어?"

"아귀탕 맛있게 하는 데는 거기밖에 없어."

"말도 안 되는 소릴. 서울에 아귀 전문점만 해도 수십 군데겠다."

"엄마 맛이랑 똑같이 해 주는 사람은 뜩이 오빠밖에 없거든?"

뜻밖의 말에 찡해져서 되받아치지 못했다. 그것까지는 생각 못 했던 거다. 어떤 식재료를 가지고 이렇게 또는 저렇게 해 달라 설명을 해 주면 희한하게도 청한 이의 입맛에 꼭 맞게 교훈이 만들어 내 주곤 한다는 걸 석주도 알고 있었다.

엄마 손맛이 그립다는 것은 결국 엄마가 그립다는 말. 슬픔이 멀리 있는 산이 되는 것, 난주에겐 아직 어려운 일인가 보다.

"헛걸음했지?"

"응."

"어제 고향 내려갔어. 외가 쪽 친척 어른이 돌아가셨대. 상 치르고 내일 밤에나 올라온다고."

"뜩이 오빠랑 통화했어?"

"그래."

"큰오빠랑은 통화하면서 내 전화는 왜 안 받아."

불만스레 내뱉는 난주에게 다독이듯 말했다.

"상중에 일일이 전화를 어떻게 받아. 나도 처음엔 통화 안 됐어. 그리고 먹고 싶은 거 생기면 나한테 전화해. 내가 서 작가한테 얘기해 줄 테니까. 괜히 거기다 전화해서 귀찮게 하지 말고."

"……."

"다른 데라도 가서 사 줄까?"

"싫어. 집에 갈래."

석주는 집으로 전화를 걸었다. 아주머니에게 맑은 아귀탕을 끓여 두라 부탁하고 차를 출발시켰다.

한동안 조용히 있던 난주가 물어 왔다.

"오늘은 윙크 언니 안 왔어?"

"윙크 언니?"

"어제 그 언니 말이야. 큰오빠 눈에서 쉴 새 없이 하트가 뿅뿅 날아가던."

석주는 푸식 웃었다.

"그 정도는 아니었을 텐데."

"아닌데 집으로 들여?"

집으로 들인 여자는 물론 다을 하나다. 매일 옆에서 지켜보는 것도 아닌데 그걸 꿰뚫고 있다니. 난주의 예리한 직관이 놀랍다.

"어째서 윙크야?"

"한쪽 눈에만 쌍꺼풀 진 모습이 꼭 윙크하는 것 같았어."

"두 눈 다 쌍꺼풀 없는데?"

"자고 일어나 눈 비비면 딱 3초만 생겼다가 사라진대. 예쁘던데. 아깝게 금세 없어져. 큰오빠 아직 못 봤어?"

아쉽게도 못 봤다. 첫 데이트 날 차에서 잠들었을 땐 깨어날 때도 조용했다. 언제 잠이 들었느냐는 듯이 가만히 고개를 들었고 방금 나누던 이야기들을 이어 가듯 말을 걸어왔다. 자고 일어나 눈 비비는 걸 보려면, 그래서 난주 말마따나 윙크 닮은 눈을 보려면 곁에다 푹 재우기부터 해야겠다.

"그래서 악어의 윙크라고 지어 준 거야."

"악어는 난데?"

"아휴. 큰오빠 바보야? '악어의 윙크'에서 '의'는 소유의 의미 잖아. 나의 악어, 그러면 '내 남자'가 되듯이. 그래도 모르겠어?"

"알겠어."

대답과 함께 만족스러운 웃음이 석주의 입안에 고였다. 헤벌쭉 넘쳐흐르지 않도록 이를 지그시 악물었다. 그러니까 악어의 윙크는 권석주의 반다을이라는 뜻. 악어의 여자, 내 여자. 다을은 모를, 몰래 맺어 놓은 밀약 같은 것. 마음이 반짝였다.

"큰오빠, 윙크 언니랑 결혼할 거야?"

"그럴까?"

"몇 살이야?"

"스물여섯."

"오빠가 투덜대겠다. 동갑인데 형수님이라 불러야 하잖아."

"철주는 스무 살이어도 형수님, 형수님, 잘만 할 거야."

"아무리 그래도 스무 살은 좀 심했지, 큰오빠."

석주는 나지막이 웃었다.

"녹음 내일이랬지?"

"음."

"윙크 언니랑 둘이서만?"

"첫 녹음은 둘이서. 다음 주부터는 게스트도 초대할 거야."

"게스트라면, 작가? 첫 번째 게스트는 누구야?"

"서교훈."

대꾸가 없어 슥 돌아보니 난주 입가에 보일 듯 말 듯 희미한 미소가 어려 있었다. 머릿속에 물음표가 생기려는 순간 난주가 말했다.

"망했어, 두 번째 녹음."

"시작도 전에 무슨 악담이야."

"뜩이 오빠 몰라? 입 딱 닫고 있다가 묻는 말에 써늘한 소리만 할 텐데."

방송에 나간답시고 사근사근 친절하게 팬 서비스를 할 인간형이 아니라는 건 알고 있다. 다을의 주장으로 첫 번째 게스트가 되긴 했지만 걱정이 안 되는 건 아니다. 그렇지만 다음에서 가장 최근에 나온 책이 '문득'이라 책 홍보도 할 겸 초대가 자연스럽기는 했다.

"편집하면서 만질 거니까 괜찮아."

"나도 구경 갈까?"

"망하는 거 현장에서 보려고?"

난주가 키득키득 웃었다.

❂   ❂   ❂

11월 마지막 주 목요일, 팟캐스트 '악어의 윙크' 첫 녹음을 하는 날.

책나라 팟캐스트 녹음 장소인 개인 스튜디오를 빌려 녹음실 마이크 앞에 석주는 다을과 함께 앉았다. 타원형 책상이라 정면이 아니라 어슷하게 서로를 바라보는 위치였다.

준비해 온 자료들을 다시금 넘겨 보고 있는 다을은 평온해 보였다. 도리어 은근히 설레는 건 석주 쪽이었다. 타이틀에 대해 악어가 하는 윙크의 의미로만 알고 있을 다을을 생각할수록 혼자 품은 비밀이 즐거웠다.

"긴장하지 말고 편안하게 해요. 걸리는 부분은 나중에 편집하면 되니까."

석주가 말을 건네자 다을이 웃으며 끄덕였다. 주고받을 이야기들도 큰 틀은 문서로 작성해 미리 맞춰 본 상태고, 전체 분량도 30분 정도로 짧게 잡아 두었으므로 걱정할 건 없었다. 게다가 팟캐스트는 자유분방함이 매력. 프로의 단정함보다는 통통 튀는 편이 듣기에도 더 재미있을 터였다.

드디어 온에어. 명랑한 음악이 시그널로 흐른 다음 다을이 첫인사로 시작했다.

"안녕하세요. 다름 출판사 공식 팟캐스트, 악어의 윙크! 진행자 달곰, 청취자 여러분께 첫인사 올립니다. 반갑습니다!"

상큼한 출발. 배경으로 물러났던 음악 소리가 다시 또렷해지며 다을이 석주에게 눈웃음을 보냈다. 석주도 미소를 보내며 엄지와 검지로 동그라미를 그려 보였다. 음악이 완전히 잦아들자 다을이 입을 열었다.

"오늘은 악어의 윙크 역사적인 첫 방송인데요. 앞으로 일주일에 한 번, 저와 함께 책 이야기를 비롯해서 살아가는 이야기들을 나누어 주실 아주 중요한 또 한 분의 진행자를 소개해 드릴까 해요."

준비하라는 듯 다을이 석주와 잠깐 눈을 맞추고는 발랄하게 멘트를 이어 갔다.

"저의 진행 파트너는 바로 바로, 다름 출판사의 수장! 뇌섹남이자 요섹남! 무려 싱글! 노총각 아닙니다. 그냥 총각! 돌싱 아닙니다. 그냥 싱글! 목소리 깡패, 권석주 대표님을 소개합니다! 우우~!"

맞춰 둔 원고에선 본 적 없는 소개 멘트에 자체 환호까지. 석주는 터져 나오려는 웃음을 겨우 참으며 인사를 했다.

"안녕하세요. 다름 출판사 대표 권석줍니다."

"또 다른 이름도 소개를 해 주셔야죠. 팟캐스트 이름이 악어의 윙크가 된 이유를 우리 청취자분들도 유추하실 수 있게요."

"아. 다른 이름은, 악업니다."

하하, 멋쩍은 웃음에 다을의 웃음도 섞여 들었다.

"그렇습니다. 다름 대표님의 또 다른 이름은, 악어! 그래서 저희 방송 이름도 악어의 윙크! 악어의 눈물도 아니고 윙크라니 도무지 매치가 안 돼, 그러실 분들을 위해서 제가 신문에서 본 흥미로운 이야기를 하나 들려 드릴게요. 다른 동물들과 달리 악어는 한쪽 눈을 뜨고 잠든다고 해요. 그래서 얼핏 보면 윙크를 하는 것처럼 보이기도 하는데요. 정말 윙크를 하려는 건 아니래요. 잠든 상태에서도 한쪽 뇌는 깨어 있어서 주변에 먹잇감이 나타나는 즉시 잡아채려고 그런다나요? 완전 무섭죠? 그러니까 악어를 만나면 잠들어 있더라도 조심조심. 후후. 그렇지만 우리의 악어님은 결코 무섭지 않아요. 목소리를 들어서 이미 짐작하셨겠지만 다름의 악어 씨는 끝내주는 젠틀맨! 매너의 종결자시거든요."

가히 청산유수다. 긴장은커녕 물 만난 고기가 따로 없다. 석주는 할 말을 잊은 채 얼마쯤 감탄 어린 눈으로 다을을 바라보았다. 다을이 유유히 말을 이었다.

"멋진 목소리로 팟캐스트계를 평정해 버릴 이 남자! 출판계의 다크호스. 아니, 출판계의 샤방샤방한 악어님! 우리 방송에서 고정으로 다루게 될 코너, '이런 책 어때?'에서 오늘의 첫 번째 책 권유를 부탁드릴게요."

"책을 권유하기에 앞서, '이런 책 어때?'를 마련하게 된 취지에 대해서 달곰 씨의 한마디를 듣고 싶습니다만."

"정말 좋은 생각이세요. 그럼 제가 기꺼이 한 말씀을. 저희는 다름 출판사 공식 팟캐스트지만 그렇다고 해서 다름의 책들만 다루지는 않을 예정이에요. 발견성 위기라는 말, 요즘 출판계에선 많이들 오가고 있고 그에 따른 우려와 고민도 많은데요. 누군가에게 발견되기를 기다리고 있을 세상의 수많은 책들 중에서, 이 책 한번 읽어 볼래? 하고 독자들에게 슬며시 건네주고 싶은 책들을 소개하는 것. 그것이 '이런 책 어때?'의 목적이랍니다."

"그렇다고는 해도 다름의 책을 역차별하는 경우는 없겠죠?"

웃으며 묻자 다을 역시 웃으며 대답했다.

"당연히 그렇습니다. 다름에서 나온 책들 중에서도 독자들에게 권하고 싶은 책이 있으면 차별 없이 소개해 드릴 거예요. 그리고 널리 알려진 책이라고 해서 억지로 외면하고 그러지도 않을 거고요. 그러니 걱정 마시고 어서 오늘의 책을 권유해 주세요. 아 참, 악어님의 책 권유가 끝난 뒤에는 저 달곰의 '이런 책 어때?'도 기다리고 있답니다. 청취자 분들, 귀 쫑긋 세우고 많이 많이 기대해 주세요."

석주는 가져온 책을 집어 들었다.

"오늘 악어의 선택은 '사랑하는 사람들의 비밀스러운 삶'입니다."

"사이먼 밴 부이의 소설집이군요?"

"네. 원제는 'The Secret Lives of People in Love', 열아홉 편의 짧고 아름다운 소설들을 모아 놓은 책으로 우리나라엔 2012년에 출간됐습니다."

"사이먼 밴 부이는 소설집 '사랑은 겨울에 시작된다'로 단편소설 최고의 영예라는 프랭크 오코너상을 2009년에 받았네요."

"하루키와 줌파 라히리가 받은 상이기도 합니다."

"오옷! 줌파 라히리는 주제 사라마구와 더불어 저의 완소 작가들 중 한 사람인데요. 줌파 라히리에 대해서는 다음에 제대로 이야기를 나눠 보기로 하고 오늘의 주인공으로 넘어갈게요. 사이먼 밴 부이는 어떤 글을 쓰는 작가인가요?"

"스쳐 가는 순간을 섬세하게 포착해서 매혹적인 글로 탄생시키는 작가라고 하겠습니다."

"맞아요. 스쳐 가는 그 순간들에는 인간의 복잡다단한 내면도 포함되어 있고요. 저도 무척 애잔하게 읽었던 책이었어요."

"네, 애잔하게…… 상실의 슬픔, 운명적 이별, 덧없이 흐르는 시간. 그러한 것들을 짧은 글 속에 담담히 담고 있어서 그렇지 않을까 싶습니다."

차츰 진행이 될수록 녹음 전에 서로 맞추어 둔 내용을 조금씩 벗어나는 부분들이 생겨났다. 석주는 그런 면들이 오히려 좋았다. 다을의 영혼으로 조금씩 파고들어 가는 느낌이 들었기 때문이다. 다을 또한 그렇게 느끼고 있을지 궁금해졌다.

"열아홉 편의 소설 가운데 어떤 작품이 악어 씨 마음에 가장 깊이 들어왔는지 궁금해집니다. 여쭤 봐도 될까요?"

돌발 질문으로 다을이 선수를 쳤다. 석주는 책을 펼쳐 들고 차례를 보며 답을 했다.

"첫 번째 작품인 '작은 새들'이었습니다. 달곰 씨에게 저도 같은 질문을 드리고 싶은데요."

"앗, 악어 씨가 이미 제 답을 가로채셨어요. 그럼 저는 다른 작품 '눈이 내리고, 사라지네'로 대답할게요."

석주는 끄덕였다. 잠시 서로에게 눈빛이 부딪쳤다. 방청객이 있는 것도 아니고 시간에 급히 떠밀려야 할 이유도 없었으므로,

오가는 눈빛으로 잠깐 동안의 침묵은 지극히 평화로웠다.

같은 책을 읽어 서로 교감을 나눌 수 있는 순간. 눈빛을 따라 영혼의 어느 부분들까지 부딪쳐 얽히는 지금. 둘만의 다락방과도 같은 공간에서 공기 속을 어렴풋이 떠도는 어떤 것들. 그것에 무엇이라 이름 붙일 수 있을까.

평화로운 쉼에서 빠져나온 다을이 책 이야기를 더욱 상세히 풀어 놓았다. 방송을 의식하지 않고 풀어 내는 이야기여서 석주도 둘이서만 대화를 나누듯 자연스레 섞여 들었다. 책을 읽던 때의 생각이나 느낌들이 말과 표정으로 이끌려 나왔다. 간간이 주고받는 웃음도 흐뭇했다.

다을의 '이런 책 어때?'가 소개되는 동안에도 둘만의 미묘한 교감은 지속되었다. 다을이 권유하는 책은 미야모토 테루의 '환상의 빛'이었다.

"이 책도 네 편의 단편을 모은 소설집인데요. 다 좋았지만 그중에서도 표제작인 '환상의 빛'을 읽고 며칠을 가슴에다 손을 올려 두고 지내야 했답니다. 곁에서 말을 건네듯 편안한 서간체 문장. 눈물을 가슴 안에 머금어 두게 하는 은은한 먹먹함. 그리고 긴 여운. 그런 요소를 조화시키는 것이 이 작품의 특징이라 생각합니다."

"긴 여운. 좋은 작품은 하나같이 그런 특징을 갖고 있죠."

"동감입니다!"

"'환상의 빛'은 고레에다 히로카즈 감독의 영화로만 봤는데, 오늘 이렇게 소개를 받고 보니 책으로도 꼭 읽어 봐야겠다는 생각이 드는군요."

다시금 미소 띤 눈길이 서로를 향해 날아갔다. 준비해 온 자료를 보지 않은 채 다을이 가만가만 말을 해 나갔다.

"그 사람이 읽은 책을 읽으면, 그 사람을 잘 알게 된 것 같은 기분이 듭니다. 그가 좋아하는 책을 내가 읽고, 나도 그 책을 좋아하게 되면 더욱 그렇습니다. 마주 보며 한자리에 앉아 있는 게 아닌데도 자기만의 시공간에서 각자 읽은 책을 통해 영혼의 교류를 이룰 수 있다는 것. 그래서 책이란 참 기특한 친구입니다."

"동감입니다."

다을의 얼굴이 따사로워졌다.

"오늘은 첫날이라 저희 둘이서 주로 책을 소개하며 방송을 채워 보았는데요. 다음 주부터는 특별 게스트도 초대해 더 알차고 재미있는 시간을 만들어 갈 거예요. 악어의 윙크, 첫 게스트는요. 다름 출판사의 주목받는 신작 '문득'을 쓰신 서교훈 작가님이랍니다. 이분을 제가 딱 한 번 만나 뵀거든요. 그런데 글만큼이나 매력남이라는 사실!"

"기대가 크면 실망하실지도."

"악어 대표님, 매력남 등장 예고에 벌써부터 견제하시는 겁니까?"

석주는 푸훗 웃었다. 매력남이라는 표현이 그리 달가운 것은 아니었지만 내색하진 않았다. 다음 방송을 위한 떡밥에 불과할 테니까.

"아쉽지만 오늘 방송은 여기까지. 먼저 악어 씨의 인사를 듣겠습니다."

"즐거웠습니다. 다음 주에 또 봅시다."

"저도 즐거웠어요. 태어나서 지금까지 윙크를 단 한 번도 해본 적이 없다는 악어 대표님. 우리의 악어 씨가 마침내 윙크를 보여 줄 그날까지, 다름의 팟캐스트 악어의 윙크는 쭉 계속됩니다!"

✿　　　✿　　　✿

불 꺼진 녹음실 안은 엷은 어둠에 사로잡혔다. 좌우와 뒤쪽엔 짙은 색의 벽면이 아늑하게 감싸고 있고 앞쪽 통유리 너머로는 남겨진 불빛이 따뜻했다.

석주는 녹음실 책상 위에 걸터앉아 화장실에 간 다을을 기다렸다. 이따금 곁에 둔 조그만 상자를 손끝으로 만지작거리기도 했다.

통유리 저편에 스튜디오로 막 들어서고 있는 다을의 모습이 보였다. 한 손을 이마에 차양처럼 대고 녹음실 안을 들여다보던 다을이 석주를 발견하고 방긋 웃었다. 석주는 이리 들어오라고 턱을 가볍게 까딱였다. 다을이 녹음실 안으로 들어왔다.

"캄캄한 데서 뭐하고 있어요?"

석주는 제 곁을 톡톡 두드려 보였다. 와 앉으라는 의미였다. 다가온 다을이 석주처럼 책상 위에 살짝 걸터앉았다. 허공에 들린 두 다리를 달랑달랑 흔들어 대는 다을을 석주는 가만 바라보았다.

"왜요? 뭐 할 말 있어요? 그럼 빨리하세요. 감히 출판사 대표 소개를 그따위로 하느냐, 그런 야단도 괜찮아요. 각오했으니까."

말은 그렇게 하면서도 다을의 얼굴엔 웃음이 동글동글 떠다니고 있었다.

"그럴까도 했는데, 선수를 치니까 못 하겠네."

"그죠."

냉큼 맞장구를 치고선 다을이 크크 장난스럽게 웃었다.

"떨지도 않고 아주 잘하던데?"

"체질인가 봐."

"안 시켰으면 어쩔 뻔했어."

"마구 후회할 뻔!"

"달곰이가?"

"악어 씨가."

후후, 고소한 웃음이 뒤따랐다. 석주도 웃었다. 어둠은 적막한 경우가 많은데 오늘은 다정하게 느껴졌다. 혼자가 아니어서 그런 것만은 아니다. 어둠 속에선 차라리 혼자인 것이 더 편안하기도 하니까. 이 순간 어둠이 이토록 다정한 이유는 곁에 있는 사람 때문이다. 같이 있어서 좋은 사람. 같이 있어야 더 좋은 사람.

"업데이트는 언제 해요?"

"주말에 편집하고 월요일쯤?"

"사람들한테 막 소문내야겠다."

"많이 들어 보라고?"

"네."

"나도 소문내야겠어. 달곰이를."

다을이 석주를 돌아보았다. 말끄러미 쳐다보는 두 눈이 말의 정확한 맥락을 찾고 있었다. 석주는 다을에게 손을 펴 내밀었다. 다가온 손을 보곤 다을이 웃으며 물었다.

"종목은요?"

"왼손."

"그냥 손도 아니고, 왼손? 이거 뭔가 수상해지는데요?"

다을이 석주로부터 시선을 가져갔다. 머뭇거림 없이 척척 건네주던 두 손은 책상을 짚고 있는 그대로다. 움직일 기미가 없다는 것은 관계의 속도에 대한 부담을 표현하고 있음이다. 예상 적중. 석주는 미소를 지었다.

"긴장하기는. 반지라도 줄까 봐?"

석주의 말에 다을이 다시금 석주를 돌아보았다. 초롱초롱한 눈빛으로 묻는다.

"아니었어요?"

"실망하는데? 기대한 거 아냐?"

"아니거든요?"

통 튀어 오르는 대꾸가 한결 편안해졌다.

괜한 소리는 아니었다. 소문내고 싶다. '악어의 윙크'에 내포된 진짜 의미를. 반다을은 권석주의 여자라고 사람들에게 알리고 싶다. 누구도 넘보지 못하게.

그러나 반지는 아직 무리라고 생각했다. 당장의 거절을 걱정해서가 아니었다. 다을이 왈칵 부담을 느껴 저만큼 뒷걸음질 치게 될까 봐. 둘 사이에 선 하나를 그어 놓을까 봐. 그 점이 걱정스러웠다.

놓치고 싶지 않다. 그러므로 신중해져야 했다. 끈적거림을 싫어하는 이 여자. 촉촉이 스며드는 시간을 배려하지 않고 성큼 휘어잡는 것, 다을에게 통하는 방법이 아니라고 판단한 것이다.

"아닌 거 아니까, 손."

"아니라면서 왜요?"

석주는 반대편에 두었던 상자를 열어 다을 앞으로 놓았다.

"어. 시계네?"

"시계 없다고 했잖아."

"아……."

"악어 씨는 기억력도 좋아."

"참 내, 그런 멘트를 스스로 하면 어떡해요?"

다을의 말끝에 생기 넘치는 웃음이 따라붙었다.

"손잡기 진짜 어렵네."

짐짓 내던지자, 다을이 살포시 웃으며 왼손을 손등이 보이게 올려 내밀었다. 석주는 상자에서 손목시계를 꺼내 다을의 손목에다 채워 주었다. 화려한 장식이 없는 단순한 디자인을 골랐는데 다을에게 잘 어울렸다. 어둠 가운데 아름답게 반짝이는 빛을 들여다보며 다을이 중얼거렸다.

"예쁘다."

"비싼 거 아니니까 팔아 먹을 생각은 말고."

혹여 가격대를 알면 부담스러워하거나 안 받겠다고 돌려주려 할 것 같아 부러 눙쳤다. 이럴 땐 다을이 브랜드나 유행에 무관심한 여자라는 게 다행스럽다. 일반적인 경우와 다른 측면이긴 하지만 어쨌든.

"후후, 알았어요."

다을이 웃음과 더불어 산뜻하게 대답했다. 시계가 채워진 다을의 왼손, 손가락들을 석주는 부드럽게 움켜쥐었다. 그리고 책 제목이라도 일러 주듯 덤덤히 말했다.

"지금부터 반다을의 모든 시간은 권석주에게 속한다."

말랑말랑하던 다을의 손이 숨을 멈추듯 굳어지는 게 고스란히 느껴졌다. 이것은 두근거림일까, 두려움일까. 후자일지도 모르니 일단 예방 백신을 처방하기로 한다.

"이런 대사 한 번 해 보고 싶었어."

다을이 맑은 웃음을 터뜨렸다. 손안에서 팽팽하던 긴장도 느슨해졌다.

"그리고 이런 것도."

석주는 쥐고 있던 다을의 왼손을 들어 올렸다. 눈을 바라보며 손바닥에 입술을 눌렀다. 포획된 손도, 손바닥에 누른 입술도, 직선으로 꽂힌 눈빛도 어느 것 하나 다을은 피하지 않았다. 오롯이 석주에게 속해 있었다.

손바닥에서 입술을 떼어 내자 다을이 옅은 숨을 내쉬었다. 석주는 물러가려는 손을 끌어당겨 손깍지를 꼈다. 깊이.

3

볕이 고운 토요일 오전.

다을은 다락방의 편편한 창턱에 올라앉았다. 올려 세운 무릎 위엔 커피가 든 머그잔을 두 손으로 감싼 채였다. 맞은편에는 명지가 거울처럼 다을과 같은 모습으로 앉아 있었다.

오늘은 모처럼 일찍 일어나 아래위층 청소를 싹 끝낸 뒤라 예약 손님들이 찾아들 점심나절까지는 여유롭기 그지없었다. 잘 닦인 유리창 밖으로는 봄날 같은 햇빛이 쏟아져 주차장 구석구석까지 반짝거렸다.

석주가 오기로 한 시각은 12시. 이번 주는 월요일와 금요일을 빼곤 매일 만나는 셈이다. 따지고 보면 지난주도 이틀만 제외하곤 매일. 팟캐스트라는 명분 덕분에 아마 다음 주도 별다르지 않을 것이다. 오늘은 다름 출판사 신입에게 초대받았다는 뮤지컬 공연을 보러 가기로 했다.

"일주일 동안 데이트가 기본 다섯 번이라니. 이 시점에서 나 샘 좀 내도 되는 거지?"

장난스런 명지 말을 다을은 웃으며 받았다.

"아직 다섯 번은 아니거든?"

"보나마나 내일도 만나자고 할걸? 황금 같은 일요일에 데이트를 안 하고 넘어갈 리가 없잖아."

명지 예견에 토를 달 수는 없었다. 석주는 분명 그러자고 할 테니까.

"너 없는 잠에서 나 혼자 쓸쓸할 거야. 흑흑."

"그럼 내일은 하루 종일 명지 너랑 있을게."

"그랬다가 악어 씨한테 무슨 원망을 듣게 하려고?"

"악어 씨만 존중하는 거야? 나는? 내 생각은?"

명지가 다을의 눈을 가만히 건너다보았다. 마음을 더듬는 눈길이다. 악어를 처음 만난 토요일부터 오늘이 꼭 2주. 믿을 수 없게 휘몰아쳐 온 지난 14일의 나날들을 생각하고 있을 때 명지가 따듯이 물어 왔다.

"너는 어떤데?"

"나는……."

"그 사람에 대한 네 마음부터 말해 봐."

"그 사람…… 좋아. 마음에 안 드는 부분을 찾기가 힘들 정도로. 그래서 조금은 겁이 나. 나하고 이렇게도 꼭 들어맞는, 내 기준과 가치관에 꼭 부합하는, 이렇게 완벽한 사람이 있을 수는 없잖아. 게다가 그런 사람이 나를 좋아하기까지 한다는 거. 그런 건 책에서나 나오는, 영화에서나 볼 수 있는 거잖아. 그래서 좀 불안해. 뭔가, 어떤 함정 같은 게 도사리고 있는 건 아닌지."

내 앞에 어떤 불행 같은 게 기다리고 있는 것은 아닌지. 조금 두려워지려고 해.

"악어 씨가 악어답지 않게 속도를 내고 있는 거야?"

"아직은 나를 많이 배려해 주고 있는데 슬슬 속도를 내고 싶어 하는 기색이 느껴져."

"그래서 너는 은근 겁이 나는 거고."

"맞아."

"2주밖에 안 됐는데 너랑 꽤 오래 사귄 사람처럼 느껴지기는 해."

"그렇지?"

"그게 좋은 걸까, 나쁜 걸까?"

다을은 그저께 녹음실에서의 석주를 명지에게 말해 주었다. 아련한 어둠에 싸인 그 모든 순간들을 세세히 그려 보일 수는 없었지만 반지를 주려는 줄 알고 덜컥 놀랐던 마음은 그대로 털어놓았다.

"반지가 아니어서, 손목시계여서 얼마나 맘이 놓였던지."

"2주 만에 반지는 좀 그렇지. 진실성 없어 보이고. 지금 그거지? 손목시계."

명지가 머그잔을 내려놓았다. 다을의 손을 가져다 손목에 찬 시계를 찬찬히 들여다보더니 묘한 미소를 지으며 고개를 연거푸 끄덕거렸다.

"왜?"

"아냐, 그냥."

"무지 비싼 거야?"

"노코멘트."

"맞구나. 비싼 거 아니라더니. 좀 부담 되네. 돌려줄까 봐."

"아냐, 아냐! 너한테 딱 어울리는 스타일로 잘 골랐다 싶어서, 악어 씨가 센스도 있구나 싶어서, 그래서 그래. 여자 물건 잘 못 고르는 남자들이 대부분이잖아. 기껏 선물이라고 받았는데 영 내 스타일이 아니면 싫더라, 난."

"맘에 꼭 들긴 해."

"거 봐. 악어 씨가 널 잘 안다니까?"

"나를 잘 아는 게 아니라, 여자를 잘 아는 거 아닐까?"

"선수 같아?"

선뜻 대답하기가 어렵다. 왠지 그렇다고 말하기는 싫다.

하지만…… 손바닥 키스의 기억은 전율이었다. 첫눈 내리던 날 이마에 내린 입술이 일종의 약속이라면 손바닥에 찍힌 입술은 감각의 세계로 넘어가는 열림이랄까.

이마보다 여린 살갗이어서 남자 입술의 감촉이 소스라칠 만큼 정확히 파고들었다.

만약 입술이었다면 어땠을까. 목덜미였다면 또 어땠을까. 뺨이나 귓불이라면. 그 순간이 스쳐 간 이후, 잠자리에 들면 석주 입술의 생생한 감촉이 살아나 마음껏 상상의 나래를 펼치며 다 가들곤 했다.

"하긴, 목소리만 깡패가 아니더라. 그렇게나 근사한 남자가 여태 싱글이라면, 혹시 자유연애주의자?"

"바람둥이? 그런 것 같진 않았어. 모든 면에서 무척 깔끔해.

취향도 좀 특이한 게 자기한테 잘 보이려고 애쓰는 여자가 아주 싫대. 그리고 내가 선본 적 있느냐고 물어봤거든?"

"있대?"

"응, 두 번. 선을 봤다는 건 결혼을 염두에 두고 있다는 얘기잖아."

"악어 씨 서른셋이랬지?"

"응. 그래서 나이가 좀 부담스럽기도 해. 그쯤 되면 여자를 만나는 게 결혼이랑 닿아 있을 거니까."

"악어 씨 나이 자체가 싫은 건 아니지?"

"그런 건 아냐. 나는 내 또래보다는 나이가 좀 있는 사람이 어른 같고 성숙한 느낌이라서 좋아. 그런데 나는 뭐 결혼이 막 급한 것도 아니고. 그래서 내가…… 그 사람 시간과 감정을 낭비하게 하는 거면 어쩌나 싶기도 하고."

"자 봐."

"응?"

"악어 씨랑 자 보라고."

다을은 입을 동그랗게 벌렸다. 난데없는 점프는 악어 특기인 줄 알았더니만.

"도명지!"

"네 기준에 뭐 하나 흠 잡을 데가 없는 남자라면서? 그리고 너, 악어 씨 만나러 나갈 때는 귀찮단 소리 한 번도 안 했어."

명지 말이 맞다. 귀찮다는 생각도 든 적이 없다. 석주와 같이 있을 땐 에너지가 고갈되는 게 아니라 오히려 충전되는 느낌. 말을 아무리 많이 해도, 차를 한참 타도, 몇 시간씩을 함께 보내

201

도, 다음 날 곧장 또 만나도, 피곤하다는 생각은 하나도 안 들었다. 심지어 심야 영화를 보느라 새벽까지 오롯이 깨어 있었다.

"그러니까 정말 정말 만에 하나 목소리만 좋은, 아니 모든 게 완벽한데 고자인. 큭큭. 그런 게 아닌지 한 번 자 보라고. 잤는데 아무 이상 없음. 아니, 끝내주게 훌륭함! 그러면 더 이상 겁내고 자시고 할 것도 없이 게임 오버."

"게임 오버?"

"결혼!"

까르르르 웃는 명지를 따라 다을도 웃어 버렸다. 농담 따먹기 하듯 말하고는 있지만 명지 생각을 그저 흘려보낼 수만은 없었다.

불쾌하기만 했던 스킨십을 요리조리 거부하는 다을에게 결벽증 운운하던 남자애의 힐난이 새삼 떠올랐던 거다.

"명지야."

"응?"

"자는 거 말이야. 어땠어?"

"자는 걸 책으로 배운 우리 달곰 양이 이 언니한테 지금 진지하게 묻고 있는 거지?"

"응, 아주 진지하게."

명지의 연애사에 대해서는 훤히 알고 있지만 더 깊은 부분까지 물어본 적은 없었고 알려고 들지도 않았다. 아무리 친한 친구라도 그런 건 내밀한 영역이라 생각해서였다. 그리고 그런 쪽으론 알고 싶을 만큼의 관심도 없었다.

"반달곰, 인간은 기계가 아니야."

다을은 명지를 말끄러미 쳐다보았다.

"똑같은 사람이랑 자도 매번 달라. 그날의 정서 상태에 따라서, 몸의 컨디션에 따라서, 걱정거리 유무에 따라서, 시간과 공간에 따라서. 날씨에도 영향을 받는다니까? 그 외에도 다양한 변수가 존재하겠지. 나만 그렇겠어? 남자도 그럴 테지. 그런 모든 경우의 수를 다 곱해 봐. 그럼 답 나오지?"

같은 상대일 때도 그럴진대, 남자가 달라지는 것까지 감안하면 경우의 수는 거의 무한대? 그렇다면 키스도?

"명지야. 나는, 첫 키스가 너무나도 끔찍했어."

"3학년 때 그 자식이지?"

다을은 끄덕였다.

"너의 첫 키스 상대한테 그 자식이라고 해서 미안한데, 난 처음부터 그 자식 맘에 안 들었어."

"나도 알아. 잘난 척 끝판왕이라고, 너 그때 그랬었잖아."

"여러모로 잘나기야 했지. 근데, 어쩐지 싫었어. 잘나기로 따지자면 악어 씨도 타의 추종을 불허하지. 근데, 악어 씨는 어쩐지 괜찮아."

어쩐지, 라는 말의 차이를 다을도 알 것 같았다. 자기가 잘났음을 시시때때로 강조하던 스물셋 대학생 남자애와 자신의 장점을 세련되게 엿보이는 서른셋의 남자는 격이 달라도 한참 다르다.

"다을아. 끔찍할 정도로 싫었다면, 그 자식이 키스를 더럽게 못해서일 가능성이 제일 크지만. 그보다 나는 네가 그 자식을 충분히 좋아하지 않아서 그랬던 거라고 생각해."

"충분히……. 그런 거였을까?"

"응. 있잖아, 정말 좋아하는 사람이랑 키스하면……."

"하면?"

"틈만 나면 또 하고 싶어져!"

다을은 쿡쿡 웃었다. 추상적인 대답이지만 그게 정답일지도 모르겠다. 명지가 구체적으로 묘사하지 않는 부분들을 굳이 캐내고 싶지도 않다. 그건 어디까지나 명지만의 소중한 기억이니까.

"나도 그런 키스해 보고 싶다."

"악어 씨랑 해."

불현듯 두근거렸다. 손바닥에 새겨진 입술의 느낌이 새록새록 되살아났다.

"키스가 괜찮으면 다음 단계로, 고고!"

신이 나서 외치며 명지가 머그잔을 축배처럼 들어 올렸다.

❀　　　❀　　　❀

뮤지컬 공연은 신입이 다니는 대학 캠퍼스 내의 아트 홀에서 열렸다. 제법 큰 규모의 공연으로 무대도 웅장했고 노래며 연기도 프로 배우들을 보는 듯했다. 공연이 끝난 후 로비로 나오며 석주가 말했다.

"철주가 왔으면 좋았을 걸 그랬네."

"정말. 생각보다 훨씬 좋았죠?"

석주가 끄덕였다. 학생들 발표회 수준일 거라 여겼던 석주도 공연의 질에 만족한 눈치였다.

신입에게서 기주와 함께 와 달라는 청을 받았다고 했다. 그런데 기주가 일이 있다며 못 온다고 하는 바람에 석주도 안 오려던 것을 다을이 같이 오자 했다. 아무도 안 오면 초대한 신입이 무안해질까 봐. 부하 직원이니 그쯤은 배려해 주어도 되지 않느냐고 설득한 것이다.

"철주 씨네 극단, 요즘 준비 중인 공연도 뮤지컬이라고 그랬죠? 그럼 철주 씨 노래도 잘하겠네요?"

"잘해. 춤도 잘 추고."

"긴 기럭지로 춤추면 봐 줄 만하겠다. 악어 씨는요? 악어 씨도 춤 잘 춰요?"

"우리 집에서 가무는 철주랑 난주 담당."

"크크. 음주는 왜 빼요?"

"음주는 4남매 공통이니까."

"악어 씨도 왠지 노래 잘할 것 같은데."

"뭐, 평균은 하지."

"목소리 빨로?"

석주가 후후 웃었다. 타고난 목소리 덕에 적당히 불러도 잘 부르는 것처럼 들릴 것 같다. 사 온 케이크를 신입에게 전해 주려고 대기실로 가려는데 석주에게 전화가 왔다.

"네, 아버지. 석줍니다."

웅성웅성 울려 대는 소음들 탓에 핸드폰에 귀를 기울이던 석주가 미간을 살짝 좁혔다. 다을은 손짓으로 밖을 가리켜 보였다. 눈으로 끄덕이고서 석주가 성큼성큼 걸어 출입구 바깥으로 나갔다.

다을은 와글거리는 사람들로부터 빠져나와 모퉁이의 긴 의자에 앉았다. 석주가 통화를 마치고 들어오기를 기다리며 대기실 쪽을 넘겨다보고 있을 때 날카로운 슈트 차림의 남자 하나가 다을 앞으로 쓱 지나쳐 걸어갔다.

늘씬한 키의 그 남자는 대기실 문에 못 미쳐 걸음을 멈추었다. 문을 열고 안에서 튀어나온 여자 때문이었다. 분장도 채 지우지 못한 그 여자를 다을은 알아보았다. 남자에게 거의 매달릴 듯 반가워 어쩔 줄 모르는 얼굴. 그와는 다르게 사뭇 서늘한 표정으로 제자리를 지키고 서 있는 남자.

공연히 남의 비밀을 훔쳐보는 기분이 들어 다을은 마주 선 그들에게서 고개를 돌렸다. 케이크 상자를 토닥거리며 신경을 다른 데로 쏟으려 했지만 그들의 대화가 띄엄띄엄 귓가로 들어왔다.

"형은 공사 구분 못 하는 거 싫어해."

"저 합격도 시켜 주셨는데요? ……알았어요."

형이라면, 혹시 저 남자가 늑대?

궁금증에 살그머니 고개를 돌리니 남자가 신입에게 자그마한 선물 상자를 건네는 중이었다. 상자를 받아 들고 밝아진 표정의 신입에게 남자가 무어라 낮은 음성으로 말했다. 신입의 고개가 툭 떨어졌다. 울기라도 하는 걸까.

편치 않은 마음에 발끝만 내려다보고 있는데 남자가 공기를 베듯 차가운 걸음걸이로 다시 다을 앞을 스쳐 지나가 버렸다.

다을은 신입을 돌아보았다. 선물 상자를 품에 안고 멍하니 서 있던 신입이 품에서 상자를 내려 쓰다듬고 또 쓰다듬었다. 대기실에서 나오고 들어가는 사람들의 시선도 아랑곳없이 혼자인 듯서서. 하염없는 손길이 안쓰럽다. 가서 등이라도 다독여 주고 싶지만 아는 사이도 아니라 조심스레 물러 나올 수밖에 없었다.

로비 중앙으로 나오자 막 출입구로 들어서는 석주가 보였다. 다을은 쪼르르 다가갔다.

"좀 전에 늑대가 나타난 것 같아요."

"기주가?"

"네. 대기실 앞에서 봤어요. 키 엄청 크고 늘씬한 슈트에 걸음걸이에서조차 냉기가 뚝뚝. 도를 아십니까? 요런 소린 절대 못 걸게 생긴. 늑대 맞죠?"

석주가 웃으며 대답했다.

"스타일상으론 맞는 것 같은데."

"얼굴을 제대로 못 봤어. 옆모습만 살짝 보여서. 근데 맞을 거예요. 신입이랑 이야기도 하고 선물도 주던 걸요."

"선물을?"

"손목시계는 아니었어요. 상자가 그것보다는 컸거든요."

웃음을 곁들이자 석주도 부드럽게 웃었다. 다을은 케이크 상자를 들어 보이며 말했다.

"아무래도 이건 찬밥 될 것 같으니까 그냥 우리가 먹을까 봐요."

"선물까지 사 온 녀석이 나한테는 왜 안 온다고 했지?"

당연히 선물이라 생각한 것은 반듯한 포장에다 예쁘게 묶인 리본 때문이었다. 남자가 좋아하는 여자에게 건네는 선물이라기엔 둘의 분위기가 영 이상하긴 했지만. 석주도 잘은 모르는 부분인 것 같아 둘의 그림을 상세히 옮기지는 않았다. 다만 한 가지.

"공사 구분 못 하는 거 싫어하시는 대표님."

"뭐?"

웃음을 띤 채 건네는 한 글자의 물음, 목소리 톤이 나른하다. 이 남자는 부지불식간에 이런 톤을 쓴다. 의식적인 건 아니라 해도 다른 사람 앞에서는 이러지 말았으면 좋겠다. 아니, 다른 여자 앞에서는.

지금 이런 마음은 질투? 생각보다 더 많이 좋아하나 보다, 이 남자를.

"늑대가 그러던데요? 우리 형은 공사 구분 못 하는 거 싫어한다고."

"첫째, 늑대는 형 앞에 우리라는 수식어를 안 붙여. 둘째, 악어는 달곰이에게 대표님이라 불리는 걸 더 싫어해."

다을은 풋 웃었다. 팟캐스트는 공, 연애는 사. 그래서 그 두 가지가 영역 없이 얽히는 걸 석주가 꺼리는 건 아닐까 잠깐 걱정했었다.

그런데 지금 단호하게 해 주는 말을 들으니 맘이 놓인다. 팟캐스트가 예상보다 재미있어서 계속하고 싶으니까.

"배고프다. 저녁 먹으러 가요."

"오늘은 뭐 먹고 싶은데?"

"오늘은 뭐 만들어 주고 싶은데요?"

석주의 입술이 보기 좋은 곡선을 그렸다. 눈매도 우아하게 휘었다. 이건 마치 맛난 먹잇감을 눈앞에 둔 악어의 눈빛. 그렇지만 싫지 않다. 다른 데로, 다른 여자한테로 향하지만 않는다면.

"오늘도 설거지는 내가 할게요."

다을은 총총 앞장을 섰다. 곁으로 석주가 따라붙었다. 어깨가 기분 좋게 묵직해졌다. 석주의 손길이었다.

"무겁잖아요."

괜스레 투덜거렸다.

"차까지만."

"좋아요."

"악어가?"

"권석주가."

하하, 듣기 좋은 웃음소리가 울렸다. 이 사람은 이름을 불러 주면 더 좋아한다. 심쿵했어, 라는 말, 진심이었나 보다. 그럼 이제부터 석주 씨라고 부를까.

어두워지기 시작하며 캠퍼스 여기저기에 아롱아롱 불빛들이 켜졌다. 아트 홀 옆의 주차장을 그냥 지나쳐 가는 석주를 다을 은 의아한 눈으로 올려다보았다. 시선을 의식한 석주가 친밀하게 말했다.

"좀 걷자."

어깨를 감싸고 있던 손길이 스르륵 아래로 내려와 다을의 손을 찾아 쥐었다. 손깍지를 끼던 순간처럼 손을 깊숙이 감아쥐어 숨을 데가 없다. 걸음은 느긋한데 손아귀의 힘은 점점 더 강해져 온다.

"힘 조절 좀 하시죠?"

"아파?"

"뜨거워요."

"그럼 따뜻하게."

석주가 감아쥔 손의 힘을 조금 덜어냈다. 좁게 생겨난 틈 사이로 다을은 손가락을 꼼틀거렸다.

"얌전히 좀 있지?"

"금세 갚아 주네."

"자극돼."

그런 소릴 뭐 그렇게 담담하게 하고 그래요! 톡 쏘아 주는 대신 악어체를 빌려 대꾸했다.

"그럼 청순하게."

소심한 저항을 멈추고 석주의 손안에서 유순하게 머물렀다. 파스텔 질감의 어둠이 차츰 늘어나는 가로등 빛들과 어우러져 마음까지 아늑하게 감싸 오는 듯했다.

어두워질수록 이 남자는 더 가까이 스며든다. 어둠의 농도와 시기를 적절히 이용할 줄 안다. 나쁘지 않다. 어둠마저 설렘으로 이어지게 하니까.

"그날 녹음실에서 일부러 불 꺼 놓고 기다렸죠."

"내가?"

"기억 안 나는 척."

"기억 안 나는 순간 1초도 없어."

그날에 관해서라면 나도요, 말하고 싶다.

"시계를 끼고 있으니까 매순간 째깍째깍 초침 소리가 들리는 것 같아요."

"심장 뛰는 소리일지도."

"후후. 악어 씨의 심장?"

"내일은 입술."

"뭐라고요?"

"예고했어."

"라면부터 시작해서 엉뚱한 대답으로 점프하기가 취민가 봐요."

석주에게서 나지막한 웃음소리가 울렸다. 동시에 기다란 손가락들이 다을의 손가락들 틈으로 촘촘히 파고들었다.

"손깍지도 취미고."

다을의 투덜거림을 듣자마자 깍지 낀 손에 다시금 힘이 들어갔다. 아프도록 꽉. 다을은 투정하지 않았다.

"탐스러운 먹잇감을 잡아다 놓고는 단번에 해치우지 않고 한입 한 입 아껴 먹어야 하는, 그럴 때의 악어 심정을 알겠어."

간간이 웃음이 섞인 석주의 말에 다을은 터지려는 웃음을 누르며 약을 올렸다.

"내일은 다락방에만 숨어 있어야지. 문도 꽁꽁 잠그고."

"보고 싶을걸?"

하루를 안 봤다고 보고 싶어지는 남자. 지금까지는 없었다. 시간이 쌓여야만 가능한 것들이 있다.

추억, 우정, 신뢰, 가족, 세월, 역사, 그리고 그리움 같은.

하지만…… 자기가 보고 싶어질 거라 자신 있게 말하는 이 남자에게는 오늘 밤이 될지도 모르겠다. 예고해 둔 내일이 아니라.

"주말마다 나 보러 오는 명지를 내일도 혼자 둘 순 없잖아요."

"그럼 내일은 더블데이트를."

"들개랑?"

"공연이 코앞이라 하루 꼬박 시간 내기는 힘들 거야. 우리가 극단 근처로 가서 넷이 저녁을 같이 먹으면 될 것 같은데. 어때?"

"좋아요!"

"누가?"

짐짓 물어 오는 남자에게 다을은 망설임 없이 대답해 주었다.

"석주 씨."

악어가 조용히 웃었다.

좋다. 웃고 있는 얼굴을 보는 것. 빈틈없이 서로에게 꼭 맞잡혀 있는 손도 좋다. 어쩌면…… 이런 느낌일지도. 남자랑 같이 잔다는 것은 이렇게 가득 채워지는 것일지도. 충분히 좋아하는 사람이랑은 이렇게, 서로에게 허용되는 어떤 틈도 없이 아주 깊게.

길을 건너 아트 홀 쪽으로 되짚어 걸어가는 동안에도 석주는 촘촘한 매듭 같은 손깍지를 풀지 않았다. 걸음도 오직 한가롭게.

빤히 보이는 주차장까지의 거리가 좀처럼 좁혀지지 않는다.

"악어가 일부러 천천히 걷는 듯."

"그런 듯."

석주의 태연한 대꾸에 다을은 까르륵 웃어 버렸다. 바로 그때

빽빽, 경적 소리가 뛰어들었다. 무심결에 고개를 틀자 옆에 멈춰 선 차 한 대가 보였다. 내린 차창 너머에 낯익은 남자의 얼굴이 나타났다.

4

차에서 내려선 남자가 인도로 올라섰다.

석주는 다가서는 남자를 차분히 스캔했다. 20대 중반. 캐주얼한 복장. 연갈색으로 물들인 머리. 키는 180 언저리. 어른들이 '깎아 놓은 밤톨'이라고 표현할 남자의 얼굴엔 놀라움과 반가움이 뒤섞여 있었다.

그러나 눈앞의 남자를 보며 손안에 든 다을이 불편하게 굳었다. 반갑지 않은 인물이구나, 석주는 직감했다.

"다을아."

밤톨이 이름을 불렀다. 밤톨의 부름이 심히 거슬렸다. 다을이를 그럼 다을이라고 부르지, 영희나 철수라고 부를 순 없잖아? 석주는 민감해지는 스스로에게 타일렀다.

"너⋯⋯ 예뻐졌다."

다을을 보며 밤톨이 은근한 감탄조로 말했다. 그리고 여전히 대꾸 없는 다을에게 손을 척 내밀며 덧붙였다.

"반갑다, 정말."

다을의 태도로 봐서 밤톨의 손을 마주 잡고 반가이 인사할 것 같지는 않았지만 일말의 가능성이나마 차단해야 했다. 석주는 여태 쥐고 있던 다을의 손을 놓고 밤톨의 손을 꾹 잡았다. 뜻밖의 상황에 밤톨이 뜨악한 표정으로 석주를 쳐다보았다.

"누구……?"

밤톨이 어정쩡하게 물었다.

"혹시 다을이 사촌 오빠?"

말이 짧다? 다시금 일렁이는 거슬림을 다스리며 석주는 침착하게 말했다.

"다을이 남잡니다."

"남자……요?"

화들짝 놀라는 밤톨의 표정은 둘째고 뺨에 꽂히는 다을의 시선이 느껴졌다. 다을이 어떤 얼굴을 하고 있을지 안 봐도 환했다. 웃음이 나려는 걸 간신히 참았다. 지금은 앞에 있는 이 녀석에게 유하거나 허술해 보여선 안 되었다. 석주는 밤톨의 두 눈을 똑바로 보며 질문을 던졌다.

"그쪽은?"

이 질문의 의미는 다을 앞에서 밤톨의 정체성을 확인시키는 것이었다. 예전에 무엇이었건 현재의 자리 말이다. 밤톨은 조금 허둥대는 것 같더니 우물쭈물 대답했다.

"어…… 대학 동긴데요."

"그렇군요."

또렷한 대꾸와 함께 석주는 악수한 손에 힘을 콱 주었다. 입가에는 희미한 미소도 띠었다. 네가 말한 그대로 알고 있을 테니 이 여자한테 그 이상으로 접근하려 들지 마. 그런 의미가 담긴 무언의 경고였다.

악수를 풀고 다을을 돌아보자 웃고 싶은 걸 겨우 참고 있는 얼굴이다. 꼭 붙인 입술을 보니 알겠다. 석주는 그런 다을에게 넉넉한 미소를 지어 보였다. 관계 설정은 끝났으니 안부 인사 정도는 나누어도 괜찮아, 라는 뜻이었다. 물론 다을은 거기까지는 모를 테지만.

"여긴 어떻게……?"

얼이 반은 나간 듯 끝을 맺지 못하는 밤톨의 물음에 다을이 되물었다.

"너야말로 여긴 어쩐 일이야?"

"이 학교에서 로스쿨 과정 중이야. 너도 알다시피 우리 집안이 대대로 법조계잖아. 싫으나 좋으나 나도 그 길을 가야지, 뭐. 어쩔 수 없잖아? 가풍과 전통이라는 게 있으니까. 우리 아버지랑 형님처럼 사시 출신 판검사까지는 못 돼도 흔하디흔한 변호사 정도는 되어 볼까 하고."

안 물어봤으면 어쩔 뻔했나 싶게 궁금하지 않은 집안 자랑까지 덤으로 줄줄 엮어서 늘어놓는다.

다을이 석주를 올려다보며 콧날을 가늘게 접었다. 듣기 싫다는 기색이 역력했다. 석주가 나섰다.

"실례지만 학부 때 전공이?"

"법학인데, 왜요?"

216

법학 전공에 로스쿨. 다을과 같은 대학 법대면 머리가 나쁜 녀석은 아닐 테고. 이런 공격이 먹힐지 모르겠지만 시도는 해보자.

"모교에도 로스쿨이 있는 걸로 아는데 왜 이 대학으로 왔습니까?"

"어, 그건……."

"여기보다 그쪽이 더 알아줄 텐데."

"누가 그래요? 여기가 못하다고."

걸려든 밤톨이 제풀에 발끈했다. 석주는 유유히 대꾸해 주었다.

"여기가 못하다는 게 아니라, 학교 이름이나 그 외 여러 면에서나 로스쿨은 모교 쪽이 더 괜찮다는 얘기였어요."

"그러니까 잘 알지도 못하면서 누가 그런 헛소릴 하느냐고요."

"동생이 로스쿨 출신 변호사라. 흔하디흔한."

짐짓 강조해서 붙인 뒷말에 밤톨이 찔끔했다. 석주는 느긋한 미소로 마무리했다. 다시 다을을 돌아보니 이젠 참지 않고 웃음을 머금고 있었다. 이쯤에서 전혀 반갑지 않은 인물과의 인사를 접어야겠다.

"바쁘신 것 같은데 그만 가 보시는 게 좋겠습니다."

말과 함께 석주는 깜박이를 켠 채 정차해 둔 차를 턱짓해 가리켰다. 밤톨이 잔뜩 구겨진 얼굴로 석주를 쏘아보다가 다을을 힐끗 일별하더니 거칠게 돌아서서 차에 올랐다. 차는 꽁무니를 빼듯 쌩하니 앞으로 달려갔다.

다을의 입술이 초승달처럼 말렸다. 눈가에도 웃음이 가득. 석
주는 다시 다을의 손을 끌어다 잡고 길을 따라 걷기 시작했다.

"와, 진짜. 웃음 참느라 혼났어요."

"밤톨 녀석한테 예의 지키느라 고생했어."

"밤톨?"

다을이 까르륵 웃음을 터뜨렸다.

"깎아 놓은 밤톨, 그거 말하는 거죠? 어른들이 자기만 보면
깎아 놓은 밤톨처럼 잘생겼다 그런다며 으스대더니 밤톨만 따로
떼 놓으니까 넘 웃겨."

마음껏 웃게 두었다. 누구냐고 묻고 싶은 마음은 버렸다. 묻
지 않아도 다을이 말해 줄 것이다. 길게 말하지 않는다면 말할
필요도 없는 사람일 터. 심각한 사이였다면, 그러니까 당시에
몹시 애틋한 관계였다면 다을이 지금 이렇게 웃어 댈 수도 없을
테니까. 그러니 지금으로선 다을의 상큼한 웃음이 반갑다.

"실컷 웃었더니 식욕이 급 왕성해졌어요."

"그럼 얼른 먹으러 가야지."

"고기 먹어요. 갈매기살."

"갈매기살 받고, 소주."

"소주 받고, 노래방!"

"노래방?"

석주는 품 웃었다.

"악어의 노래를 듣고 싶다는 거지?"

"달곰이 노래도 들을 수 있을걸요?"

"기대하겠어."

석주는 차 문을 열어 주었다.

❀　　　❀　　　❀

숯불 위에서 고기가 구워지는 사이 석주는 다을의 잔에 소주를 채워 주었다. 첫 모금을 마시고서 다을이 입을 열었다.

"유치하다고 흉보지 마요. 나요. 아까 무지 고소했어요."

"신나게 웃는 거 보고 그런 줄 알았어."

"그냥 동기 아니었어."

"그것도 짐작했고."

"3학년 때 몇 달 만나던 친구였어요. 안 믿을지 모르겠지만 걔가 먼저 적극적으로 대시했고 정성이 갸륵해서 응해 줬죠. 당시엔 나도 어려서 여자애들이 선망하던 남자애가 나를 쫓아다닌다는 사실에 마음이 좀 흔들렸던 것 같아요."

밤톨 녀석 꽤 멀쩡하게 생기긴 했더군, 생각하며 석주는 끄덕여 주었다.

"그럴 수 있지."

"문제는 만나고 나서부터였어요. 어떤 거냐 하면요. 너같이 평범한 애를 나 같은 킹카가 만나 준다는 것에 대해서 고마워해야지, 뭐 이런 마인드? 자기가 무슨 왕세자쯤 되는 줄 알아. 나는 무수리고. 근데 석주 씨가 다을이 남잡니다, 그 말 하는 순간 기가 딱 질리는 얼굴. 봤어요?"

웃음 섞인 다을의 물음에 석주도 웃으며 대답했다.

"봤어."

"아, 완전 통쾌했어."

"사촌 오빠 드립은 뭐야."

"음, 정신 승리? 크크. 나 사촌 오빠 없거든요. 외사촌 동생들만 있지."

석주는 잘 익은 고기를 다을의 접시에 옮겨 주었다. 고기 중에선 갈매기살을 제일 좋아한다더니 다을은 맛있게도 먹었다. 보기 좋았다. 석주는 고기를 더 시켰다. 다을이 새로 내온 고기 접시를 조금은 고민스런 표정으로 들여다보았다.

"왜?"

"나요. 아무 생각 없이 맘 놓고 먹으면 살이 살짝궁 붙는 편이걸랑요."

석주는 웃었다.

"바라는 바야."

"에에?"

"아주 살짝 통통했다던 중학교 때 사진도 보고 싶어."

"안 돼요. 그런 흑역사를 들킬 순 없어."

말은 그렇게 하면서도 구워 주는 고기는 마다 않고 잘도 먹는다. 소주도 한 잔, 두 잔. 다을은 서로 잔을 부딪칠 때마다 맑게 울리는 소리에다 짠, 입으로도 추임새 보태기를 잊지 않았다.

아트 홀에서 아버지와 통화할 때 생각이 났다. 출판사 일로 점점 길어지는 얘기에 데이트 중이라고 했더니 이내 말을 맺던 아버지. 궁금할 법도 한데 어떤 여자냐 묻지도 않고 어서 가 보라 하더니 잘했다, 한마디만 남겼다.

"악어가 계속 웃고 있어. 벌써 취한 거 아니죠?"

"그럴 리가. 아까 아버지한테 칭찬받은 게 생각나서."

"어떤 칭찬을 받았는데요?"

"데이트."

"데이트? 데이트한다고 칭찬받았어요? 정말?"

다을이 킥킥 웃었다. 술이 스며드는 모습이 예쁘다. 한계 주량을 넘어서서 지금보다 흐트러진 모습도 보고 싶다. 이 여자는 막 주정을 부려도 귀여울 것 같다. 비틀비틀 흔들리며 걸으면 업어 주고 싶어질 것 같다. 혀 꼬부라지는 소리로 엉뚱하게 우겨 대거나 거리의 사람들이 다 듣도록 노래를 불러 대도 즐겁게 감당할 수 있을 것 같다.

예외 조항이 늘어 간다는 건 스며드는 마음의 영역도 그만큼 넓어지고 있다는 것. 넓이뿐만 아니라 속도와 깊이까지도. 아마도.

"악어 씨 아버님 멋있으세요."

"아버지 멋있다는 말 두 번째데?"

"그런가? 후후. 악어 씨가 아버님을 많이 닮았나 봐요. 외모로도 그렇고, 아마 성품도?"

석주는 끄덕였다. 4남매 중에서 아버지와 제일 많이 닮았다는 소리를 듣기는 한다. 그래서 전혀 다른 길을 가고 있는 나머지 셋과 달리 유일하게 아버지와 같은 길을 가고 있는지도 모르겠다.

"참, 아까 동생 얘기요."

"기주."

"그렇구나. 한 방 먹이려고 즉석에서 지어낸 얘긴가 했네."

"학교 얘기 들먹인 건 좀 유치했지?"

"아니. 솔직히 시원했어요."

말해 놓고 수줍은지 다을이 혀를 쏙 내밀어 보이고는 방긋 웃었다. 귀엽다. 지금 저러는 거 분명 여자 짓인데. 싫지 않다. 아니, 사랑스럽다. 마음이 흠뻑 홀리도록.

다을에게 예뻐졌다는 말을 건네던 밤톨의 표정이 떠올랐다. 만나던 몇 달 동안에 그 녀석 많이 좋아했어? 알고 싶어지는 마음을 밀쳐 냈다. 졸렬한 짓 하지 말자, 권석주.

다을의 빈 잔을 채워 주며 석주는 넌지시 지금 느낌을 말했다.

"귀여워."

"응? 나요?"

"그럼 여기 귀여운 사람이 달곰이 말고 또 누가 있겠어. 설마 악어?"

"진짜 같아요."

"진짜니까."

잔을 든 다을의 두 눈이 고와졌다. 입매도 함께. 어쩐지 목이 탄다. 석주는 다을에게 잔을 부딪쳤다. 그리고 다을의 눈을 보며 단숨에 들이켰다. 따라서 한입 들이켠 다을이 웃으며 말해 주었다.

"명지가요. 반씨 집안 족보에 등재해야 할 반달곰의 3대 미적 자산을 특별히 지정해 줬거든요."

석주는 푸하 웃었다. 웃는 얼굴로 깍지 낀 두 손을 턱에 괸 채 다을을 바라보았다. 다을의 입에서 어떤 것들이 나오는지 기다렸다. 생긋 귀여운 웃음을 지으며 다을이 나직나직 짚어 나갔다.

"피부. 머릿결. 그리고……."

"다리."

가로채 말했더니 다을이 눈을 휘둥그레 떴다.

"어떻게 알았어요, 그거?"

"소을이 작품으로 나타났을 때."

"아, 그날."

다을의 얼굴에 다시금 수줍은 빛이 어린다. 석주는 가만히 눈에 담았다. 속눈썹이 이루는 그늘, 입술에 머무는 미소, 어쩔 줄 모르며 살포시 올려붙이고 있는 두 손끝까지. 지금 다을이 남자의 여자가 되고 있다. 남자에게 여자를 보여 주고 있다. 충분히.

지금껏 다을이 스커트 입은 모습을 본 건 그날 꼭 한 번. 매끈한 다리 선이 너무 예뻐서 다른 이들 눈에 안 띄게 감추고 싶었던 마음이 선명했다. 지금도 손을 뻗어 그 다리를 만지고 싶지만…… 아껴 두기로 한다.

단 하루, 한 나절 만에도 꽃 피울 수 있는 열정.

이 여자가 원하는 건 그런 폭풍이 아니다. 화르르 타오르는 불꽃도 아니다. 찰나에 스러져 사라지지 않을 전적으로 믿고 기댈 수 있는 사람. 함부로 휘두르려 하지 않고 깊은 눈으로 오래 지켜봐 주는 남자. 그런 남자라는 믿음을 주려면 안타까워도 차근차근 한 단계씩 밟아 갈 수밖에.

"오늘이라도 괜찮아, 생각했는데 아무래도 안 되겠어요."

눈으로 묻는 석주에게 다을이 말을 이었다.

"마늘이랑 쌈 싸서 고기도 먹었고 소주도 마셨고. 그러니까 오늘은 안 돼."

짐작이 가면서도 석주는 웃으며 물었다.

"그러니까 뭐가?"

"악어의 예고."

석주는 웃었다. 한 남자를 오롯이 바라보는 한 여자를 고요한 웃음으로 지켜보았다. 가슴 저 깊은 데가 점점 더 뜨거워졌다.

✿　　　✿　　　✿

일요일 저녁, 아담한 카페 안 창가에 석주는 다을과 마주 앉았다. 철주의 극단에서 멀지 않은 대학로였다. 철주와는 미리 통화를 해 두었고 곧 오기로 했다. 명지도 시간 맞춰 오기로 약속이 되었다.

"난주 씨 말예요."

주스 컵의 빨대를 돌돌 돌리면서 다을이 말을 꺼냈다.

"악어 씨를 큰오빠라고 부르던데 늑대랑 들개는 어떻게 불러요? 작은오빠랑 작은작은오빠? 아님 막내오빠?"

"큰오빠, 작은오빠, 오빠."

"철주 씨만 그냥 오빠네?"

"어릴 땐 큰형 작은형이었어. 철주 따라서."

"진짜요?"

다을이 쿡 웃었다.

"어머니랑 아버지가 아무리 가르쳐 줘도 안 들어. 오빠는 큰형 작은형이라고 부르는데 왜 자기만 다르게 불러야 하냐고 고집을 피우는 거야. 그러다 나중에 초등학교 들어가서야 큰오빠 작은오빠로 고쳐 부르기 시작했지. 철주는 처음부터 변함없이 오빠고."

"귀엽다."

"귀여운 건 달곰이."

"으. 철주 씨랑 명지 앞에서는 그런 소리 하지 마요. 둘 다 합심해서 대패부터 찾을 거야."

"합심이라. 괜찮은데, 그거."

"명지랑 철주 씨랑 왠지 잘 맞을 것 같은 기분이 들어요."

"나이도 같고."

"성격도 비슷해요."

다을의 느낌에 석주도 동의했다.

"어쨌든 소개팅이니까 주선자로서 참고 사항 삼아 말해 두는데 우리 셋 중에서 철주 연애사가 가장 화려해."

"그 방면으로는 명지도 만만치 않아요."

"흠. 인연인가?"

"그죠."

과일 주스를 달콤하게 빨아 먹고는 다을이 슬며시 물어 왔다.

"그럼 악어랑 늑대는요?"

"악어랑 늑대 뭐?"

"뭔지 알잖아요."

지난 연애사를 궁금해한다는 건 좋은 신호일까. 모든 날들을 속속들이 알고 싶은 그런 마음? 하지만 시시콜콜 말해 주어 다을을 심란하게 만들고 싶지는 않다. 석주는 각각의 연애 스타일로 풀어냈다.

"여자한테 대체로 무관심한 편인데 자기 여자에게만 외골수인 건 늑대. 자기가 선택한 사람 외엔 거들떠도 안 봐. 들개에 비하면 차갑고 모진 면이 있지. 반대로 저 좋다는 여자한테 모질지 못해서 언제나 최선을 다하는 건 들개. 오는 여자 막지 않고 가는 여자 잡지 않는 자유 영혼 스타일?"

"가는 여자 잡지 않는? 그게 더 차갑고 모진 거 아닌가?"

다을의 반론이 석주를 끄덕이게 했다. 셋 중에서 철주가 내면이 가장 여리다고 생각해 왔다. 늘 즐거워 보이지만 축축한 동굴을 속에 품고 있다고. 단지 상처나 외로움을 겉으로 드러내지 않는 것일 뿐이라고. 그런데 어쩌면 그 시린 면이 철주의 본질일지도.

"늑대와 들개는 대충 알겠고. 이제 악어 차례."

"악어는 늑대와 들개의 중간 지대쯤?"

다을이 의미심장한 미소를 지으며 고개를 끄덕거렸다. 좋다는 건지 싫다는 건지 알 수 없으니 슬쩍 조바심이 났다. 석주는 부연 설명을 했다.

"말하자면 어느 쪽으로도 치우치지 않고 중심이 잘 잡힌 남자라고 할까."

"맘에 들어요."

기다리던 한마디. 휴, 안도하는 한편 그런 자신이 우습기도 했다. 다을의 말 하나하나, 웃음 한 조각, 미묘한 표정 변화에 이토록 마음이 흐트러지고 휘둘리니 말이다.

다을의 핸드폰이 울렸다. 화면을 확인한 다을이 명지예요, 하고는 전화를 받았다.

"도명지, 어디쯤 왔어?"

저편의 말을 듣고 있던 다을이 놀란 듯 입을 벌렸다. 석주와 눈이 마주치자 핸드폰을 잠깐 뺨에서 뗐다.

"명지 어머님이 다치셨대요."

짧게 일러 주고는 다시 명지에게 귀를 기울였다.

"너 많이 놀랐겠다. 우린 괜찮아. 응. 알았어. 걱정 말고 얼른 병원부터 가. 그래, 이따 다시 통화하자."

통화를 마친 다을이 후, 숨을 내쉬었다.

"어디를 어떻게 다치셨는데?"

"가게에서 가구 옮기다가 허리를 삐긋하셨나 봐요. 움직이질 못해서 병원에 실려 가셨대요. 이리 오던 길에 연락 받고 병원으로 간다고요. 미안해서 어쩌냐고, 악어 씨한테 말 좀 잘해 달라고요. 근데 그 와중에도 다음 약속 꼭 잡아 두라는 우리 명지. 어쩌면 좋죠?"

"들개는 꼭 잡아 둘 테니까 걱정 말라고 문자 보내."

"알았어요."

다을이 즉각 명지에게 문자를 보냈다.

"우리야 괜찮지만 철주 씨한테 미안해서 어쩌죠? 없는 시간 쪼개서 일부러 나오는 걸 텐데."

"어차피 밥은 먹어야 하니까 괜찮아. 간만에 얼굴도 보고."

때맞춰 철주가 문을 열고 들어섰다. 카페 안을 휘 둘러보더니 석주를 발견하고는 성큼 걸어왔다. 다을이 일어나 인사를 건네자 철주가 허리를 폴더로 접었다가 폈다.

"처음 뵙겠습니다, 형수님. 악어의 사랑스런 동생, 들개 권철 줍니다. 난주한테 얘기 듣고 기대하고 있었습니다. 만나 뵙게 되어 영광입니다."

철주답게 낯가림이라곤 없이 장황하게도 늘어놓는다. 그래도 다을이 즐겁게 웃으니 좋았다. 형수님이란 호칭에도 별로 개의 치 않는 것 같아 다행이다. 석주 옆에 앉은 철주에게 다을이 말 했다.

"저도 드디어 들개를, 아니 철주 씨를 만나게 되어 무지 반가 워요. 그런데 아쉽게도 제 친구가 오늘 못 오게 됐어요. 친구 엄 마가 다치셔서 병원으로 직행을 했거든요. 정말 미안해요."

"아, 저런."

탄식을 내뱉은 철주가 이마를 두 손에 푹 파묻고는 한없이 괴 로운 표정을 지었다.

"권철주. 연기하지 마."

웃으며 던지자 철주가 고개를 들고 맑은 얼굴로 물었다.

"표시 났어?"

"그래, 빤하게."

"죄송합니다, 형수님. 제가 아직 연기 내공이 약해서요."

철주는 하하하, 너털웃음까지 보탰다. 석주에게야 늘 보는 모 습이지만 다을은 재미있는지 웃음을 멈추지 못했다. 철주가 석 주의 주스 컵을 끌어당겨 빨대를 뽑아 내곤 꿀꺽꿀꺽 들이켰다.

"요즘도 열렬히 독립 운동 중이세요?"

다을의 물음에 철주가 아, 하고는 해사한 웃음과 더불어 대답했다.

"제가 요즘 생각을 좀 바꿨습니다."

"어떻게요?"

"큰형 작은형은 자기 몫 받아 나갔고. 난주도 언젠가는 짝 찾아 시집갈 거고. 그러면 그 커다란 집이 언젠가는 내 것이 될 텐데 굳이 기를 쓰고 독립할 이유가 없다, 이런 결론이. 그래서 독립 운동은 과감히 접고 그냥 진득하니 눌러살기로 했습니다."

처음부터 끝까지 무대에 선 배우 톤으로 말하는데도 다을은 눈을 반짝이며 흥미롭게 듣고 있었다.

"연기하지 말라니까? 그리고 누구 맘대로 네 집이야?"

"가난한 배우 최후의 보금자리까지 침 바르려고? 형들이 되어 갖고 그럼 곤란하지."

능청스럽게 둘러대고서 철주가 일어섰다. 올려다보는 석주와 다을에게 말했다.

"오늘 저녁은 두 분이서 오붓하게 하시고. 일찍 비켜 주는 대신, 금일봉."

석주를 향해 철주가 두 손을 겹쳐 내밀었다. 빙글빙글 웃음도 곁들이면서. 기왕 만난 김에 저녁이라도 든든히 먹여 들여보내고 싶지만 철주가 바라는 게 현금이니 별수 없다. 석주는 지갑에서 지폐를 몇 장 꺼내 철주 손에 얹었다.

"역시 신사임당 누님은 진리."

말끝에 밉지 않은 웃음을 지어 보이고 철주가 청바지 주머니에 돈을 챙겨 넣었다. 그러고는 다을에게 공손히 허리를 굽혔다.

"감사합니다, 형수님."

"돈은 내가 줬는데 인사는 왜 그쪽이야?"

"형수님 덕분에 사임당 누님이 몇 배로 늘어났잖아. 다른 때였으면 두 장쯤으로 끝냈을 텐데 말이지."

철주가 석주에게 찡긋 눈인사를 날리고는 들어올 때처럼 긴 걸음으로 성큼성큼 걸어 카페를 나갔다.

"사진보다 실물이 더 잘생겼네요. 유쾌하고 재미있고. 명지가 좋아할 것 같아요. 무대에 선 모습도 보고 싶다. 노래도 들어 보고 싶고."

석주는 미소 지었다. 노래 얘기를 하니 어젯밤 노래방에서의 다을이 새삼 떠올랐다. 마이크를 두 손에 감아쥐고 나름 열심히 불러 대던 그 모습. 음치는 아니지만 모든 노래를 동요로 만들어 버리는 창법. 음정 박자 가사는 딱딱 맞는데 부르기만 하면 원곡은 다 어딘가로 실종! 웃어 대는 자신을 매콤하게 노려보던 눈빛도 상큼하기만 했다.

"술도 안 마셨는데 또 무슨 생각하면서 그렇게 웃고 있어요?"

"노래방의 반달곰."

"아휴, 그럴 줄 알았어. 그래도 나 어디 가서 노래 못한다는 소린 안 듣거든요?"

"과연?"

"진짠데. 악어 씨는 노래 잘하면서 왜 못하는 척했어요?"

"못하는 척은 안 했어. 평균이라고 했지."

"그게 뭐 평균이에요? 아주 잘하는 거지."

"어제는 목소리 덕이라더니?"

230

"나랑 비교되게 너무 잘하니까 심술 나서!"

크크, 웃는 다을을 석주는 웃음 띤 눈으로 가만히 건너다보았
다.

"그렇게 노골적으로 쳐다보는 건 여전하네요."

"안 피하고 오롯하게 마주 보는 것도 여전하지."

"악어 씨네 가족들 맘에 들어요."

"달곰이도 점프하는데?"

"악어한테 배웠나 봐."

"오늘이야."

"뭐가…… 앗, 배고프니까 일단 저녁부터. 오늘은 뭘 먹을까
나?"

어제처럼 저녁 메뉴를 핑계로 미뤄 보시겠다? 석주는 자리에
서 일어나 다을의 손을 잡아 일으켰다. 엉겁결에 일어선 다을이
말똥말똥해진 눈으로 석주를 쳐다보았다. 그 눈을 들여다보며
석주는 말했다.

"선입술 후저녁."

다을의 입술에서 까르륵 웃음이 터졌다. 다을을 데리고 카페
를 나서자 거리엔 밤이 시작되고 있었다.

5

어둠이 내려 불빛들이 더욱 눈부신 저녁, 차 없는 거리는 오가는 사람들의 소리로 즐겁게 소란했다. 여기저기에 길거리 공연이 펼쳐지고 손을 잡거나 팔짱을 끼고 다니는 젊은 연인들도 눈에 띄었다.

마음을 어루만지는 기타 소리, 감미로운 노랫소리, 심장이 뛰도록 발랄한 타악기 소리, 장난스럽게 청중을 불러들이는 호객소리, 풍선처럼 터지는 웃음소리, 신나는 박수 소리, 폭죽 같은 환호 소리.

그들 속의 일부가 되어 석주에게 손을 맡긴 채 평온히 걷고 있을 때 문득 그가 걸음을 멈추었다. 자연히 따라 멈춘 다을은 말간 눈으로 석주를 올려다보았다. 담담하게 석주가 말했다.

"지금."

설마!

놀라움으로 물든 생각을 깨듯 석주의 두 손이 다을의 **뺨**을 감싸며 머리칼 속으로까지 파고들었다. 그리고 입술이 왔다. 동그래진 두 눈이 스르르 감겼다. 다을의 윗입술을 부드럽게 머금고 아랫입술도 촉촉이 적셨다. 스며드는 혀가 뜨거웠다.

머리는 아득한 진공의 상태가 되고 아래로 내려뜨린 두 손에는 힘이 **빠졌다**. 마치 온몸의 피가 땅으로 다 빠져나가듯이. 세상이 빙빙 돌았다. 처음 입술이 닿던 순간 사람들이 쳐다볼 텐데, 하던 생각도 먼 어디쯤으로 날아가 버렸다. 주변의 모든 소음들이 귓가에서 아련해졌다. 지금은 그저 둘만이 여기에. 멀리, 둘만의 깊이로 이렇게.

석주의 입술이 떠났다. 다을은 눈을 떴다. 눈앞에 석주가 있었다. 책방에 온 첫날 유독 눈에 들어왔던 단호한 입매로, 그러나 두 눈에는 알 수 없는 열기를 품고 다을을 들여다보았다.

양옆으로 무심히 스쳐 지나가는 사람들. 성실하게 자신의 공연을 선보이고 또 구경하는 사람들. 웃고 떠들고 박수 치는 사람들……. 그 모든 이들 속에서 오직 둘뿐인 듯 서서 긴 눈길을 나누었다.

석주가 먼저 입을 뗐다.

"지금 달곰이 머릿속에선 무슨 일이 일어나고 있을까."

"뜻밖의 생각이 나타났어요."

"어떤?"

"생각보다 사람들이 신경을 안 쓰는구나, 하는."

"대놓고는 안 봐도 슬쩍슬쩍 보긴 했겠지. 부러워서."

"부러워서?"

다을은 웃었다. 석주도 웃었다. 방금 가장 가까이 스몄던 그 입술에 머무는 웃음이 새삼 설레었다. 샘솟는 설렘을 감추려 투정했다.

"사람들 넘치는 길거리라서 마음 놓고 있었더니."

다을의 두 팔을 가볍게 틀어쥔 석주가 왼쪽 어깨 위로 얼굴을 숙여 귀에다 대고 차분히 말했다.

"마음 놓지 마. 어디에서건."

두근거린다. 어둠 은은한 저녁이 아니었으면 이 남자로부터 곧장 도망쳐 버렸을지도 모르겠다. 쏟아지는 저 눈길을 견디기에는 한낮의 햇살이 너무도 찬란하니까. 조금 전 영혼 깊이 새겨진 입술의 기억처럼.

석주가 팔을 살짝 올려 내밀었다. 팔짱을 끼고 걸으니 저도 모르게 석주에게 어깨를 기대게 됐다. 가끔은 머리도 포근히.

악기 연주와 노래로 버스킹하는 사람들을 만나면 기꺼이 귀를 기울이다 손뼉을 쳐 주었다. 얼마쯤의 돈을 모자 속에 넣어 주기도 했다. 풍선을 불어 신기한 작품들로 만들어 선보이는 사람도 만났다. 기막힌 솜씨로 저글링을 하는 사람과 멋들어지게 힙합을 추는 사람들도 구경했다.

여행자가 되어 다른 세상을 걷고 있는 것 같았다. 이름이 널리 알려지지 않은 나라의 어느 거리를 걸어가고 있는 것도 같았다. 풍경들 모두가 아름다워 보였다. 사람들은 저마다 행복해 보였다. 석주와 함께이기 때문만은 아니었다. 얽힌 두 팔과 살며시 기댄 어깨로 서로에게 체온이 섞이듯 얼마 전 깊이 나눠 가진 숨결 때문이었다.

"공원이 아니라 다른 나라에 와 있는 것 같아요."

"마로니에라는 나라?"

"응."

"응? 이제부터 말도 트겠다 이거지?"

웃음 실린 물음에 다을은 쿡쿡 웃었다. '말도'에 숨은 의미는 입술일 터. 더럭 수줍어져서 말을 돌렸다.

"근데 왜 배가 안 고프지?"

석주의 낮은 웃음소리가 듣기 좋았다. 그러고 보니 정말 배가 하나도 안 고프다. 저녁은 이미 무르익어 밤으로 달려가고 있는데 시장기가 조금도 느껴지지 않는다. 아랫배 어딘가에서 차오른 열이 몸 전체를 풍성하게 채우고 있어서. 권석주라는 남자의 존재가 그렇게 만들어 버려서.

한동안 말없이 걸었다. 번잡한 주위와는 아랑곳없이 둘에게만 소속된 침묵이 평화로웠다. 그렇게 걷다가 저만치 자리 잡은 천막에서 눈에 익은 로고를 발견했다. 푸른색이 풍성한 나무 로고가 반가웠다.

"어, 저기. 내가 후원하는 시민 단체예요."

다을은 석주를 그리로 이끌었다. 사람들 몇이 좁은 천막 안에 서서 사람들의 서명을 받고 있었다. 서명 취지가 적힌 인쇄물을 집어 들고는 석주에게 권했다.

"우리도 서명해요."

석주가 받아 든 인쇄물을 눈으로 읽었다. 단체의 성격과 방향을 잘 알고 있었으므로 다을은 서명부터 했다. 오늘 서명 운동의 의미는 학대받는 아동 보호를 위한 법률 제정을 촉구하는 것이었다.

"리본."

나직이 읊조리는 석주에게 다을은 설명해 주었다.

"이 단체의 아동·청소년 분과에서 시행하는 프로그램 이름이에요. 리본, Re born. 학대로 버려지거나 가출한 아이들에게 새로운 삶을 열어 주려는. 소액이지만 후원한 지 몇 년 됐고요. 사실 돈 몇 푼이야 아주 쉽고 대단한 일도 아니지만 그거라도 하는 게 아무것도 하지 않고 마음만 아파하는 것보다는 낫다고 생각하거든요. 티끌 모아 태산, 이런 경우에 의미 있는 말이더라고요."

끄덕이던 석주가 인쇄물에서 눈을 들어 다을을 보았다. 눈빛이 유난히도 깊어 다시금 수줍어진다.

"서명 알레르기, 뭐 이런 거 있는 건 아니죠?"

짐짓 물었더니 석주가 웃었다. 얼굴에 서서히 퍼지는 웃음이 두근거림까지 불러 왔다.

"서명하라니까 왜 웃고만 있어요?"

"맘에 들어서."

"그죠. 여기 괜찮은 단체니까 나 믿고 해 보세요. 기왕이면 후원도 해 주……."

"달곰이가."

"네?"

미소 띤 얼굴로 석주가 서명을 했다. 후원 신청서도 한 장 받아 들었다.

"고맙습니다."

시민 단체 사람들 중 젊은 여자가 석주와 다을에게 인사를 했다. 후원도 고맙고 커플 서명 기념이라며 한글과 영문으로 '리본'이란 글자가 박힌 볼펜도 하나씩 건네주었다.

"아, 뿌듯해."

다을은 받아 든 볼펜을 트로피처럼 가슴팍에 올려 들고 중얼거렸다. 지그시 바라보는 석주 눈빛을 느꼈지만 모르는 척했다. 마주 바라보았다간 여기에서 또 영화 같은 키스 장면을 연출하게 될지도 모르니까.

아까 귓가에다 속삭이듯 경고해 두었듯이 악어 곁에선 결코 마음을 놓아선 안 된다. 어디에서건, 어느 때건. 설레어도 두근거려도 시침 뚝. 안 그랬다간 악어에게 급습을 당할 위험이 도사리고 있으니까.

"선입술은 클리어. 이젠 후저녁?"

생긋 웃으며 건네자 대답 대신 석주가 다을의 손을 잡았다. 꽉.

석주와 손깍지를 끼고 걸었다. 밤의 거리는 아름답고 휴일의 마지막 여유를 누리는 사람들의 표정도 더없이 밝았다. 지금, 다을의 마음속 풍경도 그랬다.

명지와 함께 엘리베이터에서 내려서는데 석주에게서 전화가 왔다.

"악어 씨?"

명지가 물었다. 다을은 웃으며 끄덕여 주고 전화를 받았다.

"달곰이예요."

—병원 가는 중?

"아니요. 좀 전에 왔다가, 아줌마 뵙고 지금 막 내려왔어요."

—그새? 병원 도착하면 전화하라니까 말 안 듣지.

다정한 타박. 큰오빠 기질 나오셨다. 오늘은 다름 출판사에서 모레 녹음을 위한 회의가 있는 날. 명지 엄마 문병을 먼저 하고 가겠다고 했더니 굳이 데리러 오겠다고 그러는 거다.

"전철 타고 갈 테니까 오지 마요."

—이미 나왔어.

"그럼 다시 들어가요. 바쁜데 번거롭게 뭐하러 와요."

—안 바빠.

"어쨌든요. 명지랑 얘기도 좀 하고 천천히 가려고요."

—알았어.

"이따 만나요."

통화를 마친 다을은 캔 음료 두 개를 뽑아 명지와 1층 로비 의자에 나란히 앉았다.

"악어 씨가 데리러 오겠대?"

"그런다는 걸 오지 말랬어. 너랑 더 있으려고."

명지가 예쁘게 눈웃음을 지었다. 다을은 지난 토요일 신입의 대학에서 밤톨과 마주쳤던 이야기를 들려주었다. 이름은 제쳐 두고 밤톨, 밤톨, 지칭하니 밤톨이 나올 때마다 명지가 깔깔 웃 었다.

"대뜸 손은 왜 내밀어? 내가 접촉 싫어한다고 불평에 불만이

끝도 없었으면서. 예뻐졌다 그러는데, 아휴. 성희롱같이 들려서 찝찝했어."

"영 싫은 놈이라 그렇지. 이따금 그리웠던 첫사랑이었어 봐. 우연히 만나져서 그런 말 들으면 좀 설레었을걸?"

"그랬을까? 근데 악어 씨한테 난데없이 사촌 오빠는 왜 들먹거리는지 몰라. 없는 사촌 오빠를 내가 있다고 말해 줬을 리도 없는데."

"반달곰."

"응?"

"너 사촌 오빠 있어."

명지 얼굴엔 진지함이 반, 웃음이 반이다. 다을은 의아해졌다.

"그게 무슨 말이야? 나 사촌 오빠 없는 거 너도 알잖아."

"내가 하나 만들어 줬어."

"뭐?"

"밤톨 그 자식이 네 앞에 안 나타났으면 끝까지 묻어 두었을 이야긴데 제 입으로 말해 버렸으니 뭐. 이제는 말할 수 있다!"

도대체 무슨 영문인지 몰라 다을은 고개를 갸웃했다. 명지가 말을 이었다.

"너 밤톨한테 그만 만나자고 했을 때 말이야. 밤톨이 너 가는 데마다 쫓아다니면서 귀찮게 했던 거 기억나?"

당연히 기억난다. 강의실로 도서관으로 학생회관으로 학교 앞 카페로 집으로, 처음에도 그랬듯이 시시때때로 찾아와 고집을 부렸다. 멋대로 그러지 말라고, 헤어지는 시점도 자기가 결정한다고, 자기는 아직 그럴 마음이 없다고.

"찌질하게 구는 꼴 도저히 못 보겠어서 너 모르게 내가 개입 좀 했어."

다을은 놀라 입을 딱 벌렸다. 자존심깨나 상했을 터여서 얼마간은 그러도록 두었다. 따라다니건 말건 이렇다 할 반응을 보이지 않았고, 시들해져 스스로 관뒀나 보다 했다. 그런데 명지가 뒤에 있었다니.

"어떻게? 나 모르게 어떻게 개입했는데?"

"그때 만나던 내 남친한테 부탁했지. 반다을 사촌 오빠 역할 좀 해 달라고. 아주 신나서 해 주더라. 밤톨한테 가서 앞으로 다을이 눈에 띄면 가만두지 않겠다고, 다을이 사촌 오빠들 나 말고도 여럿이니까 알아서 처신 잘하라고 으름장을 놓았대. 그랬더니 알겠다며 설설 기더래."

"세상에. 그런 깨소금 같은 비화가!"

"깨소금 맞지?"

"당근!"

"혹시라도 네가 그 자식한테 맘이 남아 있는 거였으면 어쩌나 그땐 내심 마음 졸이기도 했거든."

"네버! 절대로 그런 거 없어, 명지야. 정말 잘했어. 끝내주게 고마워. 세상에, 너 아니었음 나 얼마나 더 시달렸을지 모르는 거였네?"

"밤톨 그 자식 스토커 기질이 보이더라고."

명지가 나서지 않았으면 더 길게 더 끈적끈적하게 스토커 짓 톡톡히 했을 위인이다. 다을은 명지를 끌어안고 등도 톡톡 두드려 주었다.

"넌 역시 반달곰의 베스트 프렌드야. 내가 너 때문에 산다."

"앞은 당당히 인정. 근데 뒤는 좀 아닌 것 같은데?"

"뒤도 맞거든?"

"입에 침이나 바르셔."

다을은 방긋 웃었다. 명지가 하려는 말이 석주를 향하고 있다는 것. 굳이 부정하고 싶지는 않다. 이제부터는 그렇게 될지도 모르니까. 아니, 그렇게 될 가능성이 99%니까.

"내 사촌 오빠는 잘 지내고 있나 몰라."

"뭐, 세상 어딘가에서 잘 살고 있겠지."

명지의 옛 남친에게 뒤늦은 고마움을 전하며 다을은 활짝 웃었다. 음료 캔으로 짠, 건배도 했다. 명지와 이어폰을 나누어 끼고서 어제 업데이트된 팟캐스트를 들었다. 깨드득 웃어 대다 보니 편집된 방송 분량 30분이 금세 다 지나갔다.

"다을이 너 끝내주게 잘한다."

"체질이지? 너무 재미있어서 시간 가는 줄 모르겠더라."

"악어 씨가 달곰이의 잠재 능력을 발견해 준 셈이네?"

"그렇게 되는 건가? 근데 책 이야기라서 그럴 거야. 준비도 안 한 이야기들이 술술 나오던걸? 책이 아니라 다른 주제였으면 헤맸을지도 몰라."

"악어 씨랑 같이해서 그럴지도. 악어 씨가 찬찬히 잘 받아 주던데, 뭐."

"그건 그래. 녹음하는 동안 되게 편했어. 그냥 둘이서만 이야기 나누는 것처럼."

"이번 주 녹음도 기대할게. 악어의 윙크 파이팅!"

엘리베이터에 오른 명지에게 손을 흔들어 주고 돌아선 다을은 밖으로 나오자마자 환한 웃음을 터뜨렸다. 기다렸다는 듯 다을에게 뚜벅뚜벅 걸어오는 사람. 석주였다.

"오지 말라고 그랬는데 왜 왔어요?"

"오고 싶어서."

보고 싶어서, 로 들린다.

"말 되게 안 들어."

"야단치는 거야?"

"멋있잖아요."

"지금만?"

다을은 웃으며 고개를 저었다.

"그럼?"

"뭘 또 캐묻고 그래요. 미루어 짐작하지."

"솔직 담백하게 말하기. 달곰이 특기잖아."

"좋아요, 솔직 담백하게. 지금만 아니고, 자주."

석주가 만족스러운 미소를 지었다. 남자의 머리 위로 내리는 햇빛이 눈부셨다.

❖   ❖   ❖

오후에는 아래층 출판사 미팅룸에서 모레 있을 녹음 준비를 하느라 둘이서 내내 함께.

밤으로 가는 지금은 2층 거실 소파에 나란히 앉아 악어의 윙크 첫 방송에 달린 청취자들의 댓글을 석주와 같이 읽었다. 재치 있는 댓글들 덕분에 다을은 웃음을 멈출 수가 없었다. 예를 들자면 이런 것들.

악어 대표님, 정말 목소리 깡패시네요. 얼굴도 깡패신지?
뇌섹남에 요섹남? 사기 캐릭이 나타났다!
연예인도 아니고 출판사 대표가 이렇게 멋있기 있기 없기?
달곰 씨 귀요미. 근데 악어 씨랑은 무슨 관계임?

"세 번째는 측근 냄새가 좀 나는데요? 목소리만 듣고 어떻게 이런 멘트를?"

다을의 추측에 석주가 말했다.

"오 팀장이야. 자기가 썼다고 실토했어."

"아하. 어쩐지."

"어쩐지?"

"대표님을 바라보는 오 팀장님 두 눈이 늘 반짝반짝하던걸요?"

석주가 후후 웃었다. 대수롭지 않게 여기는 석주를 보니 기분이 조금 이상해졌다. 뭔가 모르게 살짝 불편해지는 마음.

"은근 즐기는 거 아니에요?"

"뭘?"

웃으며 되묻는 석주에게 다을은 퉁퉁하게 대꾸했다.

"멋있잖아요, 하는 직원들의 눈길."

"지금 질투하는 거지?"

"달곰이는 그런 거 안 키우거든요?"

여유만만하게 대꾸했지만 지적이고 세련돼 보이던 오 팀장을 떠올리자 묘한 위기감이 다가들었다. 매일 한 공간에서 얼굴을 보고 같이 일하는 사이. 없던 정도 들 수밖에 없겠다. 게다가 얼굴도 예쁜 편이고 몸매도 날씬. 나이도 석주와 비슷한 서른둘. 당연히 공감대도 훨씬 많지 않을까?

혼자서 고심의 수렁에 잠겨 있는 다을을 석주가 한마디로 끌어내 주었다.

"오 팀장은 유부녀."

"아하!"

"아이가 둘."

"오호."

"남편은 악어 못지않게 멋진 사람."

"흠, 그건 좀."

"동의 못 하겠다?"

다을은 생긋 웃으며 끄덕여 보였다. 그리고 기꺼이 말해 주었다.

"모르긴 해도 악어 씨가 1%쯤은 더 멋질 거예요."

석주 얼굴에 흐뭇한 웃음이 스르륵 퍼져 나갔다. 다을은 미소를 머금은 채 석주를 가만 바라보았다.

오늘 밤 악어의 의상은 까만 티셔츠에 청바지. 문득에서 저녁 식사를 하고 들어온 후 다을을 위해 갈아입어 준 모습이다. 석주와 저녁을 먹으며 다을은 남자 의상에 대한 두 가지 로망을 말했었다.

하나는 청바지 위에 몸에 살짝 붙는 반소매 검정 티셔츠를 입고 있을 때. 또 하나는 역시 청바지에다 단추를 두어 개 풀어 놓은 새하얀 셔츠. 전자는 야성적으로 섹시하고 후자는 지적으로 섹시하다 했더니, 오늘 밤엔 석주가 전자를 선택한 거다.

물론 석주에게 다을의 로망은 아주 잘 어울렸다. 섹시한 건 기본, 전체적인 핏이 근사해서 보는 눈마저 즐거웠다. 근육이 알맞게 붙은 팔뚝을 확인하는 기쁨은 덤. 12월인데 날마다 이렇게만 입겠다고 할까 봐 섹시하다는 찬사는 아껴 두었다.

"악어 씨는 트레이닝복도 잘 어울렸어요."

"도, 라는 것은?"

"첫 데이트 날에 입었던 터틀넥 니트도 잘 어울렸거든요. 터틀넥 입어서 괜찮은 남자 잘 없는데. 목이 짧거나 뚱뚱해도 안 되고, 어깨가 좁아도 안 되고, 머리가 너무 커도 안 되고, 키가 아주 작아도 곤란하고. 그런 조건들을 다 만족시키기 힘드니까."

"비율이 좋은 남자만 가능하다는 거지? 악어처럼."

다을은 웃음으로 끄덕여 주었다.

"엄마가요. 나랑 소을이가 악어 씨, 악어 아저씨 그러니까 무지 야생스럽게 생긴 줄 알았나 봐요."

"야생스럽게?"

석주가 웃으며 되짚었다.

"응. 그래서 내가 엄마 놀려 주려고 악어 씨가 야수처럼 완전 무시무시하게 생겼다고 그랬더니 엄마가 울상을. 다행히도 소을이가 악어 씨 명예 회복을 시켜 줬어요."

"명예 회복을 어떻게?"

"악어 씨 사진을 엄마 눈앞에 딱."

"사진이 있었나?"

"소을이가 악어 씨 몰래 찍었더라고요. 첫 데이트 그날. 다락방 창가에서 줌으로 당겨 찍어서, 선명하게 잘 나왔던데요?"

"왜 안 나오나 했더니 숨어서 지켜보고 있었다 이거지. 사진을 보신 어머님 느낌은?"

"말해 뭐해요. 소을이한테 엄지 척."

"어째서 소을이한테?"

"소을이가 악어 씨 완전체라고 엄마한테 홍보를 해 두었잖아요. 그러니까 소을이 안목에 동감의 엄지를 올려 준 거죠."

석주 입가에 다시금 아늑한 미소가 번졌다. 만족스러움을 나타낸다는 걸 알겠다.

"석주 씨, '다섯 가지 사랑의 언어'라는 거 혹시 알아요?"

"들은 적 있어. 책이잖아."

"네. 그 책에서 자신이 가장 받고 싶고 중요하게 생각하는 사랑의 방식을 다섯 가지 항목으로 구분해 놓았거든요. 인정하는 말, 함께하는 시간, 선물, 봉사, 스킨십 이렇게요. 인간관계에서 중요시하는 사랑의 언어가 서로 다르면 오해와 트러블이 생기기도 한대요. 테스트해 볼래요? 해 봤는데 나랑 딱 맞았어요."

"악어의 성향을 알고 싶다?"

다을은 힘껏 끄덕였다. 예전에 명지가 남자 친구에게 사촌 오빠 역을 시켜 밤톨을 물리쳐 준 얘기도 해 주었다.

"난 그런 게 좋아요. 상대가 나를 위해 무언가를 해 주는 거.

그럴 때 내가 사랑받고 있다는 걸 확연히 느껴요. 나 모르게여도 좋고. 그래서 나중에 내가 그 사실을 알게 되면 감동이 두 배. 그게 아주 힘든 일이라면 더더욱."

고개를 끄덕이고는 석주가 말했다.

"그러니까 반다을에게는 그 다섯 가지 중에서 봉사가 가장 중요한 첫 번째 언어다?"

"맞아요. 역시 악어 대표님은 뇌섹남!"

석주가 즉시 폰을 열었다. 포털에서 '다섯 가지 사랑의 언어'를 검색해 둘이서 머리를 맞대고 테스트에 들어갔다. 검사 결과 석주는 인정하는 말, 함께 하는 시간, 스킨십, 봉사, 선물의 순서로 중요도가 매겨졌다. 앞의 셋이 엇비슷한 점수로 나왔고 나머지 둘은 비교적 낮은 점수였다.

"반다을의 순서는?"

"첫 번째는 알고 있으니까 그다음 순서도 한 번 맞춰 보세요."

"봉사, 함께하는 시간, 인정하는 말, 그리고……."

잠깐 뜸을 들이다가 석주가 웃음과 더불어 남은 두 가지를 완성했다.

"선물, 스킨십."

다을은 활짝 웃었다. 엄지도 쌍으로 올려주었다.

"완벽해요. 선물이랑 스킨십 둘 다 3점씩 최하점이에요. 특히 봉사가 압도적으로 첫 번째라는 건 소중한 팁. 12점 만점에 12점 나왔거든요."

"소중한 팁, 입력했어."

"우리 서로 조금 어긋나는 부분도 있었네요."

"이를테면 스킨십?"

다을은 조금 수줍게 웃었다. 석주가 등을 느긋이 뒤로 기대고는 말했다.

"테스트 항목은 상대가 만져 주는 것에 중점을 두고 있던데. 그보다 나는, 내가 만지는 게 더 좋아."

"자기 주도적 스킨십을 좋아하는 악어 씨."

고요하게 웃음 짓는 석주를 보며 다을은 고백하듯 말했다.

"나는, 키스를 포함해서 스킨십 그거 싫어하는 편이었거든요. 별로 기분이 좋아지지도 않고, 때로는 무척 불쾌하고, 이런 걸 도대체 왜 하나 싶고, 그런 거 안 해도 아무 문제없이 잘 살아갈 수 있을 것 같고, 그랬거든요."

"남자는 딱히 필요 없어. 책만 곁에 있으면 만사 오케이?"

"응, 맞아요. 그런 성향이 강했던 것 같아요. 그런데……."

"그런데?"

"아니라는 걸 알게 됐어요. 나도 그런 거 싫어하지 않는구나. 이렇게 기분이 좋아지는 거구나. 그리고 또……."

"그리고 또?"

"또 하고 싶어지는 거구나."

다을을 보는 석주의 눈빛이 엷은 미소를 품고 그윽해졌다. 석주가 한 손을 뻗어 다을의 머리칼을 귀 뒤로 쓸어 넘겼다. 귓불에 석주 손길이 닿는 순간 온몸에 쫘르르 전율이 흘렀다. 손바닥을 점령하던 입술, 그 순간처럼. 그리고 사람들이 스쳐 가는 밤거리에서 둘만의 입술을 나누던 그 순간처럼.

얼굴이 석주의 두 손에 사로잡혔다. 다을은 눈을 감았다. 입술과 입술이 함께 엉겼다. 두 개의 혀도 마음껏 서로에게로. 머리칼 속으로 파고드는 손가락들이 넝쿨 같다. 어지러운 탐닉 끝에 번개처럼 뇌리를 때리는 마음.

가기 싫다.

두려움과 매혹이 한데 출렁였다. 다을은 발딱 일어섰다.

"늦었네. 그만 가야겠다."

중얼거리며 가방을 챙겨 드는데 석주가 다을의 손목을 휘감았다. 거세게 끌어당겨져 다을은 석주 품 안에 깊이 갇혀 버렸다. 손끝에서 가방이 툭 떨어졌다. 심장이 쿵쿵 뛰었다. 머리가 윙윙 울렸다. 세상이 다시금 빙글빙글 돌았다.

오래 멈춘 것 같은 시간이 새로 흐르며 숨 막히던 품이 넉넉해졌다. 석주에게서 긴 숨이 흘러나왔다. 그러나 가둔 품을 열어 주진 않는다. 석주의 가슴에 뺨을 파묻은 채로 다을은 투덜거렸다.

"급습하기 있어요?"

"마음 놓지 말랬잖아."

"심장이 막 뛰고 있어."

"듣고 싶다, 나도."

"음흉 악어 씨."

"권석주는 이제 100%."

"악어가 고백했다."

"반다을은?"

다을은 웃음과 함께 대답을 주었다.

"99%."

나지막이 웃으며 석주가 말했다.

"급성장을 축하해."

"축하는 악어 씨가 받아야죠."

"100%를 위하여."

"위하여."

품이 다시 빠듯해져 왔다. 빈틈없이.

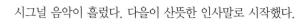

6

시그널 음악이 흘렀다. 다을이 산뜻한 인사말로 시작했다.

"안녕하세요. 소곤소곤 속닥속닥, 재미난 책 이야기로 함께 하는 악어의 윙크. 저는 달곰입니다."

끊기지 않게 뒤이어 석주도 인사를 했다.

"반갑습니다. 악업니다."

"우리의 악어 대표님. 한 주 동안 잘 지내셨어요?"

"네, 잘 지냈습니다. 달곰 씨는요?"

"저도 아주 잘 지냈어요. 악어의 윙크에 관심을 보여 주신 여러 청취자님들 덕분에 깔깔 즐겁게 웃기도 했고요. 아마 악어 씨도 저처럼 그러셨겠죠?"

둘이 같이 봤으면서 시침 떼고 묻는 다을을 보며 석주는 나오려는 웃음을 지우고 대답해 주었다.

"네, 저도 상당히 즐거운 시간이었습니다."

반다을이 옆에 있어 더욱 그랬다는 건 비밀.

"오늘은 지난번에 예고해 드린 대로 스페셜 게스트께서 나와 계신데요. 다름의 최신작, 너무나도 매력적인 책 '문득'을 쓰신 서교훈 작가님입니다. 서교훈 작가님, 우리 청취자분들께 인사 말씀 부탁드릴게요."

다을 오른쪽 자리에서 구경하듯 앉아 있던 교훈이 등받이에 기댔던 상체를 펴고 마이크 가까이로 다가왔다.

"서교훈입니다."

"아하하. 우리 서교훈 작가님, 역시 인사말도 시크하게 딱 한 마디로 압축하시네요. 모든 방송을 통틀어서 첫 출연이시라 조금은 서먹하신가 봅니다. 책을 읽어 보신 분들은 잘 아시겠지만 저래 봬도 위트가 넘치는 분이라는 거, 저 달곰이가 보증할게요."

"보증은 함부로 서는 거 아닙니다."

교훈이 저는 웃지 않는 특유의 건조한 말투로 받자 다을이 후후 웃었다. 교훈을 쳐다보며 웃고 있어 다을의 얼굴이 정면으로 안 보이는 게 석주는 아쉬웠다.

"먼저 근황 토크. '문득' 출간 이후에 어떻게 지내셨어요?"

어려운 질문도 아닌데 교훈의 대답이 늦다. 자료에 눈을 두고 있던 석주는 교훈을 건너다보았다. 교훈의 시선이 앞쪽 통유리 너머로 향해 있었다. 따라서 돌아보니 레코딩 엔지니어 옆에 난주가 서 있다.

구경하러 오겠단 소리를 흘리긴 했지만 시간 맞춰 정말 찾아올 줄은 몰랐다. 난주를 발견한 다을이 반갑게 손을 올려 흔들며 알은체를 했다. 난주도 다을에게 손짓으로 답했다. 석주와 눈이 부딪치자 난주가 익살스런 표정으로 혀를 쏙 내밀어 보였다.

"그냥 뭐. 평소처럼 지냈습니다. 먹고 싸고 자고."

교훈의 시니컬한 대답에 다을이 아하하, 웃음으로 얼버무렸다. 중간에 든 '싸고'를 부드럽게 편집해야 할까 그대로 둬도 될까 생각하는 사이 다을이 준비해 온 다음 질문으로 넘어갔다.

"'문득'은 어떤 책이다. 한 문장으로 소개를 해 주신다면요?"

"사는 게 지랄 같을 때 문득 생각나서 펼쳐 보는 책?"

책 내용과도 잘 어우러지는 그럴 듯한 소개말이긴 한데 교훈의 어조에서는 미묘하게 불안한 기운이 느껴졌다. 어쨌거나 공중파 방송도 아니고 '지랄' 같은 표현은 살려 두어도 되겠지.

다을이 몇 가지 질문을 더 던지고 교훈이 그에 대답하는 동안 석주는 교훈을 가만히 응시했다. 아까 난주를 잠시 쳐다본 이래로 교훈은 창 쪽으로는 눈길도 두지 않는다. 그렇다고 다을과 시선을 맞추는 것도 아니어서 눈을 내리깔고 책상 위만 뚫어져라 보고 있을 뿐이다.

석주는 슬며시 난주를 쳐다보았다. 녹음실 안의 세 사람 중에서 정확히 교훈에게만 눈길이 꽂혀 있었다. 입가에는 지난주 차 안에서 봤던 그 아릿한 미소가 어린 채로. 불현듯 의구심이 솟았다.

저 녀석이 설마, 서교훈을?

"드디어! 기다리고 기다리던 코너, '이런 책 어때?' 시간이 돌아왔습니다! 우우~!"

다을의 환호에 석주는 박수로 호응을 해 주었다.

"오늘은 누구부터 권유를 해 주실까요? 서교훈 작가님과 인터뷰를 하는 동안 혼자서 심심하셨을 우리 악어 대표님부터."

내내 옆모습과 뒤통수만 보여 주던 다을이 이제야 석주를 돌아보았다. 눈 한 번 맞추기 진짜 어렵다. 이제부터는 게스트를 초대할 때 자리 배치를 특히 신경 써야겠다.

"혼자 심심해 죽는 줄."

책 소개에 앞서 툭 던졌더니 다을이 쿡쿡 웃었다. 물론 이 멘트는 편집할 예정이다. 다을에게만 건너가면 되니까.

"연예인 뺨치게 멋지신 악어 대표님. 우리의 악어 씨가 선택한 오늘의 이런 책은 과연 뭘까요?"

"스웨덴 작가 욘 아이비데 린드크비스트의 두 권짜리 소설 '렛미인' 입니다."

"오오! 저도 무지 좋아하는 책이에요. 열두 살 소년 오스카르와 뱀파이어 소녀 엘리의 이야기를 그린 아름답고도 매혹적인 작품. 영화로도 나와 있죠?"

"스웨덴 판과 미국 판, 두 버전이 있어요. 보셨습니까?"

"네, 둘 다 봤어요."

"어느 쪽이 더 취향이었어요?"

"아, 저는 두 버전 다 각각 좋았어요. 미국 판을 먼저 보고 홀려서 스웨덴 판도 보게 됐는데요. 둘 중 어느 쪽이 더 낫다고 할 수가 없을 만큼 기막히게 변주를 잘했다는 느낌? 전체적인 분위기며 인물의 느낌, 화면의 색감이 오묘하게 서로 다른 매력이 있었거든요. 그래서 결국 책도 찾아 읽어 보게 되었죠. 두 버전의 영화를 다 보고 나서 읽은 책인데도 매혹적으로 느껴졌어요. 영화와는 또 다른 감동과 재미? 소설 원작과 두 버전의 영화, 세 가지가 다 만족스러웠던. 렛미인은 저에게 그런 작품으로 남아 있어요."

석주는 미소 지으며 끄덕였다. 책 이야기를 할 때면 반짝이는 눈빛이 되는 다을. 그런 다을을 보고 있는 게 석주는 더 좋았다.

"원작 느낌을 더 살려 낸 건 아무래도 스웨덴 판이죠."

교훈이다. 다을이 교훈에게 끄덕여 주었다.

"그렇게 보는 시각들도 있더라고요. 저처럼 영화로 먼저 접한 사람과는 달리 책을 먼저 읽은 분들에겐 원작을 제대로 살려 냈는지 아닌지가 중요한 잣대가 되곤 하니까요. 악어 씨는 어느 쪽이었어요?"

다을의 총총한 눈빛이 석주에게로 돌아왔다.

"저도 달곰 씨와 같습니다."

"저처럼 영화를 먼저 보셨군요?"

"소설과 두 버전의 영화가 각각 좋았다고."

"아."

감탄사처럼 내뱉고서 다을이 방그레 웃었다.

"언젠가 제 손에 렛미인을 건네주던 사람이 생각나네요."

다을의 말에 석주도 웃었다. 잠깐이나마 나누는 둘만의 교감이 흐뭇했다. 이럴 땐 팟캐스트고 뭐고 다 필요 없고 그저 둘이서만 존재하고 싶다. 만지고 싶다. 손과 뺨, 머리칼과 목덜미, 입술과 혀, 그리고 영혼까지, 다을의 모든 것을.

"그러고 보니 우리가 영화의 원작 소설을 연이어 소개했네요. 지난주에는 제가 환상의 빛을, 오늘은 악어 씨가 렛미인을. 멋진 악어 대표님이 다음 주에는 또 어떤 책을 가져오실지 사뭇 기대가 됩니다."

"달곰 씨를 위해 열심히 궁리해 보겠습니다."

"청취자를 위해서겠죠."

은근슬쩍 끼어든 교훈의 말에 석주는 푸식 웃어 버렸다. 다을 또한 웃음을 숨기지 못했다.

이번 주는 편집하기가 좀 어렵겠다. 아니, 이번 주만이 아니라 앞으로는 점점 더. 상관없다. 팟캐스트를 시작하게 된 진짜 중요한 의미는 다을이니까.

"이번에는 서교훈 작가님 차례. 가끔 후추처럼 톡톡, 의도치 않게 저희를 즐겁게 해 주시는 서교훈 작가님. 작가님의 이런 책은요?"

"김기창의 소설 '모나코'입니다."

교훈이 가져온 책을 표지가 보이도록 들어 올렸다. 다을이 교훈의 말을 받아 이어 갔다.

"2014년 '오늘의 작가상' 수상작이죠. 민음사에서 이 책을 마지막으로 공모제 방식을 없애고 독자 추천 형식으로 바꾸었고요. 그 부분에 있어서는 여러 가지 생각들이 교차하지만 일단 접어 두고 책 이야기로 넘어가도록 할게요. 저도 무척 재미있게 읽은 책인데요. 이렇게도 매력적인 노인 캐릭터라니! 읽으면서 웃고 감탄하다 나중에는 좀 쓸쓸해지기도 했지요. 서 작가님은 어떻게 읽으셨어요?"

"내가 나이 들어 늙으면 이런 모습이 되지 않을까 하는 생각이요."

"와, 듣고 보니 그림이 막 그려지는데요? 아마 서 작가님은
이 책 주인공보다 몇 배는 더 매력적인 모습으로 늙어 있지 않
을까 하는 생각을 해 봅니다."

"희망 사항 접수."

교훈의 깔끔한 대꾸에 다을이 소리 내어 웃었다. 초반에 교훈
에게 맴돌던 불안정한 기운이 사라지고 여느 때로 돌아와 있는
것 같아 다행스러웠다. 문득 고개를 드니 창 너머의 난주가 없
다.

"캐릭터도 캐릭터지만 저는 문체가 참 맘에 들더라고요."

다을의 말에 교훈이 끄덕이며 받았다.

"간결하고 독특하면서도 냉소적인. 작가 자신이 캐릭터에 투
영된 것도 같고."

"'문득'을 읽으면서 저도 비슷하게 느꼈어요. 글 속의 인물
이 작가인 것 같은. 이 작가는 어떤 사람일까? 막 상상하게도 되
고."

"그래서, 상상과는 다른 결말?"

다을이 웃으며 대답했다.

"아니요. 상상했던 것처럼."

교훈이 웃었다.

됐어, 거기까지. 석주는 속으로 주문했다. 둘 사이에 암막커
튼이라도 내리고 싶어진다. 다을에게 오늘의 이런 책을 물었다.
다을이 비로소 교훈을 등지고 석주에게 오롯한 시선을 주었다.

"이런 책 어때? 달곰이의 오늘 선택은요. 미즈무라 미나에의

257

'본격소설'입니다."

작가도 제목도 처음 듣는다. 자신이 모르는 다을의 세계 등장에 석주는 귀를 한껏 곤두세웠다.

"상하 두 권으로 된 소설이고요. 예전에 김영하 작가가 진행하는 팟캐스트에서 소개된 책이기도 한데요. 잘 모르는 분들이 많은 것 같아서 제가 다시금 권유를 해 드릴까 해요."

"제목부터가 손 안 가게 생겼어."

교훈의 코멘트에 다을이 웃음으로 동조했다.

"그죠. 그렇지만 이 소설에 한번 빠져들면 다 읽을 때까지 헤어 나올 수가 없을 거예요. 저는 그랬거든요. 두 권이라 분량도 꽤 돼서 앉은 자리에서 후루룩 다 읽을 수도 없는데, 읽다가 책을 내려놓고 잠시 다른 일을 하고 있을 때도 책 속 세상은 그대로여서 그냥 가슴이 막 아파 오는 거예요. 설레고 애잔하고 아련하고 두근거리고 애틋하고 안타깝고 슬프고. 인물들이 다들 어찌나 생생한지. 그중에서도 남자 주인공, 아즈마 다로! 제가 이 책을 읽고 한동안 아즈마 다로 앓이를 했다는 거."

앓이?

"지금도 생각하면 가슴이 저린 남자."

이런.

석주는 겹쳐 올린 손등에 턱을 괴고 불편한 심경으로 다을을 뜯어보았다. 속에서 슬금슬금 치미는 것들이 무엇인지 인지는 했지만 다을 앞에 차마 드러낼 수가 없다. 실존 인물도 아니고, 깊이 사귀었던 남자는 더더욱 아니고, 허구에 불과한 소설 속 인물 따위에게 질투라니!

아무리 생각해도 이건 말이 안 된다. 일단은 표정 관리부터. 다음에게 '앓이' 씩이나 하게 만들고 가슴이 저리는 경험을 안겨 준 남자가 도대체 어떤 인간인지 오늘 당장 알아봐야겠다.

❀　　❀　　❀

주말을 앞둔 금요일 오후, 노크 소리가 석주를 책으로부터 끌어냈다. 오 팀장이 사무실 문 앞에 서 있었다.

"오후 내내 무슨 책을 그렇게 열심히 읽고 계세요?"

오후 내내라는 건 오 팀장 생각이고 사실은 어젯밤부터 지금까지다. 글자가 빽빽한 두 권의 책이어서 밤을 새다시피 상권을 독파하고 점심 식사 후 읽기 시작한 하권이 이제 거의 끝나 간다.

석주는 책을 거꾸로 덮었다. 책상으로 다가온 오 팀장이 책을 넘겨다보았다.

"본격소설? 무지 재미있나 봐요?"

"용건은?"

"정말 재밌는 책인가 봐. 맘이 급하시네요?"

놀리듯 빙글거리는 오 팀장을 올려다보며 석주는 미간을 살짝 찌푸렸다. 오 팀장이 짐짓 정색을 하고는 들고 온 파일을 석주 앞에 내려놓았다.

"출간 기획서예요. 지난번에 말씀드린 적 있었죠? 청소년 쉼터 아이들 이야기를 담은 책 말예요."

가을에 오 팀장에게 의뢰가 들어온 기획이다. 기록이나 수기

형식으로 아이들의 글을 현실 그대로 살려서 가자는 게 의뢰한 쪽 의견이라 들었다.

"아이들 원고도 다 들어왔고 구체적인 편집 방향이 정해져서 결재해 주시면 그대로 진행하려고요."

석주는 파일을 펼쳤다. 제목, 미정. 독자 대상, 아동·청소년 부터 성인까지. 글쓴이, 김이슬 외 열한 명. 글쓴이 이력 가운데 한 부분이 눈에 확 들어왔다. '늘푸른나무' 간사. '리본' 프로그램 담당자.

"리본……?"

"아세요?"

석주는 끄덕였다. 지난 일요일 저녁 입술을 나누었던 그 거리 에서 다을이 이끌었던 천막에 초록 빛깔의 나무 로고가 그려져 있었던 게 기억났다. 다을이 설명해 준 리본 프로그램에는 서명 뿐 아니라 후원 신청까지 했었다.

"기주 씨한테 들으셨나 봐요?"

"기주?"

"제가 착각했어요."

뭔가 미심쩍어 쳐다보자 오 팀장이 어깨만 으쓱했다. 하긴, 기주가 그런 데 관심을 갖고 후원하거나 홍보할 리도 없다. 석 주는 기획서로 눈을 내렸다. 전체 내용 요약과 발췌한 글, 편집 방향까지 죽 훑어보고는 오 팀장에게 돌려주었다.

"아직 계약 안 했죠?"

"쉼터 아이들이 미성년인 데다 법적인 보호자와 연을 끊고 지 내는 경우가 대부분이어서 책 출간을 기획했던 '늘푸른나무' 간사님이 대표로 계약하시기로 했어요. 어차피 간사님 글도 들어 갈 거니까요."

오 팀장을 어서 내보내고 책을 읽고 싶은 마음에 석주는 끄덕여 주었다. 다시 책을 펼쳐 드는데 오 팀장이 말했다.

"다음 주 금요일에 오시기로 했어요."

"누가?"

"늘푸른나무 김이슬 간사님."

"알았어요."

오 팀장이 나간 뒤 석주는 책을 마저 읽어 나갔다. 어젯밤에도 그랬지만 내용보다는 주인공 남자에게 더 집중해서 읽게 됐다. 다을의 앓이를 이해해 보려는 마음에서였다.

마지막 페이지까지 다 읽고 나니 창밖이 어둑어둑했다. 책이 괜찮았으므로 여자들은 왜 이런 남자에게 끌리는지 모르겠다는 불만도 애써 눌렀다. 다을의 그 '앓이'에 대해서 듣지 않았더라면 훨씬 좋았던 책으로 기억하게 되었을지도 모르겠다.

결핍투성이 외로운 남자. 책 속의 인물이 어떤 남자인지 알고 나니까 무작정 치밀던 질투의 감정도 가라앉았다. 나는 어떤 사람인지, 반다을이란 여자에게 권석주는 어떤 남자인지, 그러한 것들을 차분히 더듬어 보게도 되었다.

지금 다을과 책 이야기를 나누고 싶었다. 다을이 그 남자의 어떤 면에 그리도 심취했는지 듣고도 싶었다.

어제 녹음실에서 다을에게 받아 온 '본격소설' 두 권을 챙겨 들고 사무실을 나왔다. 복도를 걸어 나가던 석주는 출판사 앞마당으로 들어서는 아버지의 차를 보았다. 바삐 현관을 나섰다.

차에서 내린 아버지가 석주를 보곤 미소 지었다.

"전화도 없이 왔다고 탓하지 마라. 갑자기 보고 싶어져서 왔으니."

석주는 조용히 웃었다.

"들어가세요, 아버지."

"아니다. 실은 저녁 약속도 있고 이쪽으로 지나던 길에 잠깐 들렀다."

"그래도 들어왔다 가세요."

아버지는 못 이기는 척 석주를 따랐다. 직원들 일하는데 방해된다며 아버지는 곧장 2층으로 올라갔다. 석주처럼 책나라 출신인 오 팀장이 봤으면 회장님이 여기까지 어인 행차시냐며 반가워서 법석을 떨었을 것이다. 거실로 들어서자마자 아버지가 물었다.

"불금인데 오늘은 데이트 안 하냐?"

"불금이요? 아버지도 그런 말 쓰세요?"

웃음 짓는 석주에게 아버지가 웃으며 말했다.

"언젠가 난주가 그러더구나. 불타는 금요일, 불금엔 데이트를 해 주는 게 예의라고."

난주는 아마 모를 것이다. 웃자고 장난삼아 한 말조차 아버지가 마음에 폭 담아 둔다는 것을. 아버지에게 자신이 가장 아픈 손가락이라는 것을.

석주는 아버지가 좋아하는 차를 냈다. 향을 음미하며 몇 모금 마시더니 아버지가 나직하게 이름을 불렀다.

"석주야."

"네, 아버지."

"네가 독립한 이후로 일만 하는 것 같아 내가 걱정을 많이 했다. 20대 때는 여자도 만나고 그러더니 다름을 연 뒤로는 출판사 일에만 매달려 사는 것 같더구나. 세상의 흐름을 좇지 않고 네 방식대로 행복하게 살고 싶다며 책나라에서 독립해 나갔던 넌데, 여기서도 일에만 치여 사는 게 아닌가 걱정스러웠다. 네가 원하는 삶을 누리지 못한다면 독립해 나온 게 무슨 의미가 있을까도 싶고. 혹여 여길 꾸려 가기가 힘이 들어 그런 건 아닌지. 그래서 책나라로 도로 불러들일까도 생각했다."

마음이 잔잔히 뭉클해져 왔다. 미소를 띠며 아버지가 말을 이었다.

"그런데 석주 네가 연애도 하고 있다니. 이제 마음이 놓인다."

"저 연애 고자 아닙니다, 아버지."

뭉클해진 마음을 다스리려 석주는 농담조로 던졌다.

"안다. 우리 아들들이 다 나 닮아서 여자들한테 인기 많은 거."

"어머니가 들으셨으면 허세 좀 그만 부리라고 하셨을걸요?"

아버지가 하하, 크게 웃었다. 석주도 함께 웃었다. 대화에서 어머니를 다시 못 볼 사람으로 상정해 두지 말라는 건 아버지의 생각이었다. 금기어처럼 절대 입에 올리지 않는 짓은 하지 말자고도 했다. 가슴속에 환히 살아 있는 사람으로 여기자고, 어머니를 말하며 무작정 슬퍼지지도 말자고.

석주는 그런 아버지를 존경했다. 출판과 자본이 결합한 현실, 출판 재벌이라는 부정적 이름으로 불리곤 하는 책나라. 그런 것

들과 별개로 아버지는 한 가정의 훌륭한 아버지로서 늘 우러러
보고 있었다.

"어떤 여잔지 궁금하지 않으세요?"

"궁금하다, 이놈아. 꼬치꼬치 캐물으면 대답이라도 해 주려
고?"

석주는 웃으며 대답했다.

"어느 정도는요."

"하기야, 너는 기주랑은 다르지."

일반적으로 부모들이 알아 두고 싶어 하는 몇 가지를 간략하
게 말했다. 다을의 나이와 학력, 지금 하는 일, 부모님과 가족
관계 등등. 특별히 트집 잡힐 부분은 없다고 생각했는데 듣고
난 아버지가 고개를 갸우뚱하며 중얼거렸다.

"자녀들 혼사를 치를 때까지는 어떻게든 현직에 남아 있으려
고 할 텐데. 이상하네."

다을 아버지의 퇴임과 관련해 의아하신 모양이다. 대학 측에
서 석좌교수를 청했는데도 사양하셨다던 다을의 말이 떠올랐다.
다을 아버지의 연세를 얘기하니 아버지가 끄덕였다.

"만난 지 오래되지는 않았지만 오래 만나 온 사람 같아요. 대
화도 잘 통하고 여러 면에서 가치관도 서로 닮아 있고. 앞으로
결혼까지 생각하고 있습니다."

"그래. 마음이 확실히 정해지거든 얘기해라. 나도 좀 보게. 그
전에야 보여 달래도 안 보여 줄 테고."

"보여만 드리면 허락하시는 겁니까?"

"내가 허락 안 하면 하고 싶은 걸 안 할 테냐?"

석주는 웃음 지었다.

"나는 너 믿는다. 다른 녀석들은 몰라도 석주 너는 결코 허튼 선택은 안 할 거라는 믿음이 있다."

"고맙습니다, 아버지."

"고맙기는, 이 녀석아. 원래 믿는다는 말이 제일 무서운 거 모르냐?"

믿는다는 말의 무거움, 안다. 하지만 무겁지만은 않다. 그 말을 아버지가 편히 할 수 있도록 그렇게 살아왔다고 생각하니까. 아마 앞으로도 그럴 것이다. 살아가면서 어떤 종류건 파격을 저질러 지탄받는 일은 없을 것이다. 아버지에게든 다을에게든 그 누구에게든.

"다른 녀석들도 믿으세요."

"글쎄다. 기주 녀석은 속을 안 내보이니 도무지 무슨 생각을 하면서 사는지 모르겠고. 철주 녀석은 제 밥이나 벌어먹고 살려는지 걱정이고. 난주 그 녀석은…… 어떤 놈한테도 못 보낼 것 같구나."

"어떤 놈도 맘에 안 찰 것 같으세요?"

"그래."

확고한 대답. 머릿속으로 서교훈이 스쳐 갔다. 만일 어제 스튜디오에서의 의구심이 사실이라면 난주는 어려울 것이다. 아니, 불가능할 것이다. 어지간한 남자여도 아버지를 만족시키기 힘들 텐데 서교훈의 조건은 절대 평범하지 않다. 복잡한 집안 배경도 그렇거니와 난주보다 열 살이나 위인 나이도 아버지에게는 어림없다.

그러니 만일 그게 사실이라면. 한 달 혹은 두 달, 난주가 지금껏 심심풀이로 만나 온 남자애들의 수준, 딱 거기까지이기를. 난주 마음이 그 이상은 깊어지지 않기를. 그저 지나가는 것이기를 바랄 수밖에.

　"기주는 자아가 강해서 자기 자신을 위해서라도 허튼짓은 안 할 녀석이고 철주도 어디서든 자기 앞가림은 잘 해낼 녀석이니 너무 걱정은 마세요, 아버지."

　"석주야."

　"네."

　"나중에…… 아주 먼 나중에 말이다. 내가 없더라도 난주만큼은 네가 꼭 챙겨야 한다. 알겠지?"

　"네. 잘 압니다, 아버지. 기주랑 철주도 난주라면 끔찍하게 아끼는 거 아시잖아요. 그러니까 걱정 마세요. 괜한 말씀도 하지 마시고요."

　아버지가 고개를 끄덕거렸다. 왠지 목이 메어 석주는 고개를 치켜들었다.

❀　　　❀　　　❀

　아버지와 헤어진 밤, 파주로 차를 달려온 석주는 작은 책방 잠 입구에 차를 세웠다. 다을에게는 15분 전 책나라 앞에서 전화를 걸어 두었다. 9시가 넘은 늦은 시각이라 책방 안으로는 들어가지 않기로 했다.

　현관문이 열리며 다을이 나왔다. 먼 실루엣만으로도 석주는 기분이 좋아졌다. 총총 걸어오던 다을이 일순 쪼르르 뛰기 시작했다. 빨리 보고 싶어 그러나 하고 입가에 절로 미소가 떴다.

그런데 다을이 차 바로 앞에서 주저앉듯 몸을 숙였다. 궁금해져 차에서 내리려는데 다을이 조수석 차 문을 열었다. 다을의 품에는 사과가 안겨 있었다.

"요 녀석이 또 차 밑으로 들어가려고 하지 뭐예요. 그래서 재빨리 납치를."

말끝에 매달리는 동그란 웃음이 예쁘다. 얼른 타라고 턱짓을 해 보였다. 다을이 차에 올랐다.

"사과 녀석, 이 밤에 나 온 건 또 어떻게 알고 탈출을 했지?"

"이웃집 할머니가요. 요즘 깜박깜박이 부쩍 심해졌어요. 환기시킨다고 창문 열어 놓고는 닫는 걸 매번 잊어서 사과가 날마다 창 넘어 뛰어나오잖아요. 그래서 신경이 좀 쓰여요. 할머니도 걱정이고, 이러다가 사과도 어디 다치는 거 아닌가 싶고."

무릎에 올려 둔 사과를 가만가만 쓰다듬는 다을의 손길이 석주에겐 더 신경 쓰였다.

"내일 만날 건데 이 밤에 뭐하러 왔어요? 오는 길 가는 길 운전도 피곤할 텐데."

다을의 고운 타박에 석주는 핑계처럼 책을 들어 보였다.

"다 읽었거든."

"아휴. 그게 뭐가 급하다고. 언제 주든 상관없는데."

"책이 눈에 안 보이면 또 그놈의 앓이를 할까 봐."

다을이 풋 웃었다.

"질투했어요?"

달콤한 웃음이 스민 물음도 건너왔다. 석주는 굳이 아니라고 잡아떼진 않았다. 그냥 웃었다. 지금은 사과를 어루만지는 손길이 더 싫다. 이 정도면 중증이구나, 권석주. 스스로 인식하며 말했다.

"권석주는 지금 다을 앓이 중."

다을이 맑게 웃으며 받았다.

"무지 바람직한데요?"

"그런데…… 생각하면 가슴이 저린 여자는 되지 마."

3초쯤의 여백 후 다을이 담담하게 물었다.

"명령이에요?"

"권유야."

"명령 같은데?"

"명령이라면?"

"……."

"대답 안 하지."

"불 좀 끌래요?"

석주는 실내등을 껐다. 다을이 석주에게 다가왔다. 입술이 서로 만났다. 석주는 다을을 깊이 머금었다. 몸속에서 불길이 거칠게 타올랐다. 놓아주고 싶지 않은 입술을 다을이 가져가 버렸다. 몸을 바로 한 다을이 조금 잠긴 목소리로 말했다.

"대답한 거예요."

"아주 바람직한 대답이었어."

"종종 그래 볼게요."

귀여운 도발. 석주는 다을에게 손을 뻗었다. 턱을 잡고 돌려

다시금 입술을 깊이 머금었다. 머뭇거림 없이 마중 나오는 혀를 혀로 휘감았다. 지금 이 입술과 혀처럼 따뜻하고 촉촉할 다을의 깊이가 그리웠다.

여기가 차 안이 아니었다면. 다을의 집 앞이 아니었다면. 다을을 감춘 여러 겹의 옷들을 헤치고 그 깊이로 마음껏 파고들 텐데. 열띤 갈망이 함부로 욕심을 키웠다.

다을의 무릎 위에서 얌전하던 사과가 냐아옹, 나른한 울음소리를 냈다. 다을이 푸푸 웃었다. 석주도 웃어 버렸다.

"작작 좀 해, 그러는 거 같아요."

"좋을 때다, 실컷 해. 그러는 거 같은데."

다을이 까르르 웃음을 터뜨렸다. 행복하다고 석주는 생각했다.

7

"4남매의 맏이라고?"

엄마가 화들짝 놀라 되물었다. 다을은 난감한 얼굴로 소을을 돌아보았다. 소을이 엄마에게 자랑해 둔 악어 아저씨의 완전함에서 가족 관계는 쏙 빼놓았던가 보다.

"아휴⋯⋯."

걱정스레 한숨을 내쉬는 엄마에게 소을이 나서서 말했다.

"엄마는 아빠가 외동이라 더 힘들었다면서. 처음부터 끝까지 다 엄마 몫이었다고. 형제자매가 하나만 더 있었어도 좋았을 거라고 그랬었잖아."

"그야, 그렇긴 했지만⋯⋯ 그래도 4남매는 좀. 더구나 맏이? 다을이가 감당이나 하겠어? 나도 아휴, 싶은데."

소을이 다을에게 눈짓을 했다. 뭐라고 말 좀 해 봐, 라는 뜻. 다을로서는 엄마가 이다지도 놀라고 걱정부터 하는 게 기우처럼 여겨졌다. 다을은 웃음 지으며 담담하게 말했다.

"4남매라도 다들 독립적이어서 괜찮아, 엄마."

"괜찮기는. 책 바보께서 현실을 알아? 거기다 홀시아버지라면서. 쉬운 자리는 절대 아냐."

"하긴 뭐. 언니가 맏며느리감은 좀 아니지."

갑자기 중립으로 돌아선 소을을 다을은 어이없는 표정으로 쳐다보았다. 그렇지만 소을의 말에는 동감이어서 대놓고 반박도 못 하겠다.

상황이 닥치면 최선이야 다하겠지만 본성에 딱 들어맞는 역할은 아니다. 육체적, 정신적으로 에너지가 금세 소진되어 버릴 게 분명했다. 가족 구성원을 살뜰히 챙기고 집안 대소사를 앞장서서 즐겁게 관장하는 건 명지한테 잘 어울린다.

"근데 엄마, 우리 지금 너무 앞서가는 거 아냐?"

소을의 말에 엄마가 말똥말똥한 얼굴을 했다. 소을이 책망하듯 덧붙였다.

"떡 줄 사람은 생각도 않는데 김칫국부터 마시고 있는 것 같다고."

다을은 쿡쿡 웃었다. 그러니까 떡 줄 사람이란 악어? 정말이지 석주나 석주네 집에서 이런 얘기들을 들으면 기막혀할지도.

"그건 내가 할 소리야. 우리야말로 홀시아버지에다 4남매 맏이씩이나 되는 남자한테, 고생문이 훤한 그런 집에 우리 집 귀한 딸 내줄 생각 없거든?"

엄마가 강수를 둔다. 그래도 훤한 고생문은 좀 오버다.

"우리? 아빠도 포함인 거야?"

소을이 물었다. 다을도 솔깃해져서 엄마 대답을 기다렸다.

"내 생각이 곧 아빠 생각이지, 뭐."

심드렁한 대꾸가 지금 아빠에 대한 엄마 심경을 말해 주는 듯했다. 매일 통화를 한다고는 해도 아빠가 곁에 없으니 마음이 영 불안정한가 보다. 아빠랑 이리도 오래 떨어져 본 적이 없으니 그럴 만도 했다. 아빠가 예정해 둔 한 달은 아직 더 남았다. 아빠는 정말 그 기한을 꽉 채우고서 돌아오려나.

다을은 머그잔을 감싸 쥐고 식어 가는 커피를 마셨다. 명지가 없는 주말 아침은 역시 허전하다. 커피 맛도 명지가 만들어 주는 것만 못하고.

"명지 언니 안 오니까 집이 빈 것 같네."

소을이 중얼거렸다. 이럴 땐 자매끼리 통하는 게 있나 싶다.

"명지 엄마는 좀 어떠셔?"

엄마의 물음에 다을이 대답했다.

"이참에 수술하시기로 했대. 어제 다시 입원하셨어."

"디스크랬지?"

"응. 지난번에 다친 뒤로 더 심해지셨나 봐. 수술 무서워서 살살 다독이며 살겠다고 자꾸만 미루시더니. 이러다 명지 결혼식 때 허리 펴고 앉아 있지도 못하게 되는 거 아니냐고 이번엔 결심을 단단히 하셨대."

"결혼식? 아줌마도 벌써부터 김칫국이네. 명지 언니 지금 애인도 없잖아."

키득거리는 소을에게 다을은 예언처럼 넌지시 일러 주었다.

"이제 곧 생길 거야."

"그 들개 오빠? 소개팅도 깨졌다면서."

"날이야 다시 잡으면 되지. 근데 너, 악어는 아저씨면서 들개는 왜 오빠야?"

"스물여섯. 언니랑 동갑이랬잖아. 그러니까 오빠지. 서른 넘으면 아저씨. 그러니까 악어 아저씨."

나이 얘기가 나오자 엄마가 다시금 난색을 했다.

"나이도 좀 그래. 다을이 너랑 일곱 살이나 차이 나잖아."

소을이 입을 딱 벌리고는 다을을 돌아보았다. 소을의 눈가에는 웃음이 고물거리고 있었다. 다을 또한 웃음을 머금은 채로 소을과 눈을 맞추었다. 그리고 둘이 함께 외쳤다.

"엄마!"

더 말하지 않아도 무슨 의미의 부름인지 알겠다는 듯 엄마가 배시시 웃었다. 수줍은 소녀처럼 볼도 살짝 붉어진다.

"아빠 보고 싶다."

엄마 마음을 대신한 다을의 말에 소을이 물음을 보탰다.

"오늘은 아빠 어디로 가신대?"

"군산에서 하루 더 있을 거래."

엄마가 대답했다. 그제 도착했다더니 오늘까지 사흘째. 아빠에게 군산이란 도시가 썩 괜찮은가 보다.

"이번 여행 다녀와서 아빠도 여행기 같은 거 쓰면 좋겠다."

소을의 제안에 다을은 반갑게 끄덕여 주었다. 혼자 떠나는 여행의 맛. 우리나라 곳곳에 숨겨진, 소박해서 더 아름다운 풍경들과 스치듯 만나고 또 헤어진 사람들. 그런 테마를 다루어도 괜찮겠다.

"그럼 악어 아저씨한테 책 내 달라고 하면 되겠다."

"너희 아빠가 글도 잘 쓰잖아."

소을이에 이어 엄마까지 적극 동참이다. 아빠의 글솜씨가 좋다는 점에는 다을도 동감이다. 논문이나 교재로 쓰이는 이론서 말고 말랑말랑한 여행기에서는 필력이 어떻게 발휘될지 궁금하기도 했다.

때마침 석주에게서 문자가 왔다.

〈지금 출발.〉

고개를 쭉 들이밀고 다을의 핸드폰을 들여다본 소을이 엄마한테 말했다.

"언니 오늘 또 데이트야, 엄마. 악어 아저씨 지금 출발이래."

"이렇게 일찍?"

다을은 쑥스러운 웃음으로 대답했다.

"산에 가기로 했거든."

소을과 엄마가 거의 동시에 되물었다.

"산~?"

노랫가락처럼 길게 늘인 어미가 믿을 수 없다는 놀라움을 고스란히 보여 주고 있었다. 다을은 생긋 웃어 보였다.

"귀차니스트 반다을은 어디로 간 거야?"

"그러니까. 언니 요즘은 아침잠도 없어졌어."

"세상에, 우리 딸이 등산이라니."

"산은 저기에 장엄하게 존재하는 것. 여기 앉아서 우아하게 감상하면 되지, 땀 뻘뻘 흘리며 힘들게 뭐하러 올라가? 그러던 사람이 누구였더라?"

"내 말이."

"악어 아저씨가 우리 언니를 리뉴얼하고 있어."

놀리듯 웃으며 주고받는 소을이와 엄마를 두고 다을은 방으로 들어왔다. 지금 출발이라 했으니 석주가 도착하려면 멀었지만 어쩐지 마음이 급했다. 옷을 고르고 머리를 만지고, 커피를 마셨으니 이도 다시 닦았다. 뽀득뽀득.

❀　　　❀　　　❀

집에서 빤히 보이는 산 초입까지는 석주의 차로 이르렀다.

차에서 내려 나란히 걷고 보니 말이 산이지 완만한 산책로와 다름없었다. 신록이 울창한 계절엔 머리 위로 나무들이 우거져 초록빛이 몹시 싱그러울 것 같았다. 하지만 겨울 산은 겨울 산대로 나름의 운치가 있었다.

"반다을이 등산을? 그러면서 엄마랑 소을이가 어찌나 놀려대던지. 소을이는 석주 씨가 날 리뉴얼하고 있대요."

석주가 웃으며 받았다.

"리뉴얼당할 달곰이가 아닐 텐데?"

"리뉴얼할 악어 씨도 아니고. 그죠?"

대답처럼 석주의 손이 다가들어 다을과 손깍지를 꼈다. 석주가 자기 스타일대로 리뉴얼을 시도하려 했다면 애초에 이렇게 가까워지지도 않았을 거라는 점 하나는 확실했다.

소을이랑 엄마는 석주가 다을을 산으로까지 이끈 줄 알고 있지만, 사실 오늘 산행은 다을의 권유였다. 휴일에는 주로 무엇을 하며 보냈느냐는 다을의 물음에 산에 오르곤 했다던 석주 대답을 듣고 같이 가 보자 청한 거니까.

 여러모로 배려해 주는 석주가 자신 때문에 일상에서 즐기던 취미를 놓게 하고 싶지는 않았다. 전문적인 등반 수준만 아니라면 되도록 함께하고 싶었다. 책을 통해 서로의 마음을 깊이 나누듯 산행도 함께 하며 석주를 조금 더 알게 될 테니까.

 "우리 아빠도 산 좋아하세요. 아빠가 그러는데요. 산 좋아하는 사람은 어질대요."

 끄덕이며 석주가 물었다.

 "달곰이는?"

 "산은 그냥 멀리 두고 바라만 보는 게 좋죠."

 "오르는 건 귀찮으니까?"

 "응."

 크크, 웃으며 다을은 말을 이었다.

 "산과 바다 둘 중에서 예전엔 생각할 것도 없이 바다가 더 좋았거든요? 근데 작년 봄 이후로는 바다가 슬퍼졌어요. 그래서 안 가게 돼요. 아니, 못 가겠어요. 새파란 바다만 떠올리면 먹먹해져요."

 석주가 가만히 끄덕였다. 생뚱맞게 왜냐고 묻지 않아 맘에 들었다. 기본적으로 생각의 방향과 감성의 결이 같다는 것은 행운이다. 그런 사람과 생의 동반자가 된다는 것도. 그런 행운이 정말 현실로 닥쳐 올까? 남겨둔 1%가 다 채워지면 가까운 미래에

현실이 될 것도 같다. 오래전에 예정된 운명처럼 당연하고도 자연스럽게 받아들일 것 같다.

"바다낚시가 취미라고 했음 절대 같이 안 갔을지도."

"낚시는 취미 없어."

"다행이다."

"산이 좋긴 한데 등산용품 제대로 구비해 놓고 험준한 산 등반을 즐기거나 그런 건 아니고. 이렇게 산길을 천천히 걸으면서 산에 스며드는 게 좋아."

"나도요."

다을은 냉큼 동의해 주었다.

"나무 냄새 바람 냄새 맡으면서 내면을 차분히 들여다보는 시간이랄까."

"생각도 정리하고, 계획도 세우고요?"

"음."

"그럼 우리 지금부터 입 꼭 닫고 걸을까 봐요."

"그건 곤란한데."

"곤란해요?"

"심히."

"어째서요?"

"악어한테는 달곰이 목소리랑 웃음소리가 필요하니까."

"필요하니까. 그 말 되게 좋다."

손깍지에 힘이 들어갔다. 물론 주도자는 석주다. 꼭 맞는 느낌이 좋다. 손 하나일 뿐인데도 한 남자에게 온몸이 다 속해 있는 느낌. 덕분에 더할 나위 없는 안정감과 평화로움까지 얻게 된다.

앞뒤로 드문드문 보이는 사람들도 다들 평화롭게만 보인다. 행복한 사람의 눈에는 다른 이들도 다 행복하게만 보이나 보다. 처음 입술을 나누었던 그 거리에서 그랬듯이.

날씨가 맑아서 머리 위로 내리는 햇빛이 온통 투명했다. 쉬엄쉬엄 걷고 있는데도 몸 가득 열기가 쌓여 갔다. 권석주라는 남자와 함께 걸어가며 쌓이는 그것이, 어쩌면 사랑. 입 밖에 내어본 적은 없지만 가슴 저 깊은 데에서는 이미 끄덕이고 있는지도 모르겠다. 지금 우리가 나누고 있는 이것이 사랑이라고.

"신기해요."

"뭐가?"

"난주 씨 핸드폰 보던 그날 만약에 내가 악어를 안 골랐다면. 늑대나 들개를 골랐다면. 가위바위보에서 졌다면."

"소을이하고도 전에 얘기한 적 있었는데 다른 녀석을 골랐더라도 결과는 같아. 나타난 건 나였을 테니까. 그런데 가위바위보는 뭐야?"

"전화 걸기 대결이요. 명지랑 소을이랑 나랑 셋이서 가위바위보를 해서 내가 이겼거든요. 근데 명지가 이긴 사람이 거는 거라고 우기잖아요."

석주가 웃었다.

"처음에 전화 걸었을 때 안 받았어. 뭐하고 있었어요?"

"신입 면접 중이었어."

"아하."

"문자 받고 전화했더니 목소리가."

말을 멈춘 석주에게서 낮은 웃음이 흘렀다. 궁금해져서 다을은 매달리듯 물었다.

"목소리가 왜요?"

"곁에 앉아 내 귓가에다 책 읽어 주는 것 같았어. 긴장이 스르르 풀어지게 하는. 계속 듣고 싶어지는 목소리."

다을은 미소 지었다.

"그러니까 그때 내 목소리에 반했다는 거죠?"

"솔직히 반할 정도는 아냐."

말 속에 웃음이 흐른다. 이 남자의 웃음소리가 듣기 좋다. 자꾸만 듣고 싶을 만큼. 그 소리를 또 듣고 싶어 털어놓았다.

"나는 반했는데."

석주가 걸음을 멈추고 다을을 내려다보았다. 정말이냐 묻는 눈빛이다. 그를 향해 다을은 선선히 끄덕였다.

"목소리 듣는 순간 와, 이거 뭐지? 남자 목소리가 뭐 이렇게 좋아? 막 그랬어요. 달캉 설레서 말도 어버버 했을 거예요."

"도란도란 잘만 하던데, 뭘."

웃음 띤 얼굴로 석주가 말했다. 이 남자는 마음을 있는 그대로 숨김없이 꺼내 말해 줄 때 제일 좋아한다. 이렇게 만족스럽게 웃는다. 이 웃음이 참 보기 좋으니 자주 그래야 할까 보다. 뭐든 참지 말고 숨기지도 말고 마음 그대로를 환히.

"달곰이는 성공했어."

"성공? 내가요?"

"이상형을 만났잖아."

"아하."

다을은 후후 웃었다. 명지가 귀띔해 주었나 보다. 명지와 이야기를 하다가 목소리 좋은 남자를 이상형으로 꼽았던 바로 그날, 악어가 눈앞에 나타난 셈이니 참으로 신기한 성공이다.

"명지가 또 뭐래요?"

"달곰이 생일은 12월 24일."

"돈 굳었죠? 크리스마스 선물이랑 한 번에 퉁쳐도 되고. 크크. 어릴 때는 산타 할아버지가 왜 생일 선물만 주고 크리스마스 선물은 안 주는 거냐고 엉엉 울기도 했대요."

"귀엽네."

"아가 때였으니까. 근데 지금은 생일이나 기념일 같은 거 연연하지 않는 편이어서. 생일 없는 사람 있나 싶고. 무슨 날 무슨 날 억지 의미 부여해서 선물 챙기고 그러는 거 엄청 귀찮기도 하고. 이벤트 같은 것도 별로예요. 이벤트도 결국 선물의 연장선상에 있는 거니까. 내가 간절히 바라지도 않던 걸 이벤트랍시고 해 주고선 감동 안 한다고 서운해하는데. 감동을 강요당하는 것 같아서 싫어요."

"담백해서 좋은데?"

"온갖 기념일 기억하느라 머리 안 아파도 되니까 좋은 거 아니에요?"

웃음을 섞어 묻자 석주도 웃었다.

"다섯 가지 사랑의 언어에서 달곰이가 첫 번째로 여기는 봉사와 제일 가치를 덜 두는 선물. 둘 사이의 경계가 애매해질 수도 있을 것 같은데. 어떤 경우엔 봉사도 이벤트처럼 선물 개념이 될 수 있으니까."

질문이랄 수도 있는 석주 말에 다을은 잠시 생각하다 말했다.

"음…… 둘 사이의 차이점은 이거예요. 봉사는 상대가 지금 가장 필요로 하는 일이 무엇인지 세심하게 살펴보고 그걸 적절하게 해결해 주는 것. 말하자면 가려운 데 제대로 긁어 주는 것. 선물은 의식적으로는 상대가 갖고 싶은 것을 찾아서 선택한다고들 생각하지만 사실은 상대에게 내가 주고 싶은 것을 선택하게 된다는 거. 그래 놓고 감동이라는 리액션을 필수적으로 요구하는 거. 선물을 보며 나를 기억하라고 다짐받는 거. 그러니까 봉사는 너 지향적, 선물은 나 중심적."

"일리 있네."

"선물이랑 이벤트 좋아하는 엄마는 우리더러 감성이 메말랐다고 그러기도 해요. 나만큼은 아니지만 소을이도 그런 경향이 있거든요. 석주 씨네 4남매는 어때요?"

"기주하고 나는 달곰이 과에 가깝고. 철주랑 난주는 소을이 정도?"

"다들 담백해서 좋은데요?"

"좋으면 입술."

웃으면서 장난스레 건너오는 말인데도 눈에 정확히 꽂혀 있는 눈빛 때문에 두근거린다. 또 급습하면 어떡하지? 사람 수로 치자면 그 거리와는 비교도 안 되게 적으니. 집요한 눈빛 공격에 두 눈이 스르르 감기려는 찰나, 핸드폰 우는 소리가 끼어들었다.

"사과가 없으니까 이젠 폰 녀석이 방해야."

웃으며 말하는 석주에게 다을도 웃으며 일러 주었다.

"명지 녀석이에요."

전화를 받으니 명지 목소리가 바로 옆인 듯 쌩쌩했다.

—반달곰! 너 오늘 일찍 들어가야겠네? 악어 씨 섭섭해서 막 우는 거 아닌지 몰라.

"일찍 들어가야 된다고? 왜?"

—너희 아빠 오셨는데 일찍 안 들어갈 거야? 간만에 보는 아빠보다 악어 씨가 더 좋단 말이지?

도통 무슨 소린지 알 수가 없다.

"우리 아빠가 오셨다니, 그게 무슨 소리야?"

—응? 아직 몰라? 교수님이 깜짝 이벤트라도 하시려고 그랬나?

"깜짝 이벤트? 우리 아빠 그런 캐릭터 아닌 거 알잖아. 어디서 만났는데?"

—어디긴 어디야, 병원에서지. 방금 원무과 갔다가 올라가는데 저만큼 앞에 교수님이 딱. 완전 반가워서 뛰어갔지. 근데 교수님 처음엔 나 잘 몰라보시더라? 내가 교수님이라고 부르니까 예전 제자 줄 아셨나 봐. 웃으면서 고개만 끄덕이고 그냥 지나가시려는 거야. 교수님, 저 명지예요. 다을이 단짝 친구요. 그랬더니 그제야 아시더라고. 잘 지내느냐, 요즘은 왜 집에 놀러 안 오느냐 그러시잖아. 저 매주 가는데요? 교수님이 맨날 여행 다니시니까 엇갈려서 그렇죠. 그랬더니 허허 웃으시더라. 끝까지 나 못 알아보셨음 끝내주게 서운할 뻔.

다을은 의아해졌다. 아침에 엄마랑 소을이랑 얘기할 때만 해도 아빠가 오늘까지 군산에 머무른다고 들었다. 그런데 난데없이 서울의 대학 병원에 나타났다니.

생각해 보니 그 병원 교수 중에 아빠의 절친한 친구가 있기는 했다. 그러니 친구를 만나러 들렀을 수도 있다. 그렇지만 엄마도 모르게? 볼일이 있어 올라왔다면 엄마가 모를 리가 없는데.

—다을아. 듣고 있어?

"응, 듣고 있어. 그래서 우리 아빠는 어디로 가셨어? 집으로 가신대?"

—당연히 집으로 가시는 줄 알았지. 아냐?

그렇담 엄마나 소을이가 아빠 온다고 연락을 해 왔을 텐데. 여태 잠잠한 걸 보면 집에선 아빠가 올라온 걸 모르고 있단 얘기다. 우연히 마주친 명지가 아니었으면 다을 역시 까맣게 모르고 있었을 것이다.

"전화해 봐."

통화 내내 옆에서 귀를 기울이고 있던 석주가 말했다.

"아빠한테요?"

석주가 끄덕였다. 명지와 서둘러 통화를 마치자마자 기다렸다는 듯 전화가 울렸다. 아빠다.

"아빠예요."

다을은 석주에게 반갑게 말해 주고선 전화를 받았다.

"아빠!"

—다을아.

"아빠, 서울 오셨어요? 명지가 병원에서 아빠 만났……."

—그래. 한 교수 만나러 잠깐 들렀다.

짐작대로이긴 한데, 뭔가 찜찜하다. 아침에 통화한 엄마한테는 왜 오늘 올라온다는 말도 안 했던 건지, 그새 무슨 급한 일이라도 생긴 건지, 그게 혹시 아빠한테 해당되는 일은 아닌지. 왠지 조심스러워서 물어볼 말을 고르던 중에 아빠가 먼저 말했다.

—한 교수가 몸이 좀 안 좋구나.

좋은 소식도 아니건만 안도감부터 드는 건 어쩔 수 없었다.

"얼마나요? 많이 안 좋으세요?"

—아직은 초기라서.

"아. 초기라니 그래도 다행이에요. 치료하면 괜찮아지시는 거죠?"

—그거야…… 두고 봐야겠지. 그리고 다을아. 아빠 오늘 서울 온 거 엄마한테는 비밀로 하자.

"엄마한테 혼날까 봐요?"

웃으며 물으니 전화 저편의 아빠도 낮게 웃었다. 비밀로 하자는 건 집에 안 들르고 바로 가겠다는 의미일 터. 공연히 엄마한테 말해 긁어 부스럼을 만들 이유는 없겠다.

"알았어요. 아빠랑 나랑 비밀. 아, 명지도요."

—데이트 즐겁게 하고, 으슥한 데는 가지 말고.

악어는 으슥한 데 아니어도 잘만 덤비는걸요? 이렇게 말해 주면 아빠가 어떤 얼굴이 될까. 상상하니 웃음이 났다.

"아빠도 언제나 조심 또 조심하세요."

—그래.

잠깐 동안에 회오리가 한바탕 휘몰아치고 지나간 기분이었다. 찜찜하던 느낌은 물러갔지만 아빠 친구의 소식 때문인지 마음이 살짝 처지는 것도 같았다. 석주가 다을의 양쪽 어깨를 잡고는 고개를 숙여 다을과 눈을 맞추었다.

"왜요?"

"지금 달곰이한테 필요한 건 입술 에너지."

다을은 풋 웃었다.

"여긴 으슥한 데가 아니니까 이마에만 충전해 주세요. 제한 시간은 3초."

"3초는 너무 박한데."

"그럼 5초. 더 이상은 안 돼. 사람들이 쯧쯧, 그럴 거예요."

석주가 다을의 이마에다 입술을 눌렀다. 이마를 만지는 입술의 감촉이 좋았다. 좋은 그만큼 뒤따르는 건 허기. 배가 고픈 것도 아니고 마음이 고픈 것도 아니고 몸이 고픈. 책 속에서는 늘 추상적 상상이던 것이 이 순간엔 구체적 감각이 된다. 달콤한 두려움을 감추려 다을은 맑은 목소리로 말했다.

"배고프다. 밥 먹으러 가요, 우리. 라면 아니에요. 밥이에요, 밥."

하하하, 석주가 유쾌하게 웃었다.

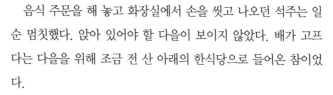

8

음식 주문을 해 놓고 화장실에서 손을 씻고 나오던 석주는 일순 멈칫했다. 앉아 있어야 할 다을이 보이지 않았다. 배가 고프다는 다을을 위해 조금 전 산 아래의 한식당으로 들어온 참이었다.

자리로 돌아와 보니 다을이 앉았던 방석 옆엔 그녀의 백팩이 그대로 놓여 있었다. 화장실에 갔나 싶어 맞은편 자리에 앉는데 넓은 유리창 밖으로 다을이 보였다.

주차된 차들 앞에 서 있는 다을은 누군가와 함께였다. 다을 또래의 그 여자는 이 식당 앞치마를 두르고 있었다. 뜻밖의 장소에서 오랜만에 만나진 친구라기엔 둘 사이의 분위기가 남달랐다.

무엇보다도 이상한 것은 팔짱을 올려 낀 채 앞만 쳐다보고 있는 친구 쪽이었다.

띄엄띄엄 대화가 오간 끝에 여자가 몸을 돌렸다. 식당 안으로 걸어 들어가는 여자의 뒷모습을 물끄러미 지켜보던 다을이 어깨를 늘어뜨리고 터덜터덜 뒤를 따랐다. 석주에게로 돌아온 다을의 이마에 옅은 그늘이 어려 있었다.

"동창?"

"봤어요?"

석주가 끄덕이자, 다을이 말했다.

"과 동기예요."

"돈 빌리고 안 갚았어?"

웃게 하려고 부러 건넸더니 다을이 방싯 웃어 주었다. 웃는 게 좋아서 계속했다.

"얼마야?"

"대신 갚아 주려고요?"

"얼만지 일단 들어나 보고."

다을이 또 웃었다. 여느 때와 달리 생기가 덜한 웃음이 맘에 걸렸다.

"준비 완료."

말간 눈으로 무슨 소린가 묻는 다을에게 석주는 덧붙여 말했다.

"들어 줄 준비. 저 친구랑 심각한 사연 있음. 이마에 써 붙이고 있잖아."

대답 없이 스르르 움직이는 다을의 시선을 따라가니 손님들이 떠난 건너편 식탁으로 다을의 친구가 밀차를 밀고 가는 중이었다.

바쁜 손길로 빈 그릇들을 정리해 밀차에 옮겨 담는 모습을 잠시 바라보던 다을이 석주에게 고개를 돌렸다.

"여기선 말고 나가서요. 일단 밥부터 먹고요."

석주는 끄덕여 주었다. 물을 한 모금 마시고서 다을이 말했다.

"삼촌네 가게래요. 알바 겸 일 도와주고 있는 거고요."

"그래도 불편하면 나갈까?"

"주문했잖아요. 취소하고 나가면 맘이 더 불편할 것 같아요."

"불편한 채로 먹으면 체할 텐데?"

"그 정도는 아니에요."

애써 웃음은 짓고 있지만 다을의 이마에 서린 그늘은 여전했다.

명지 같은 친구였으면 반갑게 다가와 인사도 하고 서비스라며 이것저것 챙겨 줄 텐데.

다을에게는 물론이고 석주 쪽으로도 눈길조차 주지 않고 제할 일만 하는 친구를 보니 어떤 사연이 있어 그러는지 궁금했다. 음식 서빙은 다른 직원이 해 줘서 다을을 생각하면 그나마 다행이었다.

부지런히 밥을 먹고 나와 근처의 카페로 자리를 옮겼다. 커피를 앞에 두고 다을이 말문을 열었다.

"전에 다녔던 도서관. 나랑 같이 지원했던 친구예요. 나는 됐고 친구는 안 됐죠. 우리 과에서 저 친구만 같이 지원했던 건 아니지만 어쨌든요. 나중에 나 그만둔 거 알고는 나를 원망하더라고요. 2년만 다니고 그만둘 거 처음부터 왜 지원했냐고. 나 아

288

니었음 자기가 됐을 수도 있다고. 뭐, 그랬을 수도 있어요. 여러
모로 나보다 나으면 나았지 부족할 건 없는 친구니까. 사서 자
리는 워낙 TO가 없어서, 요즘은 어느 분야나 다 그렇긴 하지만,
아무튼 한 번 사서로 들어가면 어지간하면 안 나오거든요. 그런
데 내가 2년 만에 그만둔 게 영 못마땅했던가 봐요."

다을이 편안히 다 풀어 놓도록 석주는 끄덕이며 그저 듣기만
했다.

"나 작은 책방 시작한 거 알고는 부모 잘 만나서 좋겠다고,
그거 할 거면서 애초에 남의 자린 왜 빼앗느냐고 그러더라고요.
이건 뭐 전해 들은 소리라. 그래도 마음이 참 안 좋았어요. 그런
말 들어서가 아니라 얼마나 속상했으면 그랬을까 싶어서. 형편
이 많이 어렵다고 들었거든요. 4년 내내 장학금 받으며 여기저
기 알바 뛰며 근근이 마쳤으니까요."

"상대적 박탈감 같은 거, 느꼈나 보다."

고개를 끄덕이고서 다을이 말을 이었다.

"사서 공무원 시험 준비한다고 들었는데 안 됐나 봐요. 국공
립 도서관 들어가는 거요. 워낙 경쟁률이 치열해서…… 지금도
공부는 하고 있다는데 저렇게 일하면서 공부할 시간을 어떻게
내나 싶고. 오랜만에 만났는데도 서늘한 거 보니까 여전히 날
원망하고 있는 것 같아서 좀 심란했어요. 오해도 여전한 것 같
고요."

"오해? 어떤 오해?"

"아빠랑 도서관 관장님이랑 몇 다리 건너 아는 사이예요. 그
래서 내가 된 게 아빠 입김이 작용해서라고 생각하더라고요. 나

도서관 그만둘 무렵에 그 친구뿐만 아니라 우리 과 친구들한테도 이런저런 안 좋은 소리들을 많이 들었어요. 그 오해가 한몫을 톡톡히 했고요. 아빠 백으로 다른 애들 밀치고 들어갔다가 싫증 나니까 쉽게 그만둔다고."

담담히 말하고는 있지만 당시에 난처했을 다을의 심정이 석주에게도 전해져 왔다.

"그때 명지만 전적으로 내 편이 되어 줬어요. 명지는 전공도 다르고 이해관계에서 멀찌감치 떨어져 있으니 그랬을 수도 있지만, 그보다는 나를 제일 잘 아니까 내 상황 헤아려 주고 무조건 이해해 준 거예요. 쉽게 그만두었단 지적에는 그렇게 보일 수도 있겠다 싶었지만 아빠 덕에 들어간 건 아니었는데. 아니라고 얘기해도 아빠랑 관장님이랑 조금이나마 친분이 있다는 건 사실이니까 설득이 잘 안 됐어요."

"쉽게 그만둔 것도 아니었잖아."

"내 입장에서야 물론 그랬지만 나 때문에 기회를 빼앗겼다고 느끼는 시각에서야 또 다르겠죠."

"그렇다고 해서 부채감을 느낄 필요까진 없을 것 같은데."

"부채감."

가만히 되짚더니 다을이 끄덕였다.

"그런가 봐요, 정말. 그래서 아까도 걔 보면서 미안한 마음이 먼저 들었나 봐요."

잘못을 저지르지 않고서도 미안해질 때가 있다. 내 탓이 아니라는 걸 알면서도 상대방의 현재 상황이 그런 마음으로 몰아가는 때.

그 상황을 반전시킬 수 있다면, 적어도 지금보다는 나은 상태로 바꿀 수 있다면. 그렇게만 된다면 공연한 부채감도 덜어낼 수 있을 터.

석주는 곰곰 생각했다. 다을의 이마에서 부채감이라는 그늘을 말끔히 걷어 낼 수 있는 방법이 무엇일까를.

❈　　　❈　　　❈

화요일 오후, 석주는 책나라 출판사에 들러 계획했던 이야기를 마친 후 곧장 그 한식당으로 향했다.

점심시간이 훌쩍 지난 뒤여서 식당 안은 한산했다. 주방 안쪽에서 나오던 다을의 친구가 석주를 보곤 움찔했다. 알아보는 거라 생각해 석주는 묵례를 했다. 다을의 친구도 석주에게 묵례를 하고는 석주 어깨 너머를 기웃거렸다.

"혼자 왔습니다. 바쁘지 않다면 잠깐 얘기 좀 했으면 합니다만."

"저하고요? 무슨 얘기를요?"

"나쁜 내용은 아닐 겁니다."

석주는 밖으로 나왔다. 주차장 가장자리의 벤치로 가 앉으니 따라온 다을의 친구도 석주와 얼마쯤 간격을 두고 앉았다.

"책나라 출판사에서 운영하는 북 갤러리가 있습니다."

"가 본 적 있어요."

석주는 끄덕이고서 말을 이었다.

"책나라 편집자들이 하루씩 돌아가면서 북 마스터로 일하고 있는데, 그러다 보니 체계나 통일성도 떨어지고 편집자들이 본연의 업무만으로도 바빠서 북 갤러리 전임 북 마스터를 채용할까 고려하던 중이었어요."

"책나라에 계세요?"

"지금은 아닙니다만, 직원 채용에 관여할 위치는 됩니다."

"그러니까 지금 저한테 북 마스터 일을 주시려는 거예요?"

"네."

"저한테 왜 그런 제안을……"

다을의 친구가 어리둥절한 표정으로 석주를 쳐다보았다.

"짐작하시겠지만 여기보다는 시간 활용하기가 좋을 겁니다. 현재로썬 급여가 아주 높지는 않겠지만 계속 있기를 원한다면 안정성은 보장할 수 있습니다. 책나라 측에선 지금의 북 갤러리에서 작은 도서관 형태로 진화하는 쪽도 염두에 두고 있으니 사서로서는 미래의 가능성도 생각할 수 있겠죠. 어떻습니까?"

"혹시, 다을이가 부탁했어요?"

"다을이는 모르는 일입니다."

"그런데 왜 이렇게까지. 저를 잘 알지도 못하면서 뭘 믿고 이렇게."

"다을이 친구니까요."

"친하게 지냈던 친구도 아니었는데요."

"여러모로 나보다 나으면 나았지 못할 건 없는 친구라고, 그쪽을 두고 다을이가 그러더군요."

다을의 친구가 눈길을 아래로 떨어뜨렸다. 석주는 책나라에서 받아 온 편집장 명함을 건넸다.

"적임자가 있다고 말해 두었으니까 이리로 연락해요. 혹 생각할 시간이 필요하다면……."

"아니요, 할게요. 하고 싶어요."

다급히 말하고선 명함을 받아 든 친구가 고개를 약간 숙인 채 인사했다.

"고맙습니다."

친구에 대한 다을의 마음을 대신 전할까도 싶었지만 그러지 않기로 했다. 말이란 사람을 건널수록 왜곡되기 십상이어서 엉뚱한 오해나 초래할까 우려한 까닭이다.

"그럼."

석주는 일어섰다. 이제 작은 책방 잠으로 다을을 데리러 갈 시간이었다.

✿   ✿   ✿

창 너머 내리는 햇빛만 보면 꼭 봄날 같았다. 올겨울은 다른 해에 비해 유난히 따뜻하게 느껴진다. 실제 기온이 그래서이기도 하지만 석주에게는 다을의 존재 때문이란 생각이 더 컸다. 혼자 있을 때에도 머릿속 많은 부분을 차지하고 앉은 여자.

커피를 앞에 두고 어제 녹음한 세 번째 팟캐스트를 편집하려고 다시 듣고 있을 때 다을에게서 문자가 날아들었다.

〈사과네 집 119 상황 발생!〉

석주는 다을에게 전화를 걸었다. 곧 다을의 목소리가 귓가로 스며들어 왔다.

—안 바빠요?

"바빠도 안 바빠. 사과네는 무슨 일이야?"

—좀 전에 할머니가 응급차에 실려 가셨어요.

"어쩌다가?"

—사과가 자꾸 울어서 가 보니까 할머니가 의식도 없이 헤매고 계신 거예요. 창이 활짝 열려 있는 걸로 봐선 아무래도 또 깜박하고는 밤새 열어 두신 모양이에요. 엄마가 119 불러서 같이 타고 가셨는데 걱정이에요.

홀로 계셨던 데다 아흔이 코앞인 분이니 걱정스럽긴 하겠다.

"자식들은 없어?"

—미국에 사는 딸만 하나래요. 병원 가서 상황 보고 엄마가 연락한다고요. 그 연세에도 무지 총명하셨는데 요즘 들어 좀 이상하시더니만. 부디 별일 없어야 할 텐데.

"괜찮으시겠지. 사과가 큰일 했네."

—그죠. 사과 아니었음 저녁까지도 모를 뻔했어. 상 줘야겠어요.

도란거리는 다을의 말투가 점심 후 기분 좋게 나른해지려는 오후를 더욱 다정하게 만들었다.

석주는 의자 등받이에 등을 깊이 기댔다. 이렇게 전화 속 목소리로도 좋지만 곁에 앉아서 자분자분 이야기해 주는 걸 들으면 더 좋겠다. 매일매일.

"똑똑똑."

입으로 낸 노크 소리는 오 팀장의 것이다. 고개를 들자 문 앞에 선 오 팀장이 웃으며 말했다.

"달콤한 전화 데이트 방해해서 죄송한데요. 늘푸른나무 김이슬 간사님 오셨어요."

석주는 느긋이 기댔던 몸을 바로 했다.

"지금 계약서 훑어보고 계시니까 천천히 오세요."

다을과의 통화를 마무리하고 일어선 석주는 미팅룸으로 가다가 걸음을 멈추었다. 창 저편으로 눈에 익은 차 한 대가 보였던 것이다.

석주는 창가로 다가서서 앞마당 너머를 넘겨다보았다. 입구 옆의 담장에 바짝 붙여 놓은 차는 분명 기주의 것이었다.

지난주에는 무심히 넘겼던 오 팀장의 말이 떠올랐다. 리본 프로그램에 대해 기주한테서 들었느냐고 하던. 착각했다더니 아니었나 보다. 책 출간과 관련해서 오 팀장과 기주 사이에 오간 이야기가 있는 듯했다.

미팅룸 안을 슬며시 들여다보니 기주는 안 보이고 오 팀장과 김이슬인 듯한 젊은 여자뿐이다. 석주는 미팅룸으로 들어섰다. 계약서를 읽고 있던 김이슬이 자리에서 일어났다. 오 팀장이 석주를 소개했다.

"저희 대표님이세요."

김이슬이 고개 숙여 석주에게 인사를 했다.

"안녕하세요. 늘푸른나무 아동·청소년 분과에서 일하고 있는 김이슬이라고 합니다."

"반갑습니다. 앉으세요."

계약과 관련한 사항들은 오 팀장이 설명을 했다. 석주는 뒤로 조금 물러난 자세를 취한 채 김이슬을 찬찬히 관찰했다.

턱선까지 곧게 내린 단발머리. 눈, 코, 입, 각각 또렷한 생김새. 예쁘다, 라는 느낌보다는 고집이 단단해 보이는 얼굴. 호리호리한 몸집에 다을과 엇비슷한 키. 자줏빛 스웨터와 물 빠진 청바지. 납작한 운동화. 외모에 그다지 신경 쓰지 않는 스타일인 것은 다을과 같다. 스물여섯이란 나이도.

다을이 전체적으로 동그랗고 부드러운 이미지라면 이쪽은 훨씬 날카롭다. 찌를 듯한 날카로움이 아니라 대나무 같은 푸르름이랄까.

반다을이 햇볕 따뜻한 겨울날 한낮의 느낌이라면 김이슬은 흐린 늦가을. 어딘가 추워 보이는 구석이 있다. 군데군데 보풀이 인 스웨터 때문일지도 모르겠다.

그러니까 기주는 지금 이 여자를 여기까지 태워다 주고 나오기를 기다리고 있다는 것인데. 그럴 정도면 꽤나 가까운 사이라는 얘기다.

그럼 김이슬이 신입의 이모? 신입 성격에 이모가 왔다면 당연히 얼굴을 비칠 텐데 안 보이는 것도 이상하다.

"이 부분은 대표님께 말씀드려야겠죠?"

김이슬이 석주를 쳐다보며 물었다. 석주는 오 팀장을 보았다. 눈치 빠른 오 팀장이 설명했다.

"인세 기부 건이요. 김이슬 간사님과 아이들 모두 책 판매로 발생하는 인세 전액을 쉼터에 기부하고 싶어 해요. 그리고 우리 출판사 쪽에서도 권당 일정 금액을 기부해 주었음 좋겠다고 하

시거든요. 대표님 의견을 여쭙는 거예요. 물론 찬성하시겠지만
요."

취지부터가 특별했으므로 어차피 이 책으로 금전적 이득을
바랄 생각은 없었다. 석주는 흔연히 동의했다.

"그럽시다."

"감사합니다."

김이슬이 웃음기도 없이 덤덤히 말했다. 당연한 일에 커다란
치하를 할 생각 같은 건 없다는 듯이. 재미있는 사람이라는 생
각이 스쳤다. 기주가 흥미를 가질 만한 여자인가에 대해서는 아
직도 부정적인 쪽이 우세했지만.

"혹시, 지지난 주 일요일에 대학로에 나오셨습니까?"

석주의 물음에 오 팀장에게 가 있던 김이슬의 시선이 다시 석
주 쪽으로 왔다.

"늘푸른나무 로고가 찍힌 천막을 본 것 같아서."

"아, 그날. 공원에 서명 받으러 나갔었어요. 거기 계셨던가 봐
요?"

"서명도 했습니다."

"아."

그래서 뭐 어쩌라고요? 그런 눈빛으로 김이슬이 석주를 보고
있었다. 보기에 따라선 살짝 도전적으로 느껴질 수도 있겠다.

"인사받자는 건 아니고. 고맙다는 말은 그날 들었으니까."

"기억하느냐 물으시는 거라면, 죄송합니다. 사람 얼굴 기억하
는 덴 영 소질이 없어서요. 그리고 서명하는 사람들이 한두 명
도 아니거든요."

얼굴을 기억하지 못하기론 피차 마찬가지다. 다을과 함께였던 그날 그곳에서 서로 스쳐 간 게 맞는지 인연의 고리가 묘하다 싶어 물었던 거였다.

"얼굴 기억은 못 합니다, 나도. 그날 그분이 맞나 확인 차 물어본 겁니다."

"네."

짧게 대답하고는 김이슬이 다시 오 팀장에게 시선을 돌렸다. 자기 일에만 집중하고 무관심한 이에게는 일말의 여지도 주지 않는. 저런 면에 기주가 끌렸을까. 자신과 닮아서.

실무는 오 팀장에게 맡기고 석주는 먼저 일어나 나왔다. 들어오지 않고 밖에서 대기하고 있는 기주의 심리가 궁금했다. 추측하건대 김이슬에게 여기가 형의 출판사라는 것을 말하지 않았을 것이다.

기주가 그래야 했던 이유는 대충 짐작하겠고. 기주에 대한 김이슬의 심중은 어떤 것인지 알아봐야겠다.

얼마 후 김이슬과 오 팀장이 미팅룸에서 나왔다. 현관 앞에 서 있던 석주는 오 팀장에게 눈짓을 했다. 알아챈 오 팀장이 현관까지 나오지 않고 미팅룸 앞에서 김이슬과 인사를 나누고는 편집팀으로 들어갔다.

늘푸른나무 로고가 큼직하게 그려진 에코백을 어깨에 멘 김이슬이 복도를 걸어와 석주 앞에 섰다. 기다리고 있었음을 인지한 표정으로 김이슬이 석주를 빤히 쳐다보았다. 석주는 단도직입적으로 물었다.

"김이슬 씨, 권기주하고 어떤 사입니까?"

"그러는 대표님은 권기주 씨와 어떤 관곈데요?"

"동생입니다, 기주."

석주는 김이슬에게 비로소 자신의 명함을 건넸다. 받아 든 명함을 들여다본 김이슬이 이제야 알겠다는 듯 고개를 끄덕거리고 말했다.

"권기주 씨는…… 저희 단체 일 관계로 조금, 아니 많이 불편하게 만난 변호사예요."

석주는 김이슬을 차분히 보았다. 그것뿐입니까, 라는 질문을 담은 눈이었다. 대항이라도 하듯 석주의 눈빛을 침착하게 견디고 있던 김이슬이 마침내 입을 열었다.

"지금까지는요."

발전의 여지를 두고 있다는 말. 그것으로 대답은 되었다. 석주는 끄덕였다.

"이제 가도 되나요?"

김이슬의 물음에 석주는 턱을 까딱여 보였다. 김이슬이 현관으로 나섰다. 따라 나가진 않았다. 창밖을 지켜보고 섰으려니 차에서 내려선 기주가 김이슬에게 다가서는 모습이 보였다. 둘 사이에 대화가 오갔다. 서먹서먹하지는 않았지만 즐거워 보이지도 않았다.

남자의 손길을 뿌리치고 빠른 걸음으로 혼자 걸어가는 여자. 따라가 와락 팔을 잡아채는 남자. 몇 번의 실랑이 끝에 겨우 이끌려 차에 오르는 여자. 차 문을 닫아 주고는 운전석으로 돌아가는 남자.

그러고도 차가 출발하기까지는 얼마간의 시간이 더 걸렸다.

담장에 가려 차 안의 두 사람 모습은 잘 보이지 않았다. 기주의 차가 눈앞에서 완전히 사라지고서야 석주는 돌아섰다.

사무실로 돌아가려던 석주는 테라스 쪽 계단참에 숨듯이 쪼그리고 앉아 있는 신입을 발견했다. 기주와 김이슬을 지켜보고 있었을 시야다.

석주가 다가가자 기척을 느낀 신입이 손등으로 눈물을 쓱쓱 훔쳤다. 이런, 오늘은 복잡한 그림이 여럿이다. 석주는 신입 옆에 걸터앉았다.

"안 되는 건…… 안 되는 거겠죠?"

눈물이 지나간 신입의 목소리가 애잔했다.

"이연수 씨."

신입이 석주를 돌아보았다. 아직 물기가 덜 마른 어린 눈에서 난주가 보인다. 석주는 최대한 감정을 누르고 건조하게 말했다.

"스스로 정답을 알고 있으니까, 됐어요."

신입의 눈길이 힘없이 앞으로 돌아갔다. 올려 세운 제 무릎만 응시하던 신입이 혼잣말처럼 투덜거렸다.

"이모만 아니었어도."

석주는 고개 저었다. 문제의 핵심은 김이슬이 신입의 이모여서가 아니라 남자가 기주라는 데 있다. 짝사랑 상대를 잘못 골라도 한참 잘못 골랐다.

"기주는 언제나 자기가 선택해. 자기 선택으로만 행동하고. 기주에게 선택한 그 사람이 이미 정해졌다면 마음 돌리기 힘들 거예요."

"알아요. 저 여기 다닐 수 있게 대표님께 얘기해 준 것도, 공연 때 초콜릿 사다 준 것도, 다 이모 때문이라는 거. 이모가 걱정하니까 이모를 위해서 해 준 일이라는 거. 알고 있어요, 저도. 그런데도 자꾸만 마음이 걸어갔어요. 아닌 거 알면서도, 안 되는 일인 거 알면서도 자꾸만요."

안 하던 짓 해 온 과정을 보면 기주가 김이슬을 제 안에 얼마나 깊게 들여놓았는지 알겠다.

"지금은 연수 씨가 어려서 기주가 전부인 것처럼 보이겠지만 근사한 교수님 바라보듯 그런 마음일 수도 있어요. 연수 씨 본래의 모습 그대로를 즐겁게 바라봐 줄 사람, 분명 있어. 그런 사람하고 따뜻하게 연애해요."

본인도 잘 알고 있듯이 안 되는 사람 바라보며 헛된 희망으로 속 끓이지 말고. 오늘처럼 숨어 울지도 말고.

"대표님, 제 이름 처음 불러 준 거 아세요?"

그랬던가. 보통은 팀장이나 대리 등 직급을 성 뒤에 붙여 부르지만 신입은 딱히 이름 부를 일이 없었으니.

"그렇다고 의미 둘 필요는 없고."

"대표님, 저 금사빠 아니거든요? 그러니까 지레 방어막 안 치셔도 돼요."

웃음이 밴 신입의 말에 석주도 희미한 웃음을 지었다.

"대표님 가만 보면 근자감 쩔어요. 세상 여자들이 다 대표님만 좋아할 줄 아시나 봐. 대표님이 아무리 멋있대도 제 눈엔 기주 아저씨가 5만 배는 더 멋있걸랑요."

"5만 배는 심한데."

"그럼 5백 배로 해 드릴게요."

눈물이 날아가 버린 것 같아서 한결 마음이 놓였다. 내 탓도 아닌데 공연히 미안한 마음이 드는 경우, 지금의 신입에게도 해당된다. 기주가 얽혀 있어서 그럴 것이다.

"위로해 주셔서 감사해요."

"위로라기보다는 조언이지."

"대표님 정말 못 말려. 이럴 때 보면 기주 아저씨랑 똑 닮았어요. 냉철한 조언인 거 저도 알아요. 그렇지만 위로라고 생각할래요. 그 좋은 목소리로 제 이름도 불러 주시고. 그냥 지나쳐도 됐을 텐데 옆에 앉아서 이렇게 말씀도 나눠 주시고. 저한테 그런 건 위로거든요. 큰 힘이 됐어요. 해 주신 말씀 잘 새길게요. 대표님 말씀처럼 제 모습 그대로를 즐겁게 바라봐 줄 사람, 꼭 만날 거예요."

석주는 난주에게 그러듯 신입의 어깨를 툭툭 두드려 주고 일어났다.

사무실로 돌아와 다을에게 다시 전화를 걸었다. 이내 다을의 목소리가 뛰어나왔다.

─달곰이예요.

"다을아."

─앗.

"대답이 뭐 그래."

─갑자기 그렇게 부르니까 심쿵했잖아요.

석주는 미소 지었다. 갑자기 그렇게 부르고 싶었다. 다을의 표정이 눈에 선했다. 보고 싶다, 지금.

"보고 싶다."

잠시 침묵이 스쳐 간 뒤에 다을의 나직한 목소리가 찾아들었다.

—나도요.

석주는 다시금 미소 지었다. 생각을 걸러 두지 않고 말로도 표현할 수 있는 관계. 말이든 마음이든 주고 또 받을 수 있어서 좋은 사이. 따뜻하게 서로가 마주 바라볼 수 있는 마음이 새삼 고마웠다.

—저녁에 올래요?

안 그래도 갈 생각이었어.

"내일 만날 텐데 힘들게 뭐하러 왔느냐, 또 야단치려고?"

—아니, 안 그럴게요. 엄마한테 전화 왔는데요. 병원에서 밤새 사과네 할머니 옆에 계실 거래요. 그러니까 오늘은 안 가고 여기서 자도 돼요.

"라면 절대 아니고, 잠?"

—절대로 잠.

크크, 악동 같은 웃음이 뒤이었다. 석주도 웃었다.

—잠만 자긴 아까우니까 다락방에서 밤새 놀래요? 만화책도 보고 어린 시절 이야기도 하고 맥주도 마시고. 아, 맥주는 참자. 기분이 너무 좋아지면 비상사태가 발생할지도 모르니까.

"비상사태?"

웃으며 짚으니 다을도 고소한 웃음을 들려주었다. 그러고는 말을 계속했다.

—창턱에 앉아서 별도 봐요, 우리. 오늘 맑아서 별이 무진장 많을 거예요. 그런 날 밤에 불 꺼 놓고 있음 환상이에요. 막 오

고 싶죠?

함께 밤을 지새우며 책도 보고 이야기도 나누고 맥주도 마시고 별도 보고. 막 그러고 싶다. 하루라도 빨리, 날마다.

—오늘 저녁 악어가 잠에 나타난다. 몇 퍼센트?

"100%."

다을의 즐거운 웃음소리가 귓가를 가득 채웠다.

9

가만 생각해 보면 이름이 관계를 결정한다. 섬세하게는 호칭
이.

다을아, 하고 처음 불렀을 때 쿵, 소리라도 낼 듯 떨어져 내리
던 가슴. 그건 설렘이라기보다는 예언. 그렇게 불리기 전으로는
돌이킬 수 없다는 운명적인 하나의 시작점.

달곰이나 악어의 경우 제삼자를 지칭하듯 재미있고 편안한
측면도 있었다. 반다을 씨, 라는 호칭은 정중하지만 그만큼 멀
었다.

다을아, 라는 부름이 귀에 설지 않고 기분 좋은 두근거림일
때. 그때엔 이미 가장 가까운 사이가 되었음을 깨닫게 한다. 가
족이라는 테두리 안에 들어와 버린 사람처럼.

지금도 전화벨로 타전하는 석주의 부름을 향해 다을은 다정
히 대답해 주었다.

"다을이에요."

전화 저편에서 나지막한 웃음이 먼저 다가들었다. 그리고 여운이 번지는 목소리가.

—밥은 먹었어?

밥으로 안부를 묻고 있는 이 남자, 진짜로 가족 같다.

"먹었어요. 지금은 명지랑 커피 타임."

—나도 커피 고픈데.

"투정하는 악어라니."

—커피 타임, 15분이면 되겠지?

명지가 두 손에 테이크 아웃 커피 컵을 들고 다을 쪽으로 걸어오고 있었다.

"명지 와요. 이따 만나요. 뽀로롱."

15분의 시간을 정해 두는 걸 보니 병원 밖 어딘가에 와 있다는 소리다.

오지 말라고 했더니 기어이 또 데리러 왔나 보다. 얼른 뛰어가려면 지금은 명지에게 집중하고 통화를 마쳐야 했다. 뽀로롱, 하고 먼저 끊어 버린 데 대해서 조금 후 악어의 다정한 타박에 시달리긴 하겠지만 별수 없다.

"악어 씨구나?"

커피를 건네며 명지가 물었다. 다을은 웃으며 끄덕였다.

"차 대기시켜 놓고 너 기다리고 있다는 데 500원 건다."

"겨우 500원?"

"아휴, 얄미워. 세상 연애는 둘이서만 다 하는 듯. 빨리 마시고 가라, 가."

다을은 명지의 팔을 꼈다.

"싫어. 무지무지 천천히 마시고 갈 거야."

"반달곰, 이 언니의 충고는 잘 실천하고 있는 거겠지?"

"무슨 충고?"

"잠!"

다을은 놀라서 명지 입을 막았다. 누가 듣는다 해도 속에 숨은 의미는 모를 텐데 제풀에 놀란 셈이다.

"도명지, 여기 병원이거든?"

입에 가린 다을의 손을 떼어 내며 명지가 말했다.

"병원이면 뭐. 삶과 죽음이 교차하는, 그래서 더더욱 삶이 더 소중하고 가치 있는 곳인데 그런 얘기 좀 하면 어때서? 키스는 했겠지? 만난 지 한 달이 넘었는데 여태 그것도 안 했음 악어 씨가 이상한 거고."

"했어, 했어. 그러니까 쓸데없는 걱정 마."

"어땠어?"

명지가 짓궂은 표정으로 얼굴을 들이밀었다. 다을은 잠깐 뜸을 들이다 목소리를 잔뜩 낮춰 대답했다.

"틈만 나면 또 하고 싶어졌어."

깔깔 웃어대는 명지를 따라 다을도 웃었다.

충분히 좋아하는 남자랑 나누는 입술은 어떤 불쾌감 따위 없이 달콤하고 행복하다는 것. 명지 말마따나 자꾸만 하고 싶어진다는 것. 다섯 가지 사랑의 언어에서 최하위로 두었던 스킨십도 차츰 중요도의 단계를 높여 가고 있다는 것. 이제 다을은 알고 있었다. 기쁘게 받아들이고 있었다.

지난 금요일, 다락방에서의 밤부터 새벽까지 둘 사이에 오고 갔던 수많은 이야기들과 깊은 눈빛과 간절한 손길과 더운 숨결이 가르쳐 준 결과일지도 몰랐다. 마음뿐만 아니라 몸도 교감의 아주 소중한 요소라는 것을 다을은 인정할 수밖에 없었다.

석주와 나눌 '잠'의 순간은 과연 어떤 빛깔일지, 이따금 상상의 나래를 펼치며 뺨이 뜨거워지기도 하고 그 순간이 멀지 않았음을 예감하게도 되는 거였다.

"달곰이가 지금 끝내주게 달콤한 표정을 짓고 있어."

다을은 수줍게 미소 지었다. 석주에게도 그래 보였으면 좋겠다.

"명지야. 나, 내 얼굴이 작다는 생각은 한 번도 안 해 봤거든? 근데 석주 씨 두 손에 감싸이면 작아지다 못해 아주 없어지려고 해."

"염장을 질러요. 그리고 너 원래 얼굴 작은 편이거든?"

"얼굴 크기로 말하자면 도명지 따라갈 여자 없잖아. 너랑 사진 찍으면 자기 얼굴은 퉁퉁한 보름달이 된다고 소을이도 불만 작렬이던걸?"

"뭐, 내 얼굴이 시디만 한 건 사실이지만."

명지가 두 손을 제 뺨에 갖다 대고선 곱게 웃었다. 다을은 힘껏 끄덕여 주었다.

어디 얼굴 크기뿐이랴. 명지가 예쁜 것도 명백한 사실. 오늘 녹음의 스페셜 게스트가 들개임에도 명지가 시간을 내지 못해 아쉽다.

명지를 엘리베이터 앞까지 바래다주려는데 핸드폰이 울렸다.

엄마다.

—다을아, 녹음 몇 시에 끝나?

"4시쯤. 왜?"

—사과 할머니 깨어나셨다고 연락 와서 엄마 지금 병원 왔거
든. 소을이가 약속 있다고 저녁에 나가야 된다는데 아무래도 엄
마는 밤까지 여기 있어야 될 것 같아서.

"알았어, 엄마. 녹음 마치는 대로 바로 집에 갈게. 할머니는
괜찮으셔?"

—몸은 괜찮으셔. 폐렴도 잡혔대. 그런데 좀 이상해. 나를 딸
인 줄 아셨는지 내 손 덥석 잡으면서 딸 이름을 부르시는 거야.
저 다을이 엄마예요, 할머니. 그러니까 내 얼굴을 빤히 들여다
보시더니 다을이가 누구야? 너무도 태연하게 그러시잖아. 의사
선생님 얘기로는 종합병원에서 무슨 검사를 받아 보는 게 좋겠
다는데……

일순 다을은 멍해졌다. 엄마 말이 계속 이어졌지만 귀에 잘
들어오지 않았다. 가슴 한 부분이 서늘해지는 느낌.

전화를 끊고도 멍한 상태로 서 있는 다을에게 명지가 걱정스
레 물어 왔다.

"다을아, 왜 그래?"

"명지야. 너 여기서 우리 아빠 만났던 그날, 우리 아빠가
너 누군지 잘 못 알아봤다고 그랬잖아."

"아, 그거? 처음엔 그랬지. 뭔가 골똘한 생각에 잠겨 계신 것
같았어. 그래서 나도 무심히 보셨던 거겠지."

"사과네 할머니가 우리 엄마를 딸인 줄 아셨대. 다을이 엄마

라고 해도 다을이가 누구냐고 그러신대. 이거, 정상 아닌 거지?"

잠시 말문이 막혀 쳐다보던 명지가 에이, 하고 웃으며 고개를 저었다.

"반달곰. 그거랑은 다르지. 교수님은 나 금세 알아보셨어. 사과네 할머니야 워낙 연세도 많으시잖아."

그래, 그렇지. 그거랑은 다르지. 이런 불길한 생각 자체가 나쁜 거지. 말이 씨가 된다는데 생각조차 감히 품으면 안 되는 일이지.

다을은 다짐하고 또 다짐했다. 하지만 마음속으로 파고들어 버린 생각은 쉬이 물러가지 않았다.

명지를 병실로 올려 보내고 망설이던 다을은 혼자 엘리베이터에 올랐다. 아빠 친구인 한 교수를 직접 만나 볼 심산이었다. 막상 찾아가서 뭐라고 말을 해야 할지 고민스럽기도 했다. 편찮으시다는 얘기가 사실이냐고 물을 수도 없을 터. 그렇지만 얘길하다 보면 무엇이든 확인할 수 있을 것 같았다. 그 '무엇'이 무엇인지는 아직 모르겠지만 말이다.

그러나 한 교수는 일주일 동안의 휴가로 휴진이라고 했다.

"일주일이나요? 혹시, 병가를 내신 건가요?"

사적인 질문을 왜 하느냐는 듯 간호사가 뜨악한 얼굴로 다을을 쳐다보았다. 그리고는 약간 쌀쌀한 어조로 대답했다.

"그런 건 말씀드릴 수 없습니다."

병가는 아니라고 말하지 않는 간호사의 태도에 오히려 마음이 놓였다. 다을은 한 교수에게 전할 메모를 썼다.

교수님, 안녕하세요.

저는 반정우 교수님의 큰딸 반다을입니다.

저희 아빠에 대해 여쭙고 싶은 게 있어요.

돌아오시면 꼭 연락 부탁드립니다.

메모 아래에다 핸드폰 번호도 적어 간호사에게 건넸다. 한 교수에게 남기는 메모는 일종의 보험 같은 것. 한 교수가 몸이 안 좋다던 아빠 말을 지금은 믿고 싶었다.

✿　　　　✿　　　　✿

처음 녹음실에 들어와 앉은 게 엊그제 같은데 어느새 네 번째 녹음이다. 그러는 동안 석주와의 시간들도 차곡차곡 쌓였다. 업데이트한 편집본 외에 녹음된 분량으로 간직해 온 그 시간들이 다을에게는 너무도 소중했다.

지난주 게스트는 다을의 편집장인 오 팀장이었다. 편집자가 하는 일, 작가들과의 만남, 보도 자료 작성의 고충, 책을 내는 과정에서 기억에 남는 에피소드들 등 편집자의 하루를 알차게 엮어 내보냈다.

오늘의 스페셜 게스트는 배우 권철주. 다음 주에 오픈할 뮤지컬 홍보 겸 다을이 석주에게 적극 권해서 초대하게 되었다.

"안녕하세요. 악어 대표님의 둘째 동생이자 연극에 미친 남자 권철주, 악어의 윙크 청취자 여러분들께 인사 올립니다. 반갑습니다!"

철주가 씩씩한 인사말로 시작했다.

"저도 무척 반갑습니다. 지난번에 대학로에서 뵌 이후로 이 유쾌한 남자를 언제 또 뵙게 되나 기대를 많이 하고 있었답니다."

"엇, 악어 씨가 인상을 쓰고 있는데요?"

능청스런 철주의 말에 다을은 석주를 슬쩍 넘겨다보았다. 짐짓 미간을 좁히고 있는 얼굴. 오 팀장이 게스트였을 땐 한껏 느긋하더니만 신경 쓰고 있음을 보란 듯이 드러내는 모습에 절로 웃음이 났다.

"게스트만 칭찬했다 하면 악어 씨에게 저런 증상이."

웃음 섞은 다을의 말에 철주도 의견을 더했다.

"남자 게스트일 때 특히."

"철주 씨, 요즘 공연 준비로 눈코 뜰 새 없이 바쁘신 걸로 알고 있는데 저희 방송도 다 들으셨나 봐요?"

"아무리 바빠도 악어의 윙크는 꼭 들어야죠. 그건 그렇고 이쯤에서 공연 홍보 좀 해도 되겠습니까?"

"물론이죠. 그러라고 초대한 걸요. 마음껏 해 주세요."

철주가 이번 공연에 관해 이야기를 늘어놓는 사이 다을은 석주와 열심히 눈을 맞추어 주었다. 시시때때로 눈을 맞춰 주지 않으면 녹음 후 게스트만 쳐다본다는 감미로운 툴툴거림에 시달려야 할 테니까.

"드디어 기다리고 기다리던 이런 책 어때? 시간이 돌아왔습니다. 오늘은 우리의 악어 대표님부터 권유해 주세요. 어떤 책을 가져오셨을까요?"

석주가 책을 집어 들고 대답했다.

"오늘은 한강 작가의 '소년이 온다'를 골랐습니다."

"탁월한 선택이십니다."

다을의 감탄을 받으며 석주가 말을 이었다.

"제가 좋아하는 작가이기도 하지만 이 작품은 감히 한강의 대표작으로 꼽을 만하다 하겠습니다."

"저도 한강 작가가 특유의 분위기와 시적인 문장 때문에 무지 좋아하고 아끼는 작가들 중 한 사람인데요. 소년이 온다는 우리 문학사에 길이 남을 수작이자 걸작이라고 생각해요. 그러므로 필히 일독을 권합니다."

"한강 작가의 아버지도 작가죠."

"그렇죠. 한승원 작가님은 토속적이고 민족적인 작품들로 유명한데요. 이문구, 김승옥과 더불어 저희 엄마가 학창 시절에 즐겨 읽던 작가이기도 하답니다. 엄마 덕분에 저도 그분들의 글맛을 볼 수 있었고요. 엄마와 제가 독서에 세대를 거슬러 서로 영향을 주고받은 것처럼 한강과 한승원도 부녀로서, 그리고 작가로서 서로 간에 영향을 주고받은 부분들이 있지 않았을까 싶어요. 글을 쓸 때의 마음가짐이라든지 문학관이라든지 그런 것들 말예요."

"그렇겠군요."

"한강의 또 다른 작품 '채식주의자'도 함께 읽어 보시면 좋을 것 같아요."

"동감입니다. '채식주의자', '몽고반점', '나무 불꽃', 세 편의 아름다운 작품들로 이루어진 연작 소설이죠."

손발이 척척 맞는 느낌이 좋아서 다을은 석주를 바라보며 미소 지었다. 다을을 마주 바라보는 석주 얼굴에도 푸근한 미소가 머물러 있었다.

책 취향과 작가 취향이 일치한다는 건 정말 흐뭇한 일이다. 지금껏 잘 몰랐던 책을 통해서 서로를 더듬어 가고 알아 가는 과정도 좋지만 둘의 취향이 딱 들어맞는 책을 만날 땐 보이지 않는 끈으로 묶인 관계처럼 느껴지는 거다.

먼 옛날부터 알고 지내 온 아주 오래된 사이 같아서 더욱 충만해지는 마음.

지켜보던 철주가 의미심장한 웃음을 지으며 고개를 끄덕여 댔다. 둘 사이를 견고하게 인정받는 기분에 다을은 가만한 웃음으로 답했다.

"형수님의 이런 책은요?"

철주의 질문에 다을은 황급히 손사래를 치고 석주는 고개를 휘저었다. 쿡쿡 웃고서 철주가 질문을 살짝 바꾸었다.

"달곰 씨의 이런 책은요?"

"네, 오늘 달곰이의 선택은요. 줌파 라히리의 '저지대'입니다."

"달곰 씨의 완소 작가로군요."

냉큼 받아 주는 석주에게 미소로 끄덕여 보이고 다을은 말을 계속했다.

"네. 저의 완전 소중한 작가, 줌파 라히리는요. 이력이 좀 특이한데요. 런던에 이민 온 벵골인 부모에게서 태어나 미국에서 자랐어요. 첫 소설집 '축복받은 집', 장편 소설 '이름 뒤에 숨은 사랑', 단편집 '그저 좋은 사람'에 이어 장편 소설 저지대까지, 우아하고 매력적인 문장으로 우리나라 독자들에게도 많은 사랑을 받고 있는 작가죠. 단편의 글맛을 멋들어지게 살린 축복받은 집도 참 좋았지만, 제게는 저지대가 줌파 라히리 최고의 작품인데요. 한강의 소년이 온다를 읽었을 때와 마찬가지로 이런 작품을 써 냈으니 이 작가는 이제 여한이 없겠구나, 생각했던 작품이기도 하답니다."

고개를 끄덕이며 석주가 물어 왔다.

"저지대는 어떤 작품이죠?"

"표면적으로는 전혀 다른 두 형제와 한 여자의 인생을 다루고 있지만 그 안에는 한마디 말로는 차마 표현하기 어려운 많은 것들이 대하소설처럼 담겨 있어요. 모든 훌륭한 작품들이 그러하듯 인물들이 생생히 살아 있는 건 말할 것도 없고요. 한 권의 책을 관통하는 주제와 촘촘히 그려 낸 시대상, 그 속에 얽힌 여러 사람들의 이야기가 저를 완벽하게 매료시켰답니다. 마지막 페이지에 이르러 마지막 문장을 읽는 순간 이 책을 처음부터 다시 읽으리라는 예감을 느꼈죠."

"그래서, 다시 읽었습니까?"

석주가 물었다. 다을은 고개를 저었다.

"아니요, 아직. 읽기를 다시 시작하기엔 지금까지도 여운이 채 가시지 않았거든요. 어떤 책은 그래요. 마지막 페이지의 여운이 생각했던 것보다 먹먹하게 길고 영혼의 어느 자리에 오래오래 남아서 사라지지 않는."

"어떤 사람도 그렇죠."

문득 끼어든 것은 철주였다. 먼 데를 바라보듯 흐릿한 미소가 서린 눈빛이었다. 철주에게 뭔가 하고 싶은 말이 더 있을 것 같아서 기다리고 있는데 석주의 물음이 다을에게 날아들었다.

"저지대의 주요 인물인 우다얀과 수바시, 두 형제 가운데서 달곰 씨는 어느 쪽으로 더 마음이 기울었습니까?"

"둘 다 각각 다르게 매력적이라 선택하기가 참으로 곤란한데요. 음…… 제가 만약 여주인공 가우리라면 우다얀을 평생 가슴에서 뽑아내지 못할 것 같아요. 그런데 그런 사람 그런 사랑, 현실에서는 버거워서 싫어요. 현실 세계에서의 저는 수바시에게 마음을 주고 끝까지 의지할 것 같아요."

석주가 끄덕였다. 이번에는 다을이 질문을 던졌다.

"가우리에 대해서는 어떻게 생각하세요?"

"이해는 되지만 괴로울 것 같습니다."

"수바시의 입장에서 말이군요?"

"네. 현실 세계의 악어는 우다얀으로 살지는 않을 것 같으니까."

"저도 현실 세계에서는 가우리로 살지 않을 테지만 소설 속에서의 가우리를 전적으로 이해해요. 사랑의 방식을 바라보는 차이랄까요. 어느 한쪽의 희생을 바탕으로 이루어지는 관계는 건강하지 않다고 생각하거든요. 의식적으로든 무의식적으로든 사랑을 근거로 일방의 희생을 강요하는 상황, 싫어해요. 그건 진짜 사랑일 수 없다고 생각하고요. 물론 수바시는 그 상황을 희생이라 생각하지 않겠지만 가우리의 내면에서 보자면 또 다르니까요."

"만약 그런 상황이 온다면, 그러니까 일방의 희생을 바탕으로 엮어 가야 하는 그런 상황이 닥친다면 사랑해도 놓아주어야 한다? 수바시처럼?"

"네."

석주 표정에 미묘한 변화가 스쳐 갔다. 소설 속 인물들을 떠나서 반다을과 권석주로서 더 이야기하고 싶지만 지금으로선 곤란하니 나중으로 미루기로 했다.

다을은 철주에게 미리 준비해 오라 일러두었던 이런 책을 물어보았다.

"권철주의 이런 책은 페르 닐손의 소설 '첫사랑'입니다."

"영 어덜트(Young adult) 소설로 분류되는 작품이죠."

"그런 건 모르겠고. 연령대를 떠나서 누구나 한 번쯤 읽어 보면 괜찮을 책이라 생각해 가져왔어요."

"맞아요. 페르 닐손은 스웨덴 작가인데요. 저는 '내가 행복해도 될까요?'를 썩 괜찮게 읽었답니다. 첫사랑은 독일 청소년 문학상을 받은 작품이기도 하죠. 배우 권철주에게 첫사랑은 과연 어떤 책일까요?"

"10대 시절의 순수했던 나를 되돌아보고 그 시절의 불안과 헛된 욕망들까지도 껴안으면서 새삼 추억하게 만드는 작품?"

"오오, 그렇군요. 이 시점에서 꼭 하지 않으면 밤에 잠이 안 올 것 같은 질문이 하나 있는데요."

"권철주의 첫사랑은 언제였느냐, 뭐 그런 거요?"

"눈치가 LTE급이신데요?"

"나만 말하면 불공평하니까 두 분도 반드시."

다을은 석주를 쳐다보았다. 석주는 유유히 어깨만 으쓱했다. 첫사랑이니 뭐니 다을의 과거사를 캐려 든 적도 없고 그다지 연연하지 않는다는 느낌을 준 석주인지라 기대감이나 궁금증은 다을 쪽이 더 컸다.

"좋아요. 그럼 권철주의 첫사랑부터. 여기서 잠깐! 내 첫사랑은 유치원 때였다, 이런 건 결코 접수 안 하겠어요."

"시시하게 유치원 때 역사를 들먹이는 건 권철주의 수치."

"그럼 고등학교 때? 아님, 중학교 때? 첫사랑 스토리니까 첫뽀뽀 정도는 들어가 줘야 한다는 것도 아시겠죠?"

"기대를 저버려서 미안합니다만 저의 첫사랑은 초등학교 5학년 때였습니다."

"5학년이면 열두 살? 뽀뽀쯤은 하지 않나?"

"보기와는 다르게 뽀뽀에 집착하시는군요."

다을은 키득키득 웃었다. 이게 다 악어의 키스가 새겨 준 입술 집착 중세랄까. 석주도 조용히 웃고 있었다.

"청취자분들이 지금 귀를 쫑긋 세우고 기다릴 테니 열두 살 소년 권철주의 첫사랑 이야기를 좀 더 자세하게 풀어 놔 주세요."

"내 기억 속에 사는 그 애는 명랑한 울보였어요."

"명랑한데 울보라니. 좀 특이한데요?"

"기본적으로 명랑 발랄한 장난꾸러기예요. 남자애들이랑 몸 사리지 않고 잘 노는. 하루는 나랑 다투며 몸싸움을 하다 내 팔을 부러뜨려 놓았죠. 아파 죽겠는 사람은 난데 세상이 다 떠나가라 울어 젖힌 건 그 애였어요. 얼굴은 주먹만 하니 쬐끄만 게 눈은 또 얼마나 커다란지. 그 두 눈에서 쉴 새 없이 눈물이 뚝뚝 떨어지는데……."

"그 애가 슬피 울어서 열두 살 철주가 맘이 몹시 아팠나 봐요."

"아뇨, 그게 아니고."

"그게 아니고? 그럼?"

"어찌나 예쁘던지!"

"네에?"

놀라 되묻는 다을에게 철주가 장난기 넘치는 웃음을 지으며 말했다.

"왜 여자애들 보는 순정만화 있잖아요. 거기 나오는 여자들 얼굴. 비현실적으로 예쁜데 눈이 얼굴 반쯤 차지하게 그려 놓은. 두 눈은 보석 박힌 것처럼 반짝반짝. 울고 있으니까 딱 그거 였어요."

으하하하, 웃음으로 끝맺는 철주를 보며 다을은 따라 웃어 버렸다. 팔이 부러진 와중에도 우는 여자애가 예뻐서 정신없이 쳐다보고 있는 소년의 모습이라니. 상상하니 귀엽고 사랑스러웠다.

"그래서 그 첫사랑이랑은 어떻게 됐나요?"

"그만 울게 하려고 하나도 안 아픈 척 늠름하게 버텼는데."

"그랬는데요?"

"다음 날 전학을 가 버렸어요."

"저런!"

"이 시점에서 그 애한테 한마디를."

"들을지는 모르겠지만?"

철주가 눈을 빛내며 끄덕였다.

"와, 제가 막 떨리는데요? 그 옛날 소년 권철주의 첫사랑 그

애에게, 현재의 권철주가 전하는 한마디는요?"

"남의 팔은 똑 부러뜨려 놓고 전학 가 버리면 다냐? 너, 내 눈 앞에 다시 나타나면 가만 안 둔다."

이건 뭐 옛 추억을 되살리는 달콤한 한마디가 아니라 선전포고다.

"아니, 남기고 싶은 한마디가 거의 협박 수준인데요? 첫사랑이라면서요?"

어이없다는 표정으로 물었더니 철주가 흐흐 웃으며 툭 내뱉었다.

"미운 정."

❂   ❂   ❂

크리스마스이브 저녁, 철주의 공연을 보고 나온 다을은 석주와 함께 차에 올랐다. 석주가 예약해 둔 레스토랑으로 가서 저녁을 먹을 계획이었다.

공연 오프닝 직전 생일 케이크를 들고 나타난 철주 덕분에 다을은 객석을 가득 채운 관객들 축하까지 받으며 무대로 올라서야 했다. 철주의 비올라 연주를 반주 삼은 생일 축하 노래에도 모두가 즐겁게 동참해 주었다. 케이크의 촛불을 불어 끌 때는 맨 앞자리에 앉아 있던 석주와 둘만의 은근한 눈길을 나누기도 했다.

"철주 녀석이 그런 이벤트를 준비해 둔 줄은 몰랐어."

"악어의 지휘 아니었어요?"

"이벤트 별로라는 여자한테?"

"좀 오글거리긴 했지만 재미있는 기억으로 남을 것 같아요."

"나쁘진 않았지?"

"네. 비올라로 듣는 생일 축하 노래가 인상적이었어요. 비올라 음색이 참 따뜻했어. 첼로만큼 무겁지도 않고, 바이올린처럼 날카롭지도 않고. 철주 씨는 확실히 무대 체질이야. 공연 내내 무대 위에서 날고 기던걸요? 나중에 세계적으로 유명해지기 전에 사인 잔뜩 받아 놔야겠어요."

"세계적으로?"

물으며 석주가 웃었다.

"왜요? 뮤지컬 배우들 세계 무대로도 진출하잖아요. 철주 씨라고 못 그러란 법 있어요?"

"국내에서라도 꾸준히 활동할 수 있으면 바랄 게 없지."

"그렇게 될 거예요. 매 순간 눈부시게 빛났어. 명지한테도 빨리 보여 주고 싶다."

"드디어 내일."

"그러게. 이상하게 둘이 어긋나고 시간 맞추기가 어렵더니만. 드디어 내일, 들개랑 도명지가 소개팅을!"

"참, 잊을 뻔했다."

석주가 무심한 듯 말하고선 몸을 뒷좌석으로 기울이더니 리본 장식이 매달린 상자를 집어 다을에게 건넸다.

"생일 선물이에요?"

"크리스마스 선물. 생일 선물은 저녁 먹으면서."

"선물을 각각? 꼬마 다을이 치유 차원이구나?"

대답은 훈훈한 미소였다. 석주의 미소를 고마운 맘으로 바라보다가 다을은 상자를 열었다. 보송보송한 솜뭉치를 헤집고 내용물을 확인하는 순간 다을의 입에서 함박웃음이 터졌다.

"나오기만을 손꼽아 기다리던 거예요. 악어의 센스는 역시 짱!"

석주 얼굴에 만족스러운 웃음이 떠올랐다. 석주가 다을에게 안긴 크리스마스 선물은 책이었다. 다을이 좋아하는 작가 주제 사라마구의 유작이자 최신작, '카인'.

"이거 아직 출간 전이라 예약 판매 중인데 어떻게 구했어요?"

"출판사로 찾아갔어."

"한 권만 먼저 달라고 애원했어요?"

"거의."

"멋있잖아요."

그윽한 미소를 지으며 석주가 차를 출발시켰다. 다을은 안전벨트를 잠깐 풀고서 석주에게 다가가 뺨에다 쪽 입 맞춰 주었다.

"이건 반칙인데?"

"어째서요?"

"출발하기 전에 했어야지."

"그랬으면 악어가 제대로 반격을 해 올 거 아니에요. 그러면 언제 출발하게 될지, 저녁은 먹을 수나 있게 될지 모르는 일이 잖아요. 그래서요."

차 안에 달콤하고 부드러운 웃음이 섞였다. 차는 도시의 물결 속으로 서서히 나아갔다. 다을은 책을 펼쳤다. 앞부분을 읽고 있으려니 석주가 말을 걸었다.

"재미있어?"

"응, 섹시한 아담 등장이에요."

"흠."

"자러 갈까."

"그럴까."

석주의 자연스러운 대구에 다을은 푸푸 웃었다.

"아담의 대사예요."

"어쨌든."

책 속 아담의 대사 때문인지 석주의 나른한 목소리 톤 때문인지는 모르겠지만 몸 깊은 곳 알 수 없는 어딘가가 아지랑이 피어오르듯 간지러웠다. 저녁 식사 후 둘만의 시간이 어디로 흘러갈지 상상하고 있던 바로 그때, 다을의 핸드폰이 울렸다.

"안 받고 싶다."

"받지 마."

"누군지만 보고요."

발신자를 확인한 다을은 반갑게 전화를 받았다.

"아빠!"

10

12월 31일 밤, 4남매가 본가에 다 모였다.

모처럼 온 가족이 함께 한 저녁 식사 직후 아버지는 책나라 송년 모임에 얼굴을 비춘다며 나가고 4남매가 와인 파티를 벌였다.

"윙크 언니도 같이했음 좋았을 텐데."

난주가 아쉬워했다. 석주 마음도 난주와 같았지만 다을이 돌아오는 내일을 기다릴 수밖에 별 도리가 없었다.

크리스마스이브이자 다을의 생일이던 지난 24일, 석주는 계획해 둔 생일 선물을 다을에게 주지 못했다. 로맨틱한 저녁 식사도 무산되었다.

저녁을 먹으러 가던 도중 다을에게 걸려온 다을 아버지의 전화 때문이었다.

미안해하는 다을을 서울에 올라왔다는 다을 아버지께 데려다

주었다. 혼자 집으로 돌아와 기다리던 석주는 다음 날 이른 아침에야 다을의 전화를 받았다. 갑자기 일주일 예정의 가족 여행을 가게 됐다는 다을에게 석주는 '안 돼' 라고 말하고 싶었다.

일주일씩이나 못 본다고? 말도 안 돼. 그럴 순 없어. 절대.

제멋대로 입을 뚫고 나오려는 말들을 억누르며 석주는 다시금 생일 선물에 대한 결심을 굳혔다.

다을과 함께 살아갈 모든 날들을 꿈꾸면서 다을이 없는 텅 빈 일주일을 간신히 견뎠다.

"오빠. 윙크 언니 친구랑 하기로 했던 소개팅, 또 미뤄졌다면서? 아무래도 인연이 아닌가 보다."

손에 든 와인 잔에 눈길을 둔 채 철주가 심상하게 받았다.

"인연? 베이글녀가 아니겠지."

"어휴, 그놈의 베이글녀 타령."

콧날을 찡그리며 난주가 쏘아붙였다.

"그 첫사랑 얘기 진짜야?"

석주의 물음에 철주가 싱글싱글 웃으며 되물었다.

"지어 낸 것 같아?"

"처음 들어서. 지금껏 너 그런 얘기 한 번도 한 적 없었잖아."

"악어의 윙크를 위해서 아껴 뒀지."

"설마."

난주가 코웃음을 쳤다. 첫사랑 이야기의 진위는 모르겠지만 철주 팔이 부러져 깁스를 했던 적은 있었다. 그것도 두 번. 철주가 얘기한 그 5학년 때, 그리고 고등학교 1학년 때도.

"학교에서 팔 부러져 왔을 때 기억은 난다."

"나도 어렴풋이 기억나. 여자애한테 맞아서 그런 줄은 몰랐어. 키가 아깝다, 키가."

난주의 핀잔에 철주가 흐흐흐 웃었다.

팟캐스트 녹음 이후로 석주에게는 철주가 조금은 달리 보였다. 희곡만 주로 읽던 철주여서 그런 말랑말랑한 책을 읽는 줄도 몰랐고 그 어린 날의 기억을 첫사랑으로 가슴 한쪽에 담아 두고 사는 줄도 몰랐다.

저렇게 자주 속없이 웃는 듯 보이지만 실은 가슴 저 깊은 데 우물 하나 마련해 두고 사는 것은 아닌지. 남들에게는 언제나 유쾌한 사람으로 여겨지지만 영혼의 어느 구석엔 어둔 그늘이 드리워 있는 것이나 아닌지.

"요즘은 그거 안 하지?"

넌지시 묻자 철주가 그게 뭐냐 되묻지도 않고 이내 대답했다.

"안 해."

"그거? 뭐?"

난주가 통 뛰어오르듯 묻더니, 스스로 답했다.

"아아~ 그거. 엄마한테 3박 4일 동안 혼나고 끊었잖아."

"혼난 거 아니거든?"

여유만만 받아치는 철주를 보며 석주는 그날의 어머니를 떠올렸다.

철주가 두 번째로 팔을 부러뜨린 그날, 어머니는 철주 앞에 무릎을 꿇다시피 주저앉아 울었다. 어머니의 눈물을 처음 본 철주는 당황한 나머지 깁스한 팔을 쓸며 이리저리 왔다 갔다 하다 어머니 앞에 마주 무릎을 꿇고 빌었다.

다신 안 해요. 안 할게요. 약속해요, 엄마.

어머니가 돌아가신 후에도 철주는 그 약속을 지켜 왔다. 하고 싶은 건 꼭 하고야 마는 녀석이 하고 싶은 걸 끝내 하지 않고 잘도 참으며 살아온 마음 밑바닥에는 과연 무엇이 들어앉아 있는지 궁금해지기도 한다.

석주는 내내 조용한 기주를 바라보았다. 원래도 말수가 많은 편은 아니지만 오늘따라 더욱 그래서 마음이 쓰인다. 와인만 벌써 몇 잔째 들이켜고 있으니 말이다. 김이슬과 잘 안 풀리는 중일까.

"작은오빠."

기주가 난주를 보았다.

"옷 좀 편한 걸로 갈아입으면 안 돼? 금방이라도 일어날 사람처럼 그러고 있지 말고."

"좀 이따 갈 거야."

무덤덤한 기주의 대꾸에 난주가 입을 부루퉁하게 내밀었다. 여느 때나 똑같이 감정을 여과 없이 표현하는 난주를 보니 안심이 됐다. 서교훈은 역시 잠깐 지나가는 바람이었을지 모른다.

문자 들어오는 소리에 석주는 핸드폰을 열었다. 다을이다.

〈집에 왔어요.〉

담담하기 짝이 없는 한 문장에 마음이 급속도로 환해졌다. 입술에서 비눗방울처럼 새어 나오는 웃음을 어쩌지 못하겠다.

"악어가 활짝. 윙크 언닌가 봐."

"아까부터 왜 자꾸 윙크 언니래?"

철주가 물었다. 난주가 철주 쪽으로 돌아앉아 윙크의 연유를 설명하기 시작했다. 석주는 핸드폰을 들고 방으로 들어왔다. 전화를 걸자 금세 다을의 목소리가 다가들었다.

—다을이에요.

다행이다. 어제보다 조금 더, 그제와 그끄제보다는 많이, 가족 여행을 떠나게 되었다던 날 아침보다는 훨씬 더, 목소리에 윤기가 돌아서. 반다을 본래의 말투로 돌아와 있어서. 어떻게 견디나 암담하기까지 했던 며칠을 무탈하게 보내고 제자리로 돌아와 주어서.

—악어 어디 갔어요?

석주는 후후 웃었다. 지금 다을의 얼굴과 표정이 너무도 선했다.

"다을아."

무턱대고 이름부터 불렀다. 잘 다녀왔어? 피곤하지? 얼른 씻고 자. 내일 해가 머리 위로 떠오를 때까지 실컷. 그러려고 했는데.

—다을이 여기 있어요.

그리고 낮은 웃음소리가 들렸다. 이제는 물어봐도 될까. 갑작스런 가족 여행을 결정하게 된 배경에 대해서.

"잘 다녀왔어?"

—잘 다녀왔어요.

"피곤하지?"

—조금.

"얼른 씻고 자."

—귀찮아. 그냥 잘래요.

"그럼 그냥 자. 내일 해가 머리 위로 떠오를 때까지 실컷."

—보고 싶었죠?

"보고 싶었어. 달곰이는?"

—많이.

"갈까?"

다을이 웃었다. 고소한 웃음소리가 유난히 가깝게 느껴진다. 전화 속의 웃음인 것은 지난 며칠과 같은데 집에 돌아와 있어 더 그렇게 느껴지는 것 같다. 이젠 언제라도 달려갈 수 있으니까.

—뭐하고 있었어요?

"기다리고 있었어."

—매일매일 그랬던 거 말고요. 지금요.

"4남매의 송년회."

—재밌겠다!

"난주가 윙크 언니 왜 안 오냐고."

—윙크 언니? 나요? 내가 왜 윙크 언니예요?

왜 윙크가 됐는지, 난주가 지어 준 '악어의 윙크'에 숨은 진짜 뜻이 무엇인지, 이제는 말해 주어도 괜찮겠지. 하지만 만나서 눈을 보며 말해 주고 싶어 일단은 미루기로 했다.

"악어의 윙크 진행자잖아."

—아하, 줄여서 윙크 언니? 난주 씨는 잘 있어요? 들개랑 늑대도요?

"다 잘 있어. 지금 갈까?"

—너무 늦었어요.

"그럼 내일."

—새해 첫날인데 가족들이랑 지내야 하는 거 아니에요?

가족, 될 거잖아. 다을에게 석주는 단호하게 말하고 싶었다.

"아픈 데 없지?"

안부 차원에서 지나가는 말처럼 물었건만 여태 금방금방 건너오던 말들이 틈을 둔다. 왈칵 걱정스러워 석주는 재차 물었다.

"아픈 데는 없냐고."

—없어요.

대답하는 목소리가 살짝 가라앉았다.

"있는 것 같은데? 목소리가."

—피곤해서. 잠도 쏟아지고. 이제 진짜 자야겠어요.

"그래, 얼른 자. 푹 자고 내일 일어나면 문자해."

—네.

전화 저편의 다을이 사라졌다. 지금 당장 달려가 다을을 보고 싶었다. 그새 깊이 잠들었다면 머리맡에 앉아서라도, 아주 잠시 동안만이라도.

거기와 여기로 서로 떨어져 흐르는 시간이 아까웠다. 다을이 없는 시간은 이젠 상상조차 할 수 없게 되어 버렸다. 결심을 선물로 건넬 내일이 애타게 기다려졌다.

❀   ❀   ❀

새해 첫날.

한겨울답지 않게 볕이 따스한 오후, 석주는 차를 몰아 작은 책방 잠에 도착했다. 집에서 나오기 전 다을에게서 일어났다는 문자를 받고 통화도 했지만 다시 전화를 걸었다.

—다을이에요.

"왔어."

—들어와요.

잠에서 갓 깨어난 것 같은, 뜨거운 물에 몸을 폭 담그고 있는 것 같은 목소리로 느껴져서 석주는 순간 할 말을 잊었다. 같은 말을 전혀 다른 의미로 느끼고 있는 자신을 다을은 모를 것이다.

—석주 씨?

"부모님께 정식으로 인사드려도 된다는 뜻이야?"

—두 분 다 안 계세요. 외가에 새해 인사 가셨어요. 소을이도요. 방에는 조용히 쉬러 온 책 손님들만. 나는 다락방에 있어요. 올라와요.

석주는 후, 한숨 같은 웃음을 내쉬었다. 다을의 말을 자꾸만 다른 의미로 해석하고 있는 심장이라니. 며칠 만이라 제정신이 아닌가 보다.

차에서 내려선 석주는 삼각 지붕 밑에 자리한 다락방 쪽을 올려다보았다.

창가의 다을이 보였다. 먼 실루엣만으로도 설레었다.

다을을 향해 석주는 서둘러 걸었다. 커피 향이 은은한 1층을 거쳐 책들이 빼곡한 계단을 올라 다락방으로 들어갔다. 창턱에 무릎을 세우고 올라앉아 있던 다을이 석주를 보며 활짝 웃었다. 석주도 웃으며 다을에게로 다가가 마주 걸터앉았다.

"악어가 성큼성큼."

"훔쳐봤어?"

"응."

웃음 어린 대답에 마음이 놓인다. 푹 자고 일어나서인지 어젯밤보다 생기가 환하다. 석주는 손을 하나 뻗어 다을의 뺨을 어루만졌다. 따듯하고 부드러웠다.

"하고 싶죠."

순수한 도발에 석주는 미소 지었다. 하고 싶다, 당연히. 그게 뭐든. 입술이든 포옹이든 잠이든, 전부 다. 하지만 아직은 그럴 차례가 아니다.

오늘의 가장 중요한 첫 번째는 크리스마스이브에 주지 못한 선물과 마음을 건네는 것. 그리하여 지금부터 둘이서 함께할 미래를 청하는 것. 오늘로 미뤄진 프러포즈를 마침내 완성하는 것.

"선물은요?"

다을이 먼저 물어 왔다.

"그날 못 준 생일 선물 갖고 왔을 줄 알았는데."

고개를 양쪽으로 기울여 석주 주변을 휘휘 둘러보고는 다을이 짐짓 뾰로통한 입술을 했다. 여자 짓 하는 다을이 사랑스럽다. 이렇게 여자처럼 구는 모습을 기어이 보고 싶었던 거다. 다른 여자가 아닌 반다을에게서.

석주는 가슴팍에 손을 올려 톡톡 두드려 보였다.

"선물은 여기에."

"많이 보고 싶었던 마음?"

"그건 기본이고."

"그럼 뭐예요?"

석주는 재킷 안주머니에서 반지 케이스를 꺼냈다. 그리고 반지가 보이도록 열어 다을 앞에다 놓았다. 다을의 두 눈이 동그래졌다. 동시에 입도 조그만 동그라미를 그리며 벌어졌다. 창으로 드는 햇빛을 받으며 반지에 박힌 다이아몬드가 투명하게 반짝였다.

"그날 못 한 거, 지금 하려고."

"아……."

"결혼하자."

다을이 숨을 멈추었다. 조금은 놀란 듯 입술을 꼭 붙여 다물고서 석주를 쳐다보았다.

"봄이면 좋겠어. 되도록이면 3월에. 아니, 2월이어도 괜찮아. 바리바리 혼수 준비 같은 거 안 해도 돼. 그런 거 다 필요 없어. 반다을 하나면 돼. 그러니까 가능한 한 빨리, 같이 살았으면 좋겠어. 더 이상 시간 낭비하기 싫어. 매일매일 곁에 두고 보고 싶어. 하루 빨리 그랬으면 좋겠어."

먹먹해진 얼굴로 석주를 바라만 보던 다을이 입술을 열었다.

"석주 씨. 나는……."

말을 잇지 못하는 다을을 보니 불안과 조바심이 함께 밀려왔다.

"악어랑 결혼할 생각까지는 없다, 뭐 그런 말을 하려는 건 아니겠지?"

웃음을 실어 농담처럼 선수를 쳤는데도 다을에게서는 아무런 대꾸가 없다.

"다을아."

"결혼은 좀 더 나중에……."

"뭐?"

"아직은, 결혼할 생각이 없어요."

담백하지만 의지가 밴 대답. 혼란스러워 생각을 정돈해야 했다. 석주는 호흡을 가다듬고 침착하게 물었다.

"나중에, 언제?"

"좀 많이 나중에요."

"그러니까 그게 언제냐고."

"……."

"거절이야?"

다을이 고개를 세차게 저었다.

"거절 아닌 거 알잖아요. 그냥, 지금은 결혼할 수 없어요. 미안해요."

날마다 곁에 두고 싶은 여자한테서 듣는 미안하다는 말이 이렇게나 쓰라린 것인지 몰랐다.

거절은 아니라는 것, 물론 알겠다. 그렇지만 언제일지 모를 나중으로 미룬다는 것, 그런 대답으로 프러포즈를 매듭짓는 건 쓸쓸하다.

석주는 다을의 왼손을 끌어다 쥐고 약지에 반지를 끼워 주었다. 다을은 거부하지 않았다. 제 손에 끼워진 반지를 가만 들여다보며 중얼거렸다.

"예쁘다."

반지에 오롯이 꽂혀 있는 눈빛이 뭔가 모르게 애잔하다.

"맘에 들어?"

"맘에 꼭 들어요. 석주 씨는 언제나 그랬어. 언제나 내 맘에 꼭 드는 것만 안겨 줬어요."

쓸쓸하던 마음이 한결 다독여졌다. 석주는 반지 낀 다을의 손을 잡은 채 말했다.

"결혼 얘기가 이르다 싶을 수도 있어. 중요한 건 함께해 온 시간의 양이 아니라 질이라고 생각하지만 그것도 내 욕심일 수 있겠지. 생각할 시간이 필요한 거라면 기다리겠어."

"너무 많이 기다리게 하면요?"

"악어가 무서워서라도 그러진 않겠지."

"하나도 안 무서운데."

다을의 얼굴에 비로소 웃음기가 어른거렸다. 책방도 며칠씩이나 닫아 놓고 갑작스레 떠난 가족 여행에 어떤 사연이 숨어 있었는지 아무래도 맘에 걸렸다.

"가족 여행은 어땠어?"

"하루하루가 너무나도 소중했어요."

석주는 끄덕였다. 묻지 않아도 여행에서 있었던 이야기들을 재미나는 책 읽어주듯 도란도란 풀어 놓을 다을일 텐데 딱 거기까지만 말하고 마는 것이 역시 심상치 않다. 만약 다을이 다 말하지 않는 것이 있다면? 그것이 혹여 오늘의 프러포즈에도 영향을 미친 거라면?

석주는 추측해 보았다. 지난주에 다을의 가족에게 무슨 일이 일어났다. 그리고 그 일은 일과성이 아니라 지금도 진행 중이다. 아마도 수습이 쉽지 않고 장기간에 걸쳐 감당해야 할 일일지도 모른다.

아까와는 다른 이유로 마음이 불안하고 조급해져 왔다. 소을에게 물어보면 알 수 있겠지.

하지만 다을에게 힘든 일이라면 소을에게도 그러할 터. 가족이 아니면서 다을과 가장 가까운 사람, 다을 가족만의 일을 알고 있을 유일한 사람은 도명지뿐이었다.

"커피 고프다."

"나도. 만들어 올게요."

석주는 웃으며 끄덕여 보았다. 다을이 커피를 가지러 아래층으로 내려간 사이 명지에게 전화를 걸었다.

✿　　　✿　　　✿

"알츠하이머래요."

명지가 말했다. 석주는 귀를 의심했다.

"누가……?"

"교수님이요."

하아, 긴 숨이 절로 흘러나왔다. 다을이 겪었을 충격과 슬픔과 절망이 생생히 다가들었다.

"다을이는 엄마 걱정을 더 많이 해요. 다을이한테 들어 아시겠지만 사모님이 무지 여리고 소녀 같으시거든요. 엄마가 무너져 버릴까 봐, 다을이는 그게 더 걱정인가 봐요. 엄마 옆에 자기가 있어 줘야 한다고 생각해요. 든든한 맏아들처럼요. 어떤 마음인지 석주 씨도 맏이니까 잘 아시죠? 다을이네는 아들도 없고 소을이랑 둘뿐이잖아요. 다을이가 책임감을 많이 느끼고 있는 것 같아요. 앞으로 아빠를 돌보는 일부터 엄마 마음 보살피는 일까지 다요. 그래서 그랬을 거예요. 결혼, 생각 없다는 말."

"그럼 그 가족 여행이란 것은."

"아빠 기억이 아직 온전할 때 넷이서 행복한 시간들을 쌓고 싶었대요. 어쩌면 진정한 의미에서의 마지막 가족 여행이 되겠죠. 지난 1년 동안 교수님이 사모님이랑 여행을 자주 다니셨잖아요. 그것도 교수님이 사모님께 선물하는 시간들이었대요. 교수님 퇴임 무렵에 알츠하이머 초기 판정을 받으셨대요. 지난 한 달간 혼자 떠나신 여행은 당신 인생을 되돌아보며 정리하는 시간이었다고 해요. 이제 운전도 어려우신가 봐요. 어느 순간 공간 감각을 놓아 버린 적이 있다고요."

석주는 고개를 끄덕였다. 퍼즐이 정확히 맞춰지는 기분이었다.

"다을이는 일주일 동안 가족들과의 여행을 지나오면서, 아빠를 만나 사실을 들었던 그날의 충격에서 벗어나 이제부터 어떻게 할지 마음을 다졌을 거예요. 가족 사이의 소중한 추억을 쌓는 시간이면서 동시에 자기 마음을 단단히 다잡는 시간이기도 했대요. 그래서 석주 씨 앞에서도……."

지금껏 담담히 이어 오던 명지가 울먹이며 말을 맺었다.

"평소와 다름없이 웃을 수 있게."

석주는 이를 악문 채 다시금 끄덕였다. 목이 매캐해져 왔다.

"잠깐만요."

그러고선 일어난 명지가 얼마 뒤 석주 앞에 돌아와 앉았을 때는 화장이 다 지워져 얼굴이 희멀겠다. 한바탕 울고 나서 말끔히 세수를 했나 보다.

석주는 물을 새로 떠다 주었다. 한 모금 들이켜고서 명지가 말했다.

"타이밍이 나빴던 것 같아요. 겨우 마음 추슬러 돌아온 애한테 프러포즈를 했으니. 좋아요, 신나게 외칠 수는 없는 거잖아요. 아빠 일만 아니었으면 다을이가 그렇게 애매한 대답으로 미루진 않았을 거예요."

그래, 타이밍이 지독히도 나빴다. 내 욕심에 들떠서 다을의 심상을 조금 더 면밀히 헤아려 볼 여유를 갖지 못했다.

예고 없이 떨어져 지내야 했던 일주일, 함부로 몸집을 키운 그리움이 두 눈을 가렸다.

다을에게는 절망을 딛고 일어서려 안간힘을 써야만 했을 그 시간들을 아무것도 모르는 채 달콤한 기다림으로만 채워 왔던 거다.

석주는 몸을 일으켰다. 지금 당장 다을에게 갈 생각이었다.

"다을이 마음, 이해하시죠?"

명지의 물음이 화살처럼 석주 가슴으로 날아들었다. 대답은 다을에게 직접 해야 했다.

✿   ✿   ✿

한밤, 작은 책방 잠의 다락방에는 불빛이 아련했다. 석주는 차에서 내려 잠들지 못하고 있을 다을에게 문자를 보냈다.

〈악어가 나타났다!〉

다락방 창가의 커튼이 살짝 들춰지고 다을의 실루엣이 얼비쳤다. 곧 현관문이 열리고 조르르 뛰어온 다을이 석주 앞에 섰다.

호오호오, 가쁜 숨을 내쉴 때마다 다을의 입에서 뿌연 입김이 흘러나왔다.

"하루에 두 번 나타나기 있어요?"

잔잔한 웃음을 머금고서 다을이 곱게 타박했다.

"이 밤에 어쩌자고 또 왔어요?"

"보고 싶잖아."

다을의 웃음이 더욱 또렷해졌다.

"프러포즈 안 받아 줘서 마음 상해 있을 줄 알았어요."

"상했지, 마음."

"생각할수록 잠이 안 와서, 괘씸해서, 으르렁거리며 막 화내러 왔구나?"

"으르렁거리며? 난 악언데?"

"흠. 악어는 어떤 소리를 내며 포효하는지 모르겠어."

"악어는 달곰이한테 포효 같은 거 안 해."

"그러면 왜?"

"달곰이가 악어에게 다 말하지 못한 것들, 들으러 왔어."

다을이 입을 꼭 다물었다. 입술 틈새로 차마 못 한 말들이 뛰어나오지 못하게 막겠다는 듯이.

그러나 석주에게 닿은 눈빛은 그대로다. 때론 투명하도록 말끄러미 때론 당돌하도록 빤히. 이 여자는 언제나 마주 바라본다. 직선적인 눈길을 피하지 않는다.

살면서 닥치는 크고 작은 돌부리 앞에서도 반다을은 아마 그러할 테다. 마주 쳐다보며 감당해 낼 최선의 방법을 탐구하는 것. 외면하고 덮어 두는 대신 직면하고 수용하는 태도. 청순가련 눈물 바람 앞세우는 스타일도 아니다. 잠잠해 보이지만, 그래서 더 강한.

"아버지 얘기, 들었어."

"명지구나."

"친구한테는 속속들이 다 털어놓고, 나한테는 감쪽같이 숨기고."

"숨길 생각 같은 건 안 했어요."

"그럼? 언제 말하려고 했는데?"

"언제든 말이야 하겠지만 적어도 프러포즈의 순간만큼은 아니었어요. 그 순간에 아빠 얘길 해서 석주 씨한테 후회의 빛이 스치는 얼굴은 보고 싶지 않았거든요."

"후회의 빛?"

선뜻 이해되지 않았으므로 석주는 미간을 좁혔다. 다을이 찬찬히 이야기를 이어 나갔다.

"그 순간에 나한테서 아버지 얘기를 들었다고 해서 석주 씨가 냉큼 프러포즈를 주워 담지는 않았겠죠. 그렇게 가벼운 사람도 아니고 얄팍한 사람도 아니니까. 그렇지만 얼핏 스쳐 가는 난감함을 감출 수는 없을 테니까. 표리부동하거나 감정 표현을 철저하게 제어하는 냉혹한 사람도 아니라서. 석주 씨 얼굴에 스쳐 갔을 당혹스러움을 보는 일, 행복해야 할 그 순간만큼은 겪고 싶지 않았거든요."

"왜 내가 난감해하거나 당혹스러워했을 거라 생각하지?"

"그거야 인지상정이잖아요."

"인지상정이란 말은 그럴 때 쓰라고 있는 게 아닐 텐데?"

사뭇 단단한 어조로 대꾸하자 다을의 입이 아물렸다.

"화내고 있는 거야, 지금."

"알아요."

"왜 화를 내는지도 알아?"

"석주 씨."

부르기만 하고 잠시 석주의 두 눈을 응시하던 다을이 무겁게 입을 열었다.

"어느 한쪽의 희생을 바탕으로 한 관계. 그래서 미안함과 고마움이 밑바닥에 깔려 있는 관계, 오래 못 가요."

지난번 팟캐스트 녹음 때의 기억이 되살아왔다. 그때도 다을은 지금과 비슷한 얘길 했었다. 녹음 중만 아니었다면 제동을 걸고 넘어졌을 텐데. 녹음이 끝난 후에는 다른 이야기들에 휩쓸려 다시 끄집어내 심각해지지 않았는데.

그때 똑똑히 짚고 넘어갈 것을 그랬다. 가족이 된다는 것은 타인이라면 거부할 불편함과 귀찮음까지도 기꺼이 감수하는 일이라고. 그런 일에 결코 희생이라 이름 붙이는 거 아니라고. 미안함이나 고마움도 결국은 사랑의 범주에 속한다고. 그렇지 않다면 사랑은 책이나 영화 속에서만 등장하는 판타지에 불과할 뿐이라고.

다을의 눈을 보며 석주는 차분히 입을 열었다.

"어머니에게서, 당신한테 남은 시간이 얼마 남지 않았다는 얘길 들었을 때 슬프고 절망스러웠어. 돌아가신 직후에는 지독한 슬픔이 날마다 똑같은 밀도로 지속될 줄 알았지. 그런데 하루, 또 하루 살아가다 보니 점점 엷어졌어. 그러다가 결국 그 슬픔도 멀리 있는 산이 되었어. 아주 사라지지는 않지만 문득 고개 들어 바라보면 저 멀리에 존재하는 산. 멀리 존재하는 산이 지금의 내 삶을 좀먹는 법은 없지."

"시한부일 때와는 경우가 달라요. 아빠는 막막하고 고통스러운 진행형이니까요."

"더 들어 봐. 지금은 절망스럽겠지만 슬픔이 저 멀리 있는 산이 되어 버리듯 절망도 시간이 흐르면 일상이 돼. 우리가 맞이하는 모든 평범한 하루들. 웃고 울고 속상해서 화도 내고 기뻐하고 또 슬퍼하고 때로 다투고 화해하고, 대단할 것 없는 그저 그런 소소한 일상들. 아버지의 병도 그렇게 일상 속으로…… 그 일상을 내가 함께하겠어. 우리 대부분, 날마다 닥치는 일상을 무겁거나 버겁게 느껴 아주 도망치고 싶어 하진 않잖아. 일상조차 견뎌 내기 힘든 사람도 물론 있겠지. 그렇지만 나는 건강한 사람이고 그러한 일상을 두려워하고 뒷걸음질 칠 만큼 연약하지도 않아. 누구에게나 주어지는 일상을 굳이 희생이라 생각하는 사람은 없듯이, 나는 반다을과 그 일상을 함께 누리고 싶어. 당연하게, 그리고 즐겁게."

다을의 두 눈과 입술에 웃음이 매달렸다. 환히 터뜨려지지는 않는 먹먹함을 띤 그 웃음이 애틋했다.

"오면서 막 연습했나 봐."

"연습한다고 되는 말, 아니야."

가만가만 끄덕이는 다을을 보니 뭉클해졌다.

"울어도 돼."

"나 잘 안 우는데."

"나도 마찬가지야."

"감동했어요."

"그럼 대답해."

"집요한데요?"

"악어잖아."

"달곰이가 악어한테 꽉 물렸어."

"인정하니까 편안하지?"

다을이 두 팔로 그의 허리를 감으며 석주에게 얼굴을 파묻었다.

몸으로 건네는 대답이 말보다 더 정확할 때가 있다. 바로 지금처럼. 석주는 품 안에 뛰어든 다을을 힘주어 껴안았다.

"아파."

다을이 중얼거렸다. 그러나 석주는 깊은 품을 열지 않았다.

"같이 있어서 좋아."

품속에서 다을이 또 중얼거렸다. 석주야말로 다을에게 이런 말을 들을 수 있어 좋았다. 석주는 미소 지었다. 다을의 입김으로 심장이 따듯해져 왔다.

Epilogue
1

그날의 기억은 다을에게는 늘 느린 그림으로 재생되곤 했다.

한 교수를 찾아갔더구나, 라고 시작되던 아빠의 말들. 아빠 입에서 나온 알츠하이머라는 다섯 글자가 난생처음 듣는 듯 생경했다.

새빨간 거짓말 같았다. 영화나 드라마에서 보던 일이 어떻게 현실로 등장할 수 있는지 다을은 실감이 나지 않았다.

얼마 남지 않은 여행을 마치고 돌아올 때까지는 엄마에게 비밀로 두자, 그러셨다.

차와 함께 멀어져 가는 아빠를 바라보며 다을은 여전히 믿어지지가 않았다.

저렇게 멀쩡한데, 라는 생각 위로 여름에 본 영화 '스틸 앨리스'가 떠올랐다. 멀쩡히 조깅을 하던 교수가 어느 순간 공간 감각을 잃은 채 막막해져 있던 모습을.

다을은 곧장 집으로 갔다. 집으로 가는 내내 지난 1년 동안 차마 말하지 못하고 혼자 끌어안고 견뎌 왔을 아빠를 생각했다. 숨겨 온 진실을 전하면서도 남의 일을 말하듯 덤덤하던 아빠.

아마도 아빠에게는 엄마에게 진실을 건네는 것이 그 무엇보다도 괴로운 과제일 터.

눈앞에서 절망으로 쓰러지는 엄마를 지켜보는 일이 아빠에게는 가장 힘든 과정일 것이었다. 아빠를 대신해 자신이 해내야 한다고 생각했다.

절망하는 엄마 모습도 아빠가 아니라 자신이 지켜봐야 한다고 생각했다.

집으로 온 다을은 소을에게 먼저 이야기했다. 아빠가 그랬듯이 덤덤하게. 재미없는 영화 줄거리를 들려주듯이.

소을은 몹시 놀랐지만 울지는 않았다. 아빠가 지금 당장 잘못되어 돌아올 수 없는 먼 길을 떠나 버리는 게 아니어서 정말 다행이라고 말했다.

그리고 그건 다을의 마음과도 똑같았다.

소을과 둘이서 엄마에게 갔다. 아빠에게서 들은 이야기들을 엄마에게도 해 주었다. 다을은 최대한 담담해지려 애썼다. 엄마는 밤새 조용히 울었다.

다을과 소을은 참으며 우는 엄마를 가운데 두고 꼭 껴안은 채 뜬눈으로 밤을 지새웠다.

이른 아침, 엄마가 말했다.

아빠한테 가자.

엄마 얼굴에 눈물은 이미 없었다. 엄마는 다른 날처럼 아침밥을 지었고 아무 일 없는 것처럼 셋이서 든든히 먹었다.

마음을 꼭꼭 다져 먹듯 셋이 함께한 아침 식사 후 다을은 석주에게 전화를 했다. 아빠와 합류하여 가족 여행을 하게 되었다고 말했다. 석주가 캐묻지 않아 주어서 고마웠다.

그 다정한 목소리로 자꾸만 물어 왔다면…… 결국 울었을 것이다.

책방 문을 닫고 아빠가 있는 곳으로 달려갔다. 아빠는 고향 부근의 산자락 아래 자리한 조그만 마을에 머물고 있었다. 지난 한 달 동안 국내 여기저기를 발길 닿는 대로 흘러 다니다 그곳에 와 머무른 지 며칠 되었다고 했다.

엄마는 아빠에게 평소처럼 대했다. 다을과 소을도 그랬다. 웃고 이야기하고 먹고 마시고 잠들고. 뒷산에도 오르고 마을 길 산책도 하고 한적하게 내리는 눈도 보고. 음악을 듣고 책을 읽고 다운받은 영화도 보고 서로 감상을 나누고.

왜 그랬느냐는 탓 같은 건 누구도 하지 않았다. 그저 받아들였다.

아빠에게 절망과 슬픔으로 물든 엄마 모습을 보여 주지 않을 수 있어서, 엄마 때문에 괴로워하는 아빠 모습을 안 볼 수 있어서, 그것만으로도 다을은 다행스러웠다. 아빠 앞에서 원래 모습 그대로인 엄마가 너무도 고마웠다.

"의연하게 견디는 엄마가 신기하기도 해요."

긴 이야기 끝에 석주가 다을의 손을 꼭 잡아 주었다.

"자식이 부모를 제일 모른다니까."

석주의 말에 다을은 웃었다. 석주에게 부모가 자식을 제일 모른다고 말했던 기억이 나서였다. 생각이란 결국 주관적이고 일방적일 때가 더 많은 것인지도 모르겠다.

"석주 씨네는 어땠어요? 어머니 상황 알게 되었을 때."

"우리도 다들 생각보다 잘 견뎠던 것 같아. 차츰 다가오는 마지막 시간을 의식하지 않으려 무진 애를 썼지만 아무도 표면으로 드러내지는 않았지."

"어머님은요? 어머님은 그 시간들을 어떻게 지내셨어요?"

"어머니는, 암담한 그 시간들을 지내는 동안만큼은 우리들 중 누구보다도 강인한 분이셨어. 우아한 강인함이랄까. 흔들림 없이 하루하루를 버텨 내셨지. 난주 때문에 더욱 그러셨을 거야."

"난주 씨 가여워요."

석주가 고개를 끄덕였다.

"나라면 알고 싶었을 거예요. 끝까지 아무것도 모른 채 엄마의 마지막을 맞고 싶진 않았을 거예요. 나한테 만약 그랬다면 나중에 알게 된 후에 가족들 다 너무나 원망스러웠을 것 같아요."

"난주를 위해서 어머니로선 그럴 수밖에 없었다고 생각하는데."

"어머님 마음은 이해해요. 하지만 다른 가족들은 난주 씨한테 말해 줬어야 한다고 생각해요. 어쩌면 난주 씨는 평생, 혼자만 몰랐던 그 시간들을 상처로 간직하면서 살아갈지도 몰라요. 나라면 아마 그럴 것 같거든요. 공연히 나를 자책하기도 하면서. 어쩜 그걸 까맣게 몰랐을 수 있지? 어쩌면 그렇게도 멍청했을 수 있지? 그러면서요. 아무것도 모르는 채 엄마에게 했던 말 한

마디 한마디를 끊임없이 후회하고 스스로를 미워하면서. 나였으면 그렇게 살아갈지도 몰라요."

석주 눈빛이 복잡해졌다. 새삼 생각이 깊어지나 보다. 눈부시게 화사한 난주에게서 문득문득 엿보이던 외로움의 그늘이 생각났지만 다을은 웃으며 말해 주었다.

"근데 난주 씨는 아니잖아요. 예쁘고 밉지 않을 정도로 명랑하고 말하는 것도 귀엽고. 오빠들 사랑 듬뿍 받는 막내 느낌이 확 나던걸요?"

석주도 미소를 지어 보였다. 미소를 보니 마음이 놓인다.

이런 것인지도 모른다.

한순간이라도 그늘지게는 안 하고 싶은 마음. 웃게만 하고 싶은 마음. 이런 것이 사랑인가 보다. 피를 나눈 가족들에게만 흐르는 마음. 지금껏 전혀 다른 세상에서 남남으로 살아오던 사람에게 이런 마음이 든다는 것.

그 마음의 이름은…… 사랑.

다을은 왼손 약지에 자리 잡은 반지를 가만히 들여다보았다. 사랑이라는 마음의 또 다른 이름. 뿌듯했다.

"이 반지, 수다스럽지 않아서 더 예뻐요."

"수다스럽진 않아도 다이아몬드일걸?"

"후후. 팔아먹진 않을게요."

석주가 웃었다. 밤이 깊어만 가는데 보내기 싫다. 차 안의 어둠이 아늑하기만 하다. 둘이라서 더 좋은 시간을 멀리 미루어야 한다는 게 아쉽다.

"같이 들어갈래요?"

"몰래?"

"응. 들어가서 자고, 내일은 손님인 척 자연스럽게 나가는 거예요."

"내 얼굴 아시잖아."

"그러네. 그럼 가면이 필요할까?"

"정식으로 인사드려야지. 아버님께는 하루라도 빨리."

그래야 할까.

그렇지만 석주가 정식으로 인사를 드리면 아빠는 빠른 시일 내에 결혼하기를 바랄지도 모른다.

엄마도 아빠 의견에 찬성하겠지. 아빠가 아직 괜찮을 때 결혼식을 치르고 싶으실 테니까. 일이 그렇게 흘러가는 건 다을이 바라는 바가 아니었다.

지금 결혼해서 집을 떠나는 것은 엄마와 소을에게 모든 부담을 다 떠맡기는 것이나 다름없다. 떨어져 살며 자주 와 보는 것과 머무르며 함께인 것은 다르다.

"생각해 볼게요."

"혼자 생각하지 말고 어른들 의견도 여쭤 봐. 그러는 게 현명해."

"일곱 살 많다고 티내는 거예요?"

"일곱 살은 그냥 먹는 게 아니거든."

"알았어요."

"인사드리러 오겠다고 부모님께 말씀드려. 못 오게 하시면 미룰 테지만 그런 일은 없을 거야."

"자신만만."

"그게 악어야."

"하긴, 첫날부터 그랬어."

"솔직히 말해 봐. 첫날부터 악어한테 반했지?"

첫날, 악어에 대한 호감의 밀도를 1부터 10까지 놓고 구분한다면 8에서 9쯤? 그렇다면 반했다고 말해도 무방할까. 다을은 혀만 쏙 내밀었다.

"돌겠다."

"왜요?"

"달곰이가 여자 짓을."

"그래서 싫어요?"

"안 싫어. 처음부터 보고 싶던 거였으니까."

"처음부터?"

반짝 놀라 묻자 대답처럼 입술이 왔다. 다을은 눈을 감았다. 감긴 눈 속에 펼쳐지는 세계는 더할 나위 없이 감미로웠다.

❀   ❀   ❀

석주가 정식으로 인사를 와 가족들과 저녁 식사를 함께 하고 돌아간 날 밤, 아빠가 다을을 불렀다. 다을은 아빠 앞에 마주 앉았다.

"사람이 아주 진국이더구나."

아빠 마음에 흡족한 것 같아 다을은 배시시 웃었다.

"넘치지도 모자라지도 않아서 어디 한군데 흠잡을 데도 없고."

"엄마는 석주 씨 나이가 살짝 불만인가 봐요."

웃으며 건넨 말에 아빠도 잔잔히 웃음 지었다. 엄마가 차를 가져와 아빠 옆에 앉았다. 다을은 엄마와 아빠를 가만히 건너다 보았다.

"다을아."

"네, 아빠."

"엄마하고 아빠는 고향에 내려가 지낼 생각이다."

다을은 깜짝 놀라 엄마를 쳐다보았다. 엄마가 끄덕였다. 엄마와 아빠 사이에서는 이미 의논이 된 일인 모양이었다.

"아빠, 갑자기 왜 그런 말씀을……."

"갑자기 결정한 건 아니다. 작년 봄에 엄마하고 구체적으로 이야기를 나누었고 차근차근 준비도 해 온 일이다. 다을이 네가 혹시라도 아빠 때문에 기약 없이 결혼을 미룰 생각이라도 하고 있는 게 아닌가 싶어서, 미리 말하는 거다."

그런 줄은 몰랐다.

아빠는 그럼 그때부터 병에 대해 대비를 하고 있었던 거였나 보다.

엄마랑 함께 계획을 세웠다지만 아빠의 상태를 몰랐던 엄마 는 절반만 알고 있었던 일. 어쨌거나 두 분 다 일찌감치 자식들 에게서 떠날 준비를 하고 있었다는 사실이 마음을 촉촉이 적셔 왔다.

"그동안에 고향에 널따란 한옥을 사서 작은 도서관 형태의 공 간을 마련하고 있었는데 4월이면 공사가 마무리될 것 같구나."

"4월에요?"

생각보다 너무 이르다.

"그럼 여기는요? 소을이만 혼자 남겨 둘 순 없잖아요."

"원래는 너하고 소을이하고 둘이서 꾸려 갈 수 있을 거라 생각하고 진행한 일이다만."

아빠 말 도중에 엄마가 끼어들었다.

"우리는 다을이 네가 결혼을 아주 늦게 할 거라 예상했거든."

다을은 빙긋 웃었다. 무리도 아니다. 스스로도 은연중에 그렇게 예견해 왔으니까.

"네가 결혼을 하면, 너 대신에 여기 와서 지낼 사람이 있어야겠지. 우리 집 사정도 잘 알고 소을이와도 허물없이 가깝고 우리도 너를 보듯 믿을 수 있는 사람."

누구를 염두에 두고 말하는지 다을은 바로 알았다. 아빠가 말하는 그런 사람은 세상에 도명지 딱 하나밖에 없다.

"명지한테는 네가 얘기해 봐. 아마 당장 그러겠다면서 좋아할걸?"

엄마 예상이 맞을 거다. 작은 책방 2호점을 내자고 들쑤시던 명지였으니.

"다을아. 실은 내가 석주 아버지를 좀 안다."

다을은 적잖이 놀라 아빠를 바라보았다. 차를 한 모금 마신 뒤에 아빠가 말을 이었다.

"남들이야 출판 재벌이니 뭐니 말들이 많다고들 하지만, 일에 대해 신념이 올곧고 자기 삶에 있어서도 심지가 단단한 사람이라, 오늘 석주를 보니 그 아버지에 그 아들이다 싶더구나."

"4남매 중에서 아버지를 제일 많이 닮았다고는 하더라고요."

"그래. 보기에도 그렇더라. 훌륭한 아버지 밑에서 잘 자란 녀석이 내 딸을 인생의 동반자로 원한다니 마음이 놓인다. 네 엄마가 내심 소을이보다 네 걱정을 더 해 왔다는 거, 너도 알지?"

다을은 웃으며 대답했다.

"네. 알아요, 아빠. 기우였다는 거 이제 증명한 셈이죠?"

아빠가 인자하게 웃었다. 새치름한 눈으로 다을을 보던 엄마도 금세 환히 웃는 얼굴로 바뀌었다.

방으로 들어온 다을은 석주에게 문자를 보냈다.

〈악어 씨 합격!〉

이내 석주에게서 전화가 걸려 왔다.

"다을이에요."

―만세.

석주의 즐거운 한마디에 다을은 하이파이브를 하듯 함께했다.

"만세."

―미루지 말라고 하시지?

"네."

다을은 아빠와 나눈 이야기들을 석주에게도 그대로 전해 주었다. 차분히 다 듣고서 석주가 말했다.

―합격시켜 주셔서 감사하다고 전해 드려.

"그럴게요."

―악어는 합격했으니 이제 달곰이 차례.

"만약에 나 합격 못 하면 어떡하죠?"

―그럴 리 없어.

"만약에요. 만약에 그러면요."

―그럼 무릎 꿇고 빌어야겠지.

"아버님 앞에서요? 눈물 작전도 써야 되나? 나 우는 거 잘 못하는데."

―내가.

다을은 방그레 웃었다. 석주가 아버지 앞에서 무릎 꿇고 비는 모습은 도무지 상상이 안 됐다. 뻣뻣하게 버티고 서서 자기 의지를 관철시키면 몰라도.

―걱정 마. 그런 일은 일어나지 않을 테니까.

"걱정 안 해요. 달곰이는 악어를 굳게 믿으니까."

―맘에 드는데?

"나도요. 나도 악어가 무지무지 맘에 들어요."

―서로 맘에 드는 사람끼리는 하루빨리 같이 살아야 돼.

한집에서 같이 산다는 것. 슬슬 실감이 난다. 이른 아침부터 늦은 밤까지, 깊은 밤부터 푸른 새벽까지, 한 공간에서 둘이. 눈빛과 언어와 손길과 숨결을 서로 나누는 일. 몸과 마음이 하나로 스며드는 시간들. 이젠 정말 머지않았나 보다. 현실이 되려나 보다.

―대답이 없다?

"대답."

석주가 하하 웃었다. 다을도 같이 웃었다.

"그동안 저희 엄마한테 여러모로 마음 써 주시고, 정말 감사했어요."

미국에서 들어온 사과네 할머니의 딸이 엄마에게 인사를 했다. 엄마가 손사래를 치며 말했다.

"아니에요. 할머니께서 이웃에 계셔서 오히려 저희 가족들이야말로 의지가 많이 되었던 걸요."

할머니 딸의 시선이 사과한테 건너왔다.

"사과는 저희가 잘 기를게요. 할머니께도 걱정 마시라고 전해 주세요."

엄마 말에 할머니 딸이 다시금 고개 숙여 인사했다.

"고맙습니다."

할머니는 요양원으로 들어가고 할머니가 살던 이웃집은 이제 빈집이 되었다.

다을은 사과를 품에 안은 채 엄마 곁에 서서 떠나는 할머니의 딸을 배웅했다.

"사과가 엄마를 그렇게나 따르더니만 결국 우리 식구가 됐네."

"저도 제 운명을 알았나 보다."

엄마 말 끝자락이 쓸쓸하게 내려앉았다. 다을은 품속에서 얌전한 사과를 가만가만 쓰다듬었다. 짐을 실은 트럭이 시야에서 사라졌다.

엄마와 같이 돌아서려던 다을은 멈칫 그대로 섰다. 주차장 입구로 걸어 들어오는 사람 때문이었다.

"엄마, 먼저 들어가."

"누구야?"

"친구."

엄마가 눈을 가늘게 뜨고 입구 쪽을 바라보았다.

"친구? 누군지 잘 모르겠는데?"

"진아라고 대학 동기야. 엄마 잘 몰라. 들어가, 어서."

엄마를 떠밀다시피 하고 다을은 진아 쪽으로 걸어갔다. 마주 서자 진아가 덤덤히 물어 왔다.

"고양이 길러?"

"이웃집 할머니네 고양인데, 이제부터 우리가 맡게 됐어."

"이름이 뭐야?"

"사과."

"이름 귀엽다."

다을은 미소 지었다.

지난번 산 아래의 식당에서 불편하게 마주친 이후로 진아와 따로 연락을 주고받은 적은 없었다. 그러니 일부러 여기까지 온 데에는 필시 이유가 있을 터였다.

"책방에 왔는데 우연히도 우리 집. 그런 건 아닌 것 같고."

"너 만나러 왔어."

"어쩐지 그런 것 같았어. 추우니까 들어가자."

다을은 앞장을 섰다. 두어 걸음 뒤에서 진아가 뒤따라왔다. 그날보다 산뜻한 표정에 마음이 무겁지만은 않았다. 다을은 커피를 만들어 2층 거실로 안내했다.

"아기자기하니 공간들이 참 예쁘다."

"가정집 분위기로 꾸미고 싶었거든. 손님들도 다들 휴일에 편안히 쉬는 것처럼 아늑해서 좋대."

진아가 고개를 끄덕였다. 커피를 한 모금 마시고선 문득 생각난 듯 진아가 가방에서 무언가를 꺼내 다을에게 내밀었다. 다을은 반투명 포장지에 싸인 꾸러미를 받아 들었다. 촉감이 딱딱하다.

"뭐야? 나 주는 거야?"

"별거 아냐. 빈손으로 오기 뭣해서 오는 길에 샀어."

"풀어 봐도 돼?"

"진짜 별거 아닌데."

"나한테는 별거야. 오늘, 이렇게 네가 찾아와서 이런 걸 건네주리라고는 상상도 못 했으니까."

꾸러미를 열자 각각 다른 그림의 스프링 노트 세 권과 가지런하게 모여 앉은 연필 한 다스가 나왔다. 다을은 활짝 웃었다.

"진짜 별거잖아. 나 연필 좋아하는 건 또 어떻게 알았어? 안 그래도 노트 다 써서 사려던 참이었는데. 고마워. 요긴하게 잘 쓸게. 연필은 정말 두고두고 쓰겠다."

"기쁘게 받아 줘서 나야말로 고마워. 그럴듯한 선물 살 형편도 안 되고, 차마 그냥은 못 오겠고. 그러다 고심 끝에 골랐는데, 고르면서도 다을이 네가 좋아해 줄 것 같더라. 너 책 좋아하고 책 읽고 나면 노트에 늘 뭔가 쓰잖아. 그게 기억났어."

"그랬구나. 너는 항상 바쁘게 뛰어다니던 모습만 생각나. 그랬던 나를 눈여겨봤었는지는 몰랐네."

"다을아, 나는⋯⋯."

망설이듯 잠시 멈추었던 진아의 말이 이내 이어졌다.

"네가 참 부러웠어."

진아의 내면에 어쩌면 그런 마음이 있었으리라 생각은 했다. 그런데 이렇게 입 밖으로 내어 말하는 걸 듣기는 처음이다. 그래서 다을은 잠자코 들어야겠다고 마음먹었다.

"장학금 받으려고 동동거리며 공부하지 않아도 되고, 아르바이트에 시간 안 뺏겨도 되고, 언제나 책만 끼고 다니면서 책 속 세상에서 오롯이 행복해 보였어. 졸업 후에는 도서관에도 떡하니 들어가더라. 행운이 따르는 앤가 보다 싶었지. 그런데 도서관 관장님이랑 너희 아빠랑 아는 사이란 얘길 들었을 때는 마음이 심하게 망가지는 느낌이었어. 애초에 출발선이 달랐던 거구나. 나 같은 애는 아무리 미친 듯이 뛰어 봐야 소용없구나. 체념하고 속상하고 그랬는데⋯⋯ 나중에 너 그만뒀다는 소식 듣고는 정말이지 너무도 화가 났어. 그땐 그냥 맹목적으로 네가 미웠어. 마치, 내 밥그릇 빼앗아 버린 것만 같았거든. 그것도 아주 가벼운 장난으로."

가벼운 장난 같은 거 아니었어. 나는 나대로 너무 힘겨워서 그만두게 됐던 거였어. 도서관 관장님과 우리 아빠도 네가 생각하는 것처럼 긴밀한 관계 아니야. 내가 사서로 들어가는 데 아빠가 개입한 적도 없고.

마음에 든 말들이 입을 열고 나오려 아우성을 쳤다. 하지만 다시금 말한들 어떤 식으로 받아들여질지 모르겠다. 때늦은 변명으로 들려 오해만 더 쌓일까 두렵다.

"그런데 다을아. 지금 와 돌이켜 보면 그런 마음들 다 내가 만들어 낸 게 아닌가 싶어. 너는 그저 네 방식으로 네 삶을 살아갔던 것뿐인데 나 혼자서 공연한 생각들로 들볶아 댄 게 아닌가."

다을은 좀 의외의 느낌으로 진아를 바라보았다. 옛일들이 무의미하게 되풀이되려나 우려했는데, 그게 아니었나 보다. 하긴 그러려면 여기까지 일부러 선물 사 들고 찾아오지도 않았을 테다.

"지난번에 너랑 같이 왔던 그 사람. 책나라에 나 취직시켜 줬어."

"석주 씨가? 언제? 어떻게?"

다을은 어리둥절해져 연거푸 물었다.

"너는 모르는 일이라더니, 정말이구나."

석주가 혼자 진아를 찾아갔던 날의 일을 세세히 듣고서야 다을은 진아의 오늘 방문도 이해할 수 있게 되었다.

"너한테 하고 싶은 말들이 많았는데…… 고맙다는 말부터 해야겠네. 고마워, 다을아. 네가 알았건 몰랐건, 너로 인해 그 사람이 나한테 자리를 연결해 준 거니까. 네가 아니었으면 나한테는 해당 사항이 없을 얘기였으니까."

"책나라라면, 편집자 일이야?"

"아니. 북 갤러리에서 북 마스터로 일하고 있어."

"와, 잘됐다. 너한테 아주 잘 어울려."

"고마워."

다을은 미소 지었다. 가슴 한구석에 앙금처럼 남아 있던 마음, 석주 표현을 빌리자면 부채감이 사르르 녹아 사라지는 것 같았다.

이젠 진아랑 어디서 만나더라도 반갑게 웃으며 안부 인사를 나눌 수 있겠다.

"사실 거기, 삼촌 식당 아니야."

"아."

"너 보기 창피하고 속상하고 화도 나고, 그래서 거짓말했던 거야. 거기서 일하는 내내 많이 힘들었어. 네 말마따나 공부할 시간도 내기 어려웠고. 집에 가면 녹초가 되어 버렸으니까. 날마다 막다른 골목에 서 있는 기분이었어."

다을은 그저 고개만 끄덕였다.

막다른 골목 앞에 선 기분. 아빠에게서 알츠하이머란 말을 들었을 때 다을의 마음도 그와 비슷했다. 아니, 누구보다도 아빠 본인이 아마 절실하게 그랬을 것이다.

"나는 먹고 살기 위해서 하고 싶지도 않은 일을 하며 근근이 살아가고 있는데 휴일이라고 근사한 남자랑 데이트하는 너를 보니까 내 맘이 또 마구 미워지더라. 휴…… 내가 그래. 그렇게 한심해."

"너무 자책하지 마. 내가 너였어도 그런 맘 들었을 거야. 사람 마음이 다 거기서 거기지, 뭐. 이젠 네가 하고 싶은 일, 너한테 꼭 어울리는 일을 하고 있잖아. 그러니까 힘내."

"너도 힘내, 다을아."

다을을 건너다보는 친구의 표정이 심상치 않았다.

"교수님 얘기, 들었어."

"아."

"너 카톡 안 하지? 우리 과 동기들 단톡방에 다 떴더라."

"소문 한번 빠르네."

"미안해."

"미안하긴 뭐가. 사실인걸."

"뭐라고 말하면 좋을까. 그래서 너나 교수님이 안됐다거나 안쓰럽다는 말을 하려는 그런 건 절대 아니고. 나…… 교수님 소식 듣고 생각이 무진장 많아지더라. 남의 인생에 대해서 섣불리 재단하면 안 되겠구나. 부러워하거나 가여워하거나 그런 것들도 다 부질없구나. 나는 그냥 내 인생에만 집중해야겠구나. 끊임없이 비교하며 나를 볶지도 말고, 괜히 원망도 키우지 말고, 동정하는 마음도 함부로 갖지 말고. 고마운 일에는 순수하게 고마워하면서, 미안한 일에는 미루지 말고 제때 사과하면서, 내 앞에 주어진 길을 내 방식으로 꾸준히 걸어가야겠구나. 뭐 그런 생각들 말이야."

나하고는 전혀 상관없는 어떤 일이 뜻밖의 방향으로 나를 이끌어 가는 경우가 있다. 생각의 전환이 이루어지는 계기랄까.

아마도 진아에게는 아빠 소식이 그러한 계기가 되어 준 것일지도 모르겠다. 그리하여 예상치 못한 오늘에 이르게 된 것인지도.

"일종의 나비효과네."

다을은 웃음 지으며 중얼거렸다.

"미안해, 다을아. 나 혼자만의 생각들로 너한테 미운 마음들 먹었던 거, 안 해야 될 말을 해서 너 마음 불편하게 했던 거, 다

미안해."

"다 지난 일인데, 뭘. 괜찮아. 그리고 이제라도 네 마음속 풍경들 듣고 알게 되어서 좋아. 고마워."

머그잔을 두 손으로 감싸 쥐고 묵묵하던 진아가 다시 입을 열었다.

"그 사람, 뿌리가 깊은 나무 같더라."

"석주 씨?"

진아가 끄덕이며 덧붙였다.

"잘되길 바라. 좋은 소식 생기면 나한테도 꼭 연락하고."

"그럴게."

다을은 웃으며 대답했다.

진아가 가고 나면 석주에게 전화를 해야겠다. 나 모르게 그런 깜찍한 일을 저질렀단 말이에요? 짐짓 타박도 해 보고, 진심을 담아 고마운 마음도 건네야겠다. 나를 위해 친구에게 해 준 그 일이 해묵은 오해와 갈등을 씻어 내게 만드는 첫 발자국이 되어 주었다고 말해야겠다.

뿌리가 깊은 나무 같은 사람.

그런 남자가 내 짝꿍이어서 참말 기쁘고 뿌듯하다는 말을 가슴속 깊이 오래오래 심어 두어야겠다. 언젠가, 같이 살다가 거센 비바람에 가지가 휘청거리는 순간이 닥치면 그때 위로처럼 선물처럼 응원처럼 건네주어야겠다.

✿　　　✿　　　✿

명지 아빠네 가구 공장에서 실려 온 목재들이 현관 옆 마당에 잔뜩 쌓였다.

다을은 입을 동그랗게 벌렸다. 옆에 있던 소을이도 놀라기는 마찬가지였다. 명지만 아무것도 아니라는 듯 으쓱으쓱 신이 났다.

"이걸 정말 그냥 받아도 되는 거야?"

"우리 아빠가 보내는 결혼 선물이라고 생각해."

"명지 언니, 진짜로 언니 혼자 다 만들 수 있겠어?"

소을의 걱정에 다을도 동참했다.

"그러게. 아무래도 너 혼자서는 힘들지 않겠어?"

기본적으로 목재 하나씩이 사람 키 두 배는 될 만큼 길쭉한 데다 눈으로 보기에도 무거워 보였다.

"숙달된 조교가 없다는 게 좀 아쉽긴 하지만, 뭐 아쉬운 대로 너나 소을이 도움을 받아야겠지."

명지 말에 소을이가 두 손을 들어 올리며 뒷걸음질을 쳤다.

"명지 언니, 대단히 미안하지만 이 몸은 오늘 좀 바빠서 이만 퇴장하겠어요."

소을을 따라 뒷걸음질 치려던 다을은 명지의 잽싼 손길에 붙들리고 말았다.

"너까지 가 버리면 곤란하지."

다을은 짐짓 울상을 지어 보였다.

"나 곰손인 거 너도 잘 알잖아. 오히려 방해만 될걸?"

"곰손이라도 괜찮아. 우정의 법칙 제1호, 옆에 있어 주기."

"우정의 법칙? 우리 사이에 언제부터 그런 게 생겼어?"

"지금 이 순간부터. 크크."

"옆에 있어만 주면 되는 거지?"

"적극적으로 도와줘야지. 아님 악어 씨한테 전화하든가."

"악어 씨도 이런 덴 소질 없을걸?"

"그래도 남자잖아. 남자들은 아무리 곰손이라도 웬만큼은 해. 무거운 것도 척척 들어 줄 테고."

다을은 결국 석주에게 문자를 보냈다.

〈날렵한 손길이 필요해요.〉

조금 뒤 석주에게서 전화가 왔다.

―목재 도착했어?

하나를 말하면 둘과 셋을 짚어 내는 악어다.

어젯밤 통화 때, 오늘 명지 아빠네 가구 공장에서 목재를 받아다 책장을 짤 거라고 이야기를 하긴 했지만 짧은 문자에 즉시 반응하다니.

다을은 생긋 웃으며 말했다.

"네, 좀 전에요. 근데 목재 사이즈가 어마어마해서 명지 혼자서는 감당하기 어려울 것 같아요."

―기다려 봐. 준 목수급 인력이 가는 중이니까.

"응? 지금 오고 있어요?"

―나 말고 철주.

"아하! 완전 반가운 소식인데요?"

―무대 설치며 철거에 도가 튼 녀석이니까 아주 유용한 손길

이 될 거야.

"악어는요?"

―악어는 퇴근하고 등장.

악어도 올 거냐는 물음에 곧장 등장 시점을 알려 주다니. 역시 센스 하난 끝내주신다. 다을은 포근한 웃음을 지었다.

"알았어요. 그럼 오늘은 우리 다 같이 저녁 먹어요."

―다른 건 뭐 필요한 거 없어? 가는 길에 사 갖고 갈게.

"맥주?"

―그리고 또?

"생각나면 전화할게요."

―오케이. 이따 봐. 참, 철주랑 둘이 일하는데 괜히 옆에서 알짱대지 말고 멀찌감치 물러나 있어.

마침내 성사된 명지와 들개의 만남에 양념으로 끼어 있을 생각은 없다.

"나도 그 정도 눈치는 있다고요."

―그게 아니라, 다칠까 봐.

다을의 입가에 사르르 미소가 떠올랐다. 말투는 건조한 편인데 목소리 덕분에 몸 어딘가를 부드럽게 어루만지는 느낌이다.

"하고 싶다."

귓가로 석주의 낮은 웃음소리가 다가왔다.

손깍지건 입술이건 포옹이건 다른 그 무엇이건, 악어랑 하고 싶다.

그런 마음을 악어에게 전하는 건 이제 일상이 되었다. 그런 표현에 흐뭇하게 웃음 짓는 악어를 보는 일 또한.

—갈까?

'갈까?' 앞에 생략된 말은 '지금'이다. 그랬으면 좋겠지만 일을 내팽개치고 달려오는 모습도 부모님께 그리 좋게 보이진 않을 테니 어쩔 수 없이 만류하기로 한다.

"아니. 저녁에 봐요. 달곰이는 즐겁게 기다리고 있을게요."

석주와 통화를 마치고 얼마 안 있어 주차장 입구로 낯익은 차 한 대가 들어섰다. 난주의 차다. 차에서 내려선 남자에게로 명지의 시선이 날아갔다.

"들개가 나타났다."

다을은 웃음을 깨물고 말해 주었다. 명지가 팔짱을 낀 채 이리로 성큼성큼 걸어오는 철주를 바라보며 말했다.

"끝내주는 기럭진데?"

"그지? 셋 중에 제일 크대."

"근데, 어째 낯이 좀 익다?"

"그래?"

명지가 고개를 갸웃했다. 미간도 살짝 좁혔다. 철주가 다을과 명지 바로 앞에 와 걸음을 멈추었다. 형수님, 하고 부르며 유쾌한 너스레로 인사부터 할 줄 알았더니 철주 눈길이 명지에게로 가 꽂혔다.

"오시느라 고생하셨어요. 이쪽은 제 친구 명……."

정식으로 소개하려고 옆을 돌아보는데 명지가 뒷모습을 보이며 목재 쪽으로 툭툭 걸어가고 있었다. 반갑게 인사를 나누어야 마땅할 명지가 왜? 다을은 의아해졌다.

"또명지!"

명지를 그 자리에 멈춰 서게 한 그 부름은 철주의 것이었다. 다을은 깜짝 놀라 철주를 돌아보았다. 명지를 바라보는 철주 얼굴에 묘한 빛깔의 미소가 어려 있었다.

그날의 기억은 석주에게는 언제나 아지랑이처럼 아련한 느낌으로 떠오르곤 했다.

맑디맑은 봄날, 햇빛 부스러기들이 나풀거리는 나비 떼처럼 결혼식장 주변을 떠다녔다.

가족들과 아주 가까운 친지들만을 초대한 이른바 작은 결혼식은 이제부터 다을 부모님의 새로운 거처가 될 고향 마을 작은 도서관 앞뜰에서 열렸다.

작은 책방에서 처음 만나 작은 도서관에서의 작은 결혼식에 이르기까지, 그 모든 과정을 다을은 '작은 시리즈'라고 명명했다.

다을은 결혼식과 관련한 어떤 부분이든 과하게 지출하는 것을 탐탁지 않게 생각했다. 그저 지금까지의 일상을 이어 가듯이 결혼식 날도 조금 특별한 하루 정도로만 누리고 싶어 했다.

다을의 그 모든 제안들에 석주는 흔쾌히 끄덕여 주었다. 다을의 부모님뿐만 아니라 석주의 아버지도 기꺼이 동의해 주어 가능한 일이었다.

다을은 단순한 디자인의 하얀 드레스를 입고 머리에는 역시 깔끔한 화관을 올렸다.

짙은 신부 화장 같은 건 하지 않았다. 그저 은은히 피부를 정돈하고 눈썹과 입술에만 살짝 포인트를 주었다. 석주는 아이보리색 턱시도로 다을과 색감을 맞추었다.

둘이서 나란히 걸어와 꽃이 놓인 단 앞에 섰고 양쪽 부모님께 경건한 마음으로 몸을 숙여 인사를 드렸다. 부모님을 비롯하여 초대된 하객들은 진심 어린 축하의 박수를 쳐 주었다. 하객들 앞에서 다을과 석주는 손을 꼭 잡고 둘이 같이 작성한 '약속의 말'을 입을 모아 읽어 나갔다.

우리는 서로에게 소중한 사람이 됩니다.

우리는 서로에게 따뜻한 사람이 됩니다.

우리는 서로에게 솔직한 사람이 됩니다.

우리는 서로에게 강인한 사람이 됩니다.

우리는 서로에게 믿어 주는 사람이 됩니다.

우리는 서로에게 지켜 주는 사람이 됩니다.

우리는 서로에게 인정하는 사람이 됩니다.

우리는 서로에게 격려하는 사람이 됩니다.

우리는 서로에게 이해하는 사람이 됩니다.

우리는 서로에게 건강한 사람이 됩니다.

우리는 서로에게 행복한 사람이 됩니다.

우리는 서로에게 가장 좋은 친구가 됩니다.

'약속의 말' 낭독이 끝난 뒤, 석주는 다을의 이마에 입술을 지그시 눌렀다. 언어로 서로에게 한 약속을 입술로 다시 새기는 것이었다.

다을이 석주의 뺨에 살포시 입술을 댔다. 그 또한 언어 이후 몸으로 건네는 약속이었다.

서로의 손에 약속의 반지를 나누어 끼고 다시금 모두를 향해 깊이 몸을 숙였다. 격려와 환영의 박수 소리도 다시금 열렬히 퍼져 나갔다. 형식적이고 지루한 주례사는 애초에 생략했다. 대신 양가의 부모님들로부터 마음 담긴 축사를 차례로 이어 들었다.

둘이서 나란히 하객들 사이를 걸어 나갈 때 누군가가 뿌린 꽃잎들이 화르르 머리 위로 흩날렸다. 다을의 얼굴에도 석주의 얼굴에도 봄을 닮은 미소가 온통 환했다.

피로연도 결혼식 자리에서 그대로 진행됐다. 다을 아버지의 고향 친지분들이 직접 담근 술과 손수 빚은 떡을 비롯해 온갖 정성스런 음식들이 식탁을 채웠다.

결혼식 드레스 차림으로 이리저리 다니는 다을은 고운 요정 같았다. 그 곁을 석주도 떠나지 않고 함께했다. 동요조로 노래하는 다을 덕분에 모두가 깔깔대며 웃었다. 석주도 벌칙처럼 노래 한 곡을 뽑아야 했다. 노래 부르는 내내 얼굴로 와 닿는 다을의 눈길이 있어 석주는 행복했다.

즐거운 점심 식사 후에는 4남매의 4중주로 대미를 장식했다. 석주는 첼로, 기주는 피아노, 철주는 비올라, 난주는 바이올린. 결혼식에서의 4중주 역시 다을의 권유였다. 며칠 전부터 모여 연습을 해 왔지만 넷이서 다 모이기로는 몇 년 만의 연주라 제법 긴장도 됐다.

연주가 시작되기 전, 예쁜 자태로 앉은 다을이 손뼉을 쳐 주었다. 석주는 다을과 눈을 마주치고는 미소를 보냈다. 다을에게서도 응답의 미소가 건너왔다. 잘할 수 있을 거라는 끄덕임도 함께.

석주는 기주, 철주, 난주에게 눈길을 던진 다음 연주를 시작했다. 결혼을 자축하는 의미이면서, 이 자리에 한데 모인 사람들에게 감사를 전하는 의미이자, 먼 나라로 일찍 떠나 버린 어머니를 추억하는 의미이기도 했다.

4중주는 아름다웠다. 두 손을 모아 깍지 낀 채 바라보는 다을을 위해 마지막에는 석주 혼자 연주를 해 보였다. 석주만의 첼로 독주가 끝났을 때 누구보다도 다을에게서 아낌없는 박수가 날아들었다.

모인 축의금은 전액 학대받는 아동들에게 쓰이도록 기부하기로 결정했다. 그러려고 사절하지 않고 받은 거였다. 축의금의 방향을 알고는 다들 기꺼워하며 따로 더 보태기도 했다.

둘만의 밤은 별들이 무성한 숲에서 보냈다. 나무들이 우거진 숲속 아담한 독채를 빌렸다.

다을은 결혼식을 막 끝낸 신혼부부 티 내는 게 싫다고 했다. 둘만의 여행은 좀 쉬고 나서 나중에 한가롭게 다녀오자고도 했다. 석주도 전적으로 동감이었다.

그래서 이레 동안 둘이서 연인처럼 지냈다. 속세에서의 극렬한 반대를 피해 도망쳐 온 애끓는 연인 흉내를 내보기도 했다. 밤에는 날마다 맨몸이었다.

때로는 한낮에도 그랬다. 서로 맨살을 깊이 부딪고 드는 잠이 말할 수 없이 좋았다. 밤마다 별무리가 찬란한 건 하늘만은 아니었다.

내 몸에서 별들이 폭발하고 있어.

가쁜 호흡 끝자락마다 다을은 중얼거렸다. 그럴 때면 석주는 다을의 몸 여기저기에 깊은 입술을 눌렀다. 더운 숨을 퍼부었다. 새로이 몸 전부를 실었다.

세상과 절연한 듯 오로지 둘만의 시간들을 보내고 돌아왔을 때 다을은 석주만의 여자가 되어 있었다. 권석주라는 한 남자의 여자가 되어 있었다. 눈길이 부딪치면 볼을 발그레 물들이기도 하는.

그리고 석주는 다을만의 남자가 되어 있었다. 반다을이라는 하나뿐인 여자의 남자가 되어 있었다. 다을의 눈빛에 길든, 날마다 다을만을 바라보는. 바로 지금처럼.

"잠깐 나가 있으면 안 돼요?"

콧등에 실금을 그린 채로 다을이 투정했다. 지금 다을은 옷을 갈아입으려는 참이었다. 오늘은 금요일 저녁. 작은 책방 잠으로 둘이서 주말 나들이를 갈 예정이다. 다을의 부모님도 오시기로 했다.

석주는 1인용 소파에 느긋이 기대어 앉아 다을을 지켜보고 있었다.

"싫은데."

"싫어도 잠깐."

"싫다니까."

"고집쟁이 악어로군요."

"배고프다."

"진짜 배요, 가짜 배요?"

"둘 다."

다을이 매콤하게 눈을 흘겼다. 진짜 배는 밥, 가짜 배는 몸. 더 고픈 쪽은 당연히 후자다. 하지만 거기까지 말하지는 않기로 한다. 귀차니스트 반다을이 악어를 피곤해하는 건 싫으니까.

"욕심쟁이 악어 씨."

"달곰이랑 같이 살면서 생긴 증상이야."

"그럼 같이 살지 말 걸 그랬나?"

"누구 말라 죽는 꼴 보려고?"

"고집에 욕심에 능청까지 늘었어요."

"원피스 입어."

다을이 봄 원피스 두 벌을 양손에 들어 보이며 물었다.

"어느 쪽?"

석주는 턱짓으로 오른쪽을 가리켰다. 늦가을부터 겨울까지의 다을이 청바지에 흰 셔츠와 톡톡한 카디건을 즐겨 입었다면 봄날의 다을은 하늘거리는 원피스와 얇은 카디건을 주로 입었다. 몸 전체의 곡선을 가감 없이 드러내는 원피스가 다을에게는 잘 어울렸다.

"눈 감아요."

"싫어."

"그럼 내가 나가야겠다."

"안 돼."

다을이 두 눈을 동그랗게 치떴다.

"지금 나한테 안 돼, 라고 했어요?"

석주는 미소 지었다.

"강압적으로 명령해 놓고 웃음으로 덮을 생각하지 마요."

"강압도 명령도 아니었어."

"그럼 뭐예요?"

"애절한 부탁?"

"별로 애절하진 않았는데."

"안 돼."

최대한 애잔하게 다시 말하자 다을이 사르르 웃었다.

"목소리 덕을 많이 본다는 거 스스로도 알고 있죠?"

석주는 일어나 다을에게 다가섰다. 다을이 석주를 말끄러미 올려다보았다. 다을의 허리를 끌어당겼다.

두 몸이 서로에게 맞붙었다. 간절히 원하고 있다는 것을 충분히 인지할 만큼.

다을의 뺨이 연한 복숭앗빛으로 물들었다. 석주가 고른 원피스 색깔과도 닮았다.

"배 많이 고픈가 봐요."

다을이 속삭였다. 고개 숙여 다을에게 이마를 맞댄 채 석주도 속삭였다.

"아마도."

"그럼 이따 밤에 갈까요?"

"내일 가는 건 어때?"

"와, 진짜로 욕심쟁이 악어다."

"달곰이 때문이잖아."

"석주 씨."

"음?"

"배고파요, 나도."

석주는 다을의 입술을 머금었다. 입고 있던 옷들도 헤집었다. 다을의 손길도 석주를 따라 바빴다.

곧 둘 다 맨몸이 되었다. 침대로 몸을 뉘었다. 머리맡으로 저녁노을이 들이닥쳤다. 다을의 긴 머리칼이 노을빛으로 반짝이며 흔들렸다.

아주 오랜 시간이 흐른 것 같았다. 방 안에 아늑한 어둠이 고였다. 석주의 팔베개에 머리를 얹은 다을이 가만가만 중얼거렸다.

"사랑하나 봐요, 나. 악어를."

"그걸 이제야 알았어?"

"알고 있었지만 더 절실하게 느껴져요."

"고마워."

"나도 고마워요."

다을의 이마에 눈두덩에 콧날에 그리고 입술에 석주는 차례로 입술을 눌렀다.

온몸을 격렬히 맴돌던 열기가 여전히 남아 석주를 괴롭혔다.

품으로 다을의 몸을 꽉 안아 들였다. 다을이 석주 가슴팍에 잔 웃음을 흩뿌리며 속삭였다.

"이래서 사람들이 결혼이란 걸 하나 봐."

"언제든 마음껏 안을 수 있어서?"

"언제든 몸속으로 별똥별을 흐르게 하니까."

"악어라서."

"그런 거예요?"

"아마도."

"달곰이는 악어에게 믿어 주는 사람이 됩니다."

하하, 석주는 기분 좋게 웃었다. 품 안에서도 나른한 웃음소리가 터졌다.

행복에 겨울 때 다을이 내는 소리였다. 그 웃음소리를 가장 가까운 데서 들을 수 있기에, 또 매일매일 그럴 수 있어서 석주는 행복했다.

❀　　❀　　❀

결혼 후에도 다을과 함께하는 팟캐스트 '악어의 윙크'는 변함없이 계속되었다.

오늘의 스페셜 게스트는 김이슬. 최근에 다름에서 출간한 청소년 책 '나는 찬란'도 홍보할 겸 다을의 권유로 이루어진 초대였다.

"악어의 윙크 청취자 여러분 안녕하세요. 오늘도 저는 달콤한 달곰!"

"저는 악업니다."

"악어 대표님, 한 주 동안 잘 지내셨나요?"

"넵. 달곰이와 달콤하게."

"아하하."

웃음소리에 이어 다을이 고운 눈웃음을 지으며 석주를 보았다. 이번 방송 후 올라올 댓글들이 안 봐도 훤했다.

결혼 소식을 알린 지난주 방송이 업데이트 된 이후로 청취자들의 반응이 어마어마하게 뜨거웠다. 그중에서도 이런 것들.

악어 씨, 이건 배신이에요!

악어는 내 건데. 흑흑.

우리의 악어를 훔쳐 가다니. 달곰 양 나빠요.

넘치는 댓글들을 읽고서 다을이 웃으며 투덜거렸다. 달곰이가 졸지에 악어 도둑이 됐네. 석주는 다을의 말을 정정해 주었다. 달곰이가 악어의 주인이 된 거지.

"오늘은 지난주에 예고해 드린 대로, 시민 단체 늘푸른나무의 김이슬 간사님을 스페셜 게스트로 모셨습니다."

"나는 찬란의 대표 저자이시기도 하죠."

석주의 보충 설명을 다을이 받았다.

"그렇죠. 나는 찬란은 다름에서 처음 출간한 청소년 책인데요. 먼저 김이슬 간사님의 인사부터 듣고 소개하겠습니다."

이슬이 차분히 인사말을 했다.

"안녕하세요. 늘푸른나무 아동·청소년분과에서 리본 프로그램을 담당하고 있는 김이슬입니다."

"리본 프로그램이 무엇인지, 간단히 소개를 해 주시겠어요?"

"네. 리본은 학대받거나 불안한 가정 형편 등으로 집을 나와서 지내게 된 어린이와 청소년들에게 최소한의 자립 기반을 마련해 주려는 취지로 저희 늘푸른나무에서 만든 프로그램인데요. 안정된 쉼터를 제공해서 학업을 계속하도록 이끌어 준다거나 앞으로의 취업을 위해 직업 교육 기회도 주는 등, 막다른 골목에 이른 힘들고 외로운 청소년들에게 따뜻이 손을 내밀기 위해서 여러 가지 노력을 하고 있습니다."

"무척 의미 있고 가치 있는 일을 하고 계시네요. 저 같이 평범한 사람들을 대신해 고맙다는 말씀을 드리고 싶습니다."

"저도 그 평범한 사람들 중 하나일 뿐입니다."

이슬의 단정한 말투가 석주에게는 기주를 연상하게 만들었다. 기주보다는 덜하지만 여지나 틈을 두지 않는 타입.

둘이 똑같으면 아무래도 힘들 터인데 싶어 걱정스러웠다. 닮아서 끌리는 점도 있겠지만 같아서 부딪치는 점 또한 많을 테니 말이다.

다을과 이슬이 나는 찬란이 책으로 나오기까지의 이야기와 책 소개를 주고받은 다음, 이런 책 어때? 코너로 넘어갔다.

"오늘 이런 책 어때?는 청소년 문학 특집으로 꾸며 보려고 하는데요. 김이슬 간사님의 선택은 과연 어떤 책일지 기대가 큽니다."

다을이 서두를 떼자 이슬이 가져온 책 두 권을 들어 보이며 말했다.

"제가 소개할 책은 유순희의 '순희네 집'과 미카엘 엥스트룀의 '멀어도 얼어도 비틀거려도' 입니다."

"순희네 집은 '우주 호텔'을 쓴 유순희 작가의 자전적 소설이죠."

"네. 원래는 MBC 창작 동화 대상 수상작인데 푸른책들 출판사에서 '푸른도서관' 시리즈로 재출간됐어요."

"푸른책들의 푸른도서관은 국내 작가들의 청소년 소설 시리즈로 유명한데요. 이금이 작가의 '너도 하늘말나리야'와 같은 감동적인 성장 소설도 다수 포함되어 있답니다. 김이슬 간사님께 순희네 집은 어떤 작품인가요?"

"거울을 들여다보는 것 같았달까요. 내 안에 상처 입은 채 혼자 웅크려 있던 어린아이를 불러 내어 부드럽게 다독여 주는 느낌이었죠. 먹먹하지만 그 먹먹함으로 인해 오히려 위로받았던 작품이었어요."

다을이 천천히 고개를 끄덕였다.

책을 읽은 다을은 이슬이 느낀 감동을 고스란히 공유할 수 있는 듯했다.

석주도 그 책을 읽어 보리라 생각했다.

나는 이런 사람이에요, 라는 말을 본인에게서 듣는 것보다 그 사람이 감명 깊게 읽은 책을 읽어 보면 그의 본질을 더 잘 알게 되기도 한다.

어쩌면 책을 통해 언어로는 표현하지 못한 내밀한 정서를 더욱 깊숙이 들여다볼 수도 있다. 지금까지 책을 통한 다을과의 교감이 그러했듯이.

"멀어도 얼어도 비틀거려도는 어떤 작품입니까?"

이번에는 석주가 이슬에게 물음을 던졌다. 이슬이 석주에게는 눈길도 주지 않고 준비해 온 대답을 풀어놓았다.

"순희네 집과 마찬가지로 먹먹한 슬픔 가운데 마침내 위로와 웃음을 주는 작품이었어요."

다을이 맞장구를 쳤다.

"맞아요. 저도 소년 미크의 여정을 따라가며 웃음을 머금고 응원하게 되었죠. 우리나라와 스웨덴의 아동 복지 제도를 비교해서 생각해 보게 되었고요."

다을에 비하면 읽지 않은 책들이 너무도 많아서 석주는 녹음 때마다 읽을 책 목록을 작성해야 했다.

하나씩 읽은 뒤에 다을과 책에 대한 감상을 나누는 즐거움이 컸다.

시간 가는 줄 모르고 책 이야기를 하다 보면 책도 책이지만 서로에 대해서 속속들이 알게 되고 이해하게 되는 기분, 책 두께만큼 더 친밀해진 느낌이 드는 것이다.

그런 과정들이 언제든 몸을 나누는 것 이상으로 석주는 좋았다.

각자 독립해서 존재하던 두 영혼이 서서히 스며들어 하나로 겹쳐지는 순간들. 삶의 긴 여정은 결국 그렇게 걸어가는 것이 아닐지. 결혼식이란 그 먼 길을 둘이서 손잡고 걷게 하는 첫 발걸음이 아닌지.

"악어 씨의 이런 책도 들어 볼까요?"

생긋 웃으며 다을이 물어 왔다.

석주는 다을 앞에 책을 들어 올렸다. 책을 보곤 다을이 찬탄했다.

"오! '델 문도'군요!"

"네. 최상희의 소설집으로 제12회 사계절 문학상 수상작입니다."

"저도 무지무지 좋아하는 작품이에요. 사계절 문학상 수상작들 중 가장 마음에 드는 책이기도 하고요. 이 책을 선택하신 이유는요?"

"첫째는 문체, 둘째는 인물들, 셋째는 여운."

다을이 짝 손뼉을 쳤다.

"저랑 완벽하게 일치하시네요."

이쯤이면 둘 사이에 미리 맞춰 둔 얘긴 줄 알겠지만 그건 아니다. 이런 책 어때? 코너를 둘이 의논하지 않은 지 꽤 됐으니까.

기대 속 설렘과 반가움, 뜻밖의 공감과 충만함을 누리기 위해 녹음 시간까지 어떤 책을 소개할지 서로 말하지 않기로 했던 거였다.

오늘도 둘 사이에 이어지는 공감의 끈을 맞잡을 수 있어서 흐뭇했다. 석주는 다을의 이런 책을 물었다.

"오늘 달곰이의 이런 책은요. 로이스 로리의 '그 여름의 끝'입니다."

아직 읽지 못한 책이라 석주 귀가 쫑긋해졌다.

"로이스 로리는 '기억 전달자'라는 유명한 작품으로 다들 잘 알고 계실 텐데요. 이 책 그 여름의 끝은 작가의 다른 책들과는 결을 좀 달리하는 것 같습니다. 두 자매의 이야기인데요. 소녀의 심리를 차분차분 따라가며 읽다 보면 촉촉한 감동을 안겨 준답니다."

"이 녀석도 필독서 목록에 올려야겠군요."

"악어 씨는 달곰이 따라쟁이래요."

"행복한 따라쟁이겠죠."

다을이 후후 웃었다. 석주도 함께 웃었다.

✿　　　✿　　　✿

"두 분, 잘 어울리네요. 닮았어요."

녹음이 끝나고 스튜디오를 나서며 이슬이 말했다.

"닮았어요? 정말요?"

웃음 띤 다을의 물음에 이슬이 끄덕이며 대답했다.

"네, 닮았어요. 생김새는 전혀 다른데 볼수록 그런 느낌이 들어요. 늦었지만 결혼 축하드려요. 행복하시길 바라고요."

"고맙습니다."

다을이 다정한 얼굴로 꾸벅 인사했다. 석주도 인사를 건넸다.

"고마워요. 언제 기주랑 다 같이 밥 한 번 먹읍시다."

"권기주 씨는……."

석주는 이슬의 말을 가로챘다.

"일 관계로 불편하게 만난 변호사죠. 그렇다고는 해도 밥 한 번 같이 먹는다고 큰일 나는 것도 아니니까. 안 그래요?"

이슬은 끝내 대답하지 않았다.

묵례하고 돌아서서 혼자 총총 걸어가는 이슬의 뒷모습을 바라보며 다을이 중얼거렸다.

"봄인데 추워 보이네."

"그렇다니까."

"그만 저항하고 늑대의 품에 폭 안겼으면 좋겠어."

"너는 춥지 않게."

"응."

석주는 다을의 손을 끌어다 손깍지를 꼈다. 거부하지 않고 손 안에 착 감겨드는 또 하나의 손이 있어 좋았다. 지금 서로가 같은 마음일까.

다을이 다정하게 말했다.

"따뜻해서 좋아. 악어가 이렇게 따뜻할 줄 몰랐어요."

"고약하게 성질이나 부릴 줄 알았어?"

"그런 느낌은 아니었어요."

"그럼?"

"자기 세계가 견고하다고 할까? 뼈아프게 상처 받아 본 적 없는 사람 같고. 결핍도 열등감도 없이 건강한 자부심으로 똘똘 뭉친 사람."

"좀 애매한데. 칭찬이야, 험담이야."

"굳이 말하자면 칭찬 쪽? 악어의 특징이자 매력이겠죠."

"자러 갈까?"

다을이 동그래진 눈으로 석주를 쳐다보았다.

"갑자기 뭐예요."

"뭐긴. 자러 가자는 거지."

"싫은데요."

"그럴 리가."

"자부심 작렬."

"매력이야."

손안의 다을이 빠져나가려 꼼지락거렸다. 그래 봐야 소용없었다. 석주가 더욱 꽉 쥐었으니까.

✿　　✿　　✿

봄날 아침.

석주는 갓 내린 커피와 따끈한 모닝롤이 담긴 쟁반을 침대 옆 탁자에 내려놓았다. 커튼을 걷으니 창가에 투명한 햇살이 곰실거렸다. 아직 잠에 빠져 있던 다을이 눈이 부신지 창을 등지고 돌아누웠다. 석주는 다을 곁에 걸터앉아 나직하게 다을을 불렀다.

"달곰."

다을이 눈 감은 채 미소 지었다. 커피가 든 머그잔을 다을의 코끝으로 스치자 다을이 부스스 눈을 떴다.

"모닝커피 대령입니다."

"부지런한 악어 씨."

석주는 미소로 대답했다. 몸을 일으켜 앉은 다을이 두 손으로 눈을 비볐다. 다을의 왼쪽 눈에 예쁜 쌍꺼풀이 생겼다.

"악어의, 윙크."

웃으며 건네자 다을이 환하게 웃었다. 윙크 같은 쌍꺼풀이 사라졌다. 숲에서의 첫 밤, 난주가 명명해 준 '악어의 윙크'에 숨은 진짜 의미를 말해 주었을 때 다을은 상큼한 표정으로 놀랐다.

"진짜 악어의 윙크를 보여 줄 때도 됐잖아요."

"생각만 해도 낯간지러워서 못 하겠어."

"나는 아침마다 예쁘장한 윙크를 보여 주는데?"

"엄밀히 말해 그건 윙크가 아니지."

"어쨌든요."

"기다려 봐."

"얼마나요?"

"한 50년쯤?"

까르르, 다을이 웃음을 터뜨렸다. 석주도 웃었다.

"호호 할아버지의 윙크 시전이라니. 완전 기대되는걸요?"

"그때쯤엔 달곰이도 호호 할머니가 되어 있으려나."

"그때까지 우리, 같이 살아요."

담백한 청이 뭉클했다. 거창하고 화려한 말이 아니어서 더 그랬다. 석주도 담담하게 대답했다.

"당연하지."

"마구 화나는 일 있어도 너그러이 품어 주면서."

"품어 주면서."

"가족처럼 사랑하면서."

"사랑하면서."

다을이 석주의 품으로 들어와 얼굴을 파묻었다. 석주는 두 팔 넓게 열어 다을을 꼭 껴안았다. 품 안의 다을이 소곤거렸다.

"아, 커피 향 좋다."

"커피 향만?"

"아니, 악어 냄새도."

"달곰이 냄새도."

"달곰이는 꿈을 이루었어요."

"어떤 꿈?"

"아침마다 고소한 커피를 만들어 와서 감미로운 목소리로 내 잠을 깨워 주는 사람. 여기서 핵심은 감미로운 목소리예요."

"악어의 목소리에 감사를."

석주의 웃음에 다을도 맑은 웃음을 보탰다. 석주는 다을의 머리칼을 쓸었다. 커피가 식어 가고 있을 텐데 다을을 품에서 떼어 놓기가 싫다.

처음부터 하나였던 나머지 조각을 찾아 꼭 맞춘 것 같은 사람. 몸도 마음도 서로에게 딱 들어맞는 짝. 그 사람과 인생의 길을 함께 걸어갈 수 있다는 것, 그 무엇과도 바꿀 수 없는 행운이 아닐까.

"그때쯤엔 틀니를 했을지도 몰라."

석주의 등을 토닥이며 다을이 다시금 소곤댔다.

"50년쯤 후에?"

"우리 둘 다."

"키스할 때 몹시 곤란하겠군."

다을이 키득키득 웃어 가슴 언저리가 따뜻해졌다.

같이 산다는 것, 그것은 서로의 숨결로 인해 날마다 이렇게 가슴이 따뜻해진다는 것이다. 먼 미래를 기약하면서 함께 나이

들어가는 것이다.

　때로는 마주 보고 때로는 한 방향을 바라보면서. 지금 이 순간처럼.

Inside Story
1

부슬부슬 내리는 비가 세상의 모든 소리들을 다 지워 버렸다.

담장 너머 가로등이 빗속에서 외롭게 빛을 내리고 선 모습을 바라보다가 교훈은 손바닥 안의 사진으로 눈길을 내렸다. 교훈을 마주 쳐다보는 사진 속 여자는 아직 열아홉 살. 길게 늘어뜨린 머리칼과 도전적으로 쏘아보는 눈빛에도 불구하고 어린 태가 생생하다.

사진을 처음 가슴에 품은 날로부터 4년이 흘러왔다. 느리고도 긴 시간이었다.

상처투성이 길고양이 같던 소녀는 이제 완벽하게 여자가 되었다. 언제 어디서든 남자들의 눈길을 한 몸에 받는. 보고 있으면 눈이 부시다 못해 아예 멀어 버릴 것만 같은.

교훈은 담배 한 개비를 입에 물었다. 빗속으로 흐린 담배 연기가 날아올랐다.

핸드폰 진동음이 울렸다. 사진을 넣고 핸드폰을 꺼냈다. 화면의 이름을 확인하는 순간 어쩔 수 없이 입술에 미소가 떠오른다. 그러나 말은 표정과 다르게 사뭇 건조하게 튀어나갔다. 처음부터 지금까지 그래 왔던 것처럼.

"왜."

—그렇게 좀 대꾸 안 하면 하늘이라도 무너져요?

파릇파릇 날선 목소리가 귀를 적신다. 교훈은 몸을 낮추고 앉아 젖은 바닥에 담배를 비벼 껐다. 귓가로 난주의 목소리가 파고들었다.

—비가 오잖아요.

"그래서."

—그래서 전화했다고요.

그래서 이리로 오겠다는 뜻이다.

온다고 해 봐야 먹고 싶다는 거 만들어 주고 술도 두어 잔 건네면 그만이다.

앞에 앉아 다정하게 웃어 주거나 곁에서 대화 상대가 되어 주거나, 그런 건 하지 않는다. 여태도 하지 않았고 앞으로도 하지 않을 것이다. 난주가 저 혼자 말하다 지쳐 돌아가는 모습을 바라만 볼 것이다.

"오지 마."

—왜요?

"큰오빠 와 있어."

—아이 씨.

"욕하지 마."

—그게 무슨 욕이에요.

"끊어."

—싫어.

"반말하지 말랬다."

—혼잣말이에요.

"어쨌든."

—뜩이 오빠.

후, 웃음이 나려 했다. 난주가 이렇게 부를 때마다 그렇다.

뜩이 오빠, 라는 이름은 '문득'을 낸 이후에 붙었다. 소녀 권난주가 서교훈에게 여자 권난주로 제 존재를 환히 드러내기 시작한 순간. 더 정확히 표현하자면 여자 권난주가 남자 서교훈을 인식하기 시작한 순간.

큰오빠 지인으로서가 아니라 작가이자 한 남자로 쳐다보기 시작한 순간.

—부르는데 왜 대답을 안 해요?

턱 밑으로 얼굴을 바짝 들이대며 불만을 빤히 표출하는 난주 표정이 눈에 선했다. 그럴 때마다 아찔해지던 머릿속을 난주는 모른다. 아마 내내 모를 것이다. 아니, 영원히 몰라야만 한다.

한계란 그런 것이다. 알게 되면 부서뜨리고 싶어지는 것. 기어이 넘어서고 싶어지는 것. 부서뜨리고 넘어선 그다음엔? 결국 뼈저리게 후회하고 마는 것.

그리고 처참한 엔딩. 교훈은 그런 엔딩을 바라지 않았다. 차라리 지금 이대로. 딱 이만큼의 거리에서 지켜보고 바라보는 일.

제게 어울리는 짝을 만나 찬란히 행복해질 난주를 원한다. 지난 4년을 그렇게 견뎌 왔으니 남은 날들도 역시 그렇게.

—뜩이 오빠!

"왜."

—왜, 왜, 왜. 그놈의 왜 좀 안 들었으면 좋겠어.

다음 생에서는, 아마도. 지금과는 반대로 태어난다면. 너는 어느 산동네 가난에 찌든 집 둘째 딸로, 나는 부족한 것 없이 다 누리고 자란 막내아들쯤으로. 그러면 그놈의 왜 따위 내 입에서 나갈 일 결코 없겠지.

그렇지만 현재의 나는 손가락질받는 첩의 자식. 피 한 방울 섞이지 않은 여자를 어머니로 부르며 자라 지금도 두 어머니 사이에서 분열과 죄의식을 곱씹고 있는 아들. 골목 안 조그만 식당에서 손에 물 마를 날 없는 나날들을 보내다, 보잘것없는 책 하나 세상에 던져 놓고 작가 행세하는 남자.

그리고 너는 출판 재벌 집안의 귀하디귀한 외동딸이자 막내 딸. 감히 탐내는 걸 들켰다가는 뼈도 못 추리게 주먹질이 날아들 오빠들이 하나도 둘도 아니고 셋.

주먹질이든 발길질이든 처절한 반대든, 그런 것들로 인해 받을 상처가 두려워서는 아니다. 그러한 것들은 지레짐작일 수도 있다. 지금껏 만나 본 세 오빠들 중 누구도 속물적으로 천박한 이는 없었으니까.

다만, 지나가리라는 것을 안다. 난주의 반짝이는 관심이 엷어지고 희미해지는 어느 순간이 오리라는 것을 안다.

설혹 그렇지 않을지라도, 세상이 인정해 주는 '짝'이 될지라도 난주가 금세 지겨워하며 등 돌리게 될 시점이 반드시 오리라는 것을 안다. 그래서다. 지금 이렇게 차가운 거리를 유지하는 참 이유는.

권난주는 서교훈의 복잡다단한 세계 속으로 들어와 살아 낼 여자가 못 된다. 그럼에도 불구하고 이토록 오래 바라보는 건, 거의 불가항력이라 가슴에만 품을 수밖에. 눈 속에만 담을 수밖에.

—담배 피우고 있죠?

"껐어."

—보고 싶다.

보고 싶다는 이 말은 담배 피우는 모습에만 한정된 거다. 안다. 그럼에도 가슴이 선득거린다.

"껐다니까."

—또 피울 거잖아요. 전화 끊고 나면. 맞죠?

맞다. 하지만 교훈은 끄덕여 주지 않는다.

"들어가야 돼. 끊어."

—서교훈.

문득, 심장으로 화살이 하나 날아와 푹 박히는 것 같다. 스스로는 도저히 뽑아낼 수 없는 독화살이.

—나 좀 좋아해 주면 안 되나?

안 돼, 라고 말하지 못하겠다. 전화 끊고 나면 울지도 모르니까. 저만큼에 세워 둘 수밖에는 없는 여자, 권난주가. 이만큼 떨어져 서 있을 수밖에 없는 남자, 서교훈이. 긴 밤 내내 혼자 흘린 눈물에 젖을지도 모르니까. 홀로 맞이하는 아침이 쓸쓸해서 나쁜 마음을 먹게 될지도 모르니까.

"권난주."

—내 이름 불렀다.

나지막한 찬탄이 마음을 찌른다. 어쩌면 지금 저 골목 어귀에서 우산도 없이 서 있을지도 모를 난주에게 교훈은 온 마음을 숨기며 말했다.

"집에 들어가."

—잘 자라고 해 주면요.

교훈은 망설였다. 잘 자, 라는 말 속에 다정함이 배어들까 두려웠다.

—잘 자라고 해 주기 전에는 안 가요. 나 고집 센 거 알죠? 큰오빠 와 있건 말건 쳐들어갈지도 몰라. 그러니까 맘대로 해요.

교훈은 전화를 끊었다. 어쩌면 쳐들어오길 바라는지도. 앙큼하게 시침 떼고 큰오빠 옆에 앉아 있는 그 얼굴이나마 보고 싶은 것인지도.

기다렸다.

속절없이 담배만 작살났다.

기다렸다.

다시금 꺼내 든 사진을 손바닥 위에 놓았다.

기다렸다.

가질 수 없는 갈망을 들여다보았다.

기다렸다.

담배를 또 피워 물었다.

자박자박 발걸음 소리가 들렸다. 교훈은 고개를 돌렸다.

난주가 아니다. 난주 큰오빠 권석주의 여자다. 교훈은 '나의 고양이'를 품속에 숨겼다. 비는 아직도 부슬부슬 내리고 있었다.

Inside Story
2

　권석주와 권기주. 둘이 똑 닮았다.

　수려한 외모. 자신만만한 자세. 거리낌 없는 말들. 태어나 단한 번도 좌절해 본 적 없을 것만 같은 태도. 결핍이라는 걸 도무지 모르는 얼굴.

　차이는 있다.

　거슬리지 않을 만큼의 자신감. 배려와 예의가 엿보이는 말투. 좌절과 상처를 속 깊이 가라앉힌 모습. 만약 있다면 결핍조차 자신만의 매력으로 탈바꿈시킬 얼굴. 이슬에게는 오늘의 권석주가 그렇게 느껴졌다.

　그렇지만 권기주는 늘 거슬린다. 처음부터 그랬다. 서늘한 단정함도 싫었다. 이따금 제 이마에 상처를 써 놓은 듯 확 드러내고, 결핍의 조각을 눈앞에 흘려 상대로 하여금 줍게 만드는 사람. 외면하고 그냥 돌아섰다간 죄책감에 시달릴 것 같아 마음이 불편해지게 하는 남자.

이곳에 차로 데려다주겠다는 걸 거절했고, 막무가내로 이끌려 왔기에 조금도 고마워하지 않았으며, 쌀쌀맞게 가라고 했는데도 여태 문 밖에서 지키고 서서 기다리고 있는 저 남자, 권기주. 정말 거슬린다. 거슬려서 못 견디겠다.

이슬은 기주를 못 본 척 걸었다. 금세 따라잡혔다. 걸음뿐 아니라 팔도 기주의 손아귀에 붙들렸다. 이 남자는 매번 힘 조절이 안 되는 모양이다. 잡힌 팔이 아프다. 이슬은 기주를 향해 인상을 팍 썼다.

"아프면 말을 해. 인상부터 쓰지 말고."

제가 아프게 해 놓고 되레 큰 소리다. 재수 없다, 정말.

"표정 언어라는 것도 있어요. 그런 거 못 읽는 사람에게 굳이 말까지 건넬 필요 못 느껴서요."

"공감 능력 없는 인간이다?"

"주제 파악은 잘하시네요."

"안에서 뭐가 잘 안 됐어?"

"잘 안 될 게 뭐 있겠어요. 형님네 출판산데."

불만을 에둘러 또박또박 내지르자 기주가 긴 숨을 내쉬었다. 그럼에도 움켜쥔 팔을 놓지 않는다. 이 남자는 늘 이런 식이다. 상대의 감정으로 스며 오는 것 같으면서도 정작 자기주장은 끝내 풀지 않는 것.

"놔요."

"얌전히 차에 탄다고 약속하면."

"약속이란 말 남용하는 거 아니라고 생각하는데요. 그리고 내가 왜 변호사님 차에 얌전히 타야 하죠?"

"같이 왔으니, 같이 가야지."

같이.

뭔가 모르게 뭉클해지는 말.

돌이켜 보면 여기까지 같이 오게 된 지난 시간들이 빈약하지만은 않다. 처음에야 이렇게 흘러올 줄 상상도 못 했지만. 이 남자에게 누추한 삶의 공간을 들킨 순간 냉철히 경계를 짓지 못한 그때부터 충분히 잘못되었는지도 모르겠다.

"내 이름은 권기주야."

"그런데요?"

기주의 의도를 알면서도 이슬은 치받았다.

"변호사님, 하지 마."

"싫다면요?"

"도대체…… 뭐가 그렇게 싫은데?"

또 나왔다. 탄탄하다 못해 차고 넘치는 이 자신감. 김이슬 너 따위가 나한테 호감 한 톨 안 가지고 밀어내고 버티는 이유. 그게 도대체 뭐냐, 따져 묻고 싶은 거겠지.

"그냥 싫어. 처음부터 끝까지 다 싫어. 싫고, 싫고, 싫어. 이 정도면 답 됐죠?"

다다다 내뱉고서 이슬은 잡힌 팔을 뿌리치려 비틀었다. 기주는 꼼짝도 안 했다. 더 거세게 틀어쥐었다. 잡힌 데가 욱신거렸다. 이슬은 이를 악물었다. 어쩌면 기주의 형이 출판사 안에서 창 너머로 이 광경을 빤히 바라보고 있을지도 모른다. 어떤 관점에서든 꼴불견일 테다.

"왜 말 안 했어요?"

"무슨 소리야?"

"형님네 출판사라고 왜 미리 말 안 했느냐고 묻잖아요."

"말했으면?"

기주의 단단한 물음이 발목을 잡는다. 기주가 미리 말했으면 출간이며 계약이며 다 엎어 버렸을까. 아닐 것이다. 이런 취지의 책을 내줄 출판사는 없다고 봐야 하니까. 아무도 주목하지 않는 가출 청소년들의 글을 책으로 엮어 세상에 내보내 줄 곳은 없을 테니까. 그러고 보니 지금껏 연수한테도 듣지 못했다. 기주가 연수한테 입단속을 시켜 둔 게 분명했다.

"어차피 상관없는 일이잖아. 형한테는 신경 쓸 거 없어. 일 외의 것들로 왈가왈부할 사람 아니니까."

타이르듯 말하는 기주를 이슬은 물끄러미 쳐다보았다. 웃음기 없는 얼굴이 이슬을 마주 내려다보고 있었다.

웃으면 어떨까, 가끔 생각해 본 적 있었다. 이 남자가 아이처럼 천진난만하게 웃으면 어떤 얼굴이 될까를. 그랬으면…… 아마 더 철저히 거슬렸을지도. 눈부셔 보여서 싫었을지도. 그래서 지금만큼의 좁은 틈조차 열어 주지 않았을지도.

이 남자의 얼굴에 긴 그림자처럼 드리운 그늘을 발견했을 때 스스로는 지우지 못할 그늘이 시린 외로움 같아서 마음의 빈틈을 아주 조금 내어 보였는지도. 아주 조금인 걸 알고서 이 남자가 끊임없이 다그치고 있는데도 내버려 두는 것은 헛된 희망을 키우다 상처 입을 자신을 보호하기 위해서일지도.

"과연 그럴까요?"

"뭐가?"

"형님 말이에요. 아마 저기서 지켜보고 있을 거예요."

"상관없어."

"권기주하고는 어떤 사이냐고 콕 짚어 묻던데요?"

"그래서?"

이슬은 미간을 살짝 좁혔다. 기주가 풀어서 다시 물었다.

"그래서 뭐라고 대답했느냐고."

"있는 그대로요."

"있는 그대로?"

되물으며 기주의 미간도 살짝 좁아졌다.

"날마다 내 주변을 어슬렁거려서 거슬려 미치겠는 하이에나라고."

기주의 입술에 피식 웃음이 스쳤다. 잠시 스쳐 간 웃음이 먹구름 사이로 내리비치는 한 줄기 빛 같다. 웃음을 거둔 기주가자조적으로 중얼거렸다.

"그래도 하이에나는 좀."

"그럼 뭐라고 할까요."

"늑대는 어때."

"하이에나나 늑대나."

"늑대는 죽을 때까지 한 마리 암컷하고만 산다더군."

자신의 다짐을 말하고 있는 걸까. 그렇다 해도 이 남자 앞에서 감동은 금물이다. 조그만 감동조차 이 남자에게는 허점이자빈틈으로 느껴질 테니까. 감동이 결국은 상처를 불러올 테니까.

"거짓말 같아요."

"거짓말 아냐."

"알았으니까 이거나 좀 놔요."

비로소 기주가 이슬의 팔을 놓았다. 갑자기 피가 통하며 저릿저릿한 느낌이 몰려왔다. 오랜 불안 끝에 자리한 한 숟갈의 달콤함 같은 이 느낌이 싫지만은 않다. 물론 기주에게는 절대 말하지 않겠지만.

차로 걸어간 기주가 조수석 차 문을 열어 놓고 서서 이슬을 기다렸다. 혼자서는 결코 움직이지 않겠다는 듯 완강하기 짝이 없다. 이슬은 툭툭 걸어가 차에 올랐다. 차 앞을 돌아 운전석으로 오른 기주가 담담히 말했다.

"부탁 하나 하자."

이슬은 기주를 돌아보았다. 뜻밖이었다. 생전 부탁 같은 건 하지 않을 남자라고 생각했던 거다.

"나한테요?"

기주가 시선은 앞에다 둔 채 턱으로 끄덕였다.

"뭔데요?"

"나 만날 때만이라도 내가 사 준 옷 입고 나와."

와락 마음이 상했다. 그럼 그렇지 싶었다. 뭔가 그게 아주 사소한 것일지라도 정말 내 도움이 필요한 일이 생겼나 하고 반가워지려던 마음이 저만치 달아나 버렸다.

태워다 주겠다며 늘푸른나무 사무실로 데리러 왔을 때도 이슬을 보자마자 기주는 그랬다. 내가 사 준 옷들은 다 어쩌고 또 그런 걸 입었느냐고. 나는 태어나서부터 지금까지 '그런' 것들만 입고 살아온 사람이에요, 라고 이슬은 맵차게 내질렀다.

한두 번 겪는 일도 아닌데 적응 안 되기로는 언제나 마찬가지다. 제멋대로 집을 찾아온 그에게 너덜너덜한 속살을 환히 내보인 적도 여러 번인데 매번 마음이 쓰리다. 결코 좁혀지지 않을 차이를 재확인 받는 것 같아서. 희망의 조그만 씨앗까지 와삭 부서뜨리는 것 같아서.

"그까짓 옷 따위 사 달라고 한 적 없잖아요."

"사 달라고 한 적 없지, 김이슬은. 그렇지만 사 주고 싶어 사줬어. 그 나이 때 다른 여자들처럼 예쁘게 발랄하게 하고 다니는 거 보고 싶어서. 잎 다 떨어져 가는 가을 나무처럼 시리게 말고, 신록 우거진 여름 나무 같은 모습으로 싱싱하게 살았으면 싶어서. 내 손으로 그렇게 만들어 주고 싶어서. 그러니까 공연한 자존심만 내세우지 말고 열에 한 번쯤은 주는 사람 마음도 생각해 봐."

잎 다 떨어져 가는 가을 나무처럼 시리게…… 헐벗은 겨울 나무가 아니어서 그나마 다행인가. 여름 나무같이 싱싱한 여자들 거리에 넘쳐나는데 왜 나한테 얽매여서 이래. 어울리지 않는 여자 옆에서 왜 매일 얼쩡거려. 썩은 고기만 찾아다니는 하이에나처럼!

이슬은 마음 가득 꿈틀대는 말들을 앙칼지게 내쏘고 싶었다. 그러나 그럴수록 더 강하게 얽매어 올 남자임을 안다. 그러니 가장 덤덤하게. 내용이야 매몰차도 어조는 맡겨진 일 처리하듯 사무적으로.

"오늘 집에 가면 변호사님이 멋대로 사서 떠안긴 그 망할 옷들이랑 가방, 구두 전부 다 싸서 내놓을 테니까, 가져가세요. 하나도 남김없이."

"싫다면."

"다 내다 버릴 거예요."

"버리지 마."

"싫어."

"김이슬."

"싫어, 싫어, 싫……."

숨이 막혔다. 무수한 '싫어' 들이 입속에 갇혔다. 덤비듯 닥쳐온 기주의 입술 때문이었다. 이슬은 두 팔을 휘둘러 기주를 때렸다. 기주는 끄떡도 하지 않았다. 두 손으로 이슬의 얼굴을 포획한 채 더욱 거칠게 파고들었다. 차갑고도 뜨거운 순간들이 부서져 나갔다.

마침내 입술이 물러갔다. 이슬은 차창 쪽으로 몸을 기울였다. 기주에게 최대한 등을 보이려 애썼다. 온몸으로 나타내는, 하지만 부질없는 외면이었다. 시동이 걸리고 차가 출발했다.

"이래 봤자 소용없어."

들으라고 차갑게 내뱉었으나 아무런 대꾸가 없었다. 차는 천천히 앞으로 나아갔다.

Inside Story
3

　작은 책방 잠 입구로 차가 들어설 때만 해도 명지는 몰랐다. 차에서 내린 남자가 마치 탭댄스를 추듯 날렵한 걸음걸이로 다가올 때까지만 해도 전혀 짐작하지 못했다. 눈앞으로 가까워진 남자의 얼굴을 보았을 때에야 명지는 날카로운 직감에 사로잡혔다.

　아는 남자다!

　그러니까 내가 아는 남자가 악어의 동생, 들개? 설마.

　난감한 마음에 뒤돌아서서 걸어가는데 또렷하고도 날카로운 목소리가 뒤통수를 때렸다.

　"또명지!"

　멀고 먼 기억들이 한꺼번에 되살아났다. 열두 살 무렵, 도명지를 또명지라고 불렀던 유일한 남자아이.

　그 애의 이름은…… 권철주!

명지는 천천히 몸을 돌렸다. 입꼬리를 양쪽으로 올리고 조금은 삐딱하게 쳐다보고 있는 남자가 눈에 들어왔다. 그 앞에 선 다을이 말똥말똥 호기심 어린 눈망울로 명지를 쳐다보았다. 기다리듯 서 있는 철주에게 명지는 똑똑 걸어갔다.

"또명지."

철주가 다시금 옛 기억 속의 이름으로 명지를 불렀다. 좀 전의 부름이 놀라움이었다면 이번 부름은 확신이다. 도명지가 또명지인 까닭은 '또' 울어서다. 그 시절의 철주에게만 울보였던 '또명지'는 명지에게는 굳이 파헤치고 싶지 않은 흑역사나 마찬가지다.

"누구세요?"

처음 보는 사람 대하듯 태연히 묻자 철주가 비식 웃으며 대꾸했다.

"누구시긴. 또명지의 흑기사님이시다. 기억 안 나는 척해도 소용없어. 너 그 콧잔등에 대문짝만 한 점도 내가 다 기억하거든."

대, 대문짝? 맙소사.

흐흐, 능청스러운 웃음까지 곁들이는 철주를 노려보며 명지는 새침하게 내쏘았다.

"어떤 집 대문짝이 이렇게도 앙증맞나 모르겠네."

철주가 성큼 계단을 뛰어올라 명지 바로 앞에 섰다.

"반갑다, 또명지."

웃으며 말하고 머리까지 마구 쓰다듬, 아니 헝클어뜨린다. 그때도 반에서 제일 컸는데 지금도 늘씬한 키가 장난 아니다. 뿐인가. 전체적인 비율도 환상이다.

"또명지, 너 키도 많이 컸다? 비례해서 몸매도 빵빵해지고. 보기 좋은데?"

뭐? 빵빵? 이 자식이 뭐라는 거야, 지금? 게다가 아래위를 노골적으로 훑는 저 눈빛 좀 보라지. 어릴 때부터 조숙해 가지고는 여자 밝히는 거 내가 일찌감치 알아봤다.

명지는 발끈해서 받아쳤다.

"너 보라고 빵빵해진 몸매 아니거든?"

"그럼 누구 보라고? 애인?"

"그래, 애인!"

없는 애인까지 호출해서 철벽 방어 모드로 돌입해 버렸다. 그러자 철주가 다을을 돌아보며 진지하게 물었다.

"형수님. 또명지 씨 애인 키워요?"

하나만 해라, 권철주. 또명지면 또명지지, 또명지 씨는 또 뭐냐.

"아뇨. 지금은 안 키워요. 예전엔 여럿 키웠지만."

웃음 어린 다을의 대답에 철주가 감탄조로 말했다.

"오호! 여럿씩이나? 또명지, 제법인데?"

뺨이 달아오르려고 한다. 왜 그런지는 잘 모르겠다. 철주 눈빛을 피해서 명지는 홱 돌아섰다. 쌓여 있는 목재 쪽으로 총총 걸어갔다.

"또명지, 또 도망치냐?"

답을 씹으니 등 뒤로 철주 목소리가 연이어 날아들었다.

"야! 또명지!"

명지는 걸음을 멈추고 고개 돌려 철주를 노려보았다. 철주가 성큼 걸어와 잠깐 사이에 생겨난 거리를 없앴다.

"또명지."

"그렇게 부르지 말라고!"

씨근덕거리며 내쏘았지만 철주는 아랑곳하지 않았다. 싱글거리며 또명지 또명지, 아주 노래를 불러 댔다.

"야! 개철주! 넌 이렇게 부르면 좋냐?"

"응, 좋아."

그러고선 철주가 실실 웃는 얼굴을 명지 코앞으로 들이댔다. 코가 거의 닿을 듯했다. 어릴 적 장난기 가득하던 소년의 얼굴이 지금 남자가 된 철주 얼굴에 겹쳤다. 그때나 지금이나 눈에 띄게 잘생겨 가지고! 쳇.

"얼굴 좀 치워 줄래?"

"나 보고 싶었지?"

"뭔 개소리야."

"멍멍. 개소리는 이거고."

"비켜."

"왜 도망쳤어?"

"뭐?"

"왜 말도 없이 도망쳤느냐고."

그때의 기억들이 명지에게 생생히 살아났다. 도망친 건 당연히 아니었다. 한참 전에 예정되어 있던 이사와 전학이었다. 그렇지만 전학 당일까지 누구한테도 말하지 못했다. 특히 철주한테는.

말하면서 울게 될까 봐. 전학 같은 건 절대로 가기 싫다고, 너랑 헤어지기 싫다고, 울면서 철주한테 말해 버릴까 봐. 그래서 두고두고 놀림감이 될까 봐.

하필이면 전학 전날 철주가 팔을 다쳐서, 바로 다음 날 도망친 꼴이 되었나 보다.

내일이면 전학 가는데 아무것도 모른 채 얄밉게 구는 철주가 미워서 마구 들이받고 싸웠다. 말하지 못하는 자신의 마음이 싫었다.

마지막 인사도 제대로 못하고 아프게 만들어 너무나도 미안했다.

그래서 다친 철주 앞에서 엉엉 목 놓아 울었다. 그랬던 모습이 철주한테는 팔을 다치게 만든 데 대한 두려움 때문으로 비쳤을 수도 있겠다. 두려워 도망쳐 버린 것으로 오해했을 수도 있겠다.

사실은 내일이 두려워서였는데. 헤어질 내일이 미워서였는데. 안녕, 우리 꼭 다시 만나자, 손가락 걸어 약속도 못 하고 아프게만 한 게 미안하고 속상해서였는데.

명지는 철주한테서 한 걸음 비켜섰다. 비켜선 그만큼 바짝 다가서며 철주가 말했다.

"울었잖아, 너."

"울었으면 뭐."

"헤어지기 싫어서."

둥. 머리에서 커다란 북소리가 울렸다. 명지는 철주를 쳐다보았다. 여전히 싱글싱글 웃음이 실려 있는 얼굴로 철주가 명지를 내려다보았다.

알고 있었을까? 내일로 예정된 전학을, 헤어짐을, 차마 말하지 못한 어린 마음을, 샘솟던 눈물의 의미를. 열두 살 소년 철주도 알고 있었던 거였을까?

"알고 있었어."

속내를 짚은 듯 의미심장한 철주 말에 명지는 두근거리려는 마음을 누르고 조심스레 물었다.

"……뭘?"

"또명지가 우리 반 반장 좋아했던 거."

"뭐?"

"반장 녀석이랑 헤어지기 싫어서 엉엉 울었던 거."

얼씨구. 혼자서 북 치고 장구 치고 다 하시는구나. 그래, 너 같은 개구쟁이 꼴통 녀석이 열두 살 소녀의 섬세하고 순수한 마음을 어떻게 알아차릴 수 있었겠어. 잠시라도 착각하려 했던 내가 멍청하지.

명지는 짐짓 고개를 끄덕여 주었다.

"알았구나. 아무도 모르는 줄 알았는데. 특히 개철주 너는."

"나는 왜?"

"너 공부도 더럽게 못하고 죽어라 말썽만 피워 대는 전교에서 이름난 왕 꼴통 개구쟁이였잖아. 그러니 당연히 모를 수밖에. 안 그래?"

생글거리며 마음껏 내질러 주었는데도 철주 녀석은 기분 상한 기척도 없다. 입꼬리를 부드럽게 휘고선 미소만 짓고 있다. 게다가 눈길은 아예 한군데로 고정이다. 그것도 대놓고 말이다.

"그 음흉한 눈길 좀 치워 주시지."

"내 눈길이 어때서?"

"지금 내 가슴 열심히 들여다보고 있는 거, 내가 모를 줄 알아?"

"의학의 힘까지 빌려 **빵빵**하게 만들어 놨는데 아무도 안 봐 주면 그게 더 서운한 거지."

"뭐, 뭐, 뭐라고? 의, 의학의 힘? 야! 개철주! 나 그런 거 눈곱만큼도 안 빌렸거든! 이거 완전 자연산이거든!"

"아님 말고."

별일도 아니라는 듯 철주가 어깨까지 으쓱해 보였다. 여유만만한 모습을 보니 부아가 치밀었다.

"내 팔 부러뜨리고 싶어 죽겠다는 얼굴인데?"

"알면 닥치고 좀 있어."

"만나자마자 또 팔이나 부러뜨리시겠다 이거지?"

"또?"

"팟캐스트 안 들었어?"

난데없이 팟캐스트는 왜 들먹이는지 모르겠다. 다을이 방송이야 꼬박꼬박 찾아 듣긴 했는데. 가만, 한 번 빼먹은 것 같기도 하네.

"팟캐스트는 왜?"

철주가 씩 웃더니 딴소리를 했다.

"어쨌든 참아 줘. 또 부러지면 세 번째니까."

'또'를 자꾸 강조하는 걸 보니 어릴 적 그때 다친 정도가 아니라 팔이 부러졌던 거였어? 어휴. 도명지, 졸지에 남자애 팔 부러뜨린 여자애가 됐네. 그나저나 부러지기까지 했으니 많이 아팠겠다.

그런데 어릴 때야 얼결에 일어난 사고였다 치고. 여자들한테 오죽 매너 없이 까불어 댔으면 맞아서 팔이나 부러뜨리고 다니는 거냐. 쯧쯧.

잠깐 동안 머릿속에서 철주에 대한 생각들이 이리저리 넘나들었다. 궁금증도 삐죽 솟았다.

"어째서 세 번째야? 또 어떤 여자가 팔 부러뜨렸는데?"

"여자 아니고, 파쿠르."

"파쿠르? 그게 뭐야?"

"초딩 때 공부는 더럽게 잘하더니 파쿠르도 몰라?"

예나 지금이나 열 받게 하는 데는 선수다.

"그러니까 그게 대체 뭐냐고!"

빽 소리를 질렀다.

순간, 철주가 주차장 가장자리의 낮은 담장 위로 훌쩍 뛰어올랐다. 몸을 둥글게 말고 담장을 아슬아슬 질주하더니 갑자기 책방 2층 테라스로 휙 날아올랐다. 점프하는 자세며 속도가 마치 한 마리 날쌘 짐승 같았다.

명지는 입을 딱 벌렸다. 어느새 곁으로 다가온 다을이 명지에게 팔짱을 꼈다. 테라스 위에 안착한 철주를 다을과 함께 쳐다보며 명지는 중얼거렸다.

"반달곰, 저 들개 녀석이 지금 뭘 한 거야?"

"파쿠르가 뭔지 몸소 보여 준 것 같은데? 들개의 또명지를 위해서."

말끝에 고소한 웃음이 묻어났다. 다을의 말을 증명이라도 하듯 테라스 위의 철주가 명지를 향해 경례를 날렸다. 햇빛이 철주의 손날 저편에서 찬란하게 빛났다.

—fin

Writer's Letter

다시 만날 때까지, 우리, 잘 지내기로 해요.

작년 여름 '너의 저녁에 나를'을 세상으로 내보내며 독자분들께 드리는 편지의 마지막 구절이었습니다. '다시 만날 때'가 아주 멀 거라 생각했기에 얼마쯤은 막막한 마음으로 드렸던 인사였지요.

정말 다시 만날 수 있을까? 쓰고 싶어질까? 즐겁게 쓸 수 있을까? 이런 물음들에 대해 긍정보다는 부정 쪽으로 치우쳤던 나날들이 더 많았는데요. 거짓말처럼 어느 날 문득, 쓰고 싶다는 마음이 생겨났습니다.

쓰고 싶다고 해서 잘 쓸 수 있다거나 끝까지 술술 써낼 수 있는 것도 아니지만, 아주 멀기만 할 줄 알았던 그 마음이 예상외로 일찍 찾아와 주어서 무척 반가웠습니다.

쓰고 싶은 마음이 생기지 않아서 글을 놓고 지냈던 시간들도 저에게는 많았으니까요.

출간은 지난해 여름이었지만 글을 쓴 것은 2013년. 그러니 '악어의 윙크'는 그때로부터 거의 3년 만에 써낸 글이라고 할 수 있겠네요. 너무도 오랜만의 연재로 두려움과 떨림이 앞섰지만 설렘과 즐거움을 안겨 준 글이기도 합니다.

연재하는 동안에 저와 같이 호흡하며 달곰이와 악어 씨를 아껴 주신 수많은 독자님들에게 고마움을 전하고 싶습니다. 연재 글 보고 싶은 맘을 꾹 누르며 책이 나오기를 기다려 주신 독자님들에게도 고마운 마음을 드립니다. 그리고 다정히 손 내밀어 주신 봄 미디어에도 감사의 말씀 올립니다.

본문에 언급된 책들을 다 뽑아 놓으려니 너무 길어져서, 팟캐스트에서 소개된 책들만 추려 목록을 마련해 보았습니다. 내용상 책 이야기를 다루어야 하니 아무래도 제가 읽은 책들 중에서 선택할 수밖에 없었는데요. 어디까지나 지극히 개인적인 취향이며, 추천이라기보다는 사적인 선택이므로 독서에 참고만 하셨으면 좋겠습니다.

책은 물론이고 영화나 드라마 등 모든 문화 콘텐츠는 사람마다 자기만의 안테나로 접속해서 내밀한 기쁨을 찾아가는 것이 바람직하다고 생각하거든요. 그 과정에서 무수히 열려 있는 길들 가운데 하나쯤으로 여겨 주시면 부담 없을 것 같습니다.

이제 제가 쓴 책도 무한한 그 길들 어디쯤에 놓이겠죠. 거기에 길이 있는 줄도 모른 채 스쳐 가거나 외면하는 사람들이 대부분일까 봐 새삼 두렵지만, 그것이 세상으로 나간 모든 책들의 운명이려니 생각하며 다시금 마음 다잡아야겠습니다.

어쩌면 '악어의 윙크'라는 낯선 길로 걸어 들어와 오래 머무는 마음들도 있을 테지요. 그런 분들을 생각하며 '쓰고 싶다'는 마음을 꼭 움켜쥐겠습니다. 쓰고 싶은 그 마음이 늑대에게 먼저 머무를지 들개에게 가서 닿을지 고양이 곁에서 서성일지, 아니면 전혀 새로운 인물들의 이야기로 날아들지, 저도 아직은 모르겠네요.

그렇지만 글을 통해 우리가 다시 만나지는 날이 반드시 오기를, 그리고 그날이 너무 멀지 않기를 바라는 마음으로, 오늘도 마지막 인사는 또 이렇게 맺을까 합니다.

다시 만날 때까지, 우리, 잘 지내기로 해요.

—2016년 여름에, 김지운 드림.

Book List